U0524275

作家出版社建社70周年
珍本文库
1953 — 2023

作家出版社建社70周年珍本文库

策划／鲍　坚　张亚丽
终审／颜　慧　王　松　胡　军　方　文
监印／扈文建
统筹／姬小琴

出版说明

1953年，作家出版社在祖国蒸蒸日上的新气象中成立，至今谱写了70年华彩乐章。时代风起云涌间，中国文学名家力作迭出，流派异彩纷呈，取得的成绩令世人瞩目。作为中国出版事业的中坚力量，作家出版社在经典文学出版、作家队伍建设、文学风气引领等方面成就卓著，用一部部厚重扎实的作品，夯实了新中国文学的根基。为庆祝作家出版社成立70周年，向老一代经典作家致敬，向伟大的文学时代致敬，我们启动"作家出版社建社70周年珍本文库"文学工程，选取部分建社初期作家出版社首次出版的作品重装出版，彰显中国风格、中国气派和文学价值观上的人民立场，共同见证新中国文学事业的勃发和生机。相信这套文库的文学价值和社会意义，将随着时间的推移而日益显示出来。需要说明的是，由于一些原因，未能尽数收录建社初期所有重要作品，我们心存遗憾。衷心感谢中国作家协会、各位作家及作家亲属给予本文库的大力支持。

作家出版社

内容简介：

著名作家端木蕻良的长篇小说代表作。全书共十九章，以科尔沁旗草原为背景，讲述了丁氏家族几代人的命运变迁，展示了二十世纪初东北黑土地的历史转折与沧桑巨变。小说的主人公丁宁，接受了科学文化教育的洗礼，怀着一腔热血回到家乡，本想做成一番事业，却处处碰壁，几经煎熬只能出走远方。小说气势宏大，脉络繁杂，展示了近代东北农耕社会的历史断面，刻画了个性鲜明的各色人物，是一部具有史诗般风格的宏伟著作。

端木蕻良

（1912—2012）

原名曹京平，中国现当代著名作家、诗人、红学家。21岁完成长篇小说代表作《科尔沁旗草原》。一生笔耕不辍，主要作品有长篇小说《科尔沁旗草原》《大地的海》《大江》《新都花絮》《曹雪芹》，中短篇小说《鹭鹭湖的忧郁》《早春》，散文集《火鸟之羽》《友情的丝》，红学文论集《说不完的红楼梦》《端木蕻良细说红楼梦》等。病逝后出版有8卷本的《端木蕻良文集》和4卷本的读书笔记《日知日录》等。

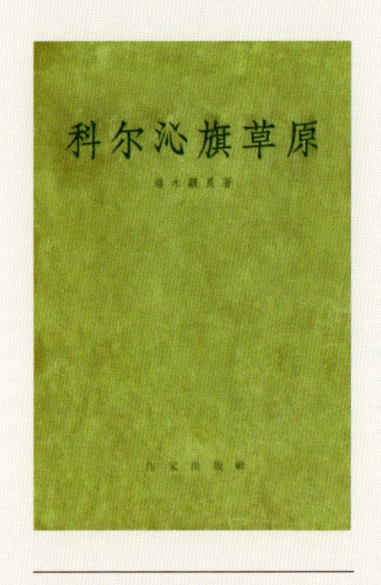

作家出版社 首版封面

《科尔沁旗草原》

端木蕻良 著
作家出版社1956年11月

科尔沁旗草原

端木蕻良 著

作家出版社

图书在版编目（CIP）数据

科尔沁旗草原 / 端木蕻良著. -- 北京：作家出版社，2023.10

（作家出版社建社 70 周年珍本文库）

ISBN 978-7-5212-2463-4

Ⅰ. ①科… Ⅱ. ①端… Ⅲ. ①长篇小说 – 中国 – 当代 Ⅳ. ①I247.5

中国国家版本馆 CIP 数据核字（2023）第 156735 号

科尔沁旗草原

策　　划：	鲍　坚　张亚丽
统　　筹：	姬小琴
作　　者：	端木蕻良
责任编辑：	邢宝丹
装帧设计：	棱角视觉
出版发行：	作家出版社有限公司
社　　址：	北京农展馆南里 10 号　　邮　编：100125
电话传真：	86-10-65067186（发行中心及邮购部）
	86-10-65004079（总编室）
E-mail:	zuojia@zuojia.net.cn
http:	//www.zuojiachubanshe.com
印　　刷：	北京盛通印刷股份有限公司
成品尺寸：	142×210
字　　数：	315 千
印　　张：	13.5
版　　次：	2023 年 10 月第 1 版
印　　次：	2023 年 10 月第 1 次印刷
ISBN	978-7-5212-2463-4
定　　价：	85.00 元

作家版图书，版权所有，侵权必究。
作家版图书，印装错误可随时退换。

目录

一　一个古远的传说。
　　传说是这样开始的—— /001

二　四太爷、大爷、三爷
　　——丁府财源无限的膨胀期 /016

三　另外一只魔手 /060

四　这是真正的故事的起头，
　　万里的草原上一只孤寂的影 /084

五　一个清晨 /108

六　小爷的哀伤
　　——和他的堇色的罗曼斯 /129

七　三奶家——
　　科尔沁旗大财主腐败的阴影 /146

八　猪的喜剧 /174

九　水水 /194

十　！ /218

十一　钱 /251

十二　南园子之夜 / 266

十三　推地 / 283

十四　在大伙房 / 292

十五　雨 / 317

十六　孝佛

　　　父亲的袚苦 / 333

十七　天狗 / 356

十八　大地 / 376

十九　一个结束的结束……

　　　和另一个开始的开始…… / 395

一

一个古远的传说。
传说是这样开始的——

这是每个鸳鹭湖畔的子孙们,都能背诵的一段记忆里的传说,这是记忆里的永远不能忘记的最惨痛的记忆。

二百年前,山东水灾里逃难的一群,向那神秘的关东草原奔去。

这长蛇的征旅,背负着人类最不祥的命运,猥琐的,狼狈的,在那灼人的毒风里,把脚底板艰难地放在那焦砂的干道上,企望着,震恐着,向那"颠肘子"[1]的国度进行。那曾经禁闭过的王国。

大队里,一切都是破旧的、颓败的、昏迷不醒的,一切都是灰色的、单调的。

忽然,一道银光一闪,似乎是白马尾的蝇甩的一甩,人的眼前一亮,但随即就有一个丑恶的人影,遮没了这白色的一道。就像一尾褪了鳞的鲮鱼似的,吃力而迅速地向前顶着水游移。

一个被饥饿损害了的老丑妇,把三升炒米放在水罐里,外

---

1. 对满洲人不尊重的称谓。

边用一条油干的猪水泡包了,放在臃肿的背上。两只带红丝的眼睛,偷偷地向左右不住地贼视,似乎是她曾偷了谁的东西,又好像怕谁去偷了她自己的东西,非常地不安,一会儿用手小心翼翼地揩了揩鼻尖头上渗出来的黏汁,一会儿又疑心地用手去摸一摸背在自己身后的水罐。

一个面色苍白的少妇,把已经被长久的饥饿折磨了的小小的乳头,塞满了正在啼哭的小孩子的嘴,睁开了惺忪的眼睑,困顿无告地向四边一望,正碰见那灰色的可怜的人影。老丑妇像是被她窥见了秘密似的,连忙就向焦老爹的驴车那边去躲。一转眼,便鬼魅似的不见了。

她看见了那老女人的背脊上的殷实的水罐,把一种同情的怜悯和自己身世的哀愁混合在一起,哀婉地也矜持地楚楚一笑,便低下了头,眼睛里闪耀出失望的光。

火炙的风,从四面里吹过来,她困顿地一动也不动地在痛苦地冥想。那是两个月以前,一道吃人的黄流,带着不可抵抗的威力,忽地从不知是什么地方冲出来。水在吼着,一切都在惨烈地号叫,绿铅似的大水,混合着泥屑、砂粒,向人们直灌。茅屋冲走了,三个月的小驴驹冲走了,大贞的针钱包也不见了。一切的东西,都变了次序,变了颜色。水,水在这儿统治了两个月,一点没有打回头的意思。

天气转到三伏,水面的蚊虻蒸腾起来了。蝇子轰轰的,大的像盖盖虫,啪的一下,用什么东西一打,里面便钻出三四条小白虫来,打转盘地蠕蠕地动。水里的蛆虫,都是浓灰色的,长的有半寸长,拖着比自己的身子还长的半截尾巴,在水面上钻聚。水面上,不知是什么东西酿成羊脂油的结晶块,花红脑子似的到处漂着。

自己的丈夫，便在一个清早里，被大水裹去了，许多少妇的丈夫，也被大水裹去了，不见了。

她轻轻地叹了一口气。她想自己的丈夫，也许没死，将来跑关东[1]，也许能碰见他，那时候，他们……她昏乱地想着，她昏乱地想着，她好像突然从半天空里降下来，落到一片从来没有见过的大野里，她和她的丈夫，勤劳着，经营着，谷堆像小山似的长起来，他们都愉快地用着红花碗吃饭……

忽地，孩子哇的一声哭出来了，奶汁太稀薄了，稀薄得直到没有一点奶汁，她无力地揩了一揩额头上的虚汗，把目光无神地向一片火烧云呆望着，寄托在半天空一片火烧云的辽远里……

那火热的云海，也正像她所想忘记而不能忘记的那道吃人的洪水，她深深地叹了一口气，一只纤弱的指头，插在蓬松的鬓发里。

那好像就是昨天，也好像就是方才，水面上，远远摇来两只画着红卍字的粥船。刚一摇到，人们都一窝蜂抢上去了。都想第一个把嘴伸到缸里去，人们都想第一个来攫取这一点可以维持生命的渣沥呀，于是便拼命抢了，抢，抢……缸抢翻了，人，趴在甲板上舔，舔着抢，上船的人更多了，两只船，一起沉，从此不见了放赈的船……

就这样，他们转过了一重山，又转过了一道水，从早晨到夜晚在炎阳底下奔，向着那不可知的命运赶去……

每个人都带着那不可描画的愁惨，每个人都刻着一脸的悲苦，在饥馑里，在瘟疫里，在高山的峻险里，在河水的迂回里，爬向那关外的荒原去。

---

1. 山东人到山海关外去谋生叫跑关东。

这样，他们便给赶出去了，从人类的世界给摈弃了。他们得用自己的手再重新创造自己的生命。用自己的命运去稳定他们自己生命的彷徨了。于是他们不声不响地走，悄悄地向命运的那一端走。

石子弄痛了脚背，瘟疫夺去了最亲爱的亲人，于是万千的脚步都无端地疲惫了。把头凄迷地向后扭转，那门前可纪念的杨柳不见了，那长满了青苔的柳罐，也不能再在自己的手里汲水了……长天里，只是一片红云，在半空里下火，越走越是焦热。啊，你回过头来瞧，那走过来的故乡的方向啊……

那苍白色的女人把头低到不可再低……她已是寸步难行了。

红云布满了西天，热风从草莽里吹过来，一只癞狗，把舌头从嘴里吐出来，天气再不准人们自由地喘气……长蛇的征旅，实在是走不动了，便在旷场里停住了。

人流停住了，人声比从前更乱了。马儿不住哝哝，老头儿也可以坐在一块小小的石头砖上，好好地咳嗽了，小孩子也哭闹起来……于是喧哗从四面里滋生出来。

人声，马声，树声，夏天的水流声，闷嘟嘟的风声，百种的声音，万种的声音，像从这大广场上突然生长出来，毛毛棱棱地放射出没有谐声的音响，轰轰地轰轰地不断生长出来……

狗儿也可以汪汪了，鸡儿想起咕咕叫了。呵，这好像重新在什么地方又拾回了生命似的一群呵，小孩子贼辣辣的笑声。驴，在那突突打滚，"小铁嗾——来上娘这儿吃饭来嗾——"一种性灵的母爱，也从声音的颤抖里，划破了固执的长天。槟榔瓢[1]的

---

1. 槟榔瓢，一种胡琴。

弦音也扯起来，粗粗的指头在挑动着琴弦，沙哑的嗓子怎会唱得圆呢？在企求愉快的时候，声音里却透露出哀凉了。乡下戏子宽敞的嗓子在唱起来：

> 内四方呵，外四方，
> 哎嗳哎嗳——哟——
> 关东城的景致，数着沈阳，
> 呀呀——咿呼咳……
> …………
> 小雀鸟呵，落树梢，
> 白莲花呀，水上漂，
> 哼，哎嗳哟——
> 大姑娘的娇娇，全仗着方头三寸高噢，
> 呀呀——咿呼咳……

百种声音梦似的从旷场里向四外扩散，有的是扰乱，有的是喧哗。

青烟从刚燃起的牛粪里滋出来，旷场添满了刀勺的声音，女人把涂满了月水的裤子在阴凉里晾了，便又拿起了铲子在锅里当啷啷捣和。男人把驴套松开，嘴腔里也随着打滚的毛驴打哨子。

柞树密密地排在土岗上，玻璃叶[1]碧油油地贴在树干上，偶尔有一丝风丝吹过，才像烧焦了似的，掀起了银灰色的叶背，透出一阵窸窣的响声，说明那是一带林子。

---

1. 柞树，土名玻璃叶，因为叶子油碧发亮。

暑热从林子后边爬上来，爬过了漫岗，爬过了旷场，也爬过了人的全身——旷场上挤满了暑热的菌子。

暑热并不跟着太阳走，因为黄昏的沉闷而更加郁闷了。于是人们都出奇地发喘，青蝇从四面八方向人进攻，而人除了用手扇风之外，再也想不出什么办法来。

焦灼、暴躁，统治了这一群。人们知道水灾之后，还应该有一次热灾。于是年迈的老人和羸弱的小孩，有的经不起热的窒息，便悄悄地死去了。

暑热一直散漫开去，要再没有一点凉风，人们便不能在一刻之内生存了。这样人们对于热灾又复感到和水灾一样恐怖。

直到几个小伙子在柞林后边三里地远的地方寻到了一带山水，人们这才又有了活命的指望，就都像朝圣似的向柞林后边进发了。

蓝玉色的山水，透明的、薄荷冰似的，一带跳跃的山水呐呐地向漫岗子底下滚流。小孩子、小伙子便都跳到里边去扎猛子，大家都像到了火星上面嬉戏着。把马莲花摘下来，抽了花心，放在刚刚让水浸湿的嘴唇上吹。声音在水面上低回，再不复是焚人的酷暑，声音里带来了故乡的二月的天气。

是谁，扑通跳到水里去了，好半天，没上来，心脏麻痹死了。

人们还是毫无挂碍地在水里洗着，死的阴影已经遮不住生的照耀。

男人们洗完了，姑娘们和媳妇们也拉着手来洗。她们也洗得顶欢，疲倦都给凉爽换去了，体重随着泥垢减轻，闷热逐着水沫消逝呵。

一个女人的尖声喊了："有谁是爷们也混进来了！"几个骚

劲的中年婆子,匆匆跑过来,几只手按住头,几只手按住脚,把脑袋先浸在水里,死命向下游一送,顺着飞溅的流水,那男人便哇哇地沉到漫岗子去了。

飞溅的流水,现在流的是愉快的声音,柞叶流动出内心的喜悦,也意外地沙沙响着,人们现在想起来唱了,槟榔瓢在一双粗鲁的手指头底下拉起来……

夜渐渐深了,露水也重了,山喜鹊从柞林里发出不祥的吵叫,活像一群被胳肢的女人。为什么今天这里会来了这么多奇异的动物呢?一个守望的,飞起来又落下去。站在一棵最高的桦树上,向四外瞭望,望见了旷场上的火光,便呀呀告警。大家都跑到旷场上惊飞着。火,冒着蓝色的浓烟,向着黑天搏袭。几个老人托着下巴骂着。小孩子仰着小头,瞪大了眼睛向天上望着,想看出那叫的到底是什么,可是什么都看不见,只听呱呱一片怪笑,怪瘆人的。

小伙子们听了,便生了气,抬起了洋炮,就是两炮。

讨了个没趣,山喜鹊慌慌张张重新飞向柞林。

太阳还没到小山头呢,人们又都收拾起东西,趁着早凉,向着不可知的那一端走去了,怀着凄凉,怀着悲苦,还似乎怀着一种不可知的高兴。山喜鹊,成群地在天空里瞭望,呆呆地望定那使劲冒着蓝烟的牛粪饼发怔,扩散着一点糊香色的幻想……

于是热风又封合了这昏庸的旷场。

也是和这一样艰苦的文章,仍然由他们用疲惫的足印来沉重地填写。那走不尽的可悲的行程呵……

大队又像水流向前流去了,带着酷暑,带着衰弱。

青蝇,没命地追踪,在小孩的癞痢头上,在老马的痛疮上,带着瘟疫的种子，去追赶那些软弱的，已经病了的，老人，小孩，或是不服水土的妇女。

青蝇这几天更多了，成群结队地在耳畔眼角嘤嘤着，永远不用想斥开。吃饭时，他们落在锅巴上；睡觉时，他们落在眼角上，你眼皮一动，它们便落在鼻尖上，擦擦它们的后腿；到晚上，便更有兴致地到马槽里和马蝇们争风，惹得马群不住地嘶嘶，尾巴不停地摇着，肌肉无法可想地突突。青年的马夫们，勉强从车篷底下爬出来，打着呵欠，嘴里狠呆呆嚼着粗话，用脚踝毫无怜惜地踢着几匹卧槽的懒驴。

于是瘟疫更加扩张了，最引人奇异的，是那丢失了三升炒米的老丑妇，在一天晚上，大叫一声，便死去了。

那是前三天的事情：

叫街的刚从远远的村落里回来，焦老爹又喝醉了酒，提起了他的大孙子，劈头盖脸地就是一顿打。皮鞭子红花蛇似的从他青筋咆哮的胳膊上竖起来，努出两只黑狗眼。"你这双折腿的贼皮，你干啥偷我馍。"

老人被酒精的火焰给燃烧了，疯了似的把两只臂膊毫无怜惜地挥动着……

鞭梢，不知怎么的，灼着了霹雳火李四哥。李四哥一个箭步蹿过去，钳住了那干瘪老头子就摇，摇，摇，然后猛古丁地向前一搡。没提防，一个癞蛤蟆跳水，便扑到老丑妇的水罐上。"哗棱"一下，炒米便撒了满地。左右饥饿的孩子，用不着谁来思索，跳过来，见到炒米就抢，抢到手里就吃。于是炒米顷刻不见了，只有地上一团扭扯的孩子。大孩子压在小孩子身上，小孩子从地上提起一把土，带着几粒炒米就往嘴里填。小石头刚把抢来的一把炒米往口袋里放，半路上就被另外一只手给抢撒了。一回身，口袋又给小妞抢去了，是谁又压折了正在得意的小妞的腿……

争夺，哭喊，叫嚣，骂詈，从炒米的颗粒所爆发出来的生的欲求噢！然而这欲求，竟得不到满足，于是孩子们知道炒米是可以抢的了。

米，是没有了，地上的细土和草秆也随着光了。几个落后的孩子，只得用枯瘦的小手在那干裂的泥土缝里，去找寻一颗两颗被遗留下来的米粒。

那一只耳朵的老丑妇也为了这不可计算的损失而疯狂了。

这样，过了三天她便死了。就是这样的，瘟疫的巨爪，就更凶残地向人猛扑了。

瘟疫随着老妇人的死到处蔓延着，三天之内便死了五个，一身牛腱肉的小牛子也死了，这真使人恐怖了。

每个人都感觉到有在一分钟内消逝生命的可能。天色一黑，大家便都鸦雀无声地眯起了，槟榔瓢的声音没有了，大人的狂喊声没有了。丈夫死抱着妻子温柔的肉体，母亲把自己仅有的奶汁急遽地灌到孩子的口里，抚着腾腾跃动的胸口，互诉着各人的生命距离死到底还有多么远。好容易才算把这一夜的黑暗跨过了。第二天一清早，人们便都兴奋地谈着，谁家的人死了，怎样的死法，互相报告着，互相激动着，互相感喟着。每个人也都私幸自己的生命，还没有跟着黑夜过去。可是接着又恐惧起来，刚起了这念头，是不是就会得到报应，同样的命运，也许就能临到自己的头上。于是便更加恐慌起来。

有的机警一点的，在半夜里起来，便在自己认为可以有鬼有神的地方，悄悄插了三根剥光了的蒿秆，堆起了三座沙堆，对着沙，便讲："我们都是被难的，想供养你也供养不起，只要你保佑我们平平安安地到了关东,我们杀活猪,真的,一个大,大整猪,不是头尾……可是你再要附着人下来……而且,你也得达时务……你要再缠人,可真要请真灵官……"

可是瘟疫却更因为人的低头而逞凶了,有精力的人都消逝了精力,一切都不能拯救,年轻小伙子也索然了。

"什么东西使我们这样的呢?"

"治河的捐年年地掏啊,催捐的比要钱粮的还牙爪……"

"就是这样吗,必得是这样吗,不能改个样吗……"

治河的捐从农夫的血管里输送到治河大员的肚子里,于是治河大员的肚子肥了,黄河的肚子也肥了……最后是水灾。水灾驱逐他们离开家乡,走向那从来未曾一见的地方,接受了从来没接受过的命运。水灾,逃荒,瘟疫,死亡。年年在重演。

瘟疫插起了翅膀来追踪着,一点都不犹疑。终于他们又在一个不知名的广场上停住。把两个刚死的壮丁埋了,大家便在大广场上团团围住,跪下拜天了,祈求这个劫数能有个了局。

无数的头颅俯在地上,一个老人的头像霜打的葫芦,反射着毒热的阳光,发散着令人难过的光亮。一个小顽童把一块小石子轻妙地投到它的中心,于是它上面那片嘴唇的翕动,就像得到了神的感应了似的,动作得更急促了,喃喃倾诉出一些自己也不能了解的话语。而万千的嘴唇,也同他一样地控诉着、翕动着。每个人都企图着把自己心坎里最隐微的希望表达给老天爷知道。

这庄严的仪式,填满了这生疏的旷场。野坟里的小黄皮子压住了自己的瘪肚子不敢出来,一切都恐惧地沉默,惟有祷告同着青蝇,从四下里向中间嘤嘤地响着。

虔诚从心坎里向外涌着。人们都把信任寄托给无极的天空。

眼睛代替了心的礼献，敬呈在老天爷的面前。于是他们的眼睛与天融洽了，流泻出感激和希望的泪水。天神骑着马，在空无的白云里飞奔。白云一丝也不动，在凝视着人间。

人们仰望着。人们用心来祈祷。

白云静静地聆着。于是宇宙的微妙和人心的微妙汇合了。于是，虔诚的心啊，都一同震颤了。

忽然在这虔诚的海里，一个不祥的泡沫出现了，泡沫突地涨大了，涨大、荡漾、汹涌、澎湃，蛇立起来，向人猛扑……起了一阵骚动，一个女人疯了。

万千的，数不清的头，都霍地从地上爬起来，惊疑着，恐惧着，悲恸着，无所措手。

"先打死她吧，反正她早晚也得死——"

"送祟吧，送祟吧！"

"不行呢，用五色针来扎吧——"

"用骑马布子来蒙她的头呵——"

那个神经失常的少妇，并没有把这些个话语听在耳里，只是毫无表情地哭完了笑，笑完了哭，扭着人便打，见着小孩子，用牙没命地咬，说自己的孩子趁着黑夜让别人给偷走了。

"给我孩子呀……"

人们的神经更脆弱了，人们都拿了自己可以自卫的东西在旁边痴着，心炒豆似的跳。小孩，夹在母亲的屁股后头，不敢出一点气，人们想着死亡就在跟前了。

汗，成串地向下流着。眼，布满了血丝。怎样办呢？脸色苍白的少妇喝喝咧咧地唱述，歇斯底里地狂舞……说是老丑妇附她下来，如今她来复仇，非让他们都死净了不可。

…………

就在这时候，忽然，眼前一亮，人群里钻出一个人来。看那模样：三绺黑胡，黄净面皮，手里倒提着一把白蝇甩，简直就是那背葫芦的吕洞宾。我们的苦日子有头了，劫数够了，有能人来了。

老人走过来，端着一杯冷水，对着那青年少妇的苍白瘦削的脸庞，轻轻地喷去，火炙的神经，突然为冷水所浸，于是紧张的弦松弛了，她安静下来，昏然地倒在地上了。

老人又把中指和食指掐成了箭诀，在水碗里沾湿了，向半空中去洒，眼睛凝视空中在念念有词：

"天灵灵，地灵灵，我有十万神兵，十万鬼兵，逢山山开，逢地地裂，逢水水涸，逢树两截，一切妖魔，随时消灭，我奉太上老君急急如律令……敕！"[1]

老人掐弄她的脉穴，按摩着，舒展着，使她安静。惊喜的，激动的，嘈杂的声音，从四面里兜来，人们都安下心来想起看热闹来了。

笼罩着人们的情绪，不是恐怖，而是解放的、救度的喜悦，围的人更多了。

老人用蝇甩轻轻地拂开他身畔的人们，告诉他们这样的嘈杂，是等于要这媳妇的小命。

"你们不要怕，我救你们……"他又感动又镇静地说。

于是他们都安静地向后退了一些，顿时更肃静了些，每个沉重的心都随着他的话落了体。

"为什么不早一天来救我们呢？"

"你们应该有七七四十九天的劫数……"

---

[1] 这叫作护身咒。

"他是谁呢?"

"哎呀,我记得了——丁家屯的丁老先生——"

"唉!丁老先生不要离开我们哪。"

"他叫丁半仙哩,他是逃出来的,他家也是籽粒不收。"

"一定的,他是真灵官派来救我们的。"

"我知道他是北山沟摇串铃的。"

不同的推断和不同的矛盾,喜悦地,也惊奇地用着尊敬的口吻,投向那拿着白蝇甩的老人身上。

"死不了,你们得有这场劫数,我给她圆化圆化……"

"可是治病治不了命,你是命中该然哪。"

"这是狐仙捉的你,你是恶贯满盈呵。"

"好了,好了,我给求了老佛爷了,求好了。"

老人半意识地自己也邪迷地顺嘴讲着。而瘟疫也似乎是因为看见了他们快走进了科尔沁旗的无限的丰饶里,而萎缩得不敢再狂虐了。

老人成了这一群的精神的中心。每个年轻的母亲,都向老人亲亲热热地叫爹爹,把自己认为最细致的食物供献在老人的面前。青年的头子们,都感觉到自己的生命,是老人给保存下来的,所以便竭力地运用自己的劳力去取得老人的安适。老人的生活,从此竟优越起来。

到了关东,老人便把从前在山东时候的地主架势安排在自己的身上。等到一个少女参加到他家里来的时候,他又添了一双聪明的臂子。

一副黑黝黝的眸子的少女,常常幻映出无限的羞怯,来表达着她对于老人的一种善良的尽忠。劳作是她全部的生活,她再不想别的。黑夜里,秋虫在唧唧地哭诉的时候,什么都黑了,那菜油灯的凄凉的火花底下,她一个人悄悄地纺织。太阳重新从东山出来了,她又忙着去下地。

这纤细的女人,对于那粗手粗脚的逃荒婆,真是多么奇异的一个对照呵,她怎么不会裹脚呢,她是小九尾狐狸变的,她怎梳方头呢,她的底襟没衩呀……但是,对于关东的传说,种苞米的方法,那可就没有人能再赶上她了。

这样,这个拿着蝇甩的老白狐狸便伴着这条小九尾狐经营起他们的农场了。

老人的农场和他们的威信成正比地加强着,一点都不受什么波折的摧毁。可是,最后,当着一条带着猞猁子似的小眸子的小狐狸精降落在这个奇怪的小家庭之后,老人最终的日子却不远了。

那一天,老人起来得特别早,骑了一条墨黑驴,腰里带了一只用一尺见方的红布包着的罗盘和糇粮,告诉了正在纺线的妻,说到山里去相阴宅。

那夜,北斗星正指着正北,天像蓝釉子盆似的覆在翠碧的原野。森林,从心里吐出枭叫。一个贼星,拖了三丈长的尾巴,缓缓西行。

罗盘摆着的地方是山抱着水,水抱着山。

老人像猎狗察听从远处走拢来的野兽似的,尖起了敏感的耳朵,按在地上,细细地听。只听见一片响,从正南向正北流去,像是风,又像是水,哇的一声,从南往北,可是一等到了老人的耳朵的时候,却只听杀的一下,一落千丈,便渗下去了——这就是风水[1],藏龙卧虎格的风水。

---

1. 风水,东北传说风水可以听得见。

这老人，便想把自己的最后的骨殖，埋葬在这全境最旺的风水上，来树立他百年的基业了。老人抱着罗盘叹息了一会，便把一只白蝇甩，按照向口，摆好了，向着那蔚蓝色的苍穹，深深地默祷了半天，才一步一步走下山来。

"我要死了，你好生和孩子们过活……就葬在南山向阳坡点穴[1]的地方，和那白蝇甩一样。要心急，就往溪边错五寸，可以早发五十年……坑洞里第三块砖是银子，第五块是金子……"

老人，就这样地掷下了他的神秘的遗嘱而离开他的娇小的妻子，这个遗嘱便奠定了一个东北的大地主的成功的开头。

一直传到丁四太爷的时候，全城的王荒熟地，除了王爷和几个贵族之外，便都列入丁家的掌握了。

这是每个鸳鹭湖的人都能指点的故事，这是每个鸳鹭湖的人也都如丁家后代一样确信着的故事。

---

1. 点穴，就是坟开的地方。

二

四太爷、大爷、三爷
——丁府财源无限的膨胀期

丁四太爷镇静地坐在桦木包嵌的茶桌前，似乎是在等着一些什么事情发生，左手有意无意地用手指敲着一只建瓷的茶碗。

等了一会，随便提起了笔，在桌上宣纸抄本的《家仙锡福录》上的"是盖非常之人，必有非常之事。天命所寄，人神共济之耳。而上仙锡福，所以格于数者也"的几句旁边，又加了一趟密圈。

他正在等黄大爷前来，已经等得有几分不耐烦。

脖颈慢慢地向右转了一个半圆，"炕衬"上的"巴儿狗"文几上堆的一堆旧书，便映进了眼帘，《目连救母宝卷》《血湖经宝卷》，都散乱地交搭着，最上的一本，是黄缎子皮的《钥匙真经》——封皮写着朱字："奉佛旨传灯弟子北天王悟道真人斋戒沐浴虔心顶礼手书"。

四太爷心里突地一震，一幅清晰的画面，又闯进他的眼前：

还是两个月前的事。丁四太爷还不能称心满意地来做鸳鸯湖畔的大地主的盟首，他唯一的对头，北天王，比他家显赫得还不知有几倍。北天王家里，辽海卫的朱砂碑耸立正厅，高丽城的古碗，北宋的瓷瓶，摆满了檀木的玻璃橱。三道夹皮墙里，供着三座镇宅的赤金菩萨。菩萨底下据说都是墨西哥鹰洋。

北天王为了益寿延年，特意养了好多黄花闺女，锻炼"红铅"。他讲求："添油拨捻，筑基炼己，取坎镇离，婴儿姹女，龙虎交姤，抽铅添汞，调养火候，逆转河车，还精补脑。""过三关，展九窍，游十州，赴三岛，次第工夫。"[1]

北天王家里开着两幢"烧锅"，鸳鸯湖的白干，到处有名呵，他的生意很好。大片的"靛"田里，"打靛"[2] 的工人，都光着脚在"抢靛"："上来了，上来了。"一片喊声，声音里带出来北天王的比靛青还要"暴"的幸福……他还开了两座染房。

在罂粟花的田埂里，暖馥馥的中午时候，女性的高音，在摇曳的娇小的人头[3]里浮动。"六月——里呀三伏——天，姑娘——媳妇拉——大烟……"葫芦装满了古铜色的膏浆了。

北天王按照老佛的旨意，所应得的宝富呵……他有一大片烟田。

北天王连这些睬都不睬，自有那徒子徒孙，替他照应服役，经营他的家业。北天王自己除了经常跑到各将军府去捐款之外，便是做工夫。

早起，五朝冠，庄严地戴正。九龙镶金满绣全幅的道袍，箭袖轻轻拂起神秘的灵氛。牙笏向着丘祖显圣像，遥遥一点，朝参的仪式便开始了。

先升一道黄表，声称南瞻部洲第七十六代传灯弟子天地门红阳法真一教主北天王疏表天庭，报告人间细事，哪家作恶，

---

1. 这是《达道图》上面的经文。
2. 打靛，靛是一种植物染料，打靛是泡制染料。
3. 鸦片烟结成小葫芦像人头一般。

哪家行善,哪家该降福,哪家该罚。

二是天王为民祈福十报恩。一报天地来覆载,二报丘祖道行深,三报三光星辰月,四报父母养育恩,五报……

三是北天王普度众生发愿文。我今佛前发宏愿,普度天下众痴顽,人人听我宣大道,西天佛国在王前……

四是讽颂全部真经,《后有真经》一卷,将《钥匙真经》宣读一遍。

北天王有一个大庭,屋里装着各种表册和木笔沙盘,专记人间善恶。门前挂着一架二丈长的大算盘,上边写着"不爽毫厘"四个大字,王尔烈题。铁门经年锁着。有时有的人大着胆子,向门缝里偷看一下,鬼森森地只见一片寒髓的漆黑。钥匙眼里,异样的阴风,人们毛骨悚然……便都连忙退后,不敢再看了。

这一天早起,北天王忽然对门徒们宣称昨夜观了景,得到静室去静坐十天。

坐在宝殿上,北天王嘴里流起黏沫子。身子一悠忽,下部又淌出一些什么来。北天王连忙吩咐王灵官过来,附耳低嘱了几句……嘱咐他要住在静室里,什么人都不见。北天王回到屋里,就在丫鬟的手里吃了一粒鹿茸丸,才算略略心里有了底,但精神还有些恍惚。

这时候,京里正飞下公文要他。已经有人把他告下,告他神道设教,图谋不轨。

公文飞到府里,知府便搔了脑袋,一夜抽了二十个烟泡,怎么办呢?一则知府曾给他磕过头拜过师的,二则北天王教徒太多,连衙门里的快班马快,都是他的人,说不定会弄得树没扳倒,倒砍了自己的手。最后,还是太太出了主意,让他马上去和丁四太爷商量。知府这才像得了救似的，连忙催听差来穿靴戴帽……

那时候，四太爷正愁自己的家业，坐在正厅里和黄大爷盘算怎样才能把土地扩充。

"刘老倭瓜，今年又张着口借钱了，咱们要再喂他两千，他的一块金镶玉[1]，可也就没跑了——到过年秋成……"黄大爷狠狠在大腿上一拍，"太爷，你看，又是一个满贯。"

但是，太爷却低下了头，他感到自己的资金不够周转，他叹了口气，道：

"李小八那地，虽说是十成的黑土地，可是，我出的价，也算冒高了……钱，让这一笔就占了大半。"

黄大爷道："双合店——你老知道双合店也整整喂他三年——也想吃这块肥肉呵，可是，结果，是把肺都气炸了，干看着咱们白爬进……"

四太爷道："我是以钱服人哪！他明值八百，我给他一千，我都替他着想，卖地的就卖这一回，是孩子老婆哭瞎眼的钱，我能亏着他们吗？双合店，他们对待人，不会有我这份心，他们太狠了！"

黄大爷笑道："可是只有这样大片的地才能往太爷手里跑呵，双合店、积玉堂……那几个大财主，都想红了眼，只是卖地的都往咱府上跑，道理就在这儿！"

四太爷又道："我是以德服人哪，我绝不忍看他们端着金碗要饭吃。我是成全他们哪。他们是让地累得筋疲力尽，我是拿钱换他们的地，我还是多给，我是诚心要他们翻翻梢，再走一

---

1. 金镶玉，本来是两块地合成一块地。

道好运气……"

黄大爷又半吞半吐地道："可是听说北天王今年也想大拉大揣置地。别人告诉他，'地是万年根'，'有地就有财'，浮物浮钱不行。所以今年他也想一个劲置，他看太爷这几年专在地上着眼，他也眼气。所以刘老倭瓜那'一块豆腐'[1]他也想撄……"

四太爷全身一震，惊诧道："啥？"

黄大爷又郑重地回道："刘老倭瓜那块地……"

"呃——"四太爷沉吟地摸了一摸下巴，"也该我抽手不及，烧锅里的红利，都过给李小八了，油房的，我都存了墨西哥鹰洋，今年的粮，我都得囤起来，等明年春天趁大行卖……呵，这不是跟我过不去吗……"

老人的眼，散布出阴沉的光，他想还是自己的本钱不足，眼看着是红，吃起来也很吃力，四太爷抬起头来对黄大爷道："咱们今年置的地，还不足百天……这还行吗！"

黄大爷忙道："一百天怕是打不住……太爷，李小八那地，和咱府上的地是一样的，都是有'藏掖'的。他'王照'上的是八十天哪，连这些年'开'的，哼，足足小二十来年了，荒隔，草甸，河套洼子……担保有一百天开外……要不李小八卖完了怎么就拍大腿呢？……"

四太爷有几分烦躁地道："那也不能算数，无论置不置，一年也得百十天地到家，我是有一年便置一年，绝不能放一年空过……那八十天算得什么？还不够顺着手丫子淌的。哼……好个……你看我的……"

黄大爷忙道："可是太爷，金五老爷今年就得牙干口臭，他

---

1. 一块豆腐，就是一块等边形的田。

'当'给咱们的地，就算'顺契'[1]……"

"那不算数！"太爷几乎是突然地暴怒起来。

黄大爷连忙煞住，推测太爷心里真实的算盘，他本来怕四太爷没想到这块地，把它当个喜报提出来的，倒没想到太爷反而生了气。

经过一段艰难的沉思，太爷才断然地像宣誓似的抬起了眼睛。

"不能，我不能看着大片的地，落到他手里——他，他北天王，算得什么东西！"

黄大爷知道太爷这时所想的，不在地，而在如何才能争过北天王这一口气来。于是自己的算盘也就随着太爷的目光的起落，筹划着如何才能一定把吞到北天王嘴里的东西再夺到丁家的手里来……

黄大爷恭敬地到柜里捧出一本账来，悄悄地皱起眉头来查看。想在账里查出几笔浮余的钱来，使四太爷能多运用几笔资金。

太爷一看他翻账，便鄙夷地瞪了他一眼，那本账不都在心里了吗？虽然自己也是没有法子，可是在自信上却好像一定必可得到解决……

"呃，我想起来了——你碰见郝师爷没有？"

"碰见了，他说……太平捐，还求太爷体恤，北天王还是照老例没拿，太爷这大的地面，要是也不拿，那么古榆城的太平捐，就算没波[2]了……"

---

1. 典当土地的人还不起现金，便把地折价偿还，叫作"顺契"。
2. 波，就是摊派。

听到了"太平捐"三个字,太爷的脸上,迸出一道狞笑,道:"嘿!这回我倒想起了个主意来!"太爷又摸了一摸下巴,隔着茶几,俯过身来,对黄大爷道:

"你去告诉咱们的地户,凡是太平捐都在'十月一'缴齐……不许有一个小钱拖欠。"

黄大爷猛可吃了一惊,他满以为太爷一定是不缴太平捐了,就是缴也决不能怎的快,可是居然要缴,这使他不能明白。

太爷急急地道:"你去告诉他们,即刻就都交来……然后你再遇见郝师爷,你就告诉他,你要想在太爷的地上要出一个小铜钱来,除非是知府亲自要上门来。听见没有?"

黄大爷怔了一会,连忙连串地答应:"是,是……"

太爷又道:"等会你就告诉那几个地媒[1],说刘老倭瓜的地,我一定置……告诉他们给我看住,别净指着我的肥猪过年……听见没有?"

黄大爷心里这才恍然大悟,原来是太爷把扛下来的这笔捐,从地户身上收进,并不向上缴,而是用它来置刘老倭瓜这片地。太爷真是打的铁算盘。

四太爷又探过头来问道:"你明白我的意思了吗?"

"是的,"黄大爷慢吞吞地答道,"是的,明白了。"

四太爷这才哈哈大笑起来。黄大爷也随着笑了起来,他一面佩服四太爷的老谋深算,一面又替地户担忧,觉得太爷实在是太残忍太狠毒了……

黄大爷刚想辞出,忽然大管事喏嚅地走来,手里拿着红帖,说知府老爷来拜。

---

1. 地媒,买卖田地的介绍人。

"好吧，请让在小客厅。"四太爷说着也往外走，心里想着，他到这里来做什么呢？……可是知府已经走进门来，屈身要拜，四太爷连忙过去搀起，两个人揖让了小半天，还是知府先进了小客厅，四太爷随后进来。

于是欢然地寒暄客套了一番之后，两个人很快地在烟灯底下便谈起头等机密大事来了。

知府向四太爷讨教，请他想个斩草除根的法子，如何把北天王一网打住。

四太爷沉吟了好半天才说道："也不难，我和他最说得来，只是风声太大，很难下手呵……他是大泽里的龙蛇，轻易不出窝……"

知府听出四太爷的话，有些眉目，便赶紧接着说："所以愚侄的这颗红顶子，也得拧下。不做吧，一定是互通声息，狼狈为奸；做吧，实在是枝叶太大，哪里敢抱着树身摇一摇呢……所以，一切，吓，一切都得年伯担承了。"

四太爷道："唉，要提起他来呀，就连他爸爸的小名我都知道。他之所以能有今日者，也不过是地方姑息纵容之过罢了。要是从前他在江北洗手的时候，我们大家给他掐掐尖，他也就不敢像现在般地擅作威福了。而今呢，他由江北王，一变而为北江王，居然，大言不惭，借着神道设教，暗中培植势力……要不及早斩草除根，实在是地方的隐患哪……"

知府放开烟枪，细眯着眼说："是极是极，他是包藏祸心，伺机篡反，图谋不轨，已非一日了。……只是，他人手太多，很难轻易下手……所以，这颗红顶子，都指望在年伯身上了。"

四太爷重重地吸了一口烟，道："……不过，也实在有难处。"

知府结结巴巴地又道："年伯，年伯……这事非得年伯鼎力不可，靠着我这个小官是扳不倒他的！"

四太爷沉吟了老大半天，这才慢吞吞地道："……等我施条妙计，给他个措手不及，堂上那时便调派大队……查抄他的逆产，以清积恶……这叫作双管齐下，一举成擒。"

知府听了这话，霍地坐起半个身子来，大喜道："只是愚侄有一句话，不怕年伯逆耳……查抄逆产，统由年伯封存……"

四太爷哈哈笑道："说哪里话……"

知府喜得眉飞色舞，不知说啥是好："……年伯，呵！呵！年伯……"

四太爷还在一例推辞："那不能，那岂可……"

知府道："只是年伯把妙计赶快说出来吧，愚侄为了这件事，头发都愁白了，年伯……"

四太爷这才从容不迫地说："我想就这样的吧……调虎离山之计……我设宴……"

知府早把耳朵俯过来，道："愿闻，愿闻！"

四太爷倚在大靠枕上面，悄悄地在知府的耳畔说道："我想就是这样的吧……请他，你把人在我暖阁里埋伏……你看——嘿嘿……你看……"

知府越听越对心思，不由得喜道："哈哈……是极，是极……哈哈……高见如山，泥首拜服……哈哈……年伯，方才相约之事，已成铁案……年伯赏脸……区区之事，尚望年伯不嫌微末，逆产所有全部浮财，由愚侄造册上报，其余地亩住宅等项，统由年伯封存！"

四太爷还在谦让："那岂可，那未免有些手续不清了。"

知府便道："愚侄还算是个老公事哩，在这个上头，上下打点一下，京里不问，还有谁追究这个！"

知府为了避人耳目，便也和来时一样，微服简从走了。

事情就这样地决定了，北天王的田产在"啸众篡反，图谋今上"的罪名之下，某一个黑夜就记在了丁四爷的府库地册上了。铁打的衙门流水官，知府只要现钱，土地住宅他报了，那些能脱手的一部分，拍卖了，其余的就都归到太爷名下。

…………

两个月前的事情还在四太爷的眼前汹涌，忽然，黄大爷蹑手蹑脚地走过来，凑到太爷面前，用着沉重的机密的声音说了一声："妥了！"

出乎意外的，四太爷似乎是受了一惊，再没有吭声。

黄大爷连忙做错了事似的向后退了一步，揣度四太爷的心思。

四太爷向来是用鼻子也可以闻得出是谁走进屋里来的，每次他来回事，四太爷也都是正眼不抬的，半眯着眼皮，静静地聆着。这次，太爷居然好像受惊了地一震。他断定一定是自己没拿得稳，把声音逼得比从前高了。他很想追寻出方才说话的声音，是不是太高。可是，无论他如何去搜索，却也并不觉得比平日声音高了多少。

可是，四太爷，却又像没事一样地，在那里端坐起来，等着他的陈述。他这才放下心来，连忙用了极低的声音，机密地凑上眼前，又接着回道："就在明天趁着大神[1]捉弟子[2]……"

"唔……知道了！"太爷点点头。

"她想再求太爷赏她几天地。"

---

1. 大神，以狐仙附体来治病的一种东北特有的男巫或女巫。
2. 捉弟子，开始有狐仙附体，最后成为职业的巫祝，也就是大神了。

"唔——"太爷不耐烦地用鼻子哼了一声。

黄大爷便道:"这次不过是借她的口,镇压镇压,不过太爷,也得看在她往日的——"

太爷道:"那倒好办,你只让她把事情办好为根,把借她口说的话,都一五一十地说给她,丝毫不要遗漏!"

黄大爷又回道:"让她下来说,咱们府上是命,风水占的,前生的星宿,现世的阴骘,家仙的保佑,阴宅生阳,阳宅生阴,阴阳相生……还有,那些话,也都告诉她,让她说尽了……是,太爷还有什么吩咐?"

"唔……"太爷比较满意地点了点头。

黄大爷拿起了烟袋,便起身再向女大神传太爷的话。

四太爷又唤转他来叮咛道:"呵,记住告诉她,说北天王是恶贯满盈,天罚的,你懂吗?咱们是仙财,多说点……前世的……听见了吗……"

黄大爷垂手立站道:"是,是。明白。我明白。"

太爷用眼睛看着黄大爷退出去,又拿过来那本刚刚亲自作好的《家仙锡福录》来细细地批点起来。

看到得意处,轻轻地捻着几天来未曾整理过的胡须,又用牙梳生气地使劲拂了两拂,之后,才用上等朱砂密密地画着双圈。

果然,明天,就在太平村里,李寡妇又下来神了。

三间破狼破虎的小马架里面,两道红烛高烧。四周围定了铁筒似的人,大神临风扫地般跳上跳下,震恐,不解,急切,紧张的情绪,通过了每个人的心灵。大家都注意看着大仙的一举一动,想在那里懂得了自己的命运,也懂得了丁四太爷的命运。

响腰铃震山价响。

当子鼓，丁丁咚，丁丁咚，咚，咚。

穿火鞋，缕红绦，吞整纸子香，一切都在人的惊奇的震慑的注意里滚过去。

于是李寡妇，一个膀子挎了两把扎刀，左手中，另外的一把，没命地向下边的刀刃子上钉，咔，咔，咔……

又是腰里戴的四个铁钩子，一个钩子上挂一桶水，全身像一窝风轮起来……

当子鼓，爆豆价响，煽拂着一种惊心动魄的感情。炼丹的丹球，在每个人的眼前都浮动起来。人们神秘地，震恐地，希冀地，也看热闹地瞪起两颗眼睛，丹球慢慢地凝固了，凝固成红毡桌前的半斤对的牛油烛。

眼睛凝住了看着红烛，大神还是超乎自制地狂妖。

扎拉子[1]满脸冒着油汗，心里非常地玄虚，左说右恳，大仙总是凶凶妖妖地乱砍乱跳。

鼓，拼命地打，扎拉子把腰扎得更紧一点，沉住了一口气，又连忙哀告：

"大仙家，您在上细听回禀呀，你弟子为这事煞费苦心哪，东街商了李老好呵，西街请到伍乡绅哪，都一口同音答应定呵，大仙家你要啥，一定许你啥哟。你要黑毛子[2]成对呀，你是要成坛成篓的大麦曲[3]哟。只要不要全屯猪瘟病哟。你只要不让人上吐下泻两头拉哟。您仙家是功成果满的体面仙哪，您九

---

1. 扎拉子，是大神的副手，专门答话的。
2. 黑毛子，猪。
3. 大麦曲，酒。

州之上，胡月英的名儿，到处传哪。你为何和他们颠预人一般见浅哪，惹得他们鸡犬不宁，家宅不安哪。你有什么只管吩咐你弟子呀，你弟子一定得为仙家跑在马前哪……"二大神硬着头皮，心虚胆怯地喝咧着，把当子鼓敲得响得不能再响地响，好来壮自己的胆。

人们听得二大神这回答对得不错，刚想交头接耳，说大仙姑这回一定得赏脸了。

"呀——呸！"忽然香案前裂帛似的一道怪叫，方才刚摆上的供品，都连碟带碗地飞了下来，蜡烛汤子烫了一个小孩子的一脸，小孩，不由得热辣辣地大哭。大人连忙把他拉在一边，生气地拧了两把。小孩睐睁了两只大眼，不知是哭好，还是不哭好地向着大神凝神。

"我不早就说吗，我要那丁老头子亲来见我？呵，可是你们却还来跟我打哑巴缠，……呵，你们是什么心思？呵，呵？"噗的一声，一杯热酒冷不防地泼了二大神一脸。

"呵呵哈！"大仙姑看见二大神两只手忙着去抹漫在眼睛里的酒，便疯狂地哈哈大笑起来。

"哈哈，哈哈哈，我家住在疙瘩岭的疙瘩洞呵，我有千年道行的老仙家哟……呀呸，哈，哈，我胡月英，哈哈哈！"

"我说好言你们不搭下语哟，我发下了下马威风，你们好比耳旁风噢……"

"好东西，我让你们不见仙的见了鬼哟，我让你们不信仙的再也不用信仙噢。我让你三天之内猪全死呀，我让你上吐下泻两头拉哟。我点名叫姓，叫那老丁四他前来幔香斗[1]呵，你们铁

---

1. 幔香斗，一种敬神的仪式。

打的耳朵，跟我打花岔呀。呀呔，我是胡三太爷的大仙姑哟，我胡月英，今个让你们认识认识奴家呀。你出去不出五里地呀，谁家的小猪不吃糠呵，你出去不到五里地，谁家的小伙子心口疼得慌噢……我让不信我的人不得好死，我让你不交出丁四太爷来的阳间寿短阴寿长噢。三十六着你们通盘打算哪，我抱马麟童[1]你给我拿过歪脖子小凤凰[2]噢咳，呀呀呔——"

敲着当子鼓的扎拉子，连忙擦了额角头沁出来的大汗，拿过来一只肥嫩的白煮鸡，放在老仙家的前边，又毕恭毕敬斟了一杯酒……

"老仙家，请你放下大麦曲呀，一杯哈拉气[3]，你亲口尝呵。他们颠顸人想到或想不到呵，你们老仙家还是多行大方呵。丁四太爷虽然说屡请不到噢，你仙姑也得看他身份高强噢……"

"胡说，呵呔，凭他个丁老四，我请他，他就敢不来……"

"大仙家，你千万不要生气呀，听你弟子细禀端详呵。今天大家联名具的禀呵，全村都请四太爷保佑地方呵。四太爷虽然还是一定不来呵，呵，呵——"

"呵，什么——"

"呵，呵，四太爷他，他，他，他红呢小车走得稳哪，他早到晚到必定到场噢……"

"胡说，你让他就来——你们油头滑嘴，瞎说八道呵，你们三出两台心嘴不一哟……"

扎拉子无可奈何地向着大神心虚地一瞥，嘴里又讷讷不住地哀求：

---

1. 抱马麟童，也是二大神，可称之为法名。
2. 歪脖子小凤凰，鸡。
3. 哈拉气，酒的另一个称谓。

"昨天李乡绅亲口请四太爷以地面为重呵,王老爷,双手作的揖哟。为弟子心血都用尽噢,请仙家给弟子再宽一天的限噢……"

果然又宽了一天的限,第二天丁四太爷居然也被大家请到了。这真足以使大家惊喜若狂,今天来看的人更多了,四太爷正眼也不抬地,坐在旁边静静地聆着。

大神抡起了铁腰铃,哗啷啷,连跳带唱,二大神一边哀告,一边扶持,可是大神却还是凶凶妖妖地跳、叫、喝咧……

"房屋小呵,柱脚多,大神下来担待这,上边天门要离二尺五噢,下边的地闸你二尺七哟……"

可是大神却依然如同没听见似的乱闹乱窜。

大家更着急了,说扎拉子太不中用,不但不能服侍大仙安顿下来,反而越弄越凶。扎拉子看也没办法,连忙又央告了老朱绝后器,和贾二大神来帮忙。忙活得三个人都是通身的泥汗,这才好好歹歹的,算把大神给安顿下来了。

大神似乎是要断气了似的疲倦,坐下来便号啕大哭。大家都说大仙姑一定回马了,这也不是哪个冤魂借着机会来哭诉。可是细问扎拉子,扎拉子却说:"不,还是大仙姑的神。"不过大仙姑为什么号啕大哭,他也弄不明白,恐怕一定是有一段冤枉,要四太爷给她做主……

扎拉子又哀告了三遍,当子鼓打出各色各样的花点。可是大仙姑还是嚷嚷地只顾哭,一句话也不讲。

丁四太爷等得不耐烦了,生起气来,便大声地吩咐老板子[1]

---

1. 老板子,即赶车的。

套车。

"什么仙不仙的,我不信这一套,我是僧道无缘,都是他妈狗唷的邪巴气,硬让你们这些东西们三作揖、两磕头的,把我骗来,给我套车,我要回去!"

几个有头有脸的,方才敦请太爷来,一看这种情况,都暗地里捏了一把汗,慌了起来。大家连忙都战战兢兢地走到四太爷面前来劝留,又连忙跟二大神们发急,催他们赶快把大神答对好了,问出实情,到底是怎么一回事。

大家也都纳闷,看方才那么凶妖,一定是一个有道行的仙家,怎么事情还没弄个有头有尾,偏偏又像走了神似的呢?这里一定会有一段蹊跷。

"你看吧,说不定前生和太爷还有一段露水恩情呢……"袁老秃磕了小尖头的脊纽背一下。

"咄,你这个不得好死的,这是什么时候,你还开玩笑!"小尖头骂他。

还是扎拉子重新换了香案,又许了好多供,又到案前磕了三个响头,这才把大神答对好了。大神又下来,喝喝咧咧唱道:"三道关口什么人把呀,四角廊牙什么人修……我仙家为什么,把你寡妇失业的捉呀,我仙家为什么要问他丁四老头子,他,他老丁家呀哈喝——我一来不为着哈拉气,我二来不为着那歪脖子小凤凰呵,呵,呵,要提起那歪脖子小凤凰,他老丁家成车也拉十几天噢,我干啥那样不值钱噢……唉,我为着那,唉,我为着那丁家,他,他那老丁家噢……"

大仙姑说到这里又哭起来了,哭得大家也都似乎有些莫名其妙地伤心起来。

"他丁老四为什么叫四太爷哟,他老丁家为什么家产万贯,地上千天噢。他风水虽说是藏龙卧虎的格局哟,他要没有我仙家暗中保佑,怎能会有今天噢。他那年一场小病,有两个小鬼魇着他噢,我要不把桃木箭射死那小鬼哟,今天他四太爷,也早在荒郊野外打邋遢哟。如今他发谁的财,都是发我的财哟,他发财全仗着我老仙家噢。可是我仙家不要名头不要匾噢,我从来没在四处去张扬噢。可是他日进斗金财发万两噢,我半夜三更,无处为家噢……唉,提起了当年事不由我眼泪如麻。我一片苦心,都为着他丁家噢……

"唉,他,他丁老四那老头子本是白虎星转世哪,吓吓,你叫他丁四老虎,他一点也不差哟。他同我在广陵大山修行佛法哟,我俩是一座山上,各住各的家哟,我们东不通名,西不道姓呵,听经石上有分差哟,可怜我,呀,呀……如今,他家发的财,是冒高涨噢,我还是破庙山门,两脚打跐滑哟!他家仓子无其数哟,数不过来的,是米哟,可叹我香烟受不了他一根,茶水没有一盏,逢年遇节也没有他一个揖哟。我一片苦心变成驴肝肺哟,我可叹你个狠心短命的丁四爷呵,呵,呵,唉——"大仙姑又呜呜地哭了,"唉,我山洞子修行苦又苦噢,我弟子穿的是芝麻花¹噢!呵,呵,可怜我的苦命的人噢,如今我也不求金身丈二绫罗褂哟,我也不求三进四进的连厢厦哟。我只求你起脊小庙五尺五噢,后边出扫、前出廊牙哟,年节给我斟盅酒噢,有事没事献道茶哟……我保佑你丁四太爷,福禄寿喜,全城有你的哟,你,你,你个老丁家哟……"

仙姑越哭越伤心,真哭得头都抬不起来了……

大家,都你瞧瞧我,我瞧瞧你的,互相地交流着一种心悦

---

1. 芝麻花,衣衫过于褴褛。

诚服的赞叹。

小尖头,尖起了嘴,伸到袁老秃的耳根底下:"大家伙,老说北天王是丁四太爷弄的,谁信,人家丁家发的是狐仙财!"

"连我还往那上猜呢!"袁老秃搔了搔脑袋。

"还提你啦!你马尾穿豆腐,还能提起来?你还恨不得猜,那小仙姑还和你有一腿不哩。"

"浑嘴瞎扑哧什么。"

"唉,我就说晦,人家丁家发的财是仙财,你眼气也是白眼气的……哎,咱们前世没福,唉……"小尖头感触得抑郁地长出了一口气。

…………

大仙还是撼人心魄地哭。

大家的目光都偷偷地集中在丁四太爷的身上,看他有何作为。四太爷一声不响,踱到香案前边,用手轻轻拈起了一炷线香,在烛火上点着,恭敬地栽在香炉碗里,又向上作了一个揖,便一句话也没说,向后退了两步,用手轻轻一摆,大把式便连忙过来扶四太爷上车……四太爷从容地走了。

从这天起,四太爷便把家业都交给他最爱好的长子大爷来管理,自己便自管放浪形骸,赏心悦目,诗酒逍遥。

大爷就是四太爷青春期的再现,他和当年的四太爷一样的英雄、果敢,会开辟财源。在丁家的开拓史上,又增加了一柄光辉的大斧。大爷取得了当家的大权之后,依然坐在四太爷坐过的正厅里,执掌一切。

多么快呀,转眼间二十年就过去了,大爷正在正厅里,翻查粮账。

窗外的暮霭一刻一刻地浓了,丫鬟悄悄地过来把灯掌上。

在山里,黑得就快,高岭子,挡住了半个青天,太阳一进山坳,夜色便一分钟都等不了地走来。刚一眨眼,前后左右,都是晚霭苍茫了。

遮断了蓝天的蓝山里,铁古咚[1]在互相答应,大车拧成绳在盘道上走着。直径二寸的棕绳绞在车轴上,车轮一点也不会转动,可是车还是有小鬼拖着似的向下滑。汗气结成了水珠,辕马的眼睛镶满了珠络。两半青石色的屁股死命地抵住了山道上的石碴,用力坐陂。老板子穿着趟土牛[2]踏在车辕上。用舌尖润了润被山风给吹裂了的嘴唇,提尖了满含风尘味的嗓子,性急地吆喝:"扫,扫[3]!"扬起狗血浸过的牛皮鞭子,只一掠,说打帮套的左耳尖,就打帮套的左耳尖,一檩子紫色的鲜血,在清冷的天气里,漱漱地冒着热气。外套一激灵,车便放笆似的往下山路跑去。

前边又是双合店的车灯,又是双合店的车把大道给楂住了,老板子眼睛一红,把里套只一带:"嘚,喔喔驾——吁——嘚,喔喔驾得喽,驾!"[4]

一听命令,辕马不顾命向前抢车,后脚用力过猛,铁蹄钉挣脱了两个铁钉,石头子在脚底下一滑,就打了前失。"啪啦——啦。"鞭梢只一提溜,又是狠狠的一大鞭,辕马激了,只一纵,前边双合店的车就被挤在道旁了,丁家的车,便一条龙似的,呼隆隆呼隆隆地抢过车去向北跑过。

---

1. 铁古咚,大车上面拴的铁铃铛。
2. 趟土牛,是一种土制的牛皮短靴。
3. 扫,驭者喝马的声音,叫它后退的表示。
4. 车夫号令牲口的声音。

"啪啦——啦。"大鞭轻轻地在天空上只一甩,鞭梢的清脆的响声,就从这个山尖飞到那个山尖去。

深棕色的山麓上,红色的车灯,鬼火样地不着边儿地向下滚。

乌鸦把脖子掖在翅膀里,听见了大车隆隆隆的响声,便从山楂树上吃惊地飞起来,打场似的在晚霭里旋,呀呀地诅咒这三天一个来回的老过客。

车过去,暮霭又封合了紫色的秋山,朦胧里透出来一点榛杆叶的妖红。

正厅里,大爷听见鞭响的声音,便知道是自家的车回来了。这抢着行市卖的新豆,一定会在掌包的[1]手里带回来一笔大钱。

山道向暮烟中隐去,车走进了平川大道。

老板子把两只如炬的大眼,从大风帽里钻出来,看看前后一柱挺的三十多辆都是自家的大车,便像喝醉了酒似的吆喝:"嘚,我吁,喝着——嘚喽,嗒,驾嘚——"真快呀,燕飞似的,双合店的车,拉得更远了啊……

那不是"老房子"[2],前边黑压压的一片,屋顶上飘着淡蓝色的炊烟。炊烟伸出婉约的巨手,在遥遥地向着这里诱惑。蒙古型的鼻子闻见了肉头头的高粱米的香气,马的蹄子就更快了。

大爷合起了租粮账,听了听那快进大门的鞭子响,便火声向门外喊道:"喂,来个人哪——上灯。"

…………

场院里,小猪倌气死画匠,正把一个萝卜摔在地上,看它

---

1. 掌包的,就是跟车管钱包的,多半是家人或是管事的。
2. "老房子",就是祖宅,后来小爷住的不是祖宅。

酥碎了好啃着吃。一听见大门里车鞭响，便弓起了腰，爬到干草堆里，乱摸索了半天。向左右又贼顾了一会，这才一只手抚着胸脯，想寻着原道走出。

仓子太多了，满都是大肚子弥勒佛似的圆骨碌滚。小猪倌挤了半天，还没挤出去。似乎是那里惨烈地呼叫了一声，小猪倌心里一虚，便慌张地乱跑。

鸡架里，一只尖嘴的黄鼠狼子，正按着那每天都是第一个来打鸣的黑公鸡的脖子在喝血。鸡叫的声音从咬破的喉咙洞里钻出，混合着一种痛苦的血腥。

小猪倌满头黏汗只顾奔跑。哎呀，不知和什么东西硬手硬脚地撞个满怀。

"小贼皮，你偷了什么东西跑，快给你爷拿出来。"

三爷正兴致勃勃地到南场院里一个新相识的姑娘那里去幽会。不期碰见了这个丧门星，便觉着有无限的霉气，冲了，什么喜事都叫这个丧气鬼给冲了。他伸手就给慌张地跑过来的小猪倌一个嘴巴。

小猪倌只有用上牙喀喀打着下牙。三爷想他一定是偷了东西去换糖吃，便顺手在他身上一搜，三爷的铁手，不过在他胸前一摸，鼓溜溜的胸脯，就立刻塌下去了。

什么东西黏拉巴唧沾了三爷一手，三爷一回手，便抹了他一脸："我把你个野杂种，你搁哪儿偷来的鸡蛋，看见大车，你就往外跑，你给谁送的鸡蛋？"

小猪倌只是上牙得得地打着下牙，半个字也说不出。

"杂种，我把你个王八蛋——去你的吧。"三爷没心思去细问他，哪里在乎几个鸡蛋，一脚就把他踢到那一边，扬长而去。

好像做了一件开心事似的快乐，三爷邪迷地打着唿哨，喉咙里,不由得打了一个通畅圆和的饱嗝,吐出极其强烈的酒气。

转过了白杨林子,来到了自己最熟悉的小屋子,没等人来开门,一个飞脚,便把门踢开。

"弄盆水来!"

吃吃的艳笑声,从里间屋里传出来。

"怎的今天这么大的火呵,是在哪个——摔了醋坛子来的。"

三爷没搭语,闯进门来,便用女人的脸代替了洗手水,抹了女的一脸的鸡蛋黄子。

"哟,你这个缺德的,不得好死的,你上哪儿偷鸡摸蛋去啦,这时候才来!"女的又撒娇又气恼,连忙找手巾去擦。

一个甜蜜的黑夜过去了,太阳用着它万里的红色涂满了大地,照着那肥腴的土壤里,一片黄金。晚高粱竭力地吸收淀粉质,趁着秋阳来度穗子。

看看是三爷过来,打头的[1]把腰带狠狠地紧了一疙瘩,一声不响地操起了镰刀,便下地去了。一个人抱五条垄,镰刀一闪,一排青纱帐子的秋秸,齐压地一排墙似的向左边倒去。

二打头的[2]把嘴里刚装上的蛤蟆烟,在鞋底上轻轻地磕了,便大声呼喊:"起来吧,黄牛都跑出二里地了。"

大家嘴角里都浮出了一种会意的笑,微微摇了一下头,便又都一步高一步低地下地去了。

大地上满都是酱斗篷样的高粱橡。大车扭成绳似的往场院里拉。一群姑娘媳妇便都手里拿着一把七八寸长的镰刀头,到

---

1. 打头的,是雇工的领班,一般地都倾向地主。
2. 二打头的,是副领班。

三掌包的[1]那里领牌子，割高粱穗子。

刚给这边发完牌子，又到那边去看铺子[2]，抢铺子的也都是些女人、小孩……三爷真忙。

割豆秆的，一个人抱两条垄，倏的一声，一眨眼就是一片空地。可是打头的还要快："大家都卖命呵，明天三爷犒劳你们两口猪。"

三爷用半个眼睛，瞧着那捡铺子的一群姑娘媳妇，便气冲牛斗地叫："谁他妈的不卖命，谁明天可别想吃肉！"

"听见了吗，两口猪呵，不白让你们出汗！"打头的带着笑喊。

"大片鸡屎，明个咱们又抹油了。"二打头的也笑着喊。

"管他娘，反正这条狗命也交代啦。"有人在抱怨。

"对啦，这才叫狗命不值钱，两条猪命换你一条狗命。"

"换我的？连你爹的命也换去啦！你爹不是累吐血死的？"

"你小子也得累吐血死！"

"唉，我这伤痨根，已经八年了，都是报效他们丁家报效的哟。但愿我吐血，也积德你这样一个好儿子，死了，也就安心了。"

"他妈你这掏雀吃的王八蛋，阎老五有眼睛，要不先提搂你，我也得用大家什挫死你！"

"你小子也不用给我眼罩戴，你要挨到我这个岁数呵，不用美，你要不一天到晚咳咳咳，我就大头朝下来见你。"

三爷卖完了关子，便用着邪淫的眼睛，叽里咕噜地眨摩着

---

1. 三掌包的，就是三爷，因他经常跟车管钱的缘故。
2. 在地里割下来的一堆堆的高粱或豆子，叫"铺子"。

捡铺子的小媳妇和大姑娘。

趁着势儿，那些可怜的生命，也用全副精神，去打发开那被困苦的折磨所刻画在脸上的愚骏，摆出仅有的一点爱娇，来迎合三爷每天在她们身上所要挖掘出来的趣味。

后边老婆子们，看见三爷今天特别的兴头，心里估量着今天一定会有多余的粮好捡。忧愁的心，似乎稍一舒展，但是等一想到自己儿女的命运，便又立刻在自己的目前更加重了一层阴暗。几个白胡子的老头儿，看了便睒瞪起眼睛，几根稀疏的白髭在痉挛的嘴角上义愤地抖动了。

看坟的马成的女儿小精一向是和三爷靠着，小精哪里是捡遗下的毛豆，她是整铺子往家来抱，正抱得起劲，三爷便过来制止她。

三爷正和她夺着一抱铺子，小精央求道："三爷开点恩吧，两口猪都舍得了。"

三爷抢过铺子去，喝道："不行。"

小精又哀求道："三爷，三爷，好三爷——"

三爷涎着脸道："不行，再叫好听一点的才行。"

小精只好又叫了一声："三太爷——"

"放屁！真混蛋，灌米汤也不会灌，三太爷，不成了我爹的三哥了吗？"

"是亲爷，是亲亲爷。"

"哎，这样，才叫你爷爱听，来，乖乖，再叫几声你爷爱听的，来！"于是小精迷惘地被一只强健的手给拉过来了。

"来，亲亲的，再叫一声，亲亲的，软软颤颤象牙筷子挑凉粉哆里哆嗦的乖乖的亲亲爷……"

那些老太婆、老头子，和其余的一些姑娘媳妇，看了便互相地使了个眼风,边骂着边到那边捡地去了。

壕棱上,秋阳里的暖风吹拂着,三爷一只手搂住小精的腰板,另一只手摸着小精的脸……

…………

"三爷收了我吧。"小精神经质地激动着。

"你妈愿意吗?"三爷无关心地取笑着。

"我妈有啥不愿意,一年到头,把脖子都曳两截了,还填不饱肚。我四个弟弟,从三岁到九岁,一到三九天,都光着眼子,不敢下炕,红虫似的在炕上爬……"小精几乎天真地哭了。

"他光着眼子,我管得着吗?"意外地,三爷不但不替她可怜,却反而咧喝着大嘴,哈哈地笑了。

小精睁大了一双满是泪水的大眼,神经质地几乎要叫出来了:"你们这损阴丧德的黑心利呀,我们老少给你们丁家看三辈子坟茔,大大小小的……"

她可真想数落他一顿了,可是一转念,却又软了,吃在人家地皮上,长在人家地皮上,跟人家吵还有好处吗?全家的性命都捏在他的手心呢……

小精用眼睛看了一下他的一双粗大的带毛的巨手,便狠狠地用上牙咬了下嘴唇,代替了一切的憎恨。

这个矛盾的表情在三爷的眼里,便反映出无限的爱娇,引动他用着一排黄色的门牙,淫狂地去啃啮小精的脸庞。

"别闹了,咱们去看她们捡多少了。"刚说完,小精又后悔起来,她们现在也许正捡得欢,要是三爷见了,又发起猴脾气来,不许她们尽量地去捡,那可怎么办呢?还不如再纠缠住他一会儿,让她们多捡些。凄清的、悲苦的,一种从来没有感觉过的昏眩,侵蚀了整个小精飘忽的感情。

忽然，前边漫岗子[1]上，一个人影正曳着一抱豆铺子，向下坡路跑去。铺子太重了，那人还趔趔趄趄地不易拉得动。

"你看，"三爷打趣地扳过了小精，一手指着漫岗子，"也不知又是哪个不知轻重的老家伙，一抱就抱了那么多的豆铺子，也真不怕自己累死，哈哈——"

三爷又是一片狂笑，小精不期地又习惯地打了一个寒噤。

可是，突然地，三爷竖起耳朵，向漫岗子惊奇地注意了一刻，立刻就收拾起了笑容，猎狗似的一蹿就跑上前去了。

只听三爷像狗吠一般大声嚷道："呵，好杂种，呵，是你吗，你，小玲，你偷豆秆！"

三爷一把便揪住了小玲子。豆铺子撒了满地。

一半是为了三爷的充满了色欲的眼光，一半是为了惯有的心跳病。小玲恐惧的血液奔流得把心脏都冲破了。三爷的愤怒是真的呢，还是做作的呢？她是推断不出了。她全身在震颤，她的脸色，无血液的惨白，她看不出，三爷严厉之中，还盖着一副微笑的鬼脸，是要挟着她温柔地服从，于是她怔住了。她不能也意识不到，人类在工作之外，还有享乐、恣纵、调笑等等的事情。她痴呆地立在三爷的前边。

"哼，你爸爸，便是个贼，又揍出你这个贼种。"三爷的口气，已经有点取笑的意味了；但是脸色却还没有变，因为他要的是用这怒气使对方快快俯就。

但是小玲看不出，生活磨平了她脑膜上的襞纹，她拐不开这个弯，听到三爷一提到她爹，她的心跳得更凶了。她爸爸的命运，她是知道的。偷了丁家的三匹马，想牵到江北去卖，还

---

[1] 漫岗子，不太高的土岗。

没走出十里地呢,便被丁家的人追着,星夜拿到府里杀了。依了太爷的话,脑袋盛在木笼里,在鸳鸯湖畔给丁府镇的街[1],直到都挂臭了,还没人敢领……如今这命运就要降临在她身上了。她全身都迸裂了,她猛可地一喊:"我不能这样地死呀!"可是还没等她喊出呢,眼前只一黑,她便倒下去了。

…………

"哼,想着你的身子骨,就这等得没劲儿,我不过诚心想吓你一下……就一悠忽地挨在人家身上不起来,偌大的姑娘,也不害个臊。"三爷看见她已经醒转来,便轻描淡写地遮了过去,一只眼睛又觑了她的脸色,等她来俯就。可是她不能,她对于这种人生是太生疏了,连着一点暗示她都看不出,除了恐惧,她没有更多的想法,她只有没有表情地颤抖,没有眼泪地悲抑……一眼看见自己小小的胸脯,毫无惮忌地裸在外面,便赶忙用自己的手紧紧地掩上。三爷用眼睛睒了睒那八分熟透的小乳头,脸上便升起来一阵子酒糟红:"解开出出风儿,你才缓醒过来的,干啥又和我小脸簸箕地装正经?呸,去吧,只配在坟圈子后头勾泥腿。"

小玲怔怔地听不懂他的话,可是心里却更害怕。

"呸,真晦气,偏偏会碰见你个比木头疙瘩多俩耳朵,比石头疙瘩多副下水[2]的贱货,人家的好心好意,一到你跟前就都成了驴肝肺了,也亏得你长副好脸子,阎王爷错把一张人皮给你披,你也没打听打听三爷在这城里要玩哪个姑娘,她不得好好地给爷侍候着?偏是你这个就是珠帘寨的城门,老爷进不

---

1. 反动统治者杀人之后,将人头挂起示众,叫作"镇街"。
2. 下水,心、肺等物的总称。

得……你只配在后场院里,去勾引那些泥腿们去吧!"三爷一把推开她,像丢了一只破鞋那么利落。刚走出一步远,却又回过头来,看看小玲还是恨恨的,没一点活气,便"呸"的一声吐了她一脸唾沫。

小精还犹犹疑疑地不敢走近前,也摸不透三爷到底是什么心思,只是心里说不出的难过,一眼看见三爷的唾沫吐到小玲的眼睛上,便像吐到自己的脸上似的,她半自觉地、半下意识地用手向脸上一揩,眼睛的泪水便簌簌流了。

三爷看见小精流泪,便转过来向她吼道:

"别猫哭耗子地假慈悲,又和我掉小脸子,我也没欺负她,我只吓她一下,她就一摊泥似的赖在地上不起来。她都叫穷神蒙了眼了,眼看见财神爷来叫门,也都躲在锅腔子里,不敢出头……咱们不理她,来,看看那些穷骨头们捡地捡得怎样了,今天三爷大大方方地散一回穷,遮遮晦气……"

三爷怀着一副鄙夷的心思,捉住了正在田里吃草的全挂景泰蓝的马鞍的红鬃马,把小精抱在怀里,打起马来便跑,边跑边说:

"哼,睁睁眼看看,从头道沟一字长蛇阵地排到七道沟,黑嘴子大川,东边里山场,鸳鸯湖畔河淤地,叫叫号,有哪块地方不是姓丁的?敢诈着胆子答应一声?也亏得她把几把豆子夹在眼皮上,骇得耗子见猫似的吓得昏过去……"

三爷一面怒气冲冲地骂着,一面狠命地抡起了马棒打在马的臀上,马便大嘶一声,向下截地飞样地奔去。

一排大车,正拉着豆子忙,割地的年造[1]们,脑袋都像开饭

---

1. 年造,长工,以旧历一个年度来计算工资。

锅似的，蒸腾起疲劳的汗水。

车鞭一响，大车便在横垄地上一下一下地颠簸，豆秆也就随着它的韵律往下掉，一群衰弱的老人、妇女、小孩，便像工蜂似的，也用糊在蜂房上的忠实，来糊住了车尾。

三爷一看见这种疯狂地抢地的，反而想借他们来报复小玲来。三爷站在地头上，大叫一声：

"抢地呀，看哪个孙子不抢！"音尾里，三爷爆炸了一阵快意的哄笑。

人们知道，三爷这回又拿穷人来寻开心了。于是暂时都把自己内心的憎恨的、激愤的、要报复的感情，都压制下去，故意摆出一副痉挛的笑脸，去抢豆铺子去了。

"男盗女娼的姓丁的！"抢铺子的人们肚里都迸裂出人类最丑恶的骂语来，但是没等把愤恨的情绪升得再高，一看别人已经抢到自己的手边，便连忙也抢起来……

"你怎抢我的呢，到我怀里就算我的！"

"你叫答应了，哪棵豆子上写的是你的？"

"不是我的，是你的？"

"要是你的，你更不能认识人了！你不看见有几天地的人，父不父，子不子吗？"

"都是老天爷的！"

"你们拌的什么嘴，狗咬狗，一嘴毛！都是丁家的！"三爷听了，笑得连气都喘不出来了，多么可笑的一群哪，抢了半天，连谁家的豆子都不知道，"鸳鸯湖畔除了我们丁家谁家还配有豆子。"

小精心里更难过了，她的弟弟在人群里抢得最起劲，看她站在三爷的跟前，便向她不知是好意地，也不知是恶意地挤眉弄眼,小精便悲哀地低下了头……

漫岗上,小玲探过头来,见了这边抢得这么起劲,而自己不能来参加,便俯在地上大声地哭起来。

三爷回过头来,狠狠在小精的脸庞上拧了一把,说:"你看多有意思,越抢日子过得越好!"

知趣的大佃户马骏,又把黄蘑扣小鸡,让大妞给三爷送到地头上来吃。

三爷瞟着那边烧毛豆的小姑娘们,心里便浮出一层迷惘的微笑,眯缝着眼睛描绘着今天晚上小精应有的一切姿态,狠狠地看在小精的脸上。

…………

黄昏里,大爷正在老坟上查坟[1],查完了七月十五添的土[2],还带着土香,知道已经添了土。但是看到李老爷的坟头上又压了白钱纸,不由得就恼怒起来,便找老看坟的过来问话:

"我说李老爷的后代,到底给你多少钱,你总得回护着他?"

老看坟的恭敬地立在一旁,低声小气地回答:

"爷,实在不敢,昨夜里,一宿没眨眼,也没看出动静。可是早起一看,坟顶上又压上了新纸,爷,实在不敢。"

大爷还是怒容满面,拿着马鞭指着李老爷坟头的白纸道:

"这不是明摆着的事吗!李老爷他是太爷跟前效过力的,没家没业,东奔西撞,为丁家把老命都舍在里头了,所以太爷可怜见,便恩典他,把他葬在咱们老坟的坟边上。哪承想,村子

---

1. 查坟,查看坟地有无掘棺盗墓砍伐封树的情况。
2. 七月十五日是中元节,有盂兰盆会,一般的也是在坟前烧纸添土的时光。

里不知是哪个王八羔子，看出来这一门是花红，顶名冒姓，逢着初一十五便到这里来烧纸，这分明是看着咱们的风水好，是到这里来'借气'[1]的呀，要全是这样做起来，我们丁家的风水不都让他们败化完了吗？咱们还过的什么日子？我就不信，坐了个通宿，就看不见压白钱的。"

老看坟的笨拙地答道："爷，实在不敢。"

大爷越发生起气来："我丁家老少辈对于使唤人从来就没严过，所以惯得你们连个老规矩都错过去了，你们也没想你们是吃着谁家的饭长大的，你们就这样的没良心，居然和他们一个鼻子眼通气。你想，他偷偷摸摸到咱祖坟上初一十五地乱祸弄，到底算是谁的正派子孙，这是哪一家的规矩！说给他挪了吧，一则怕动了地脉，二则也对不过保过驾的换过心的……可是现在要从宽来办咐，你又从中作梗，到底这是如何居心哪！"

老看坟的站在一旁，只是连声地说：

"爷，实在不敢！"

大爷把眼睛瞪得溜圆吼道：

"我不问你敢不敢，你只黑价警醒点，把偷偷来上坟的人拿住！咱好把他痛打一顿，把他关起来，你懂吗？"

大爷不耐烦地拉过了马缰，跳上去，就向下边跑去，走出不到几丈远，大爷又拨回了马头，对着这鹄立相送的老人，大声地嚷道：

"我这几天听说，你们家的小精什么东西的，又把我们老三迷住了。你们这般玩意儿，怎么竟打这个脏算盘，有姑娘都找不出主去啦，非是丁家的男人不过瘾，他那东西本来不成

---

1. 借气，就是有的人家愿把自己的祖先埋在别家好坟地里，贪图发家。

器——都是你们这般混东西勾引的,我告诉你,这风要吹进四太爷的耳朵里,你们可得先摸摸你们自己的脑袋。"

一种沉重的感情在鞭笞着那老人,羞辱、恚愤……像铅块似的灌满了他的全身,泪水昏暗了老人蒙眬的老眼,但是他还挣扎着,把头抬起,摆出和每日一样侍候大爷的样子,用全副力量把自己佝偻的身子挺直,用着非常涩滞的苍音,把自己认为唯一得体的话说出:

"爷……实在不敢……"

大爷却连听也没听,撒开马缰,便到各窝棚去查粮去了。

"查粮"在"秋成"要算是丁家的最严重的工作之一。地面是这样的大,方圆不下几千米,每个窝棚都得派人去分粮,雇的人,除了大管事、二管事、三管事和几个跑道的之外,自家的子弟,不管懂得庄稼不懂得庄稼,有一个便算一个,凡是男性,甚至十岁的小爷,都要被派到一个比较可靠的窝棚去分粮。大爷自己便做了这查粮行军网的总巡逻,到处逡巡。

天气是火烧云的秋阳天,大爷骑在马上,还嫌发燥,便把银灰库缎的小开衩袍的怀儿都敞开来兜风。

愣头青大蚂蚱穿梭似的在大野地里打飞旋,薄明的翼子像迎着风儿沙沙作响。刚想落下去,可是一犹豫,却又折上去,沿着大气得意地滑行。

地气[1]开饭锅似的向上翻,震荡的,波动的,千万条云卷,在关东沃野上有节奏、有音色地跳跃,十里外的小村子,巧妙地剪贴在水玻璃绿铺就的天地里,像隔着彩虹一般在太阳光里浮耀。

这几天大户人家的地差不多都割完了,从壕边向外平望,

---

1. 地气,便是从大地蒸腾起来的水蒸气,远看是浮动的。

至少也能望出去三四百里。大地像海浪似的起伏着,有高粱茬子的地片薄薄地蒙了一层银灰色,谷地的秧草堆,像柞丝窠似的堆在田里,东一堆,西一堆。豆地的特色,便是铺满了散乱的半干的叶片,是谁家的毛孩子烧毛豆,把丁家的地头烧焦了一大片。

几个野孩子,从地里捡着了发红的高粱茬,争着往下拧,有时拧不下来,便把小嘴从地上接在拧伤的地方,狠狈地吮吸着。有几个会套鸡脖的,都熟练地把用铁丝弯成的套子套来的小鸡,用黄泥厚厚地裹上,在豆叶的烈火上烧焦了来吃。吃完了,又用余火把瓜打板、愣头青、扁担钩……各色各样的蚂蚱——扔在火里,连灰带土又送到贪馋的小嘴里。

孩子们吃完了,用手把多余的口涎,很大方地在左右的脸颊上抹了一个怪样的蝴蝶儿,便把秫秸裤[1]截成的哨子,放在唇边上吹了。

"嘿,渴了到丁四老虎的地头上去偷萝卜吃呀!"一个孩子起哄似的逼尖了嗓子喊。

> 哎——又一哎罐——
> 骑长的马哎,挎长的呀枪,
> 二十年的英雄哪里去哪,

一提起了渴,另外那一个孩子便想起了水歌来唱了:

> 哗啦啦——啦啦啦——

---

1. 秫秸裤,就是高粱秆外面的叶裤。

那个孩子,也不甘寂寞,提起了喉咙,也来向他唱答了:

哎——又一罐——
老爷落哎黑了的那天,
打水的哥哥哎唉,往家呀颠,
唉,提起我那家儿哎又在那儿边……哗啦啦——

歌声,从哀凉里发掘出生活上的痛苦,于是孩子们便把自己的田野里的忧悒,也都借用了几个土生土长的曲子编排到里边去,他们又接着唱:

你的家呀,就在那庙堂儿边,
铺着地呀,盖着天。
一头枕着黄河呀的水,
两脚蹬着那太行山。
饿死腆着肚子走哎,
冻死迎着风口来站,
人家夸说你肚里能行船,你就说呵,你的肚子饿了一口咬青天,
霜儿降呵变了的天,严霜单打独根草,
愣头青的蚂蚱呵,浩,哎,草棵里钻。
哎唉,提起我那硬嘴的哥哥哟,
他,他两腿打抖呵战……

几个孩子,都大人似的互相打闹一番,但随即就用了一种神气畅旺的鼓噪,把这种凄凉的氛围搅散,大家便不约而同地

都拿起了榔头棒,一群小暴徒似的往丁四太爷的地头里拔萝卜去了。

大爷坐在马上,看着他们天真的情趣,便忽然地觉到自己是已经衰老了。他感悟地叹了一口气,自己每天价这样忙忙碌碌,到底是为着什么呢?还不如那几个无拘无束的孩子,吃饱了一天不饿,在田地里,他们才是神仙。"葛天氏之民欤?无怀氏之民欤?"

可是刚一回头,想用妒羡的眼光,再看一次他们无拘无束地生活的时候,偏偏闯进视线里的,是一个小孩子,举起一只峥嵘的小拳头,咬着牙,在对着他的脊背比试。大爷看了立刻全身都浸在冰里,从前心一直凉到了后心。穷人真是要不得的呵,一点也不要让他们得脸呵,他一得势,富人便没活路了,除非让他们从早起忙到晚上,脑子里啥也来不及想,那他就老实了,贱种唔,主贱……

大爷越想越有点激愤了,但是看见那几个孩子对着自己那样不怀好意的敌视,自己不由得也有点悚然。他觉得自己的法力,本来是足可以镇抚这一乡了,但是今天由于这个小小的启示,黑影竟在他的眼前扩大起来。使他联想到许多数不清的敌意与暗礁,形成了一个极大的圈子,因禁了他的一颗快乐的心,使他开始觉得大地主的威力,也如战败了的大将军一样的,也有可以倾覆的一日了。他连忙把马狠狠地打了两鞭,很快地离开这群可怕的孩子们,他气急败坏地向前飞奔而去。

他跑了一阵子,一抬头看见了张地户的柴草垛,黑煞神似的挡住了一面。开拓的血液,又在他的周身里交流了。跳板已经旋了三旋,可是干草还一层一层往上背。两垛已经用石灰很精致地锁上尖了,而那更大的一垛,却还接着往上椽。这种庄园的出奇的丰大，该是给他这世袭的地主一种何等的冲动呵！

张发本来是光杆一条枪，如今自己也有几十天地了。这都是我们丁家喂出来的。唉，好在他侍候丁家是一份的全忠全孝，今天不去查他了。到李才家去，只有他家今年庄稼不济，得好好刁难他一番，要不然来年他还要耍赖。

大爷紧紧把马打了两下，便从张发家门口飞奔过去，后边还听见张发家的小孩子杀猪似的往上屋跑："大东家老爷来查粮[1]来啦……"大爷理也没有理，便骑着马跑了。

夜色渐渐围袭过来，把枪叫上了顶门子，四下地望了一望，马鞭子更沉重地打在马上。

已经是戌时了，到了李才的家。

怪呀，大爷心里想，本来这里应该熙熙攘攘地正在"约粮"[2]才对，哪承想里边，居然会静无人声，只从毛头纸窗透出来一盏昏暗的灯光，显得四周围格外的凄冷了。

大爷怀着一肚皮的狐疑，倒提了马鞭，用脚推开了两扇栅栏门，就进来了。

屋里一个人也没有，只有吊板上放着几个破包，七零八落地填满了地上炕上的一大片空隙。几只靰鞡横倒竖歪地放在炕上，靰鞡草一团一团地散出脚汗的臭气，一点也不退缩地向鼻腔猛袭。

墙上几张年画，已经被煤烟熏得一点轮廓都没有了，只有一张曹操的白脸，还在雾样的灯光里，浮动着奸刻的苦笑。

大爷倒透了一口冷气，便想立刻退出来。可是一转眼，忽

---

1. 查粮，地主常怕佃户赶行先卖，所以常把佃户打下的粮予以查考，使他们先交租子。
2. 约粮，就是过斗。

然看见墙角里的黑隔棱里似乎有两块门板正在那儿停着。一团生气毫无的败絮，端端正正摆在板心。大爷乍着胆子，抢上了两步，一手便把旧棉花套子揭起来——

"咦，什么？死尸！"

鬼的意识立刻在大爷的眼前一晃。他不自觉地碰了一下冰凉的枪管。捏住枪，心虚地从东屋走到西屋。什么也没看见，只有一个棕色眼睛的黑母猫竖起了尾巴在伸懒腰。

还是马上离开这座阴森的坟墓吧。

可是刚一转身，却听见一片嘈杂的骂詈声，渐渐由墙角转近。从脚步的杂乱里，可以显示出那是一大堆人向院里转来。

"这算什么，丁府打死人的事，每年都有几起，你便这样呼天抢地想诬人，你也没摸摸你那个虻牛卵子，可还想要不想要了。"听声音可以知道是大管事的。

"真的呀，李老爷，不是我爷爷听错了斗，实在是小爷记错了，后来我爹背地里念叨几句，小爷听见了，就是劈头盖脸地打，一马棒就打死了……也不怨……"听声音和语气是李才儿子李万山在剖辩。

"放屁！这还谈到怨不怨，怨他命短。"还是大管事的骂声。

"傻孩子，听中人说一句话，谁是谁非也不用提了，归根结底一句话，是老头儿的老骨头经不起磕打……"

后边这段话，两个人的声音是一起发的，前边的响声特别地高，把后边自称中人的声音压得几乎听不见……

大爷听了李才儿子剖辩的声音，又看看躺在木板上的苍黄色的脸，脸上蒙着一片无告的哀愁，心里不由一震，这才觉得这样和善的老头，实在是不应该有这种死法……可是谁让他背地里叨咕来着呢，这怨得着吗？这死是应该得分！

人声更近了。大爷很想抽身便走,为了一会儿人多了,难作腔。可是人们这时候都已经闯进门来了。

李才的儿子一看见大爷在这里,便像遇见讲理的似的双腿笔直地跪下,脑袋磕在地上乒乓响。一腔子的控诉便都万马奔腾地塞在喉咙口,挤着要出来,可是偏是拙笨的嘴唇,太不听使唤,痉挛地颤动着,拼命地才挤出几个听不清的句子:"……实在是小爷听错了……后来,又过的斗……都没错……大管事李二爷亲眼见的……"

李管事听说他是亲眼见的,便骂道:"放屁,你没过错,少爷能听错吗?现在你又跟大老爷号什么丧?"

大爷,依然神色不动,也没准对着谁便说:"你把老头先抬出去埋了,回头到我那里,我有话跟你说,现在的事,有大管事的在,我还得赶着到几个地方去……我忙得很,我也不是专为你们家活着!"说完一扭身便向外走,满不在乎地踏出门槛,就在院心里骑着马稳稳当当地出去了。

走在道上,心里还气恼李才的儿子一只笨嘴,怎的那么不会打圆场,非得把这个过错都栽到少爷身上不可,你就不会把不是都担过去,把面子遮过去,然后暗地里托个人向我说句好话。我还有不贴补你几吊的吗?你这么一来,不是把大管事的这些人都装在里头吗?这种蠢东西,真是没办法,顶好的事,让他一弄便砸锅了,非一口咬住少爷不可。咬住少爷,你不白咬?是能咬出钱来,是能咬出命来……可是大管事的,也实在混蛋,李才那老面瓜[1]似的人……让就让他一点,也就完了,何苦弄出人命来,添麻烦……唉,处处非你自己个亲自经

---

1. 老面瓜,老实人。

手不可……

想到这里，大爷简直有点愤怒了，很想对着四周围包围起来的黑暗放一枪。眼前来到吕存义家里了，这时大爷才有几分喜气，带了一身的灰心和倦怠，懒懒地牵过马来，交到吕存义的老早就已经伸过来侍候的手里。

丁家的地，本来是不许人转租的，但是吕存义包了一个庄子，然后又分租出去，因为粮交得又快又好，所以丁家也就默许了。因此，吕存义在丁家大佣户里面也是得脸的一个！这时吕存义满脸堆笑，蹒跚地走过来，匆遽地打洗脸水，用新手巾给大爷打手巾把。

打听出来，大爷还没吃晚饭呢，吕存义这才意外地满意地笑了。

吕存义悄手悄脚，像个不倒翁似的，从大爷的屋里转进了二儿媳妇的房里，便机密地嘱咐她说：

"大东家老爷来了，你得好好地侍候，咱们一年的指望，都在这一面了。咱们要把他答对好了，日子就好过了，要不然我们怎能打出一个江山来……你听见没有，大爷还没吃饭呢，赶快预备，露露手艺，快，洒脱点，黄蘑扣小鸡，口重点，把鸽子捉几个，挑母的，炒肉瓜子，快！快！快——"第三个"快"字给喜悦吞了一半，他便像个老阴谋家似的，前仰后合地回到大爷跟前，卖弄风情地说："我看东家老爷走得有点累了吧，弄口烟咕嘟咕嘟，别家置备不起，我这小门小户倒反而现成些，还是铁斗炮枪！"

大爷不耐烦地把鼻子向前一拱，便算是回答了。

"哎，你还是把饭快快地弄来吧。"

"是，是，喳，喳[1]。"

老头儿连忙跑到外间屋，故意提高了干涩的嗓子，向着下屋高声喊道："二媳妇，你把菜弄得麻利点！"老头儿得意地把这顿饭的制造者的名分宣布出来，便又偷偷睁开了一双多肉的蛤蟆眼，觑着大爷是不是也有一丝儿笑意。

菜上来了，老头儿咂嘴咂舌地夸奖这菜的滋味，乘着缝儿，老头儿又理清了自己说话的次序。

"大爷你不知道呵，你老深宅大院的不常出门，今年偏是咱们的地穷赶上……崔老八，他，他，他的地调成了坝，往咱们这地撒水呀，大老爷，我不是说吗……"老头儿斟了头盅酒的时候，便用舌尖舐了舐上嘴唇，吞吞吐吐地说。

"大爷，我不是说吗，凭咱们丁府的地，他，他崔老八敢撒水吗……是，是……嘿嘿……大爷听了，又笑啦……可是，可是，我不是说吗……偏是咱们的地……嘿嘿……大爷，我不是说吗……偏是，真的……越穷越赶上……"老头儿搔了搔脑袋又斟了第二盅酒。

"大爷，吃吧，这是新抓的鸽子，肉丁瓜子，啧啧，大爷的口味，我是摸透了……大爷，真的，不瞒您说……真的，我不是说吗，这是二儿媳妇炒的呢……新过门的二儿子媳妇……真，嘿嘿……"

大爷越听心里越气了，什么东西送到口里，都先改了口味，都是铅块一样没有滋味……

可是吕存义自己，却觉得大爷的每一个沉默，都是给予他一个满意的回答，于是他又高高兴兴地斟了第三盅酒。

---

1. 喳，喳，就是"是，是"，清代跟班的都这样回答。

"嘿嘿,没别的……嘿嘿,小意思,二十石,真的,我不是说吗……摊着点水,地今年有些个涝,大爷开恩……二十石……嘿嘿,不多,二十石……"

这是个喏嚅的侏儒呵,大爷的心里真是有着一种形容不出的厌恶,统共不只二十石粮吗,也用得着你这样低三下四的,跟我贱忒忒的多难堪,你越是这样的,我越不给你顺茬儿,我的脾气跟三爷不同……于是,大爷肃然地把眉毛一横,脖子向前不耐烦地仰了一仰,老头子满腔的希望,便都簌簌地落了叶了……

半天,半天,这才想起来斟第四盅酒……

饭后,大爷虽然满身都是烦倦的暴躁,但是为了要表现出一个大东家的精悍与威棱来,所以连碗茶都没喝,便传话,叫开仓门,"过斗"。又问原是哪房的少爷或管事在这里,传了半天,说本来是李跑道的在这里,今天晚上又回府去了。大爷从别人的嘴里,听到他去"讨会"[1]去了,心里又激起了一层火上浇油的暴怒。

一看场院的堆儿,就知道今年他吃不着香的,他今年的地着了风,上的粪都让风"爆"了。但是,一想起他那副蠢相,心里就恼,一定得给他个好看,大爷便挑起眼来:

"谷子'瓢子'太大[2],得'重风'——'葛肮'太多[3],不行。"

吕存义连声地叫着:"大爷!大爷恩典!"

"呃,你们今年的葺房草不错,留出五百来葺房。"大爷只是不理,看见葺房草又要了五百捆。

---

1. 讨会,是一宗带有迷信色彩的赌博。
2. "瓢子"大,就是谷子里面皮多了。
3. "葛肮"多,就是糠和茎叶等物多了。

"真的，大爷，真的，我不是说吗，大爷，得'让'点，实在是……大爷，真的……我不是说吗……"吕存义急得满头大汗，不知如何是好。

大爷只是一味不理，还在找碴儿："秫秸'个儿'[1]太小，得'破个儿'……"

吕存义又央告道："大爷真的，吃的都不……"

大爷看了谷糠也要："谷糠宽点，算二十石吧。"

"大爷，真的还不到，真的还不到……"吕存义简直不知道怎样答对是好。

大爷翻了脸道："要不然'过斗'。"

老头儿一听心冰凉了。怎么的，我对答得也不错呀，这不明明跟我开玩笑吗……呵，是的，一定的，是二儿媳妇今天的鸽丁肉里的盐花子搁大了……哎，一定的，这小缺德的……侍奉大爷也侍奉不好。他连忙赶到大爷跟前，连声地赔笑道：

"大爷，真的，大爷，好大爷，大爷在开玩笑……大爷，真的莫开玩笑，我不是说吗，二十石，我的吃粮呵……"说到吃粮，老头儿真的有点要哭了，他想，活了一世，这回可算得"赔了夫人又折兵"。

大爷回瞪了他一眼，大声地喊道："什么，我在开玩笑？我在拿真银子现钱来和你开玩笑？我在拿血汗的家业来和你开玩笑？"

老头儿像挨了一击一样，全身缩了半截。本来他已经花了好多的本钱把李跑道的答对得心满意足了，今年的二十石粮是可以少交了，哪承想大爷亲自来查粮，其实大爷来也不要紧，

---

1. 秫秸个儿，就是一捆秫秸。

只要把他答对乐了,一天云彩也就散了,可是,哪承想,如今,一定是这个小媳妇把菜弄得不对大爷的胃口了……唉,如今弄得我一家的吃粮,都飞了……飞了,这回算飞了。老头儿的心可碎了,白忙了一年哪,白忙了一整年哪,还捞不着吃。

…………

二十年来,自从十几岁理家,如今整整二十年了,大爷从没有过一次像今天夜里这么别扭。一切都好像印错了的套板似的,该是黄的地方他却印了蓝的,该是蓝的地方,他又特意地印上了黄的。三爷吧,一天到晚都像一条狗似的,每天都驮着几个穿缎的姑娘们,从东村走到西村,阳春那孩子,偏偏失手打死人,吕存义那鬼东西,偏一点眼色也没有,夹七夹八地磨豆腐……

怎么,今天酒里头也一定放下了蒙汗药了,为什么只觉得头晕呢!

种种的不适,密接在一起,联成一个无形的圈子,而大爷正做了这圈子的中心。大,大到一会儿摸不着边,小,小得箍着脖子喘不出气来。大爷像一个转动在烈火的圈子里的毒蝎,有着强烈的毒素,却嫌没有攻击的对象。要是真的把尾尖的排毒管,毫不顾惜地点在自己的背脊上,却又找不出一些一定要自杀的理由。可是,就这样地活熬着,又是怎么样的难忍呀……

今天,大爷真算是太痛苦了。自他有生命以来,世界就像一个春天的大海,任他自由自在地游泳。没有一个不顺碴的事儿敢直对着他。他仔细看了一看走过来的路,好像一条剪得平平的绒带子。可是偏是今个他就把不住四平腔了。幻灭又有点迷惘、烦躁、恶心,怒火从天灵盖往上蹿。闹病吧,这种铁打的精悍,是很难得生一次病的,可是烦躁却蚂蚁似的爬满全身,脊椎骨都有点痉挛,酒气在撕裂他的喉管。他想,这回一定得闹病了。

不知是挽了谁的手,进了一间暖烘烘的屋子,屋子怎的热,唉,也解乏,睡吧,他糊里糊涂脱了衣裳倒下,觉得轻爽了一些儿,可是太阳穴还像要炸了似的跳,鼻子也混蛋,打了一个鼻嚏又打一个……

他连忙掀了被子想睡下,被子里边是什么时候早就躲进了一个白酥酥的女人……

外边似乎透进了一声吕存义的得意的笑声。

三

另外一只魔手

继承大爷的呢,是小爷,小爷与大爷最相同的一点,是大爷踢过赵大人的供桌,小爷骂过马监督,结果,马监督一个气迷心,回到家里枕着四姨太太的手腕死去。

小爷是父亲辈,盛朝的喜悦和末世的哀感正丛集于他一身。

他有胆量在一个慵懒的春光里,和自己的情妇走到郊原的绿野里去胡调,那一面却把自己交到老佛面前,做一个有光辉的弟子,崇拜宝剑,崇拜仙,崇拜高原。

他每天带着打手,不管天,不管地,八九匹马并辔跑。半夜里,"水子"上来了,下了马,布上阵势,就开枪,两方打到天通亮,搭话一问,对方是剿匪回来的兵,这边回说是丁小爷,两边一笑,又让路,赶过去,刚刚离开二丈远,回马又打三枪交情枪。

这圈子还不够他转,小爷又突破了这塞北的荒寒,东渡扶桑,在那日出的瀛海里盘桓。那岛国之春哪,香不过那异国丽姝的腮,小爷在那里消受过多少美丽的时光……

小爷,今天正在十分得意。三江口的斗秤局,缉私榷运局,印花烟酒税局,三个局都是肥缺,一天都落在一个人的肩上。

小爷嘴角上流露出一丝似笑非笑的微笑,把那张委任状仔仔细细地放在带簧的铁箱里,便急忙地坐在桌前,提起笔来给半拉山门的田将军写谢函:

  义父大人尊前:昨由李五赍来委任一纸,感激无已。交由富聚大汇上白银五百两,为义母寿。外汇二百两,打东洋来时,为之接风之仪。大疙瘩岭外放万余,万望大人代催,交马七带下,以现正收并银款,与广号对挤,并请外套数千,厚雄资力,必使广号凭贴[1]立成废纸不可。俄军[2]据闻不利,惟此地僻乡似觉大城,尚称稳妥耳……

这时,马七睒目睒眼地进得屋来,便回道:

"爷,广号的刘老万已经知道咱柜上玩手法,出人要来调停呢——现在探子都回来了,说四乡都拼命往外推凭贴,专留现货,所以市面都见不着银子,人心一慌,一天的工夫,凭贴就更毛得不像样了……爷,咱们要再吃进三万来,市面一挤,八月节,往南往北的账都订不下来,信用一丢,广号可就非得倾筐倒笼不可了。那时咱们轻轻一盘,就把广号全吞进来了,爷,可别错了主意,现在,咱们已经把广号吞进一半了……"

"呃,呃,知道了。"

小爷把笔停下,看了一眼马七的一派慌慌张张的神气,便

---

1. 凭贴,清朝官营大商号所发的流通券,纸币的一种。
2. 俄军,指沙皇军队,当时是日俄之战。

不耐烦地点了一下头。

一看风头不对,马七连忙机警地退出。

这回虽然没落着香的吃,可是看样子小爷还不知广号慌到这个地步……总算也给小爷打了一个喜报。

他一面下台阶,一面想着,哼,我马七到底是马七,干事都是马前课……

忽然后面是小爷怒冲冲的叫声:"马七——马七!"小爷在喊他回去。

马七心里一冷,两脚又想慢,又想快的,不由自主地把个蹒跚的身子拖回,他一下子揣摩不着小爷唤他回来作甚。

小爷看他回来了,斥他道:"耳朵呢,怎么越招呼越远。"

一看是因为走得快了才挨骂,心里反而感到无限舒服。连忙站在一旁,嘴里闭住一口气,端起肩膀来,摆出一副上等的奴才架势来,恭候着小爷的吩咐。

意外小爷并没生气,只是诡秘地用手摸了一下结实的下颏,微微地笑着。

"你到二十八棵树,今晚让她等我——听见没有。"

没有想到这回又得了美差,马七连忙答应了一个"喳"字,得意地向马圈跑去。

不到一刻的工夫,小爷出来骑上一匹红鬃马,冲出门去。那马向着天空长嘶了一声,带着另外一匹矮健的黑马向前驰奔而去。

渐渐地,那黑影在夜色苍茫的晚景里,向着去二十八棵树的那条大道上迅捷地飞去了,不见了。

…………

一夜过去。

第二天的早晨，西跨院里宁姑在嘤嘤地啜泣。

旁边三姑姥姥拿着腔儿坐在旁边劝说她不要反抗目前的命运，三姑姥姥正讲一套大道理：

"你说什么，钱是淌来之物，这就不对了，人有几分命，就有几分财。譬方说吧，太爷活着是'十六两'命，所以年轻的时候，一夜出门，听见半空里嗖的一响，用马棒一扫，便扫下一轴子青钱来，要是换个人能行吗？你的命，算命打卦的，才足'四两'，哎，'四两骨头四两筋，少年不足老来贫'，这是作为贱命。如今你算挨进了这深宅大院，这是托了祖上的阴德……你怎么的还执迷不悟呢？还不趁着热儿，把他哄得团团转，自己存点体己，留着一世的荣华呢？还说什么，钱是淌来之物？淌来怎么没有见水里漂钱、天上下钱呢……"

宁姑本来是用一张手帕蒙在脸上，遮去那唠唠的老怪物的视线，听到这里，便像闻见了腐尸的气味似的把手巾扯起，向地上使劲啐了一口。

三姑姥姥不但不生气，却扑哧一笑。一边赶着自己去擦，一边还接着说道：

"还是个小孩儿，你想不到没钱的艰苦，你要长到了我这个岁数，你就知道，你姑姥姥说的全是金玉良言了……你想，你对我还是这个样子呢，你对他，还能有个香喷喷的吗？唉，傻孩子，你想想，你要把他哄好了，一千八百的你就不用吱声，他也就得跪着送到你的手里来呀。怎的长个好人样子，一点也不灵活……你别嫌恶，怕腻得慌，嘿嘿，来，傻孩子，姑姥告诉你，要顺着他，你是人家花银子买来的——"

"呸！"宁姑一口唾沫，清脆地吐在三姑姥姥的鼻梁上。她回手把三姑姥姥手里的两朵珠花，一把抢过来，扔在地上，用脚踏得粉碎，便悲哀地跑进自己的屋里去了，她躺在床上泪水簌簌流着。两只拳头使劲地打在炕沿上。她在炕上折腾了半天，眼睛无告地向四面一看，一切都是使她吐不出气来地厌恶。红木的蛤蜊瓢镶的炕上，生硬地坦出它的无比的倨傲。宝色的大朱砂瓶，发出嘲笑的光亮。方砖不怀好意地在地上单调地排着……这一切都是和她不能调和的路人。一切都和她陌生，使她不能理解。没有一下抚摸，可以使她感到熨帖，没有一句言语能够体会到她心底的深切的悲哀。环绕在她周遭的，只是一种啮心的寂寞。她想起了儿时的梦境。月光从苞米地里筛下来，她和姑姑编毛烘烘[1]，姑姑说她编的是一条狗，她说她分明做的是一只猫。两人都说自己的对，都不让分儿，结果，自己也气哭了。后来，还是姑姑改了口，说是猫，她们这才又和好了。七月七夕，黄瓜架底下，湛清的盆水里，听织女在天河旁幽抑地低诉呵。当黄瓜叶沙沙地响动的时候，有谁还会说那不是织女的软人心魄的哀哭呢……八月十五到桃园里去摘水蜜桃……

这样，她便长大起来。青春不知不觉地爬满了双颊。青春带给她以不祥的命运。当着一个惨阴的晚上，黄大娘的家给洗村子的土匪光顾了。土匪到她家不是为了财物，倒是为了她家里的如花似玉的姑娘。

一个土匪头在盘问黄大娘，问她："啊，你家还有个好姑娘哩？你的姑娘呢？说！"

黄大娘连忙骗他道："老爷，饶了吧，昨天上她三姑姥姥家去了……老爷……"

---

1. 毛烘烘，用狗尾草编的小玩意儿。

一个土匪头问道："那被里盖着的是什么？"

"那是我的小孩子——老爷，可怜吧！"说着黄大娘便假装向着被里说，"别哭，我的好孩子，老爷不打你呢！"接着又把被盖严了一点。

那时黄老四才八岁，他向着那土匪故意说："老爷，别欺负我的小弟弟！"

土匪看见这种有趣的局面，便嘲弄地说："小孩说实话，别惊动了人家的老体己。"说着便站起来到架上去取包袱。

这被里，便是现在扭转在炕上的宁姑。

那时，她听了这种问答，意外地竟忘记了自己是扮演这幕悲剧的主角。她天真地笑了，孩子气的好奇心，支配着她掀起了被边来偷看着。

一个包袱打在她的身上，宁姑连忙堵住了嘴，不敢笑出来，外边黄大娘又苦苦地哀求不要吓着她的孩子。

但是，这不懂事的天真，却不容她存在得久远了。

土匪去了，黄大爷家什么都光了，还新添了一身被抬到锅腔子上烤出来的燎筋大泡。

大家在慰问黄大爷的时候，便暗示着说宁姑是一笔好钱。可是黄大爷却用正色把他们斥退了。

黄昏里，有丁家小爷来拜访，老人挣扎着想起来，可是小爷连忙走过来按住，请他不要多礼。

慰抚了半日，小爷在快要走的时候，吩咐下人送上钱来道："不是因为你老被盗，才来帮衬，实在是怕寒了你的心。你想你老在太爷跟前，一条老命都舍进了。如今太爷过去了，你老的维持，不全仗着我们这后辈吗？所以今天特意来看望你老，免得你老觉得没依没靠……"

忠实的老人，被这种含有甜味的话激动了，不由得心底展开了一片光明。唉，怪不得风水先生说，丁宅位居藏龙卧虎之格，数历千年不替，真是一字不差。

辞出来，小爷便和门外的跟班，上马进城去了。

晚上，丁府有人又送来二百鹰洋，黄大爷辞谢的时候，来人便说："爷有话，不许拿回。要拿回便是卷了爷的脸，说黄大爷要拿他当小孩子看待。"老头儿又感叹了一番，心里盘算着，唉，先留下一半吧，等我好了再还他，先借重一步。

来人一半也不收，说："爷有话，不许带钱回去，你老要是不收，显得小的太不会办事，回去爷又该骂了。"老人怔了一怔，但一会儿又认为小爷素来手脚大，也就认可。

可是第二天有四个穿着整整齐齐的妇人，来到家里来给宁姑说亲。

老人的全身突然一震，但是面孔又立刻地恢复到往常的镇静。我能把我心爱的女儿送到火坑里吗？呵，你们丧德败俗的丁家呀！原来你们昨天送钱，明着是帮衬我，暗着是来买我的闺女呀，原来你们的手段，是这般卑鄙无耻呵！老人心如刀绞。

那四个媒婆，为首的又慢条斯理地拿着腔儿来说合：

"事到如今，已是无可挽回了，必是宁姑娘命中注定如此。铁铸的婚姻，棒打不回，月下老派定的……况且，就拿丁府的势派来说，娶咱们一个乡下姑娘，还不配吗？要拿宁姑娘的人才模样儿来说，只要把他服侍周到，使他不找野食吃，那还有什么说的呢。就是退一万步想，拿丁府那大的家业，吓，家称万贯，地上千天，尽着他量去糟蹋，一世也花不完，宁姑娘不也是一品的福人吗？而且，你老也得打算打算，宁姑娘这件事也真不好办，世宦人家咱们攀不上，乡下人家，咱们哪里看得上眼。你老也这一大把年纪了，看着儿女个个都有挨有靠了，我不怕你老生气，万一有个'黄金入柜'那一天，也省得你老合不上眼了。而且，你老也得想一想，我们为的是啥，我们为的是你家和丁家，寻好处，你老是明鉴人，要是碰见不懂事的呢，一下子把小爷惹翻了，那可是吃不了兜着走，在这屋里的，谁能脱个清净去。你老是个明鉴人，这时候，可要想一想呵……古语说得好，一错百错，别把好事往坏办了。我们呢，一不为财，二不为利，这也不是把个黄花女拖到泥里去呢，我们姐四个好从这里掏一把油水。这全都是为你两家结百世之好，往后你们是丈人姑爷，我们还不是旁四路人，老太太吃咸盐，搁那边给人家后后，我们能得着啥？……而且不图着别的，也得恋着丁家那片厚成，吓，好大的势派，谁见着谁不得低头，比我们硬的人多着呢，胳膊拧不过大腿去，到后来还不是得对丁家叩头纳拜！"

四个妇人用枪戟似的长舌轮番向黄大爷说劝，黄大爷的刚合口的疮疤，都绽裂了。

"我在丁家四十多年了，我把老命都舍了，我什么不知道，太爷在世一天吃几碗饭，也知道，我用你们这些狗养的到我跟前来吹气冒泡……呵！"

四个妇人看见黄大爷动了气，便又掏出一张二十多天的红契文书[1]。

"人家小爷，也不是少恩无义的，人家把你们下半辈的倚靠都给打算了，这是王爷出的大照，没有挟带藏掖，你老经过得多，你是认识的。这是南岗子一块玉的黑土地，二十天，嘿，

---

[1] 红契文书，是土地所有权的执照；和白契对称，白契是转让所有权的执照。

好嗨，二十天，二十天大亩地，后辈子的吃穿。是全家的性命要紧，还是一个丫头要紧。人活着才五尺光阴，半世的荣华，碰到手掌子上，让他抹边过……二十天……而且，人不是说吗，宁姑娘，算命打卦，都是一品官太太。你想一想，说是官太太，要在咱们城里，不是丁府还有哪一家？你放着这一门子好亲戚不巴结，非得找个扛年造负大苦的配咱们这一枝花……宁姑娘是风丝吹破了脸蛋的人儿，非得找个知疼道热的，见天像一捧火似的哄着那才行。不瞒您说，小爷是女人堆里喂出来的，真是知疼知爱，不怕你老嫌我们年轻好说风流，小爷要得宁姑娘过门，要不是用手捧着怕碎了，用嘴含着怕化了，算我没说……只要宁姑娘说一声冷，来不及生火炉，小爷用嘴也得哈三口……黄大爷……放着这个主儿。你不找，碰到门上，你还架脚踢……哈哈哈……"

黄大爷只是木头似的听着，一句话也不搭腔。

四个妇人越说越得意，寻思这一片话，一定打到黄大爷的心里去了，便都高声地纵笑起来。想借着势儿，一定把事办妥，便又说了一些奉承话，之后，便都把嘴咧喝得像个蜜桃儿似的，在等着老人的回话。

黄大爷可也心里一震，二十天地呀，下一辈子的吃穿，不用再当驴当马了。只当卖了宁姑娘一条身子。但是这话不好听噢，我能贪图这点误我女儿的终身嘛！可是，唉……两个相反的利害，在他的昏眩的脑海里激烈地交战着，几乎是二十天地遮住了他的眼。但是，终于老人沉痛地对自己捶胸骂了一句："呵，你贪图了人家二十天地，你卖了女儿，要是四十天地，你就该连什么都卖了……"好像全村的人，都在向他骂了。不能这样做！他像垂死的人似的大喊一声：

"给我滚出去呀,你们这损阴丧德的养汉老婆,必是你家的闺女都换了黑土地了。呵,你们是插成圈,要我的老命呵……"

老人气促地咆哮起来,顺手操起一只枕头,便向几个妇人掷去。枕头半道里落了下来,正砸在刚煎出来的药碗上,只听哗啦一声,药碗便跌得粉碎。

正在这时,忽然一个人满头大汗地闯入,进门不由分说,便对躺在炕上的黄大爷高声嚷叫起来:

"你们是哪里弄的假洋钱?跑到这里来哄我。我给黄大爷治病,是当归三钱、冰片二两地往外拿呵。我家里不出七厘散,那是真银子现钱买来的。哪个方给你们的不是加大的剂子,百里挑一的好药,你们也有良心拿假洋钱还我这个真材实料的账?你们也说不出呵!我张拉匣子的[1],从十五岁就给人家拉匣子。我要有一点昧心昧己,就是男盗女娼,可是,他要……他也……"

旁的人听了怕他说过了分,便过来堵住他的嘴,说黄大爷还不知道那钱是谁家顶给他的呢……

四个说亲的,一看已经露了机关,便都你看我、我看你地觑了一眼,偷偷地溜了。

四个人走在道上便都互相埋怨起来。

一个说:"都是你男的那个王八蛋,二百元钱也没见过,硬死八活给顶过去了,害得我们露不了脸……"

一个又说:"那都是你先引的头呵。我是说等先把亲说成了,再有银钱过码的时候,再给他换上假的!"

另一个又说:"等人家说亲说成了,还有银钱经你手过?"

---

1. 拉匣子的,就是药剂师,一般不能做医生。

最后一个说："得了，太太奶奶们，都是我眼皮浅，见着白的就变红！玩手眼也别这个时候玩呀，他妈的放长线钓大鱼，如今只有劝小爷硬干了……"

黄昏慢慢地吞没了四颗不自在的心，黑暗就更嚣张地遮去了落照里所余下的仅有的一点光辉。

晚上，黄大爷发了高烧，昏迷地躺在炕上。黄老大醉醺醺地走来，一跨进家门便大声嚷：

"他姓丁的，也太欺负我黄家没人了。他不想想，他那个不成器的小兔子，也想娶我的妹妹！现在街上都传遍了，说老黄家倒了血霉，收了丁府的钱，卖了姑娘。爹，你收了他的钱，我不能分着担这个黑名。一名二声的我姓黄的卖了妹子，我还有啥脸在鸳鸯湖出头呢？这回我非跟他丁家的小活兔子拼个一边儿大不可！"

"你喝了两盅尿水子，又来气你老子，你快给我滚开！"老头儿心里虽然喜欢自己的儿子有骨头，但是为了保持父亲的尊严，又想把这件事情完全担负在自己的身上，所以便隐忍地申斥了他。

但是晚上嫁妆送来了，气得黄大爷把东西抛到外边去。

可是第二批又送来，第三批又送来……每批都用二三十个挑夫，到了便聚着不走，嚷着要喜钱，钱给了一次，还要第二次……

宁姑看了这个情况，脸色陡地惨白了。她在最里面的一间屋里，黄大娘什么也不对她说，她便叫过了小菊来，耳语了一会，叫小菊去打听消息，小菊出去了一会儿，回来便小声对宁姑说：

"院里院外人都满了，都是拿着家什的，前后门都有人截着，端定枪，许进不许出，不分男女。"

宁姑惘然地把一顶男人的帽子从头上取下，恨恨地向地下一甩，把头便埋在手里，绝望地哭了起来。她的化装逃走的计划已经不能实现了。一会儿，她疯狂地跑到黄大爷的炕沿边，哀求他道：

"答应了吧，事情已经是不能挽回了，再弄就更糟了，爹爹……"宁姑疯狂地哀求，黄大爷依然像往常一样镇定，看不出一点表情。

这时，院心发生了很大的骚扰，叫嚣声，械斗声，黄老大的怒骂声，混成了一片。

宁姑绝望了，她停止了一切的恳求，死了似的木立着，黄大爷全身惊恐震动了一下，他挣扎着想起来，旋又躺下，摇了一下头。父女互相注视了一眼，黄大爷便长叹了一声，说：

"宁呵，你到那里，好好地服侍他吧，一切都是命呵……"

宁姑像被判处死刑似的颓唐地倒在黄大爷的怀里，呜呜地哭了。

黄大爷醒来的时候，女儿已经不见了。外面传来黄老大的呻吟声，老人家又悲哀地把眼睛闭上了。

黄老大在炕上叫骂，说非报这个仇不可，又痛心自己雇的人太少了。但是这个已经太晚，现在，他仍然得任着自己的妹子，在一个陌生的男人的床上，痛心地反侧……

记忆还明晰地印在她的眼前，好像就在昨天。但是命运却已经因为这个鸿沟而分为两截。前段是永远不能遗忘的幸福，后段是永远也不能补救的悲惨呵。于是她只得在床上疯狂地扭转了。生丝的衣料，发出刺人的声音……

呵，她无力地把臂子一伸，一个无底的黑洞呵，一堆冰冷的枕头顶子碰在她的手上。

啪！啪！五十多副枕头顶子，都被掷到地上了。她在那四方的硬片上面，用最小的小针，把一个花心绣了四五色，她在这上面绣上自己的心思和向往，现在，什么都破碎了。

一个丫鬟看见了，便悄手悄脚在地上捡。嘴里半欣慰半咕哝着说："这是怎么说的，这一个花心就配了三十六样颜色……前天老太太要去看了，怕扫色，还要老管事到边里去要蛇皮夹在里面呢！老太太什么没见过，都说这活儿绣得出色！"

忽然，啪嚓一声，一群更多的枕头顶子，都乒乒地打在自己的头上。小丫头连忙住了嘴，两只黑溜溜的眼睛，不解地望着蜷曲在炕上的少奶奶，便不声不响地在地上快快地去捡了。

"轰隆——隆——"

似乎是远远的一声炮响。

外边小鸡子从房顶上飞下来，钻在夹空里不敢出来。黄狗们也不吠了，都挤到伙房的炕上去，打也不下来。母鸽震慑地蹲在门里，把小雏压在自己身底，一声也不敢咕噜。

边门外，是谁一点王法都不懂了，破死命地贼声拉气地喊。

一个做粗活的小丫头，失色地跑进屋来，浑身抖颤着，上牙得得地打着下牙。

宁姑一骨碌就从炕上爬起来。

"什么事？"

小丫头吃力地想运用痉挛的嘴唇，把事情说清楚："黄……黄……"可是除了口吃之外，什么意思也不能表达。

宁姑奇怪地把眼睛一立，看见当院也是乱哄哄的，她便敏捷地跳下炕来，向门边跑去。可是她一看到穿衣镜里照出来的形象，头发蓬着，衣袂也都折打皱了，她便颓然扶在门把手上,用一只手按住了自己的焦躁的头,可怜起自己来。

小丫头,却依然吓歪了眼,什么也说不出,还在地上抖索。

宁姑,把住她的肩膀,使劲地摇她,追问说:"你说呀……外边出了什么事?你说呀!"

内院里,小爷正在账房里打着算盘,和马七计算这回把广号如何扒到手里来。

"现在人们都知道了,广号的资本,都是从外边套进来的,咱们趁势儿再扒进一个整,要不然沙皇的兵一退下来,全都得乱了,到嘴的功名也落空了。"

"不要紧,日俄的战争,是干拉锯。也不是一天半天的……再松它一下子,到节边,咔嚓一下子,给它个黄鹰拿嗉,措手不及,一口就把它吞进来。"

正在这时,外院鸡飞狗叫的,不知出了什么事情,小爷倒提了马鞭,一步就抢出门去。

"啥事?你们他妈的都压不住场!"

小爷站在内院花墙里的台阶上一看,觉得情形不对,连忙上了炮台,炮手们早都逃光了,一个也没有,他四下里一望,东梁岗子,一冒烟的白马,平推地向这边来了。

"什么!难道会有这样的大队胡子不成?不像呀,怎么都是一色的洋马、一律的装束呢?"

"爷,快跑吧,大鼻子上来了,人,都跑光了。"

马七浑身筛糠似的抖着,跑到小爷身边,怕得话都说不出来。

"给我备马!"一道怒吼,在小爷的胸膛里迸出,"马七——"

马七口吃着说:"不行噢,五爷,外国人……那,外国人哪!见了我们出去,他就会对我们开枪的!"

小爷骂道:"放屁,外国人多了啥啦,快!"话还没说完,四下里就响起了一片枪声。

马七又道:"爷,他们的人多,咱们的伙计年造都跑光了!"

小爷用锐利的眼光向左右一扫,可不是,家下人等都已经不知去向了。他心中的愤怒,立刻燃烧起来,他捏住枪,走下台阶。在阶前又霍地站住了,他似乎是突然地想起了什么更重要的事来,一转身,便向跨院走去,用尽平生的力气,高声地喊:

"宁宁——"

"宁宁!宁宁!"

他一直地冲进了自己的屋子,屋子一个人芽都没有。一个丫鬟,抖缩地从衣柜的后面爬出来,跪在地下,颤声地向小爷回禀道:

"爷,奶奶和黄,黄家的车,一块儿,儿,逃,淘鹿了。"

小爷问:"别人呢?"

丫鬟道:"大一点的姐姐们都跟小姐跳井了……别的……都跑,跑……了。"

小爷尖刀的眼光,在那蛋形的脸上,锐利地一划,便大声地说:

"你快逃——换衣服,上二十八棵树。"

小爷盼咐完了便往外走,正赶着马七进来,两个人碰了一个满怀。

"完了,马七,快到大柜里,把家谱背出来,拣两匹好马牵出来。"

后厅里影影绰绰地传出来一种有声无字的骂詈,是三爷,还在耍他晚年的酒疯。

小爷听见了，悲凉地摇了一下头，穿过了月亮门，便闯进了大爷的厅前。刚一打开软帘，小爷便看见一个带血的身体，忽然倒在炕上，小爷连忙上前用手抱住，大爷已经中了流弹死了。

"爹爹！……"小爷悲恸地呼唤。

痉挛的眼睑，微微地掀起。当年的大爷的龙虎生风的目光，又照明在他儿子的眼前。

"畜生，还不快走，千金之子，不死于盗贼之手！"

全身一抖，小爷的每根神经，都紧张地一跳，他似乎比任何时，又都强健了。轻轻地肃然地把大爷的躯体放平在地上。才发现自己的母亲，不知道是在什么时候，也已经冰冷地倒在地上了。

小爷痛心地向后一望，便沉静地退出来，这时才看到玻璃窗子都被流弹打碎了。

门口，马七焦躁地提过来马缰。

小爷一跨上，便打马向边门冲去。

"唉，"马七轻轻地喘出了一口气，"三个月前就有风声了，我就回大爷说快往城里搬。大老爷还说，小乱住城，大乱住乡，此乃大乱，不可住城也，唉，想不到现在落得这般光景！"

小爷不耐烦地喊了一声："住口！"

马七习惯地一抖，背脊上的家谱，不祥地落在地上。他慌悚地拨回了马缰，匆忙地跳下马来捡起。

"贱坯！"小爷低声骂道，便狠狠地打着马，两人拼命往前跑。小爷这时一看往日峥嵘显赫的跟人，都已经无影无踪，惟有这一个平日并不得脸的马七，还像影子似的左右不离……小爷亲热地注视了他一眼，便道：

"去,到祖坟去辞坟去吧!"

"父亲母亲的骨殖,不能入土,祖先的灵寝,不能守护,唉,没想到转眼间弄得家败人亡!"

离得祖坟老远,只见什么人黑压压地围着祖坟呢!

"呵,什么,沙皇的军官在坟上拉树,这回把藏龙卧虎格的风水都给破了。"

小爷一看眼便红了,恨不得一跃过去,把所有的人都一下子撕碎了,但是他无能为力。帝俄的军官围了好几重,而且,还有那出名的汉奸马会,骑在马上作引导。

马七平日和马会无所不谈,这时,便上去攀交情,对他说:

"唉,马会,你仔细想一想吧,你的祖宗也是埋在清国地上呵。"

马会低了头。

小爷贴在马会身边,趁着势把他右腿向上只一端。马会便很自然地从马身上栽下去,摔错了骨环。小爷跨在马上,竭全力把身子贴平在马背上,连打几鞭,下了岗子便跑。一个军官,端起了枪,对着他的背影,啪的就是一枪,后面马七全身一震,便从鞍子上滚下来,一匹马,从他身上踏过,追上前边的马,便转入了丛林里不见了。马七中弹死了,只有小爷一个人乘机逃脱了,便向淘鹿县的大道上直奔而去。

到了淘鹿,座下的马,也中了瘟疫死了。小爷一个人打听得黄大爷寄身的地方,便匆匆赶到那里去会宁姑。

院里,已经跑得空空的一个人影也没有,黄大爷全家从这里不知又跑到什么地方去了。

小爷刚转身出来,忽然,有一种尖锐的激烈的呼号声,冲入他的耳鼓,声音从那儿来,他便循声赶去。

他跳过了一道断垣，便看见三个沙皇的军官在守候着一个门框边狂笑，肩膀上还戴着又宽又厚的肩章，喉咙里呼呼地抽送着异国的骂詈，浑身沸散着一种浓烈的腐乱的酒气。

在门里，一个女人，歇斯底里地在呼救，她用手舞动着一柄马刀，齐着门往下砍，所以那三个醉鬼每一向门里伸脖，便又连忙缩回来。

小爷从腿上提起了腿叉子，一个饿虎扑食就扑过去了。还没等三个醉鬼发现他，他便把矫健的臂膊，接连挥动了三下，门前立刻冷落下去。只有一派痛楚的血液的汨汨声，间断了，又继续着。

但是门槛的刀锋，却还机械地挥舞，并不因为对象消失而稍停。

小爷带着神经质的暴怒喊道：

"你不用砍了，他们已经都死了！"

"死了！死了！"

宁姑歇斯底里地念着，随即也昏厥过去了。

小爷穿过了好几个屋堂，才艰难地寻到一勺冷水，回到宁姑倒卧的地方，用冷水激在她惨白的脸上。惊悸地怜悯地用手把摊在脸庞上的长发挪在两旁。

宁姑微微睁开眼睛，看出来眼前是小爷，便埋怨他道：

"呵，是你吗，你怎么不早来呀？"

小爷激动地把额角拍了一下，好像什么都想起来了，又好像什么都又忘却了似的，牙齿恨恨地咬出咯吱咯吱的声音，一句话也说不出来。

宁姑完全苏醒了，便叫小爷：

"你赶快到马棚去看我大嫂去吧，她更惨了……"

小爷犹疑了一下，只好抛下宁姑，睁大了失神的双眼，一个箭步，便蹿到门外去。他匆匆地来到马棚里，便看见有一个颀长的人体在马棚的正梁上挂着。

小爷上前摸摸心口，还有一口温气，连忙把她解下来，用被可怜和悲愤的情绪颤动了的手指，将自己所可能做到的种种救急的方法都施展在这个他也曾挚爱悦的女人身上。

不知经过了多少时间，他才昏乱地带过来一个啼哭的女人。匆匆地又恐怕这边又有什么不幸的事情发生，慌张地又跑到宁姑原来躺着的这个屋子里。

宁姑脸像一张白纸，牙关紧闭，小爷连忙扑过去按她的脉搏，她的脉已经定了，全身都凉了。呵，这是什么东西，埋在那可憎的衣堆里呀，这血肉模糊的一团，她小产了。

"呀……哇……"一个微弱的婴儿的哭声，在小爷的耳边响起。

小爷连忙唤来让恐惧灌满了每一个纤弱细胞的黄大嫂，把这个刚落草的小骨血，给抱了过去。

小爷挣扎着抹去了额角上的汗粒，慌乱地无从下手地又来救治这血迷的宁姑。哪里救得转，宁姑已经无法救治了。

宁姑完结了她的一生，这该是多么苦楚的一生呵，幸福永远没有沾过她青春的边沿。刚刚躲过一种人类最残忍的袭击，却又用另一个生命来打发了自己的生命，抛下一个并不十分健康的小脑袋——眯缝着一双小得可怜的，几乎完全给精黑的瞳仁填满了的小眼睛。

这个小东西在黄大嫂和小爷的喂养之下竟然没有死掉，反而一天比一天大了起来。这小东西，好奇地看着他高大的爸爸，不知是憎恨，还是爱亲。他腼腆地也好像是很冷落地向父亲淡淡地叫了一声，便又哭了起来。这小东西夜里抚摸着舅母的伏伏帖帖的温软的乳，用着小手指，对着那乳头上一点点玫瑰色的紫圈轻轻地划着，又用小拳头磕碰那两个乳峰中间的酥白色的山坳，好像要使奶浆更畅快地往外流一点就好，其实他并没有得到什么奶汁。于是他又号叫起来。

小爷每一看到这可怜的情形，便浮出一种无可奈何的苦笑了，他把一切往日的心情都收敛起来，只是用静默来对付着一切。

沙皇远征军这次只是顺水在淘鹿流过，一抹刷都到鸳鸯湖集中去了。可是这些小爷都不知道，他，如今已经与从前变成两个绝对不同的人了，他已给一个不可消磨的阴影压碎。淘鹿亲戚朋友又少，他的耳朵和眼睛都比从前闭塞得多了。

淘鹿大街避难的人更多了。这院里，也都挤得风眼不透，只是小爷的屋子，依然没有人敢来借住。

后来单身的三姑姥姥跑来了，这样，这炕上便是四个人了。

中间是老太太，左边是舅母和小孩，小爷在炕头上穿着衣裳睡。每到夜里，都睁大了两只发光的眼望着房笆。院心里的人马声、叫骂声，彻夜不息。他整宿地睡不着。

每天早起，他都到柳条沟去望他那可怜的娇妻埋葬的地方，直到吃饭时才回来。

他一天比一天地失去了神色。现在，他唯一的安慰，便是给小孩来买糖果。

他毫不惋惜地把在十岁的生日那天，太爷亲手给他挂在脖颈上的二两八钱重的赤金项链——如今是整整二十个年头了，从来没有摘下过那项链，可以记忆他一切的过去的浪漫的荒唐，或是豪迈的排场——毫无吝惜地卖掉了，就为了来添补这小孩前生带来的爱悦甜味的奇癖。

在某一天的黄昏里，小爷发现了这个可宝贵的奇迹，便每天都像上课似的，来买各色各样的糖果，亲自送过来给小孩子去吃。看见那可怜的小孩，很吃力地含化了一块，自己便像做成了一件大事似的，抬起了有光的眼，又看他去吃第二块。直到三姑姥姥想尽了方法，把他骗开去，并且还答应着一定继续着把糖果来给小孩来吃，他这才怏怏地走出去，临出门，还要回头看着，是不是她们把糖果给分吃了。三姑姥姥聪明地装出很热心地侍候小东西来吃糖……可是一等到约莫小爷快到了柳条沟的时候，便惨然地叹了一口气，把糖果赶快地藏起。

黄大嫂的眼光，永远罩定在孩子身上，也没有微笑，也没有叹息，孩子水灵灵的小眼睛，也好像她眼睛的影子似的，灵活地也静穆地随着她的转。

这几天，出乎意外的，孩子有时候是在试探着用喉咙呀呀地在吐话音了。似乎是有着说不尽的前生的故事，都想奇秘地，倾吐地，对着用血液来培养自己的生命的舅母来殷殷地讲。可是，终于，却只能用晶亮的眼珠来沉沉地望了。

而年轻的舅母却更静默了，自从自己的小姑，妹妹死后，她更不愿讲话了。

但是更多的流言却在窗外响了。有的说，她还觍脸活着，她是在勾引着孩子的爸爸，预备接宁姑的位置。但是又怕传进了小爷的耳朵，要他们的脑袋使唤，所以说了半截，又都彼此望着不敢再讲了。

可是，黄大嫂也并不听见，她分明知道，在她的生命里，惟一能够给她一种安慰的，只有这个可怜的想用糖果来冲淡了他的生命中的苦味的小生灵，和那个只知道用烟管来代替说话的妹夫了。对这两个人，人们再说她八大车的闲话，她也不管。

她知道她妹夫的性格，或者毋宁说是他过去的生活。但是，现在，她看清了他的灵魂了，她对他一点都不恐惧。分明的，在一年前，他向她轻薄地挑逗过的痕迹，还很清楚地印在她的左腕上。但是，她知道，他已经不是从前的他了，所以她对他也已经有了无限的信托。

每天在晌午的时候，人们，又都聚在大门前谈论着这八九个月以来的经历，互相感叹起来。

但是，惟有在这小屋里，却仍然是死城一般，日头影子从窗缝里钻进来，在那干枯的地上画了两条平分线，窗影把屋子很均等地分成了三截。第一截是小爷的领域，苦着眉头，一句话没有，只是目光，却比前几天更亮了。中间的是三姑姥姥，在慈祥而没有主张的面孔上，挂着老年的幽郁。第三截的尾端，便端坐着睁着一双宁静的眸子的黄大嫂，她在无言地沉视着那条日影子，而躺在炕上的小东西的一对小眸子，却又看定这双大眸子了。

但是，在黄大嫂的肚皮里，却不能像她的眸子那样的安静了，自己的丈夫的踪影，不知道流落到哪里去了。但是丈夫所栽种给她的生命，却在不知不觉中发芽，发大，结实了。但人们都猜测这是沙皇军官的，要不然就是丁家小爷的。

虽然她已经过这样一次痛苦，但是对于这些，她还是毫无经验的，不知道怎么办。她的肚皮越来越大，闲话也越来越多。

只有三姑姥姥心里明白，也不征询她的同意，为她准备了一切对她有益的事务，但是照情形看来，黄大嫂对于这一切，却都无表示地拒绝。惟有一桩事，她却永远拒绝不了的，便是这老妇人却开始的，每天都在她的背后里跟着了，装着很自然地，丝毫没有破绽地跟着她了。如今,她后边,又多了一只影子。

她不知道怎样做,她脑子里一点东西也想不起来,惟有把腹部缠得紧紧的。这是她这几天,所以生存的全部意义。她为什么要这样呢,她为什么做这些,她连想也没想过。她自己也不能明白,她只觉得只有这样来做,对她自己才是最好的。

…………

那一夜,小爷被三姑姥姥给推到门外去了,舅母要生产了。经过非常地恶劣,惨厉的喊声从毛头纸的每一个透珑的地方透出来。小爷绷着脸,在下房,狠命地吸着烟,不知如何是好。

几个稍微有点亲谊的老太太们,望着他的背影,怕见怪地悄悄地溜进去。

下屋里,几个年轻的媳妇,便白起了眼睛,向着自己的丈夫矜持着说:"你看,哼,有好报啦,自己仗着有个好脸子,哼,前生没德呀,这回让沙皇军官给祸害了,那是鬼种呵,要不然你看……生不出来啦!"可是说到这里,又故意红着脸,把后边的几个字囫囵进去,仿佛生孩子是多么龌龊的事儿似的,生怕玷污了嘴唇。

小爷,无所措手地在地下走着,焦急得了不得。

在一种不可援救的状态之中,像垂死的人,吞食了不能消化的石块似的,黄大嫂只是发出一种单纯的无抵抗的惨叫。也没有呼唤谁的名字,也没有一丝衷心的控诉,只是一种人类最残酷的哀号噢……

隔着窗纸,小爷只听见连声的惨叫。

"哎哟——哎哟——"

那样单调的直线的声音,刺到人们的耳鼓里。突地,一声无理性的怪叫，撕裂了人们的心，接着，一切又都屏息了。

小爷疯狂似的抢到屋里去。

灯光摇曳着鬼影，一只尖嘴的老鸹在屋顶上揶揄地狞笑。

三姑姥姥和几个沉重的老太太，热锅蚂蚁似的在地上转。

看见小爷走进来，便连忙举起了两只可怕的血手，贼声地喊："快出去吧，不是好死的。"

小爷一点没听见，不顾一切地，直奔到炕前，一把便把蒙在头上的被子掀开。

三姑姥姥，连忙把一个肥大的婴孩抢过去，她以为小爷的激动一定是为了要消灭这鬼种。

"这也不是黄头发、蓝眼睛呵，这是老黄家的骨血……"

但是小爷却不理会这些，他一直痴立在炕前。

一会儿，他便轻轻地呼唤，想把她唤醒过来。

终久，终久，在那白皙的面孔上，好像刚醒转来似的，几乎是疑惑地不相信地轻轻地撩开了眼皮。又似乎在没睁开之前，就看见了是谁似的，用眼光轻轻地安慰地点了点头，便又合上了。嘴角微掠着一丝近于苦笑的笑影，便倏的一下，脸色益发惨白了。

小爷悄悄地退出来，应该做些什么呢，买棺材吧，卖单镯去，唉，两个孩子呢，一个叫大宁——那一个，也叫他妈的名字，叫大山吧……

黑暗更加重了色调，小爷便上街去卖单镯去。空旷的街上，行人很少，只听见小爷嗒嗒的脚步声，越发显得孤独。

宁姑死去了，留下了一个孩子。

黄大嫂也死去了，也留下了一个孩子，待到一周岁了，黄老大才找到三姑姥姥，把孩子领回。

四

这是真正的故事的起头，
万里的草原上一只孤寂的影

转眼又是二十年过去了。大山已经长大成人，背井离乡，在江北开荒打草。

那夜，白草随着北风转黄。风筝弦一样粗的叶子，小猪倌一样高的叶子，剪刀剪的一样整整地铺出去一万里。一万里的一条驼绒地毡，没有剪短一根毛丝，也没有落上一颗土星，一马平川地铺向天边去。

是谁在地平线上切了一刀，划然的，上边青蓝，下边浅绿。蓝的是那么静，绿的也那么静，好像什么都灭绝了声息。

但是，当着太阳快要走进山坳的时候，那地毡上的西南角，忽地袅起了一缕白烟，溜直的，白蜡杆子样的一缕白烟。

草原上，远远地，只有一架江北的打草窝棚。全部包括了三条树干、一堆泥土、一团白草。树干架起了空间，泥土贴补了四面，靰鞡草填满了四边。

这时候，大山手里拿着一把火焰，烘烤着一块泥钵。他一面嘴里哼着，一面粗暴地搅着那钵里的土豆浆。那浆很兴奋地吐着白沫，咕嘟咕嘟地冒着热气。

"好喽！好喽！"

用脚使劲地把那熊熊的火焰跺灭。只留着几块禁炼的桦木根，在那忽敛忽敛地、从那爆裂的木纹里流出硫黄色的木脂来，噗噗地喷成小火喇叭。一只巨手，转向乱草里去，拖出一块黄泥，很草率地掷到火瓮里去，从火瓮里砸出几颗火星子来，喷落在地上。大山便从一个缺口的高丽罐子里边，掏出了一把炒米放在嘴里吃着。

黄土在火焰里吱吱价响，有时从土的裂缝里冒出油来。于是火焰就杀的一声，炸苞了火，猪肝色的火光，碰着上边的面孔，又把火光反映回来。一副凹凸的胸像，立刻雕出来。古铜色的皮肤，一副鹰隼样的、黑绒镶的大眼，画眉炭子画的眉毛、铁腰、栗子肉。

肉香塞满了窝棚，他把鼻子使劲抽了两下，于是又很快乐地叫了起来："好喽，好喽！"于是伸出一条满长着茧子的大手，把黄土从火里拖了出来，提到窝棚外边，向地下猛古丁地一摔，里边蹦出来一只刚烧熟的铁梨木色的山鸡。他把半碗奶子酒往脖颈里一灌，一口便咬下一只鸡腿来。他很快地吃完了这顿单调的晚饭，便觉无事可干。

"好一朵茉莉花开呀，呵，呵，呵——"他微微地笑了。又是那个老套，真够人腻耐心烦的。上三老爷那里去吧，来回就得走上十里路，这才叫大沙包里赶脚，一辈子不用想见着天。分明有点暴躁了，啪啪地在火上跺了两脚，火苗一激灵就缩得更小了。他倒提了枪，抢出门来，原来的意思，是想寻找几只倒霉的野兽来出气，哪承想，一出门来，已经是伸手不见五指的夜黑头。

天，地，都静。只有自己脑子里神经纤维，嘤嘤在叫。

没有一片风声，没有一棵草动。他凄凉了。忽然他把鼻子往里一紧，自语道："真怪，哪里来的狼尿味！"说着又仿佛找到可做的事儿来一般，又高兴起来，猴似的跳到棚里扯出一条火龙的"木桦子"[1]。一面紧鼻，一面照着。果然，窝棚后边，一片尿渥子，刚刚结了薄冰。便骂道："你也不想活了。我刚吃点荤腥，你就寻上门来！"生气地把桦子向尿渥子一入，尿便吱吱地冒着蓝气。把劈柴摘搂回去，拿起鸡大架来，箍上了一些黑泥，用靰鞡草捻个绕子一捆。拿到外边，出气地向半空一抛。沿着抛物线的轨迹，大气发出沙沙的怪响，一会儿，哗啦啦——啪的一声，鸡架就落在地上了，天，地，又封了冻，没有一点回声。

"真闷死了，连狼都不嗥了。"他站在门口把枪机扳开，向着半空，啪的就是一枪。

"哇啦啦——啦。"子溜子作中心，回声从四面兜起。慢慢地向中间逗拢。啪的又是一枪，于是又像水纹似的，从中间，向四处散开。"哇啦啦——"磨雷似的在大地四周沉沉地滚，不像是这里放枪，反而像在老远老远的地方打着霹雷。

枪声寂了，连一只老鸹都没惊起。

大山倒提了枪，回身坐在木头磙碌上，一个人生气似的，两眼盯着火。

"一个人没事可干，睡觉吧！"

用草和木堆将门口的小洞堵上，又挪过一大块马牙石来，牢牢地将门掩好。他便用火镰咔地一打，用那紫色的火花燃着火绒，把蛤蟆烟点了，含在嘴里一个人在沉思，门牙咬着岫岩

---

1. 桦子，就是劈柴。

玉的嘴子,咯嘣咯嘣地响。坐了一会儿,他又起身把木炭撒在火焰边,火焰,腾地缩小了,萎落了,最后他用灰把火整个儿地封住。只有一两块被炭屑给炸开的小窟窿,热气顶着白灰突突地向上喷。他又用一个大铲子盖上一撮土,把白灰给压缩回去。

窝棚里,马上黑下去了。只是当大山在吸烟的时候,烟袋锅子才透出一粒火星子。可是一不吸,却又不见了。

啪啪,听见把烟袋在马牙石上磕了,窝棚完全黑暗了。

大山枯坐了一会儿,只得把枪枕在脑袋底下睡了。他的头一沾枕头便睡着了。

"愕噢——"声音像是由远而近。

"愕噢——愕噢,愕噢!"先是一个,后来就是一群。

大山翻个身,手摸着枪,心想狼群来了。

和草色一般地转黄了的动物,把嘴插在地上在嗥。让它嗥吧,他还是放心大胆地睡。

睡意正浓呢,隔着眼皮,天,好像蒙蒙亮了。

朦胧里,有人呼唤:"大——山,大——山。"惨烈而凄紧,像叫魂似的叫。他一弓身就爬起来:"谁!"一只手又按住枪,细听声音来自何方。

"大——山,大——山。"

"谁!"他显然有点震恐了,毛发一直地竖起来,所以特意不是好声地怒喝了一下。

"大山——大——山。"

"谁!"一只粗大的手,伸在头发里,使劲地搓了几下。觉得头发上面咯嘣咯嘣地直迸火星子。他霍地站起来,一把手推开门口的巨石,端着枪便闯出来。

不知道什么时候，天已经蒙蒙亮了。

远远一匹骏马，一个带大耳风的人，把手遮在嘴上，声音惨烈而凄紧，大声地喊："大——山，大——山。"那人看见没人回答，便低了头，一带马缰，马就向下坡飞跑而去。——岗上一点尘土都没有，只是一片铅色的天穹，忧郁地展开熹微的鱼白光。"大——山，大——山，大——山，大山，大山。"急切的声音，依着风，依然喊。

大山听出是八舅的声音。"呵，八舅——"他疯狂地叫出。

呵，那是八舅，一定的，那是八舅，他向前跑。一块石头，栽了个筋斗。"八舅啊，八舅呵。"爬起来，跑得更快。

啪，啪，啪，向半空打三枪。"八舅啊，八舅！"

他一纵身，就跑下漫岗子去，又打三枪。

啪！啪！啪！

对面回了三下枪。

嗒，嗒，嗒……对面的人寻着枪声跑来了。

"嗒，嗒……"马蹄在耳边响了。"八舅，八舅！"

"大山，你爹死了。你爹临死有话，问你这个娘。"

"八舅！什么时候过去的！"

"人来带的口信，你赶快回家去，今天就走吧，什么事我告诉你三老爷给你料理——我上铁山，后边狗子[1]撑我。"

"八舅……"大山喊。

"这是叶子[2]，你路上拿着用，我就走了！"八舅从马上掷下一卷钞票来。

---

1. 狗子，胡子的黑话，狗子就是兵的隐语。
2. 叶子，胡子的黑话，叶子是钱的隐语。

"我——有钱。"大山对他喊。

"硬邦点,小伙子,连夜走。"八舅又嘱咐他。

"八舅。"大山一肚子话,不知从何说起。

"阳气点,登时就回家!"八舅说完最后一句话,掉马飞跑了。

立刻就跑远了。大山痴痴地望着那马踏起的烟尘,渐渐地,只剩黄豆点大,一眨眼,又只剩下一片可诅咒的辽阔大地了,他便急急地跑回自己的马架子跟前,他把自己要用的东西拿出来,便一把火把马架子点起火来。火焰从空旷里伸张出来,大野用惊奇的眼光凝视着他。

把什么都烧了,现在只剩一个光人回家了,他把枪埋了,便登程上路……辽阔从四面里包裹了他,他听见自己的单调的鞋响。

一双眼睛沉沉地望着那沉沉的北国的天色。一个人孤单地行着。

用手摸摸缠在褡裢里的哈洋、票子,还有那在一面坡和八舅"作的买卖"——一个踩了两三截的小金盘头簪子,是不是还在贴身的兜肚里。

他向四外看了一眼,那替他遮风遮雨的窝棚,那常常听他讲话的高丽罐子……都永远地不能见了。那郁郁的青烟,还向他招手……他像辞别了亲人似的,连忙把眼睛轻轻避开……

马架的火已经熄了,顺风还送过来一阵一阵的煳焦的气味。他从袋里取出一把炒米来,放在嘴里嚼着。眼光凝在地平线上的一枝棕色的小树上……

再一回头,一切已经不见了。他这才感觉到有一种突然的空虚……

走着，走着，他一个人走着。

山岗过去了。

原野过去了。

现在他坐在一列拥挤的恶臭的大尾巴车[1]上。

淡黄色的灯光忧郁地燃着，嘈杂都已经在疲倦里窒息，劳苦的脸都半张着嘴，在哀苦地沉睡。一个农夫，梦中把头磕在椅背的靠手上，磕得梆当一下，可是向这边一转，又倚在一个小商人的身上睡着了。

大山望了望仰着脸打呼噜的别人，又望了望自己身上的风尘，一只手压在腰上装着洋钱和火车票的褡裢，一只手托住前仰后合的下巴，便局促地睡了……

"你回去吧，不用送了……"他同座的一个人在说睡话。

大山也不理会，又睡着了。一个白色的小牌，"谨防扒手"正在他的头顶上端端正正地挂着……

"票，票！"

什么人粗暴地呼喊，许多人都惊醒了。

大山惊疑地睁开眼，呃，什么时候天已经亮了。强烈的阳光，刺激他的眼睛，什么都很难看得清……

呵，查票的来了。

于是，他连忙伸手到腰底下，去找褡裢，怎么，褡裢不见了……没有，座位左右都没有。

蹲下身去，趴在地下，把头伸到座子底下去找。呃，在凳子腿这儿呢，他伸手去取，是一团马粪纸，沾满了黏痰……他气急了，脸全都红了。

---

1. 大尾巴车，挂过多车皮的慢行火车。

旁边的路警喝道："看住他！"

检票员怒气冲冲地回头对另外一个路警说："他没票乘车。"

那个路警便骂道："这他妈的长拖拖的大汉子没票乘车！"

戴金帽箍的检票手，向两个路警一摆手，便把大山交给路警。

"过来，儿子的……哪趟车都有你们这些穷光棍……过来！"一个拖着枪的铁路警察睃着眼走过来，照着大山的鼻梁就是一拳。

"哈哈，好大一个鹰鼻子！"

另外那个路警，开心地笑了起来，旁边那个小营公司[1]的大秃头也咧喝着嘴，傻在一旁，那个路警便骂："你在这儿傻什么？那边那个小花妞儿，要蛋炒饭呢，还不快去。"

还没等拖枪的那个路警尽量地笑完，大山捆地就回他一掌，热辣辣地打在那正笑得得意的方形的脸上。

那背枪的警察喊道："捉他。"

"捉住他——俄国的赤党奸细，从江北来的奸细！"

大山山猫似的，一跃就跃在一个长车凳上，你来，你们哪个小子敢来……

全车的人都惊起了。

大山一句话不说，头发从额角上披散开来，狮子的钢铁的鬃毛，像要沁出血液来似的在抖动。

一个路警，愚蠢地想吹警笛，可是又想起别的车厢不会听见，便大声地说："你小子，有尿的等着，我找人去……"

大山的眼睛，向四周围回望了半天。一张一张的木然的脸，

---

1. 小营公司，火车上的贩卖部。

好像都怕连累到自己的身上，可是在那紧闭的憎恨的口角里，又都解恨似的鼓励大山去打胜仗。

大山，大声地想吼出几句话来……可是正在这时候，从车厢那边已经涌进十几个穿黄衣裳的人，一进门，眼睛像要吃他似的，向大山射过来，不顾一切地踏在满地的包裹人身上，向这边闯来。

一个埋在包裹里的十岁的孩子——因为不曾买票，被他母亲藏在这里——一只大皮靴，正踩在他的肚子上。孩子刚痉挛地想哭出，他的母亲，从外边伸进手来，用手指扯住他的腮帮子就拼命拧两下，使他不敢哭出来。

大山咆哮着，一只疯狂的狮子，操起一个山东人的背夹子便四面八方地抡起。

围攻他的人，很不得施展，枪把子，别别棱棱，抡不开……

大山这头占了上风，背夹子啪啪打在路警的肩上、脸上、额角头。有人偷着解恨似的吃吃地笑。

一个路警，听见了笑声，便恼羞成怒，扯出了一把白亮亮的刺刀来。

大山大吼一声，一只手扭开门柄，不顾一切地便跳到车厢外边去。

…………

列车一阵风地掠过，轮声咔咔地毫无感情地在轨道上滚过……沙子松散地铺在干枯了的河滩上，白草斜斜地躺着。

大山痛苦地转动，把四肢蜷曲在沙滩上的沙里。全身都觉木然，昏昏地，用手拢开了额角凌乱的头发，把眼睛向远处望了一望，什么都不见了，只是一片漠漠的沙迹。他用手摸了摸发木的两颊，手什么时候已经凝上了血迹，有些发黏。他叹了一口气，便把头埋在手里，趴在沙上。火车又向他吼了一声，隆隆飞走。他恨恨地向着那吼声传来的方向怒视了一眼。一切又都隐入可怕的安静里。

褡裢是让小绺[1]割去了。兜肚还有两截金簪子，一截买车票，一截带回家……

他又痛楚地扭转了一下，用手捉了一把沙，使劲地握着，握成一个团，便又用手一松，沙子零零落落地散在地上。他凄楚地向远望了一会儿，便腾地爬起来。

他因为站起来太猛，头有些晕眩，差一点倒下去，他勉强用两脚支住了全身，向四外望了半天，才辨明了方向，便向前一步一步地走去。

他又赶到前边站上，重新买了车票，又坐上了火车。火车，大车，小车，都坐过了，快到家了。远远可以看见壕沿上三间马架子，鸦雀无声。

他气促了，急急地奔到门前。

"二成子！"他喊他的弟弟。

"……"没有人回答。

他跨进屋里，刚从亮处来，骤然地碰见了昏暗，便什么都看不见。他使劲把眼睛睁大，想看清楚屋里的一切，可是什么都看不清。

一只干枯的手，探出在一张败絮上，向他这边伸过来。

他慌忙地走过来，找了半天，才在败絮里发现了一张蜡色的脸。他知道这就是把他当亲生儿子一样带大的妈，便道：

"妈，我回来了。"

---

[1] 小绺，即扒手。

分明妈还是昏迷的,她迷糊地说:"呵,你是谁,人都死了,你还要钱……"

大山俯下身道:"妈,是我。"

那枯干了的脸,并没睁开眼,只是叹了一口气,把头歪到那边去,又昏睡着了。

"哇!"

是谁尖声地哭出来,大山转过身来一看,又是一团黑色的败絮。他一手把它揭开,里边蜷曲着四条枯瘦的孩子。

一个较大的孩子傻了似的向他望着。

"大哥,我知道你,你是大哥!"

于是这个大孩子顿时活泼起来,推旁边的孩子道:"起来,小拐子,大哥来了。"

小拐子醒来,一看是大哥来了,便揉着眼睛告诉他:"大哥从江北打草来的……"

小虎仰起头来,对大哥讲:"大哥呀,爹前几天就死了,叫也叫不醒。"

最小的也对着大哥,把眼睛睁大起来:"饿——"

大山有许多话想说,但是他一句也不说了,便轻轻地把腰中缠的炒米,解了下来。

孩子们看了炒米,立刻惊喜地抢了起来。

大山看着他们抢着吃了一会儿,便止住他们说:

"好孩子,少吃吧,吃多了看胀死,呵——"

孩子们彼此对看了一下,又抢了起来。大山站起来把炒米口袋结起来,放在炕沿底下。可是一对一对的小眼睛,却还贪婪地向它射过来。

于是大山把他们都撵出门外去,把炒米严密地藏到屋子里的一角。这才又叫他们进来,大声地吆喝道:"不兴你们吃呀,你们再吃就该胀死了。"

大山又轻轻走到妈跟前去唤,妈还是昏沉沉的。

大山舀了一勺水,放在枕边要她饮,她只饮了一口,又把头歪在一边了。

大山用力地搓了搓手,问:

"小菊子,你二哥呢?"

小菊子道:"我二哥给河套洼子李青家推碾子去了。今年铲地时候,咱们跟人家换的工,讲明上秋还。"

大山又问:"妈病,他怎不回来呢?"

小菊子道:"人家不让回来,这几天小米正涨行,人家赶行卖,所以二哥晚上都得打夜作。"

大山道:"……没接先生看吗?"

小菊子回道:"谁来呀,欠人家马先生五块钱,人家把咱们的锅都拔去了。"

"这黑心的王八蛋。"大山咬着牙,"杂种!"

但是得想办法呀,光动火也不行呵,总得想法子……有什么东西可换钱的呢?

妈的,当那截金簪子去!

大山霍地站起来,就往外走,要换钱去。

小菊子追上来,一把拉住了大哥道:"大哥,你不要走呵……你不要扔下我们就走了呵!"

"大哥哥,呵,大哥哥——"最小的一个气急地哭了。

孩子们都齐声地叫道:"大哥,别走呵,我饿呀!"

大山连忙回身安抚他们说:"唉,好孩子,我不走。大哥不走,大哥给你们买饽饽吃。"

最小的一个说:"大哥诳人……"

小菊子噘着嘴说:"大哥又回江北去了……"

孩子们还是扯住他的衣服不放,不让他走。

大山急道:"小菊子你告诉他们,我不走!"

但是,小菊子只是傻了似的向着他呆望着,不说这句话。

大山只得把两只充满了泪水的大眼,愤怒地一立,孩子们便都萎缩地撒开手了,悄悄地又都退了回去,躲在墙角里偷看他。

大山在屋里又迟疑了一会,便冲了出去。

还是二年前的土街,一个人也没有。道旁一块圆青石头,放着一个粪箕子,没有人拿,大山向左右看了一眼,连个行人也没有。

一条精瘦的黑狗,陌生地向他望了一眼,也懒懒地走了。

二年前的活剥人皮的聚兴当,还依旧开在街的西头。大锡圆顶的旗杆上,有一个剥了漆的龙脑袋探出来,倨傲地衔着一个红色的"当"字。

小时候,在这里当号所受的耻辱,又复活了。那时候,他的个儿,还没有那森严的柜台一半儿高。自己每一看见那柜台,便像被审问了似的,有点心慌。但是终于,却不得不慌悚地怕羞地悄悄地挨近那柜台边去。那大胖子每一看见他来,都变着方儿给他一番新的羞辱:"呵,怎么的,你家的抹布也拿来当了……说不定,明个将你妈的那个也来当了!"

如今,还是那个柜台,依然是拒人千里之外,在那里兀立着。但是,这只能刺起大山心中的暴怒来,和小时的心情完全相反了。

"当号！"声音几乎是咆哮。

"多——少——钱！"柜台上那个胖子，用半个眼睛偷觑着他。

大山斩截地说："四十块。"

一阵狂笑扯过了大山的耳鼓，那大胖子笑成一个会跳的皮球，他喘息了半天，才用正音说出话来：

"当不了，先生您啦买一个还不到——"

大山更怒恼起来，喊道："不行，非当四十不可！"

从后面又走过来一个胖子拿过来那半截金簪子来瞧："怎么是折的呢？"

先前那个胖子向他使眼色。

"兀的那不是黄大山吗，你搁哪儿来？从江北来，发财呀，发财！"第二个胖子向第一个胖子眒了一眼，便拿着腔儿问。

"四十，少一个不行！"

"当不了，我不是说嘛，分量在那儿呢，你老兄，咱们莫逆的，少当少抽。"第一个胖子想把话收回来打圆台。

第二个胖子影在他的背后，吃惊地看大山插在裤兜里的那只手的隆起的痕迹。

"不行，四十！当手指头还得给四十呢！"

第一个大胖子脸色变了，向身后吃惊地望了一眼，那个神气比自己更惊慌……

"好，你啦，您是明鉴人，咱们一句话。咱们是交情面子，用不着拐弯绕脖子，也不用说你帮衬我，我帮衬你。咱们有饭大家吃，好汉不吃窠边草，来有路，去有迹。咱们三十块，你老兄回个脖儿，就算骂我的祖宗。"第一个胖子连忙改了口，一口气说出了一大堆的朋友话，说得脖子都红了。

大山冷冷地说道:"用不着,这是拿金子换银子。"

第一个大胖子说:"那话可就——"但话没说完,就吞住了。

大山把眼睛一立,后边的大胖子神经衰弱地似乎看见他插在裤兜里的手正动,便胆落地用手撞前边那个喘着气的大胖子……

"朋友,咱们,咱们走到哪儿还不交朋友呢,这何必直眉立目的呢……"前边的大胖子,连忙改口就数钱。

一面数钱,一面从指缝里向那个胖子打了照面,那个胖子正作势地怂恿着他去快数。

第一个大胖子无可奈何地只好把钱交出来,道:

"你老哥过眼,这是整的,这是十张半截的。"

大山把票子揣在腰里就走。

"哥们交情面子……有事[1]关照一声!"第一大胖子猖猖地想找回来一点齐头。

"放屁!"大山回过头来,怒喝一声,眼睛里喷出火光。

两个胖子像被火光给烤出了油来似的,惊惧地在额角上揩着。

眼睁眼望地看见大山走得远了,这才放心地喘出一口气来:"啐——雏[2]!"

两个胖子不屑地向地上吐了一口,便你瞅瞅我,我瞅瞅你的,面面相觑。小伙计们也都聚拢来听声。

第一个大胖子发表意见:"便宜他了,咱们胆子太小。"

第二个大胖子也表示自己的见解:"不,他裤兜里有枪,我

---

1. 有事,就是"犯案"的双关语。
2. 雏,不是老手。

看见的……"

第一个大胖子颇不以为然,摇头道:"不大见得。"

第二个大胖子坚定地说:"有!"

两个人沉默了一会,第一个大胖子想起来送他进衙门。

"送他。"

第二个大胖子不赞成:"不行,他有根子,城里他姑夫,一句话就要出来了。"

第一个大胖子又道:"人家不拿亲戚待他,他爹就是攀人家攀不上,活活气死的……"

第二个大胖子道:"不,他有个当师长的表哥,顶看得起他……"

第一个大胖子道:"那是!那是二少爷……"

第二个大胖子连声反驳他:"不,不,是师长嗬,师长跟他同年生的那个……"

第一个大胖子忙道:"是师长!"

第二个大胖子得意道:"可不,现在已是军长了!"

两个胖子的意见接近了,都不约而同地揩了揩额头上的汗,接着谈怎样治大山的法子。

大山脑子里轰轰地想不起方才做的什么!狂怒在他栗子色的肉里交流。一个羞辱的声音,还在半天云里回响。"有事关照一声!"现在他要有枪,他一定回转身去,用枪打死那两个胖猪。但是他没有,他的枪被他埋在江北大地上了。他在道上伫立了一会,便发热地往家里走。

"呵,大哥,是你吗?……"一个熟悉的声音在后边激动地喊着。

"谁!"大山猛地一回头,看见黑魆魆地走过来一个人影。

"大哥!"那黑影又发出激动的声音来。

大山忙问:"呵,二成子,你回来了吗?"

这时,二成子已经走近大山的身边,一把拉住大山就诉说起来:

"我刚从李青家回来,他还不让我走,我说我爹都死了,前天有人捎信来,全家都病了,你还不放我回去,我也得看看我娘呵……昨天黑价,我给他做了个通夜,推出三四石谷子来,我今早起一清早起个五更,扒了一碗饭,就走了。"

大山看了一眼二成子道:"好,你回来正好。我正想打听打听你。明天咱们不去了,他乐意怎么的就怎么的!任凭他!"

二成子高兴了,声音里面也有几分快活气儿,又对大山说:

"大哥,托了多少人带信,都说见不着八舅。只有八舅知道你在哪里,我只当这信捎不过去了呢,大哥,你怎么回来的?"

大山急着问:"爹,什么时候死的?"

二成子又激动地说:"三月十五,抬出去,妈就病了,后来就当号吃药。号都当光了,妈也不好,妈一倒下,家里就没人拾柴了。后来李青逼着我,非给他推谷子去不可,人家赶行卖。我寻思咱们和人家是换工,要把人家得罪了,明年秋后人家不供给咱们牲口使唤,咱们又是得走投无路。哪承想,我一走,妈就大发了。昨天五老爷捎信,说终日昏昏沉沉的,我连推碾子带拉磨!"

大山道:"不要紧,咱们有钱,你赶快跑回去,别让他们偷吃炒米,看撑着……我到张家馆子,买点吃的去……你先回去。"

二成子听了大山的话,望了哥哥一眼,便拔腿往家里跑去。

大山一个人走到了张家馆子,也没招呼谁,便说:"来四十个包子。"

张家馆子的张掌柜,正在捡包子,端详了一下顾主的脸庞,一看是大山,便故作人情地上来攀扯道:"哎呀,大兄弟,你可从哪儿来,听说我大爷牢狱了[1],我见天价……唉,瞎忙,脚不沾地……也没过去烧张纸。"

大山阴郁地说:"唉,人死就完,还烧什么纸不纸的!"

张掌柜道:"可倒是,不过也……"

大山有几分急躁了,不耐烦地道:"你给我来四十个包子吧!"

张掌柜又来混和,道:"在这里吃吧,炕头暖和,我给压点好荞面饸饹。"

大山干着声说:"不啦,家里好几天还没开锅哪,你给我煮一大碗面片,我一会儿让孩子来取。"

张掌柜忙道:"给我大婶吃呀,好,好,多搁点胡椒面,出点汗,发散发散,就好了。"

大山便道:"好,我就回去,刚到家,屁股还没沾炕呢!"从口袋里面掏出几张奉票,交给张掌柜的,又道:"剩下的写在水牌上,我就回去了。"

张掌柜接过来票子,龇着牙,道:"唉,这是从哪儿说起……你用东西只管拿,方便不方便敞开乐,哥们家过得着……哪天得空,还得喝一场呢。"

"好,好。"大山托起包子便走出来了。

刚走到家门,便听见二成子的声音在嚷:

"不让你们吃,你们偷着吃,你看怎么办,好啊,好呵,死

---

1. 牢狱了,即死了的意思。

了好,死了好,咱们都死……"

大山一听,眼睛便冒出火星,一步抢进门里。还好,只有四丫躺在炕上,抱着肚子嚷痛。别的孩子都像傻子似的,在地上站着,幸亏带的炒米少,必是四丫抢着多吃了几把,没有消化……

"不要紧,四丫,不要紧,你不要害怕,大哥会治,炒米不伤人。你不要害怕。二成子,你去烧点水,让她喝点水。"大山一面偎着她的脸,一面擦她脸上淌出来的热汗。

别的孩子,看见不要紧了,便都把眼睛唧拉骨碌地又看住刚才买来的包子。

大山走过来吆喝他们道:"今天不许你们吃了,明天再吃!"说着便把孩子们都赶在了一堆儿,把眼睛蒙上,留出自己吃的来,把别的藏起来了。

"哎,屋里谁说话呀,孩子他爹,你来。"妈这时似乎比从前清醒了一点了,眼睛忽然睁开一条缝,"呵,大山,是你,你带钱来了。"

大山含混地说:"妈,带钱来了。"

母亲忙问:"呵,你带几百来呀?"

大山只得顺口胡诌:"呵,五——百,整整五百。"

母亲惊喜道:"呵呀,孩子,五百呵,五百呀,整整五百!"

"二成子,水!"大山连忙低声叫二成子去掇水。

"睡呀,呵,我不睡呀,我一看见你我就好了。大山呵,我现在,我心里明白,就是嘴里说不出来……"

"妈,你先不用说了,我都知道了,你先躺躺吧……"大山一面安慰着母亲,一面让二成子去弄水去。

"好孩子，你回来，你怎么也不和你爹说个话！"

"好，妈，我一会儿就说。"

"唉，孩子，我不糊涂，我一点也不糊涂，唉，我记起来了……你爹死了，三月十五死的，你爹有话告诉你……我现在想不起来了……唉！"

母亲半睡半醒地说了半天话，便好像已经力竭声嘶了似的，又死人一样地睡去了。大山知道母亲这回是比从前好一点了，便起来告诉二成子："快去到张家馆子取片汤。打两个荷包鸡蛋在汤里，记住！"

"钱呢，人家不赊给咱们。"

"在那存着呢。"

"呵！"二成子咧开了嘴，便飞也似的跑了。

十天过去了。

母亲的神智似乎已经有点恢复，她便告诉大山："你爹活着的时候，怎的也不听劝。放着一门子好亲戚，硬得看作眼中钉。而且越是病大发了，越是不住嘴地骂老丁家。好像他的受大穷，就全是老丁家给的似的……唉，偏说你那个生母嗮，是人家兵荒马乱的时候，全家伙都冲散了，丁小爷骗她说你父亲死了要她死心吧，末了把她硬给霸占了，逼死了。那是吗？那是吗？那不都是养护你养护死的吗？唉，到死也执迷不悟呀，受大穷的骨头，我就说呀，人家拔一根汗毛，比咱们的腰都壮呢……你不奉承他也罢了，你怎还得罪他呢？……结果死在炕上，连条裤子都没穿去呀。光手来，光手去，在阴间能得到好吗？……都是自己找的，赶到临死，还千叮咛万嘱咐地告诉我，让你务必到那里，把老丁家……"母亲说到这里，便害怕似的向四外贼视了一周，浑身都有点抖缩……大山连忙安慰着她。

不用她说，他已经都明白了。可是母亲却还是执拗地趴在他的耳朵底下告诉了他，并且还告诉他："欠老丁家二百元钱，答应了上秋还呢。唉，怎么办，锉骨头渣子，也还不起呀……"

"你不用惦着，不还他，他不敢要，待几天我就进城。"

母亲道："你到丁家去佣工吧，现在，咱们房没一间，地没一垄。靠打短工不行！"

大山说："我知道，我去给他们扛年造[1]，先支一个全薪再说，妈，你看好不好？"

母亲点点头，不言语了。

大山想：父亲铁一样的心，反抗老丁家。从二姑被抢那天起，父亲的这颗心就没变过，复仇呀，复仇，父亲想使老丁家全都粉碎！可是如今，怎样，老丁家还是老丁家，可是父亲他自己却不见了，他临死还告诉我去杀死老丁家，可是杀一家人有用吗？古榆城也不止他一个老丁家呀。不这样又怎么办呢？他又想起了他在一面坡，那个穿长筒马靴的俄国人告诉他的话来……便沉思起来。

"谁？"

一个陌生的声音，向他掷了过来。

"吆哼——"大山打断了思路，谁呢？

"谁？"

这是什么人呢？今天添的查夜的？

"是我。"答话是轻蔑地、侮慢地。

电棒光在他脸上一晃，一个二十响的枪管对着他。

电光晃花了他的眼睛，对方更意外地沉在黑暗里。他越想

---

1. 扛年造，即当长工。

极力辨认出是谁来，可越发辨认不出，他粗暴地喊：

"你是谁？"

"呵，大山哥，是你吗？大山哥！……"

"你到边里去啦，我等你一个多月了……"

"我给你带信，他们说你没在边里。"

"打那儿回来，我又在扶城待了几天。"

"呵，好极了，好极了。大山哥，现在我可以痛痛快快地玩一回了，你陪我！"尽管大山比丁宁还小几个月，但由于大山从小就比丁宁长得高大魁梧，处处带着丁宁玩，丁宁便管他叫哥哥了。

"好！"

"一到家——我就找你，唉，我妹妹又死去了，我回来的这一个多月，简直闷死人了，哪个地方也不能去——好，现在，真妙极了。"

"好，咱们把小时候玩的地方再玩遍了。"

"小金汤有胡子？"

"不要紧，这几年，胡子不在那儿窝着。"

"那么，明天就去——你的枪打得怎样了？"

"呵，打单家雀，打飞，在江北，都数一数二。"

"多少年了，我记得，小时候，有一次你说你练会了，当着大家表演，结果没打中，可吓飞了，气得你一天没吃饭……"

"那时候还是小孩，现在，就不那样了。"

"现在一样，我们还有我们自己的天地……咱们合作……"

意外地，大山沉默地低了头。

"这地方能打猎吗？"丁宁以为他没听懂自己说的话，便改了口风。

"能……"

大山沉思了一会,又好像跟自己说似的:"打狼最好,我就愿意打狼。去年冬天,我在窝棚,打了三十多只……我一看见狼血,就非打不可。"

"好,我正带来一杆西洋猎枪。"

"猎枪不行,还得用快枪。"

"好快枪,你……"

"是少爷吗?唉,让我好找。"

忽然老管事的墙角上转过来,匝着手电的光就问。

"呵,找我吗?"

"可不是,老东家传过话来,我就找。灵姑娘也说不知道,黑咕咚的,找了半天,我听见这边咯棱咯棱地谈话,我就琢磨着是您哥俩碰到一块儿了。赶快到老爷那里去吧,横直是等急了……你们哥俩,怎的找着这么一个僻格棱子来了。"

"大山哥,明天再谈;你把马刷好了,咱们好上小金汤去玩去……"丁宁快乐地回过头来。

"好!"是大山的沉思似的声音。

老管事很吃力地跟着丁宁迅速的脚步穿过了月亮门,累得呼呼地作喘。

"少爷,可别听大山那孩子的话,小金汤那地方,可不是玩儿的。洗澡更不成,这关外的天气,比不得江南。"

"不要紧,我要学打枪,你想,不到那儿去学,要在街上打一排枪,全城里不都炸了?"

"唉,可也倒是,老爷年青时哪一天不摸枪的,这样,冲锋陷阵的,才算能有担当。"

"所以打枪是非学不可的。"

"可是，大山那孩子……"

"现在的打枪，就和早先年拉弓是一样的。"

"呵，是的，是的。男儿骑在马上，必须文武全才，祖威才能……"

"是的，大爷说得是极了。"

五

一个清晨

　　清晨，一睁眼，天已经亮了。

　　丁宁愉快地打了个欠伸，眼睛望着那充满了阳光的明朗的淡青色的天。一朵白云冉冉地动着，像一个披了白纱的女人样的，面向着阳光。

　　灵子悄悄地走来，问丁宁："醒了吗？"

　　丁宁伸了一个欠伸："我做了一个梦，真的，又梦见小金汤了。"

　　灵子俏皮地道："只可惜那么好一个地方，偏偏有了胡子，害得我们的少爷不能去！"

　　门帘有些微动，一定有人来了。

　　"谁呀……"灵子问，门口似乎有个人影，局促地闪动着，大概是想要进来又不敢。

　　一个小姑娘连忙跨进来，恭恭敬敬地向她请安道："姐姐，是我——"

　　"有事吗？"灵子和蔼地走过去，悄声问她。

　　小丫头回道："奶奶送来的花，给少爷——"

灵子便又问:"什么花?"

小丫头道:"哎呀,姐姐,开得那才火爆呢,姐姐,真好看!现在放在门外,没有请示好,不敢拿进来。"

"呵,好的,我正好要——在哪儿呢?"灵子跳跃着走出来,一看门口正摆着两盆火红的花。

"真好看极啦!"连忙端起了一盆,很快走进屋子里来。

灵子指着花儿对丁宁说:"你看看少奶奶送的花……真好看极啦!"

丁宁以为是嫂嫂送来的,高兴叫道:"呵,嫂嫂叫晓屏姑娘送的?呵,好极了……"

"你看这红,这心!"

"你看这翠生生的叶……"

"呵,这 Browning(勃郎宁)所咏叹的'红百合'呀……可咱们寡受人家的东西吗?"

"先收着再说吧,等咱们看够了的,再还礼,好在是家礼不可常叙——小东,你把那盆也搬进来。"灵子有趣地歪过头来,向着门帘外面。

丁宁看见进来的不是晓屏,而是小东,"啐——"丁宁不耐烦地瞪了一眼。

灵子知道是不愿意别人进到这间屋子来的表示,可是却还故意地抹搭着眼皮,耸了耸肩:"让她挪一挪又算了什么,哪能就累着她了。"

小姑娘含着笑,把那一盆也端进屋来。

这一盆花随着照人的红色在丁宁的眼前亮了起来,丁宁在被窝里,像一个水鸟,冷丁向上一跳,惊叹地喊着:

"呵哈,也是同样的精神………"

"你不是不兴人家舔嘴咂舌的吗？"灵子嗔道。

"不，不，这是为花颠倒……"丁宁微笑着说。

"反正你总有理！"灵子并不理解他的情绪。

丁宁又道："也不是——呵，是少奶奶送的吗？呵，你回少奶奶说，这花太好了，灵儿喜欢极了。"

灵子不屑地撇了撇嘴："也不是送给我的——"

丁宁目光向下注视了一下，想了一想，便对着小东说："你回少奶奶说，等会儿我也许过去看她。"

小东怯怯地看了湘灵一眼，又在眼皮底下偷觑着丁宁："不是——不是——少爷——是东街三十三奶奶[1]送来的——"

丁宁听见"三十三奶奶"这个字样，不由得勃然大怒起来："混蛋，你怎早不说清楚了呢？混蛋，拿出去，你就拿出去——"

灵子不由得一震，连忙跳起来。想拿花，但又舍不得地向花看了一眼，轻轻地在小姑娘的肩上打了一下，偷声地说：

"都是你，快拿出去吧，一清早，就惹他——"

"混蛋，简直是混蛋，一圈儿的混蛋。"丁宁愤怒地把头转向里边去。

小东红着脸，不自然地堆着笑，恐惧地向丁宁望了一下，连忙轻手轻脚地去搬花。

灵子也帮着搬起一盆来，送到门外去，埋怨着小东说："你怎早不跟我说清了呢，你还不知道他就讨厌那边的三十三奶奶，怎的偏得惹他生气？"

小东脸更红了，腼腆地向丁宁笑了一笑。

---

1. 三十三奶奶，是十三叔第三房姨太太。

灵子又催促小东道:"你看你呀——赶快把这两盆搬到那边去吧,永远地别让少爷看见。"

小东低着头,用牙咬着嘴唇,感谢地向灵子笑了一下,连忙把花拿走。

灵子觉得非常地好笑,匆匆地跑进屋来。

"得啦,这又是什么大不了的——还值得气得五雷号风的。"

"混蛋,简直的一圈儿混蛋!"

"算了吧,先生,我侍候你,你起来穿衣裳。"

"滚开,滚开!"丁宁把被向上一揭,被便落在一旁,白绫子的里子,鱼鳞样闪着,"都是比猪还笨,——简直的一圈儿混蛋!"

丁宁跳下炕来,穿着睡衣,拖着一双棠木拖鞋,到大镜子前做柔软操。

灵子微笑着,打脸水,预备牛奶。

丁宁做完了柔软操,才像跳舞似的旋到脸盆前洗脸。

"什么也做不好,昨天让弄马靴,弄的是什么玩意——"

灵子说明道:"哼,昨天是老孔婆子来看你了,我赶忙出去。"

丁宁没想到,问道:"谁?"

灵子回道:"就是——看南园的那个——"

丁宁又问:"她来干什么?"

灵子答道:"干什么?来看你——拿一串榛蘑来,听说你就爱榛蘑呗。"灵子像回忆什么可笑的事情似的笑了起来。

丁宁更生气道:"真是一圈儿混蛋。"

灵子道:"她还要见见您哪——"

丁宁恼怒地道:"哦——所以你特意地赶忙出去,挡了驾,吓——"

灵子再不说什么，微笑着，到那边去叠被。

丁宁立在一张蛤蜊瓢嵌花的铁梨木小茶几旁边，喝完了奶，向着放在茶几底层昨天父亲送过来的《朝日画刊》[1]看了一眼，便向外走。

灵子婉婉地走过来，对他说：

"咱们应该给少奶奶送两盆花去——不，或者别的东西。"

丁宁点头道："你看送什么好就送什么吧！"说完便走出去了。

月季的花风带来了无限的早晨的青春的生意，吹满了人的襟怀。站在台阶上，丁宁把两只手撑起来，对着初升的新鲜的太阳。"呵哈——"几只白色的和蓝色的鸽子，从正房的屋脊上飞起来，带着弓子嗡嗡地响。

太阳，照在人的脸上，像刚从人的心底升出来似的，布满了照明宇宙的光辉。

丁宁大大地出了一口气，又向天空注视了一眼，便一步一步走下台阶来。

一个太太房里的小丫头云儿，正从后园子掐来一把花，低着头走，丁宁便问她道：

"太太起来了吗？"

云儿看见是丁宁，连忙答道："早就起来啦，刚让我到后园子掐把花来，插花瓶儿……"

丁宁又问道："热都退了吧——"

云儿很老练地回道："都退了，封先生说，前天太太早晨起

1.《朝日画刊》，日本出版的画报。

来闪着点寒火……"

"怎的，又是封先生——"丁宁转过身来，便生气地往太太的屋里走，方才满身的喜悦，好像都被"封先生"这几个字冲碎了似的……

正说着，报道王五奶奶和金五奶奶派人给太太请安，太太忙派京红前去招呼看茶去了。

太太娴静地躺在床上，眼睛合着，脖领底下一个纽襻儿松开来没有结好。

大法师李常真端坐旁边的蒲团上给"品"[1]呢。两只迂曲的腿盘成"莲花式"，膝盖上一边放一只手，手心都向上翻着，一动不动。

旁边侍立的使女们，看见少爷来了，都屏息着。

丁宁向她们巡视了一眼，春兄没有在这儿……

李常真又把左腿挪上来，压在右腿上，似乎这回是用另外那一半心来"品"。

丁宁走过来，看见一个银碟子，放一条太太日常戴的金簪。碟心里，还有几星淡墨色的纸灰[2]，一点凉水。

丁宁憎恶地看了一眼，便死立在地上，两眼像要撕碎什么东西似的盯在李大法师的身上。

"呵吓——"待了一会儿，李大法师如释重负似的喘出一口气来，把两手互相搓着，搓完，顺着眼皮，在脸上舒展了两下，便机械地颠了颠头，"呵，老佛的慈悲——动了！呵，呵，——是胡家的，呵，呵，是家仙，没什么说的……"

---

1. "品"，大法师静坐默识，可以知道病人一切，叫作"品"。
2. 纸灰，是将符烧了，由病人吞食之后遗下来的纸灰。

太太微微睁开眼睛，感慰似的向他瞧着。

"呵，呵，动了，很好求，就动了，没什么……呵，呵，好好养……你这几天，没到后园子——约莫着，呵，子丑寅卯，不是个卯日子，哎，就是个——"

"呵，可不是，就是昨天晚上，佟姑娘，是吗？是昨天晚上还是前天晚上？我说到后园子散散心……"太太回过头来，向旁边做细活的佟姑娘问。

丁宁顺着他的视线，又向四周扫寻了一眼，春兄仍然不在，只有京红和紫烟在后面侍候着。

"呵，是前天晚上……太太。"佟姑娘小心翼翼地走过来，俯在太太的跟前细声地说。

"呃，呃，前天晚上，正是正是，我一掐算，就说是个卯日子。呵，前天——"李大法师又用拇指在其他的指节之间点了一遍，便很神秘地眯缝起眼，"呵，呵，是的，是的……就是前天晚上。"

太太看见丁宁，又微微睁开眼睛，刚想要向大法师说话，一看丁宁立在地心，便向他爱抚地一笑，用眼光慈和地招他。

"呵，呵，这就是了……好好养养，几天就好了，一要清心寡欲，二是敛性收心哪——呵，呵，少爷来了，呵，少爷，呵，呵……"

李常真一眼看见少爷立在地心，便匆促地伸出长大的黑手，向炕沿底下很吃力地捞鞋。

一个小姑娘赶快走过来替他拾起。

李常真想把鞋肚里的土向外倒倒，但是连忙又像做错了什么事似的，赶快把鞋穿在两只肥硕的大脚上，就惶恐地下地来。

"呵，呵，少爷，起来好早……刚才诊化诊化[1]的，呵，呵……"大法师机械地搓了搓手，又用两个食指，在眼睛上面拂了两拂。

"坐，坐……"丁宁命令似的客气着。

"少爷好久没见了……前回送来的《达道图》[2]看过了吗？呵，呵，那是当年吴祖[3]亲笔留下的，哈哈，普度缘人登道岸，割断红尘一线牵哪，哈哈，少爷看过了？"

丁宁一句话也没有说。

"呵，吴祖的天机是顶超绝的，少爷，当年吴祖……呵，不用送祟了……"

小丫头桃叶拿出一篓已经印上了往生咒的黄钱纸来，放在大法师的跟前。

"呵，大奶奶，不用解脱了，五月，六月，呵，您府上不是有一堂佛事吗？到时一起儿操办吧，我方才求了，胡仙也答应了……哈哈……都是家仙，喝两盅酒一天云彩就都散了，没有什么见怪的。"

"大师的力量——"太太痛苦似的全身略略地动弹了一下，眼光梦幻似的向前凝视了一下。

"哈哈，早得明心——见——性！"大法师荣宠地会心地笑着。

"那么我要有别的心愿，也都在那时一齐解脱吧！"

"呵，呵，心愿——呵，心愿呵，心愿可是不能轻许的，若要一动这个念头——那可就得许的，要不然，那老佛前，可是

---

1. 诊化，类似一种按摩术。
2. 《达道图》，是东北的一种教门——弘阳法的创造人达道真人写的"经"。
3. 吴祖，就是所谓的达道真人。

说不过去的。"

"我想……哎，到那时再说吧……"太太无力地长出了一口气。眼睛又病弱地合上了，眼睑激动地打着颤。

"哎，你自己就得放宽了想呵，"李大法师擦了擦自己两只粗糙的长手，想了一想措辞，便很谨慎地俯下身来，又说，"你听我说呵，呵，过去的呢，不用想它，怎么说呢，人死了不能复生，那是阎王爷的公事，有谁还能跟阎王爷来算账呢？人死了，不能复生，是不是？不能复生，那不用想它。未来的不用想它，怎么说呢？未来的，是天机呀——哈哈——天机有谁能知道呢？所以，你就是想也是无益了，是不是？所以，还是以不想为妙……现在的呢，不用想它，怎么说呢，现在的都在眼前呢，眼前的事，那你还想它干啥，朝思量、暮打算的，那，那岂不是，哈哈，太太……哈哈……所以说……佛经上都有呵，佛经上不说嘛，'我劝你，拴住了，心猿意马，要知道，无常到，撒手空还'……"

太太领悟似的点了点头，但是似乎"无常"两个字又牵引起她心底下一种不可消磨的感情，使她陷入了更深一层的哀悼，渐渐地，她的两眼都模糊了，湿润了，又痛苦地闭上。

李大法师这时知道，太太又触起了她爱女之死，于是，便把他经常说的说词，重新又背诵了一遍：

"而且，而且，我不是早就说嘛，我为了这件事，'观'的'景'[1]，也不止一次了。我每次'观景'，她都是在观音大士的座前浇花呢，小姐是个真'花姐'[2]，她已经做了观音大士前的浇花

---

1. "观景"，即静中显示，是法师的一种板眼，是"观静"庸俗化的讹称。
2. "花姐"，童女注定要被召到佛前的叫作真"花姐"，是一种迷信。

玉女了。比咱们都强呵，她已经成了正果了，你怎么还忍心用凡心来牵恋她呢，使她在仙界里也不得安哪？是不是，你老就往开了想吧，她在仙界比咱们都强哪，你想想观音大士很宠爱她，你想想，你怎还能用咱们的欲情来缠绕她呢？"

"唉，我也知道呵……"太太悲痛地向空落里痴痴地望着。

"所以我没说吗，咱们凡人要想她一分，就是给她加罪一分，要想她二分，就是给她加罪二分。"

"唉！"太太碎心地长叹一声，这是她没料想到的。

法师紧跟着又道："所以你就得往宽里想呵，你留不住，小姐是个真'花姐'，早晚也是得走。你看她现在走了，你受不了。你看将来她要生儿长女的，年纪轻轻的，一扔扔了一扑拉，那可怎么办？所以，你想，你想她干吗？她要多哄你一年，你就多还她一年，所以她是早走早利索。"

太太道："——夏天已经来了，我想给她换点单衣服……她临走的时候，穿的都是夹的……唉，这几天，天也热了……"太太喃喃地说着，如同在记忆里和自己谈话似的。

法师道："哎，你要为的是了心愿呢，那倒也成呵……可是她已经在观音大士面前了，哪能还穿咱们凡人的衣裳……哈哈！这个，少爷是明白这个道理的……而且，呵，呵，要烧冥衣，还得在庙里……"

太太听说可以烧冥衣，连忙问："在后园胡仙堂里——不行吗？"

"不，那一定得在庙里，还得是城隍庙才行，要不这么是白烧。"李大法师坚定地摇头。

太太听了，只得说："那么，大师，你就给代烧吧！我过两天送去！"

法师道："好，好，我就给她代办吧！"

太太便像对空气说话似的，说道："在李纸材活那儿……要时兴的……现在兴活楔的，兴死楔[1]的？……"

太太说话的声音，都是喃喃的，有声无气的，可是大家却都恭敬地细心地在听。佟姑娘听得太太讲完了，知道后尾半句话是问自己，便连忙俯过身来低低地说："现在时兴的，是活楔的。"

法师道："我让李纸材活做来奶奶看吧！"

太太又道："唉……佟姑娘你到我炕衬[2]里……"

佟姑娘知道了太太的意思，连忙到炕衬里去拿钱。

李大法师看见佟姑娘正在估计要用多少钱，在那里盘算，连忙客气地搓了搓手说："我得回去了……钱等做好了再说吧，家里还有几份等着诊化的哪……那些人都是一早赶来的，早起空肚子，好赶病……少爷，哈哈，你若要看，我待会儿打发人送来，每样一份，呵，《梁王忏》《目莲救母游地狱宝卷》《钥匙真经》《黄氏女过阴真经》《血湖经》，呵，呵，都是，呵呵，《血湖经》是黄大帅的干侄女新许印的……呵，看经是好的呀，少爷的慧根，是很厚的呀……"

李大法师，看见丁宁的面孔意外的冷落，心里不由得一震，连忙向他又偷看了一眼，便像要逃走似的站起来。可是还故意装作镇静，回过头来对太太说：

"你老就放宽心好了，好好养，唉，死生惟有命在天呵，都是个劫数……少爷，嘿嘿，也不能到那边坐坐，嘿嘿，茅连草

---

1. 死楔，活楔，指冥衣的下摆是缝住的还是开着的。
2. 炕衬，是和炕一般长的一种木柜。

舍得，少爷……"大法师一面说着，一面向外走，伸手去撩门帘，一个小姑娘走过来，早把门帘打开。

"我不送了……"丁宁冷冷地说，他很怕太太责难他失礼，所以不得不说这一句。

法师像受了无限荣宠似的，连声地说："少爷留步，外边有风，看凉着，少爷……"

丁宁看见他走出门，便把内房的绿轴穗门帘刷地一摆，心里填满了一种憎恶的感觉。

太太的眼睛蒙眬地闭着，见他过来便轻轻地睁开。

丁宁用手抚着她的额角，想试出她的热度。

"没什么大不了的，躺两天就好了。"太太道。

"温度不高。"丁宁道。

"不热，刚诊化的。"太太道。

丁宁皱了一下眉头。

佟姑娘走过来到太太的跟前，像有什么事情要说似的。太太点了点头，于是佟姑娘小心俯下身来，安静地在太太耳边说了几句话。太太听了面色立刻阴沉了。佟姑娘又咻咻了几句，便走出去了。

这时，晓屏又含笑进屋来，请示说，京议员张兰坡月中娶儿媳妇，吴八奶奶做寿，都送什么礼。

太太道："待一会灵子回来再说吧，亏你和少奶奶都想着，要不然都差了礼啦！"

晓屏回完话，又给丁宁斟一道茶才去了。

太太出气非常匀和，平静地在那里躺着，脸上没有任何表情。

丁宁假使要不用手去抚一抚她的脉搏，几乎不知道这还是一只有生命的手。

环屋子里的东西,好像都在他的眼里消失了血色,他又搜索地看了一眼——

"春兄呢——"丁宁阴郁地问。

太太迟迟地撩开了眼睑。

"……她母亲病了,接她回去……"

丁宁道:"新病吗?"

太太道:"还是老病。"

丁宁又问:"哼,那就——很难好了吧。"

太太没有说什么。

丁宁又问道:"昨天走的吗——"

太太点点头,目光萎落下去了,仍然没有回答什么。

佟姑娘轻轻地从外面走过来……附在太太的耳旁低低地说:"二十元……他说,谢奶奶……"

"二十元!"丁宁什么都明白了,便道,"二十元太少了吧?"

"你知道什么钱哪!"太太还笑着。

丁宁知道苏大姨一定病重了,便说:"多给拿点。"

太太道:"反正花钱的时候还多哪,待两天再说吧……"

丁宁听这话里有话。"苏大姨什么时候死的——"丁宁问太太。

"这不是苏黑子刚来报的丧吗……才打发走的。"太太冷冷地答。

丁宁觉得身上有点冷。说道:

"唉,可惜了一个如花似玉的人,要强了一辈子,谁知道得了那样病,去年我去看她,她还躲着我,总觉得见不得人……"太太喘了一口气,又幽幽地说,"你父亲总隔长不短,让春兄去侍候侍候，还把自己的蜜枣带给她……"

太太停了一会，又道：

"苏黑子那小子，就不是人……"

"……"丁宁不知道说什么是好。

"唉，活活地……活活地把个人糟蹋死了。"太太又说。

"唉，死了也好，她多活一天，就多受一天的罪……"太太似乎是非常疲倦了，又沉静地卧着，一动不动。

丁宁叹了一口气。

一个女人的一生，又在他的眼前一闪：

一个体态轻盈的女子，在她的堂姐刚被丁家的少爷抢去了之后，自己为了姊姊的命运，正坐在鸳鸯湖畔，对着天际袅起的一段水云暗暗地出神。白云在鸳鸯湖的芦苇里袅出，上三台的晚钟，一声一声地传来，于是在岑寂的辽阔里，空气就更沉重了。

一只鹭鸶在眼前飞起了，迟迟地在白云里不见了。

眼前还好像有一道白光，但是那只孤零的鹭鸶却不见了，无论怎样地搜寻也找它不着。

她觉得，她的姊姊，也是这样地消逝了。

她把手探到头发里去，也看了看她脚底下方才拾来的草，她想再到芦苇里去……

忽然，眼前一黑，一双粗大的手，蒙住了她的眼睛……

…………

这就是她小时候指肚许给的人，她所恐惧的男人，当她每在街上遇见他，他都要投向她以不良的眼光，她的全身，就浑如在拔草的时候，手在深草里摸着了蛇似的，每个神经纤维都打震颤,她赶忙像一个被攫伤了的老鼠似的跑了,直至跑到家里,心还炸裂似的跳……

但是,今天这个永远恐惧的阴影,却在她的眼前扩大了,一直地震恐地用一只带着黑色的恐怖的大手,蒙住了她的整个的双眼,她什么都不能看见了,她只觉得身子一软,什么东西,都在脚跟底下沉下去了。

过了门之后,生活就和无底暗洞一样,苏黑子是个缺心眼的白痴,给她的只是勒索(她做活得的钱都得给他)和粗暴。

芦苇还是萧萧地响着,白云也依然对着那晓妆的鸳鹭湖照着,今天的风和昨天一样的暖和,但是,命运在她,却被那双今后每一到黑夜都要把她攫在手里的黑手给搅起了永久不能平息的漩涡,她便像一条死了的银鱼似的,浮在这漩涡里面,没有办法。

在深夜里,上三台的钟声,从被雨打破了的窗棂,像一片落叶似的飘到她的枕畔,那正是她哭泣的时候。三星下去了,她想不起什么,她还是静静地躺着,有几次,她突地想起立刻跑开,但是,她听见了远远的风声,她又心悸地萎缩作一团,她往哪儿去逃呢?世界是这等大,但哪里是她容身之所呢?

这样她为了报答他的粗暴,她给他养了三个孩子。

白云在鸳鹭湖的翼子底下飞起了,她还坐在从前的拔草的地方落泪……老鸹眼映着满山红的时候,秋风一起来。她估量那一间小小的马架,就要被从山坡赶上来的风雪掩埋了,她又望着那好像十年来看惯的那合抱的大柏树上的白云,在幽抑地哭泣了。

…………

十年了!如今是十年了!

那天，是端午节，艾蒿香从原野里吹来，粽子香从街的这头向街的那头散放。

孩子们仔细地嗅了嗅，便痴痴地向妈望着。苏姨从窗口探出头来，向外看着，是一个湿润的下午，白云一片一片在湖天挂着，她净向着天注视，几乎是一顿饭的工夫，她净望着。

最后，她低低地向着偎在旁边自己的孩子们悲哀地看了一眼，便低声向大女儿说："春兄呵，咱们上湖边去……"

"妈，咱们拔草去吗？去卖钱吗？"

苏姨无力地说："去拔草，拔草卖了钱，好给孩子们买粽子！"

于是，他们到湖边去了。

孩子们懒懒地拔草，孩子们知道草并不换来粽子吃。

她一声不响在那里坐着，一直到天都快黑了，还没有回家。

"妈，咱们在这儿等啥呀……"大一点的春兄便迟疑地问娘。

苏姨低下头，叹了口气，什么也没有说。

天更黑了，水面升起了五月的模糊的晚雾。

一只鹭鸶，滋溜滋溜叫了一声，飞逝了。

一切又都安静了。

"春兄呵，你到……唉……"她说了一声，叹了一口气，又顿住了。

"……到我大爷家里去吗？"春兄睁大了两只乌黑的眼睛。

"你到他家就说……你可碰见了大爷再说，别人你别说……记住，呵，你记住没有……你就说……唉，要，要一把艾蒿使唤……"

春兄迟疑了一会，便站起来，拍拍身上的尘土走了。

暝色更浓了，细密地精致地淹没了五月的河边的水柳。苏姨的眼睛还是向上望着,即使是在黑暗中,她也能望见那她十年前所见的那块白云……

黑暗了,夜晚已经爬过了黄昏。两个孩子都畏缩地爬到她的怀里,用耳朵听着远方的树响……

不一会,前边便有一阵细碎的脚步的窸窣声了,她的心便急遽地跳着,一直要吐出了胸口……

"妈呀……"声音有喜悦的抖颤。

她听出是春兄的声音。

她极力睁大了自己的眼睛,向着走来的春兄的手上看着,想看出她手里的东西的轮廓……呵,她看出来了,她的心跳了,她咳嗽了两声,她觉到嗓子里有点发咸,她心里一冷,身上便透出了一身虚汗。

"妈呀!"

春兄浑身抖颤地扑到她的怀里,用着刚才通过原野时候所生的惊怖和为了粽子而喜悦的心情叫道:"妈,一串粽子,大爷给的!"

两个孩子已经睡了,她轻轻地把他们推醒,孩子们梦呓似的哼着,每只小手都毫不放松地握住了一只粘在手上的黄米粽子,又睡着了。

孩子把头垂在她的肩上,她抱着他们,春兄背着草,娘儿两个踽踽地回家。

…………

那夜,她便出了一宿虚汗……

第二天,一早晨苏黑子耍钱[1]回来,看见锅台上的粽子,拿

---

[1] 耍钱,就是赌博。

过来就吃,刚只吃了五个,从最小的孩子那里听到了是从妻的娘家的黄大爷家拿来的,那曾经骂过他的黄家拿来的,呵,他一纵身跳了起来,掀开被,便打她……

"我的名声都给糟蹋坏了。我小子有小子骨头,我能吃姓黄的东西吗?我,呵,我能像个要饭的似的,低三下四地到他的家要一串粽子吃吗?呵……"他打她……

从那天起,她便疯了……

从那天之后,家里拔草的人也没有了,日子更不容易从饥饿里挨过去。

终于,苏黑子想起来了,春兄,是一笔好钱。

她的神志,虽然不清,但是对于这件事体,她却比她未曾神经混乱之前,还要明晰,她一点都不迟疑,她每夜都睁着发光的眼,计算着,筹划着,终于,在一个昏黑的暗夜里,她托付了一个可靠的熟车,把春兄送到城里她姨夫家里——丁家,免得给苏黑子卖了。

小爷知道这件事情,心里非常哀伤,本来想震怒地给苏黑子以一种严重的惩治,但是小爷听完了春兄的一切的陈述之后,却只能说:

"……你在我这儿吧,你不能再受你母亲那样的罪……可是他还要打你母亲哪……唉,好吧,我派管事的,把她也弄来。让她来看咱们西郊的那块菜园子……唉,我不看在他身上,我看在你的母亲身上呵,呀,刚强了一辈子活活的……唉……"

就这样苏大姨带着她残余的生命又在这菜园里寂寂地过了七年,而现在是无声地死了。

…………

"我想我去看看他们吧!"丁宁从沉思里回转来,悲哀地说。

"到西郊,还要老远的哪,你不要去了,现在时令不正,他们那儿乱七八糟的,气味难闻,别熏出病来!"太太有神地睁开了眼睛,立刻来阻止。

"不要紧,我就去!"

"丁宁!"

可是丁宁已经走出去了。

他到苏姨家里去看春兄。

屋里非常岑寂,春兄一个人坐在那里哭。

几片小小的纸灰,向上翻着,又无声地落下来。

春兄觉着有人进来,惊悸地凄惶地向前愕视,好像正恐惧着什么凶顽的动物来捉她,而那凶顽的动物却正来了。

看见是丁宁,她的眸子闪出一道明亮的光来,但是即刻又被泪水给淹没了。

丁宁向四周看看,墙上挂着一个有八成新的滚笼[1],其余什么都是破烂灰旧。

炕上堆满了破布,和两床麻花的小被。一个极肥壮的毛毛虫在炕席上爬着,爬到一块破篾的地方,又臃肿地钻进了露出来的炕坯上的浓厚的尘土里去。

墙角上,一口带锯子的水缸,从缸外头润出来的水印儿,就可以知道那里有半缸水,缸上正放着一块黑木板子,有五个青莲斗碗,一个洋铁盒子里边插着几双蒿子秆剥成的筷子,还有几只是细秫秸做成的……

春兄抽噎着问丁宁:"你怎么来了?这是什么地方……"

---

1. 滚笼,是一种捕雀的工具。

丁宁急促地问："就去埋了吗？"

春兄两眼痴痴地半天半天才慢吞吞地答："他怕老黄家人不让他，要他抵命，他赶快抬出去埋了……唉！""他"就是指她的父亲苏黑子。

丁宁搜索地向外看了一眼，这屋似乎是什么东西都没有，好像也没有生物在这里居住过，更不像方才有一个人在这里死去。

丁宁悄悄地踱到窗前，向外无意地望了一下，吸了一口新鲜的空气，才觉胸襟舒畅了一些。

窗外有一畦菜花已经黄了，有几畦还都呈出葱绿。其余的都是一大片的龟裂的地皮。

丁宁转回来问道："弟弟妹妹们也都去了吗……埋在哪里了？"

"左右还不是什么乱尸岗子……唉！"春兄又幽幽地哭起来，可是，她猛可地立起来，向四外一凝视，便大声地决断地说，"我们走吧！"

"家呢？"丁宁问，"我们一走，一个人都没有了。"

春兄把她身畔的一堆乱东西向地下不屑地一甩，便显得好像比往常特别高了似的站起来，迷惑地慌乱地又向四周望了一眼，便跑到水缸边去喝凉水。

丁宁默默地看着她，眼光便倏地暗下去，他知道她是永远不喝凉水，除非是心里真的起了火。

这时外面闯进一个人来，丁宁一看原来是大山。大山见到丁宁，便问道：

"已经出去啦——怎的快！二姑夫说把苏姨埋在南园子那儿，我二姑，我妈，荆针，不都埋在那儿了吗——"

大山因为刚才走得急促,像一只喘哮的豹子,胸脯还在一上一下地鼓动。

丁宁似乎突然记起来了似的:"对了,是的!要埋在南园子,和她们在一块儿,不能埋在别处!"

春兄还是一声不响,半天后才喃喃地自语道:"哼,反正哪个地方都一样——"

大山抢着道:"我去叫他们抬到南园子去埋——我就去!"说着就走了出去。

丁宁把头低下去,经过了好几分钟才如同丧失了自信似的迷惘地问道:

"我们走吗?"

"走!"春兄坚决地说,"我们不能留在这儿。"

六

小爷的哀伤
——和他的堇色的罗曼斯

月光水样抹在树叶子上。夜来香的气氲，款款飘来。微雨过后的草场上，夏意就更浓了。从扫帚草上浮出一层水汽，用着怕人看见的体积，偷偷地凝成了娇嫩的水珠，从地面上向上浮出一二尺来，和青磷混在一起，在树叶下浮动着。几棵独标的小叶松伸直了腰板，在园心里耸立着。树叶在顶尖，散放着神秘的气息，整个的南园子就更笼罩在墓场的岑寂里。

墙角里一个白石的、拿着圣水瓶的观音，眩惑地想向四方辨认。

那边是一个刚起的新冢，基石还没十分矗好，黑地里，可以看出刚凿好的白色的方块。

再远一点，在那桃花的下面，两个大的墓基的四边是一个乳白色的石头，刻着"妹妹荆针之墓"几个字。墓石上沓乱的树影，就更玲珑了，一根故意做成断缺的十字架畏怯地立在那个小冢后边。

马莲花在十字架的周遭，开得要算最多。蓝色的小喇叭，娇慵地垂着头，好像等着谁来抚摩她一下才好，也许她现在正在想着她那过去的野生的美丽的生活吧,在那散牧着乳羊的草地上,牧羊女的韧性的嘴唇,吹在她的花瓣上,五月的天气里,任着那相思的音响,大胆地低回着……那时候,她是草原之后呵……但是,而今,伴着这几个无语的幽魂,却只得像祭品一样地沉默着了。

丁宁想着过去的妹妹,讲着马莲花的故事,心情便像水了。

他想,在这刚健的草原里,应该怎样锻炼出若干哥萨克的性格呵——像苍鹰似的昂起头来,在向天空搏击,但是,却不,一切都被生活风阒。这辽阔的草原,在每个刚健的阴影里,都埋伏着无数的呻吟。

这呻吟,自从丁宁回家来之后,他都出奇地感受到了。他觉得只有这样的无涯的原野才能形容出自然的伟大来,只有这样的旷荡的科尔沁旗草原,才能激发起人类的博大胸怀,使人在这广原之上的时候,有一种向上的感觉,使人感受,使人向往……他是这样地深信着,就是在他回家的前夕,新人社的朋友们送别席上,他也是说到这一点,从而征服了南国绮靡之音,博得了青春的友情的喝彩!但是自从他回来的这两个多月以来,却使他辨认了他以前所没有辨认的东西,不知是这三年来生活改变了他自己呢,还是这短短的三年时间改换了这健康的草原……怎样的一个可怕的抉剔呀!

即使是在沉默里,他也会听得出一种苦恼的肺脏的迸裂的刺耳的爆音,有老年人的咳嗽,女人的气厥的悲楚的呻吟,小孩病痛的嘶哑……虚汗,红的颊,苍白色的脸,祈求的,希冀的,恐惧的……在那悲抑的风里,白色的石匣里,草声的簌簌里……

他想,这真是骇人的痼疾呀,过多的劳动,把人折伤了,而在另一方面，无事可做的懒散，却在使人神经衰弱。

在不久以前，他是热烈地宣传着人应该返回自然的，因为只有自然是健康的。

后来，他更感觉到惟有在自然里，才能使人性得到最高的解放，才能在崇高的启示里照彻了自己。把人性的脉统，无沾顾地开发吧——像一枝摇摆的芦苇，像一只毫无挂碍的翡翠鸟，像一个流浪歌人的风笛呀！他把自己的朋友组成新人社了——照耀了多少青春的血液。但是，今天，他却感觉到，即使人性是可以跳跃的，然而也必然地要限于某种限度了，而且还要有自己不同的角度，而且似乎还有一条神秘的牵线，在那后边一刻不停地在引擎，休想割断，也不用想离开，是必得接受的一种制约……

他感到悲哀了，这个并不关于他的思绪的体系之被无情的事实给摧毁，而是他不死的心，在想着，应该怎样去救护呢……他感到忧苦，深深地思索着。

月光不动，月光也在思索。

春虫也无消息，一切都静，忽然不知什么声音，在草棵里，或在树梢上，飘忽地响了，声音是雾样地飘忽。

丁宁侧着耳细听。

声音好像一个病弱的女人，踏着什么也不是的东西，犹疑地脉脉地走来，闪烁地游丝似的拂过来。松针，拂过了夜来香的花蕊，又拂过了丁宁沉思的脑腺。丁宁慢慢地抬起头来，向着那边不断地凝视着。

歌声，像怕他注视似的，又低下了去，声音是呜呜的。

丁宁知道这是嫂嫂吹洞箫的声音，于是他站起来，轻轻地走出园门。快过道心，进了家门了。他忽然记起他方才走过门口小房的时候,他似乎又听见那可怜的看门老人的咳嗽声了,他很想回去看看他,但是,他又毫不迟疑地向前走了。

"少爷吗?"朱色的大门里传出刘老二的声音。

"啊——"

接着是门闩声响,丁宁走进来。刘老二谨慎地想说些个什么,要想对丁宁表示一些忠心,但是丁宁却无视地走过去了,他这才小心地关门。

从大门到二门还有很长一大段,东边一连厢的五间伙房里,橙黄色的灯影里,传出粗鲁的哗笑声,人声是嘈杂的。

"明天咱们到野地里去较量二十响,你行吗!"

"你就说吧,上天我也敢跟你去。"

"呸,凭你摆弄过几天枪!"

"我摆弄枪的时候,你爹还搬着狗头[1]打提溜呢!"

丁宁知道是炮手们睡醒了,要换班了。

西边小车子两个小笼似的张开了大口在那儿停着,马声咴咴地打响鼻。"招,招——看你,又卧槽了,越老越不知道好歹……"一定是程喜春的声音,说那匹红鬃马。

丁宁本来不想去听,但是院脖却太长了,响声正有闲裕向他传送……

管二门的张禄看着少爷进来,连忙站起来。

丁宁很快地便走过去,并不去看他肃立一旁的恭敬姿势,通过了游廊,便向西跨院走去,路上碰见京红。

京红看见是少爷,便告诉他道:"少爷,快到老爷屋里去吧,老爷,今天,我看,似乎是很烦躁呢……"

---

[1] 狗头,洋炮的火机。

丁宁犹疑了一下，说："是吗……"

京红答："是的，少爷。"

丁宁又问："是因为苏姨死的事吗？"

京红小声说："我也不知道是因为什么。"

丁宁想一定还有另外什么原因，便回语道："不能的……"

京红是大丫头，平日心就很细，她道："我问春兄说是不是又和太太怎么的了……她说没有，这几天好好的……就是昨天看报……忽然，看完了，就很难过……"

丁宁便先不到嫂嫂那儿，径自去看父亲去了。

"好的，你不用说了，我去看看去。"

小爷正在一个桦木拼嵌的炕桌上自斟自酌。三个赤玉牌[1]的酒瓶在那一挨肩地立着，看见了丁宁，便用目光让他坐下。

"你这几天玩得好吗？"小爷爱抚似的看在他身上。

"哈，还好。"丁宁看见父亲意外地没有什么动静，心里很觉高兴，"我觉得很快活，自从大山哥来了，我们差不多天天都出去。"丁宁似乎觉得现在应该把自己的力量传输给自己的父亲，于是他便很兴奋地说："我觉得只有山水可以使人健康，当人和大山大水相遇的时候，人的宇宙，才能伟大……"丁宁又好像眼前就对着伟大的山灵似的，把右手扬起来，但是一阵不知从哪里来的幻灭，使他把手又放下了。

小爷会意地点了点头。"唉——"又叹了一口气道，"忆昔少年时，吾爱剑与仙……但是，自从日俄战后……这些景象，便都倏然一变，一切欢笑，已成昨日………唉，想不到呵，真想不到，像我这样奔放不羁的人，也会哀怆潦倒，以至

---

1. 赤玉牌，赤玉牌葡萄酒，是日本酿造的。

于此……唉……"小爷的眼光渐渐幽暗下去。

丁宁,把两道目光凝聚在一起,怀疑,悲悯,不能忍耐地向着父亲望着。

小爷微微地呷了一口酒。

丁宁的嘴唇,不自然地动了一下,没有说出话来,但眼光立刻又凝在一起了。

小爷呛了一口酒,但又竭力地把喉咙压紧,使酒呛不出来,可是酒涎却从嘴角上流下来,小爷惶惑地用手巾来揩,偷偷地又向丁宁看了一眼。

丁宁的眼光,从睫毛底下反逼上来,在父亲的脸庞上搜查着。

"你这几天看报了吗——"小爷沉吟地问。

"呵。看了看……"丁宁答。

"春风曾代子死了。"小爷用自己似乎也听不见的声音说。

"什么?"声音又好像是"是吗"!丁宁淡淡地问。

"……"小爷又呷了一口酒,两眼沉沉地注视着酒杯,想在里边找寻出什么。

"怎么死的——自杀?"丁宁不知怎的,一想就会想到她是"自杀"。

"……"小爷点了点头。

"——在星个浦?"

"在大连。"

小爷好像知道了儿子的眼睛是在灼灼地望着他,他便把眼光躲去了和丁宁直视的机会,又忙着去斟酒。

丁宁看了,便把目光悲哀地萎落在地上,沉在沉思里。

小爷用眼角看见了儿子在凝想,便把头又低了下去,道:

"我总觉得在我的耳边,好像有一个人的声音在呼唤,在那老远老远的……又好像是很近很近的……"

丁宁眼睛紧闭了一下,但随即又痴望着,眼光一点没有移动。

"什么都像空了似的!"小爷喃喃地说,目光依然凝视那酒杯。

"我昨天做了一个梦。也不知道怎么的,总像她是在活着似的……"

小爷又沉在沉思里,显然地那梦带来一种不可知的力量在毒螫着他了,使他有一种揪心的苦楚,隐忍地撞冲他的安宁了。他又呷了一口酒,酒却不听支配,猛烈地呛了出来。他勉强做了一个微笑,但那笑纹却又极端不自然地痉挛起来。

丁宁的心,霍地一跳。他知道父亲这时候的内心,一定有两种说不出的矛盾在那里肉搏,但是自己却还故作镇静想做成一个中间者,摆出身份在那里排解,但是终于一造过于倔强,捆的一拳,打在他的心窝,这样他只得喝呛了酒。丁宁的脸色立刻变了,但是他却竭力把自己的感情遮盖住,让他一点也不会接触到父亲的目光。

小爷又是一个苦笑:"自从你亲生母亲死,接着就是你舅母死,我就不应该再活……我本不是安居养素的人,但是自从受了那次打击,我万念俱灰……后来,我就搬到城里的北壕村来索居独处,因为我爱它半城半乡……哪承想,就在这里,产生了一段意外……"小爷又把眼睛向着空间凄然凝视,想在那里辨认出来那时自己的心情。

"北壕村的确是清秀宜人。那时候,正赶上日本移民,朝鲜人在左近种稻子……我一个人,一到黄昏时分,便在田埂上优游,可巧在这里,结识了一个老农,他因为谋独立不成,逃亡出来……气局很高,非常健谈……只是晚景分外凄凉,膝下只有一孙女……我对他时常周济……"小爷似乎是想斟酌斟酌说话的次序,便低头呷了一口酒,可是等到一抬起头来,又好像已经忘掉了思想的联绪似的,几乎是经过了很大的努力,方才继续下去。

"后来有一天,我去看他,他的家里鸦雀无声,一个人也没有。推门进去,只是蒲团上他一个人掩面悲啼,我就细细打听,才知道他的孙女,在八九岁的时候,就卖给一个日本老妇作艺妓,言明五年后来领,所以今天一早那老东西来了,便领去了。当时我听了,就和他打算,很想代他赎出,但是那老婆子看出这女孩的容貌昳丽,就执意不肯。后来我看就是赎出来也是无地安插……怎么办呢,就重新订了合同,使她做舞台女伶,像俄国的女伶似的。所以她一到哈尔滨之后,就大红特红起来了,一般中国的官厅,东清路局,小日本,都争着以一捧为荣,这时,她的新名——春风曾代子,差不多每天都在报纸上喧腾,一些白俄军官,当地富商大贾,都想得着她的垂青……可是,咳,这个女孩,也是个奇人……唉,她却一些都不睬,只是十分的……哎!可是我这时,正因去哈,柜上人接手倒羌帖[1],一下子洼进去了,破产还债,还有亏空,大掌柜怕负责任,吞金[2]死了。我一看怎么好呢,一生的事业,都算完了,便也觉得意懒心灰。忽然,有当街的王五老爷来了,他是达尔罕王的亲信,知道了我这事,便过来打听。言谈之间,便

---

1. 羌帖,指帝俄滥发的一种纸币。
2. 吞金,一般的是吞金戒指自杀。

给我划策，说现在俄国正闹革命，尼古拉斯当朝时代滥发的纸币，人家概不承认，可是小日本的老头票可正香。现在市面上都往外推羌帖，只要咱两家合起来，一扬声说收羌帖，街上的小户子，摸不着底，都以为咱们手脚灵，一定白俄又可能复辟了，咱们在城里再一吹邪风，再买动商务会出大布告，说俄国就要作价收羌帖了，那些小户头，稳不住架便往里买，咱家两大头合起来，表面说收，暗地里，买通好了经纪往外甩，换出钱来，再全份屯老头票，这一宝，都攫回来……不过，只是得有个条件，就是他的女儿——要许给我。但是她从小养尊处优，又加他们都是贵族，你太爷当年打过黄带子，更不宜联姻……当时，我就回绝，因为你生母死了，我就立意不娶，二则，那时，春风曾代子使我十分感动……但是，羌帖一天比一天落了，老人托出许多有情面的人来撮合，当时我看不然也是身败名裂，所以也就只好答应了，要不然眼看丁家的家声败坏在我的手里。

"后来，果然把手存的废纸脱出罄手，而老头票，实打实凿地又驮进十五万来，后来王五老爷的赢头，便做了你继母的嫁妆，你继母当然也很贤德，可是从那起，春风曾代子………到大连去了，就……可是我每年都要到大连去看她的戏，你继母，也看过的……可是去年我到大连去看她，她就说：'我活得已经苍老了，我的心已经苍老了。'她又说她活着完全是给人家作玩偶，人家用黄金赚买她的姿色，用珠宝来赚买她的爱情，她的假母就一点也不放松地剥刨她，一点也不怜惜……本来有一个俄国青年和她很好，因为后来那青年又回俄国去了，所以她便觉得人生无趣，她到底是为着谁活着呢，没有一个亲人，也没一个知心的人……我本来劝她退休，在大连买地以居,但是她说过惯动的生活了,一时静也静不下来。当时,我还把李义山的《锦瑟》诗写在她的扇面上,哪承想,从那以后,竟成永诀……"小爷幽幽地叹了一口气,又像做梦似的痴着。

"前天她托了一个浪人来,把她的那只日本牙扇送给我,在我题的李义山诗旁,还有她自己写的字,唉,如今真个是'此情可待成追忆,只是当时已惘然'了。"

小爷微微地低了头,显然话说得也有点累了,很有点神志不宁。他慢慢地又好像会意地一笑:"你当然会知道在这时一个当父亲的心情……"

但是一会儿小爷就好像很内疚似的道:

"你暑假后还在申公吗?也好,不过我看你到西门去也好,那里离家近一点,校长也是顶呱呱的。"小爷有意无意地把"顶呱呱"三个字念响了一点,"他的接待室,还有我的手迹呢!"

丁宁不在意地说:

"也是的,我也打算多在几个地方过活,多知道些,多体会些,多探索些,过一种立体的人生。"

"又胡说八道,你们这些孩子,就不安分,前几年弄的反宗教大同盟,弄得东躲西躲,这回子又是什么立体人生,什么什么的文学,弄得上海也不得安身,又跑到北边来找诗料了。这些事我也干过,我也拿剪刀去剪辫子干革命。"

小爷说着笑了,但是一会脸上却又换成一道暗云。

"就是春风曾代子,恐怕也就是那个俄国少年对她讲了些什么混账话……害得她也不想活了。"

丁宁忙解释道:"那不会的,那不会的,这不过是唯情主义者的最后的出路,况且,又是像她那样的过于感伤的女人……"

小爷怔怔地看了他一眼,似乎不知道他所批评的是谁。

"——我的心境如此的忙乱,我——唉,我很想倒把[1]去!"小爷冷笑一下,"可是我看见了你,我又不想去了……"

"丁宁,但是我必须得有一些事情做,乱乱心。"小爷又连忙接着说。

想不到往日叱咤生风的父亲,现在居然会脆弱得像个情场失意的女人,甚至于企图想在一种无意义的忙乱中,把自己再葬送一些才好。

"呵,好吧——"丁宁也无意义地答应着。

小爷又接着说:"丁宁,你要愿意,你就到三奶那里借来两个整,我存点秋豆玩玩。"

丁宁看父亲已经给苦闷吞蚀了一半,心里便冰凉了。他知道父亲怎样和一些更坏的念头在挣扎,他知道他在那里怎样地想攫取光明,但是完全给他的知识的领域和经济的地位封锁了。前边是伸手不见掌的黑暗,哪里是留给他逃避的场所呢?唉,让他做一做金钱的游戏去吧,要不然,死也会诱惑到他的呀!

"我想也好,爸爸,你就存着一种玩玩的心理也好,千万不要在这上面发幻想,只当散散心……过一个时期,就会好了!"丁宁毫不连续地说。

小爷道:"好吧,你到三奶那里去,给我借点现钱作本钱!"

丁宁道:"好的,我明儿个就去……不过,让管事的去吧,我不愿见她家的人……"

小爷便说他道:"你不是回来之后,还没到他们那里去吗!顺脚看看他们,而且,管事的去也不行——那钱也不是你三奶

---

1. 倒把,就是投机。

的，恐怕是阎家甸阎家的……你一两天就去吧……"

丁宁便道："好，不过爸爸也得小来，现在时代不同了——现在的时代不同了，我们这里还是用一种原始的观察方法，什么'月牙歪，粮食涨，月牙西，粮食贱如泥'，那怎能行呢，只是给日本人做菜而已，要是我们能听东京的行情，来做铁岭的存空，那才行哪，这里都是日本人在操纵，东京的行情恐怕人家都是用海底无线电打过来的，人家早已定了，可是铁岭的老客，还在歪着脖子看月牙哪，那怎行！"

小爷听丁宁话有理，便说："这个我也晓得，你想，从前，买羌帖，都得派人在哈尔滨坐镇，哪承想，一个电报没打过来，就砸了锅。从那次起，我就锁了单了[1]，今年你已经十八岁了，从未倒把。你想，羌帖，那时赤俄政府，已经向全世界声明否认了，可是像我们一般中国人还上白匪的当，还自己制造出一些行市来，你买我卖，结果浆锤的票板，只配贴墙！因此赔死的，不知有多少，腰站的刘老板，就是那年吞金死的……不过，唉，我也知道这是无益，不过，你想，如今，你想我还有啥事可做呢？这样天天地过比丘生活，越来越囚靡[2]了。"

丁宁便劝父亲说："好的，爸爸，你去倒可以去，只需以游戏处之……学学他们外国人的洒脱、享乐的精神……"

小爷答道："好，你对三奶说借两个整，你说咱们钱号这月进不来，我是急等着走，所以挪借一下，她要用时，将来我回来和她算，或者她等不了，你在这里和她在钱号挪都行。"

丁宁道："你向我大哥打个电报汇一点钱做本钱吧！"

---

1. 锁单子，就是结账。
2. 囚靡，就是不振作。

小爷道:"他是玩美金的,我俩不是一路!"

丁宁犹疑道:"那么,借多少钱哪……"

小爷说:"两万,我想做点老头票也有油水。"

丁宁说:"爸一来手就大,这时大不得。从前咱们是商场的主人,那时可以,把柄操在咱们手里,咱们看得准,估得也准,可是现在不行,现在咱们是国际市场的奴隶,双重的镣铐,父亲又不熟于现代的商业知识,所以很难运筹得好。所以此去,千万别想在其中求得什么,千万要抱定一种游戏态度,千万!"

小爷道:"我想上秋收白谷子。日本的食粮不够,所以不得已,便把朝鲜产的稻米都收过去,可是朝鲜人同样也是吃不进高粱,所以每年都得到中国来收小米补缺,这个我已品了几年了,历来一到秋收,小米便要飞涨,所以只要有钱早存上,等过一个时候,再一出手,就是一笔大钱。"小爷说着笑了。

丁宁沉吟道:

"不过这都是常识的判断,都不科学,现在的经济,已经成了一切社会机构的中心,倘若仅以常识去估计,也难以得到好的结果,比如东北的小米的产额,日本每年度的消费量,等等,都是问题。"

"也没什么。"显然小爷并没有十分听清楚他话的内容。

丁宁本来想再来补充几句,可是自己对于东北的经济问题,也是茫然得很,所以他只觉得父亲的可悲与可悯,自己也很难想出一个有效方法,把所感到的所要加给父亲身上的一些观念和一些力量能够尽量地表现出来。同时,又为了父亲刚才所描画的那段故事带来一种异样的空虚,所以各种的思绪,都已跃起,都跃起得太乱,使他也不知道如何是好。

小爷又斩截地说：

"我去后，你不要惦着，没什么，我死不了。我要死，我就不会再干这些无聊的事了。"

听了这话，丁宁非常激动，他知道父亲此时的心情是恳挚的，他这时只觉这个人可亲与可敬，就像一个殉教者在十字架上还说饶恕绞杀他的人一样地可悲与可悯。

"爸，我对你这话是有信托的，父亲你还不老，你的观念，你的身体，都还健康。如果这次能到外边多旅行一次，回头来再把自己整个地从头清理一下，做个新人，我相信是有希望的……"

小爷也好像因了这话，而接受了一种新的力量，很赞许地但也很寂寞地笑了一笑。

丁宁知道已经得到父亲内心的感应，心里便松洽多了。

"你哥哥，我是早已把他置之度外。"小爷好像又想起了许多事情，"他因跟你生母不和，所以他把你母亲给他定的你这嫂子也遗弃了。去年我到他的防地去看看，他的部下，也实在骚扰得太过。我着实训诫他一番，他也是依然未改。虽然是从日本士官学校回来的，对国家依然毫无贡献，现在他又和王常老的女儿结婚，更嚣张了。而你继母呢，她因来非其时，又加自幼娇养成性，性质失于褊狭，偏又与你大哥大兰这个倔强傲慢者相遇，结果是不问可知了，因此你继母总觉对你嫂嫂不起，你嫂嫂也致忧伤成疾……这样一来，咱们的家庭，就日形惨淡了，如今荆针又一死，唉……怎能不使我有日暮途穷之感！所以，我每一怀想，便觉心灰意懒，无限凄凉。如今想不到'她'也会无意于人世了……"

丁宁听了也只好无语。

小爷又沉思了一会,接着说道:

"唉,我早想把地都脱手,到天津住去,可是又有谁买得起!去年秋涝,今年春旱,佃户也不老实,不是翻帖[1],就是抹粮[2],今年四月十八都过去了,还不落雨,种粮都瞎了,咱们的地户,就想联名退佃……"

"哼,我早想透了,哼,他们要动一动,我就给他们来个泰山压顶——"小爷用牙咬着下嘴唇,流露出当年英气逼人的眼光。小爷,这时,是一只伏在草莽里的受伤的猛虎,用着自己灼热的舌头,舐着过去的创口,但是忽然,有一个沉重的黑影,要从他的身上越过,于是他一跃就跳起来,想用这个惨阴的报仇,来填补他那一次的失算。

"今天不比往年了,钱一'毛'[3],粮直落,外国的机器油机器面过来,咱们的油坊、面磨都给挤荒了。这几年的进项,大不如前,咱们净吃外国人的亏,光绪年间,我正下全力把广增当吞到肚里,结果沙皇的军队一过来,我就要到手的几百万都烂到里边去了。如今经我手,就是二十多年的经营了,咱们的油坊、面磨、烧锅,刚像个样子,得,小日本又兴火磨[4]来挤你,本来咱们也想干这个,不过我的精力日绌,对于机器也无兴趣,也就不愿多贪,所以如今只让鸳鹭树的泰富公司一号还留着……"

"其实泰富公司完全是粮栈,粮栈也不是好买卖,分析起来,就是实存实空!"丁宁说。

---

1. 翻帖,便是重订租约,将纳献额减少。
2. 抹粮,便是把租粮减少,是佃户和地主口头上协约的。
3. 钱毛,便是纸币贬值的意思。
4. 火磨,便是机制面粉厂。

"可不是，不过，愿意怎的就怎的吧，你几年不在家，我想也不做了，上秋连咱们城里的钱号都一起收，咱们到奉天商埠地去做寓公去！唉，人活着有什么意思！"小爷看见那一只不知在什么时候已经倒下了的酒杯，连忙将它扶起来。

丁宁的脑子空空的，觉着父亲这是什么都不能医治的精神上的痛疽噢，时代在电解着他的时候，他的视野里永远看不见亮光。怎能补救呢？让他放弃大地主的王位吗？让他跨进新兴资产阶级之群吗？让他枯萎在修道士的生活里吗？让他过一种世纪末的狂放的生活吗？纷沓而来的矛盾，只把一个不可分解的黏性的地位留给他了。不可移动的田园，六十元当一元的毛奉票，从小培养出来的地主意识，对于农民的无限的憎恶与仇视，才情的名士风，盛朝末世的悲哀，宿命论的压抑性，遁世的向往，青春期黄金色英雄生活的对比，无可奈何失意的颓唐，如今，又有春风曾代子堇色的死的诱惑。

丁宁不期地打了一个寒战……他连忙用手把自己觉得异样了的脸色捂住，用眼从手缝里偷偷地看父亲的心，看他内心的变化。

终于，小爷又细声细气地说：

"我走后，你也不用惦着，顶多一个月我就回来，你好好地骑马打枪，永远保持你父亲青年时的气概，千万不要学我的潦倒终生，唉……"

丁宁只得勉强说道："父亲此去就是一次短期旅行，多接近阳光，多吸收空气，回来便什么都会好了……千万，不要想得太多太深……"

小爷脸上现出一个凄惨的苦笑，又问丁宁道：

"你什么时候去三奶家?"

丁宁道:"——好,一两天吧——"

正说着,大管事来问,"张二埋汰"头生孩子办满月,请老爷示,礼单恁样批。

七

三奶家——
科尔沁旗大财主腐败的阴影

过了两天,丁宁在父亲催促之下,只得来到三奶家里。

"真的,我来算,正月初七,二月初七,三月初七,四月初七……哎呀,整整的三年了,没登门槛,今天是头一回,哪里是家呀,简直的是外帮路人。"

三十三婶,今天显出特别的爱亲,特别的神气,眼睛不住地对丁宁看着。

"不,不,整整的三年半了,连小苦姐都两岁半了。"银凤见着三十三婶今天掏出千百的精灵、千百的风韵,便得意地掀开她心底的秘密,"二哥,你还没看见哪,长得跟你一模一样,长眉毛,大眼睛,眉眼当腰有条线,两条眉毛分不开……"银凤并不管三十三婶在那边似笑非笑地恨恨地瞅她,便伏在炕上咯咯笑了。

依姑便在银凤的身上打了一下,故意地对着三奶说:"妈,你看你大侄子瘦了!在学堂听说都不给饱饭吃。"

"别胡说,来,宁,你真瘦啦……来,坐在奶奶旁边,奶奶吃不了你。"

丁宁自悔这次不应该来。

他在心里轻轻地皱了一下眉头，便想着应该来一次像父亲所说的客串吗……？

丁宁知道自己现在应该扮演什么样的角色，才不会给予她们这女性的国度一种失望。于是他便演剧似的压服了心底的真正的感情，而装扮出一种在这环境里所应有所最适宜的一种逗弄的情绪，把脸上涂出了一层激赏的微笑，闲适地应接着。

他沉默地，也赞许地像在体味着她们的温柔和智慧似的，又好像故意地装作不理会她们的咬派的那种神情……

这正是更有力的挑逗呵，对于这些渴望温柔的影子……

"一根、两根、三根，三奶你比前二年我在这儿的时候，多了三根白发！"

于是，全屋子洋溢出纸糊的笑。

"你这小野马，跑出三年零半载，早把奶奶给忘了。回来就数落我的头发，必是盼我早白了，好早死。"

笑声蒸腾起来了，空气的每个分子都开始了紧张。

花的风，吹进屋来，燕子也怀疑，今天这屋里特异的集会，噍啾着，派进了两只警探，栖在画梁头。但是，又踌躇着，啾喳着，退了出去，于是笑声更高了。

要拿笑来划分这屋里的两性线，是应该以一个清越的男高音来作中心，再用另分的一堆女高音来伴奏的，笑声是三十二分之一音符八拍子，谈话是 Flute 的急流。

一会儿三重奏。

一会儿是四部合奏。

报告异乡的野趣的是丁宁的 Salon。

那是再确切也没有的了。

这些怀秘着闺怨的女性们，她们是怎样地在热烈地睁开她们内心的巨眼来看丁宁啊！她们在把自己一切的可能的向往，都编成了一幅悲剧的场面，以丁宁来作中心了，她们要求丁宁能像一幅神灵的画片似的，把这些奇异的思想在她们的面前重映出来。

真的是那样的容易，就透视了她们自己认为永远不会被人猜取的内心的角度呵，丁宁用着自己言语的音色，接着她们已经勾好了的轮廓在渲染了。

自然地，在那说部样的词汇里，这是一幅激动心灵的画面。

就在这推移之中，丁宁把自己混合在她们之间了，他剥脱了他一进门就憎恶的心，他换上了一种更近于刺激的心理，来熟娴地做作了，这基于丁宁要体验出闺怨的氛围所给予人的是什么样的感觉的一种探索心理，而和她们混合无间了。

吃完了晚饭，无事可做，三十三婶就提议抹小牌，说是成心要把丁宁的帽子赢过来，好要他不走。于是就成了局，打起牌来。

空气更紧张了，"宋江"的鼻子碰了"一丈青"的脚尖儿，依姑的胳臂挨在了三十三婶的膝盖，是谁的手像一条银鱼似的滑过了丁宁的左腕。

"白脸！"

"过岗！"

"滚辘！"

"怎的都是有事的衙门，偏是我不开张，一定有鬼。"银凤嘴里不平地咕哝着。

三十三婶小声地说："什么开张不开张的呀，你赢牌不在这个上！"银凤子的脸暗暗起了红潮，但是又用最大的努力镇压下去，才故作镇静打出了一张"浪里白条"。

这样一百单八将便随着主人的爱憎，赌着自己的命运，有的是怎样的为了那张的到手而哄出一片笑声，有的又怎的为着缺了一条好汉，使主人见了败仗。银凤也竟因为怕人看出自己的慌乱，连忙打出一张清手，好让射来的视线，都别以她为焦点，而错打了幺鱼，心里一懊丧，丁宁便和了。

"怎的呀，十三婶的上家，别供着他呀，那不行，回回都是二表哥赢。"银凤咕哝着嘴。

"我早就看出来了这牌里出亲家，我没说。"给依姑做细活的伍姑娘，便有分寸地说。

"哪里就到这里来找亲家呀，你别这等得急！"三十三婶捡了个空，便想堵住她的嘴，使温静安娴的伍姑娘以后不便再说话。

"你看十三婶就拿我们开心。"伍姑娘咕噜着说，缩到一边不再看牌了。

三十三婶瞟了小凤一眼，又说："唉，我自从做了媳妇才开心了，我做姑娘的时候，也是一样的不开心。"

"唉，十三婶……"伍姑娘气涨红了脸，走也不是，坐也不是，只得把脸藏在依姑的背后对依姑说："小姐，你看十三婶什么也挡不住了，依姑，你怎不给我出出气？"

"你等着，一会儿就有人制服她！"依姑很神秘地微笑着，一面拿眼睛瞟着正在捉牌的小凤。

"干吗依姑只瞅我？我便只能做你们的话把！"银凤分明对三十三婶，可是却对依姑来说。

"哎呀，你看我们的娇小姐，又歪人，小脸蛋儿连瞅都不兴瞅，必定我们是肉眼凡胎，瞅一瞅，就化作一道清风飞了去！"

又是三十三婶接下音。

于是又是一阵笑声。

"和了,我又和了!"丁宁把牌放下数和。

"有鬼,有鬼!"小凤着急地嚷。

"没有事,没有事,我今年是太阳星照命,应该发财。"丁宁喊。

"算了吧,人家刚刚盼了个太阴星,你便是太阳。"

"怎的呀……"小凤撒娇地滚到三十三婶的怀里,连笑带嚷地又撕三十三婶的嘴,又撕三十三婶的衣服,三十三婶这才故意地装出庄静的身份说:

"来,好孩子,别着急了,反正婶婶给你做主,一定给你选个出色的,比你想的那个还要好。"

"也没见过这样的婶婶,哼,也就得……哼!"银凤还没说到这里呢,就像忽然又想起一件可笑的故事似的伏在炕上咯咯地笑着,于是大伙的脸庞上也描画出会意的笑。

但是三十三婶却像没有看见似的,又重新回到牌桌上来理牌……

依着她的意思,于是又成了局。

如今,她正在想她的心事,她不能让这天许的机会错过,她正准备着把一些自认为足够刺激起丁宁的话语,安排在每一个空隙里当根针。呵,今天,她的眸子是多么激动呵,机灵的眼角是蕴蓄着怎样的过多的笑呵。而今,这笑,却为着她的自己的计划而灌溉得更显娇艳了。她嘘了一口气,有意无意瞟了丁宁一眼。

"十三婶,捉牌呀!"银凤用少女的敏感,早就知道婶婶今天特别兴致的来由了,便故意在大伙面前揭她的底。

"小鬼——"三十三婶恨恨地向她盯了一眼,"还用你替我操心,我不得点对点对副儿!"

"那叫点对点对副呵,我就看不出!"银凤却一点都不给她逃遁的机会。

但是三十三婶并不管,因为这种秘密是盖在脸上的,凡是在这里的人,谁的耳朵,眼睛,鼻子,都是清清楚楚的,而银凤又何曾不是一个同谋者呢?

但是这场面在丁宁这里便引起了不同的作用,他除了对于三十三婶的过分憎恶之外,他还觉得一切的东西都已褪色、污旧,再不讨人喜欢。但是,他又想起父亲的面庞,他又想起父亲临行的殷殷地嘱托。"我已经考虑让他去走,我就决定让他走去"——他大声地在心里对自己讲。于是,他很俏皮地把脖子向上一梗,便决定无论如何得把钱借到手,和她们尽量周旋,而且使她们满意。

这样通过一个不大短的时间,差不多一整天都过去了。丁宁便又有了又饮着多年想不起喝的陈酒那样风趣,虽然眼前的人物是太猥琐了,但是对于这傲岸的来客,却都一致地贡献她们所有的妩媚。这在超人怎样喜悦他的臣属这一意义上,也应该大度地流露出被赏识的香味才是吧!

桃色亢进了每一个人的兴奋,窗帘掀起了一阵初夏的晚风,石榴香从婶婶的腮畔溜过了,溜过了小凤的银鱼的曼臂,又溜进了丁宁的鼻孔。

这正是五月初的花的季候呵,江南痴醉的娇娃,也应该记忆着知更鸟的唧啾吧?如今,在这奇异的国度,媚眼儿的吱溜里,香水梨的香的海潮里,也从不少了诱人的韵致呵!飘逸的感念,使他看看窗外花的海,又把眼睛瞟在小凤、依姑、伍姑娘、三十三婶的侄女、银凤的随身姑娘……和另外一些的女性的脸上。

张妈一对活眼睛在对面转了，先用眼色和脸色对三十三婶说明了来意，知道已经得了允许的示意，这才又用言语来表达——

"三奶请二爷过去喝夜酒。"

"快去吧，才八点哪，三奶就请二孙子喝夜酒——"小凤抢着说，"吃的是什么下酒，别是又像请我吃的似的，凉肉凉透了心！"

"嘿，轮到你哪，还有不透心凉的，现在轮到二孙子该透顶香了，你不服气也不行，人家是二孙子，你是二外甥女！"依姑把"女"字拉得特别长。

"哼，女的现在也不让人呵！"三十三婶仿佛有点伤心似的接下来。

"呵，都听你一个人的就好？"银凤调皮地还嘴。

三十三婶嗔怪银凤道："呀呀，小凤你听我的，你听我的，你才不听你十三婶的呢，说让你不喝冷的，你吃冰淇淋，叫你不看闲书，你躺在被窝里看《西厢》！"

银凤急道："你看你也够个十三婶吗……等我十三叔回来再跟你算账。"

三十三婶用鼻子哼了一声，道："哼，你十三叔呵……"

银凤大声取笑地说："二哥，我告诉你吧，十三叔一辈子也不用想回来了，上次花了三万块，买了一个红缥县的县长，还没到三天，城里就让土匪占了，直把十三叔的眼睛气得活像个一两土的大烟泡那么大！前天向三奶要去五万元，说这次非捐个税捐局局长不回家，你看吧，这回一辈子也不用想回来了。"

"你个小尖嘴耗子,就非得摊派你的十三叔不过日子。"三十三婶一边笑着呵她,一边便脱逃了似的向西屋跑了。

西屋里,三奶已经端坐在炕头上了。十三叔的二姨太太二十三婶,立在旁边恭敬侍候着,悻悻的眼皮,娇慵地搭着,每天晚上照例地浮出来的桃花色,又在笑着有个窝儿的地方出现着。按位置她比三十三婶大,三十三婶就是十三叔的第三房姨太太的意思,但是,三十三婶比她精明,所以她处处占下风。

银凤打趣三奶道:"哎呀,今天三奶怎么预备这么许多东西呀,必是今天大请客!"

"你个小剥刀[1],只顾对我说歪话,你还不给我满一盅,你今天背地里编派我,说我私心,只会向着二孙子,一听见丁宁来,连头都梳光了,你打我没听见哪,现在快快给我满一盅!"三奶说完便像一尊弥陀佛一般呵呵大笑起来。

银凤忙着给三奶和丁宁各人斟一盅,用眼睛又偷瞟了三十三婶一下。因为她本来是借着三奶作题目来讥讽三十三婶,如今三奶当着大伙直白地给撞破了,便觉不好意思。三十三婶微微地皱着脸,但是一点不露破绽,只有小凤心里知道,小凤连忙赔不是,也给三十三婶斟了一盅。

丁宁上前给三奶斟了一盅酒,说:"三奶别理她们,看我给你斟个长寿盅。"

"哎。这才是……"银凤刚要说,可是又连忙堵住嘴。

依姑推了小凤一把,羞她说:"还说人家呢,是你的代表哩。"

---

1. 小剥刀,就是嘴尖舌快的意思。

"依姑你也和十三婶学呀!"银凤嗔怪着她。

二十三婶听见她管三十三婶抛掉了"三"字只叫十三婶,很不以为然,但仍然苦楚地坐在一边,敷衍地吃饭,只有时给丁宁夹菜,其余的人她一概不管。

三奶取笑小凤道:"谁让你把嘴削得那么尖呢?"

银凤生气地把嘴噘得更尖了。

"反正我是嘴也尖,耳也尖,眼睛也尖。"

三十三婶阻止地向她看了一眼,银凤装着没瞧见。

三奶道:"来吧,别和她们怄气了,来上三奶旁边坐,三奶给你做主。"

小凤撒娇道:"好三奶,给我做主打她们,她们净欺负我。"

三奶开玩笑道:"来,三奶给你做主,管保给你挑个遂心满意的——你看桌子边那个。"

三十三婶乘机又来取笑她道:"那个和朱家七少爷同学,将来你会比'小五子'[1]还时髦,上回我在沈阳碰见她,简直都认不得她了。"

听了这话,屋里又爆出一片摇曳的笑。

"三奶再说,我就不吃了——"银凤受了委屈似的想放下筷子就走,但是又怕太给三奶过意不去,不好看。

依姑连忙在桌子底下扯三奶的衣襟。

三奶才道:"哎呀,好孩子,我才说了这两句话,你就和我掉小脸子[2],将来要摊着一个厉害的婆婆看可怎么办!"

银凤噘着嘴,生气地听着别人说话,故意装着没听见她

---

1. 小五子,就是朱五小姐。
2. 掉小脸子,就是冷着脸儿。

的话。

三奶忙着接丁宁送过来的酒。

银凤，昏乱地咀嚼着三奶方才的话，忽然她自己又不知道为什么扑哧地笑了。

周围的眼睛都诡秘地奇异地探询地向这边转来。

一个不小心，把自己一时秘密的感情，显露在大众前面，她的心腾腾地跳了。她迷惑地向四面狼顾着。

三十三婶滴滴滴的笑声，像雷鸣似的向她耳鼓进攻。她一阵勇敢的愤怒通过了全身，故意向丁宁投过去的洞察一切的眼睛看了一秒钟，我就是让你知道也是好的呀！丁宁的眼光无事似的落在饭碗里，于是她又害怕地低下头来。这里她似乎才真怕丁宁会一下子读出她心底的实在的感情来。一阵子说不出的知觉包裹了她的全神经，她像被看管了似的，只笨拙地用筷子来划饭。

她已陷入极度的昏眩，虽然在表面上，还是有理性地动作着。

依姑特意伸过来的慰抚的手，她也不知道。

什么都好像隔了一道墙似的，半天半天她才能听出来大约是三奶的声音。

"呵，你和小三（三十三婶）说吧，两个整她是担得动的，多了可不成。"

三奶把眼光落在三十三婶的脸上，三十三婶连忙给三奶布菜，表示自己已经接受。但她要保有和丁宁直接折冲的机会，呵，那正是她的大计划呵……想到这里，她夹菜的筷子有点颤抖了……她竭力沉默，没有用言语来说出她的允诺。

银凤听不懂他们在说些什么，只懒懒地推开了依姑送过来的善意的手，头脑更昏了。

银凤听见三奶问丁宁：

"你父亲不带别人去？"

丁宁答道："他想带大山去，后来因为让大山陪着我玩，所以就不去了。"

三奶大吃一惊道："呵，谁？大山！呵，大山，你怎么还用他呢——那小子可得提防他，我听人说，咱们窝棚地户，不都想推地吗？今年春旱，去年又没收成，这小子一听，就插进手去了，想从里边捞进一把油水，又给大伙仗腰眼，又喝着令子让大伙齐心，那些庄稼人，懂得什么，都随了他啦。听说是推一石，有他二斗，他抽二斗的头[1]，你看有这个香油，他还不干？闹得可不像样儿啦，全苏家屯，我的地户都反边啦，前天，我们的二管事，他人可也是暴一点，可是让他们打得鼻青眼肿呵！我们二管事，可也没灭了咱们老丁家的威风，操起家伙就把李花子的腿给打折了，完了跑到区上就送案[2]。把几个调皮的都押起来了，你想这还有王法了吗——都是大山那小子嗫咕的，他姓黄的，到老心不甘，总觉着，咱们老丁家……"三奶刚说到这里，便打住了，生怕说到黄家和丁家的悲惨的历史来，而引起丁宁的不愉快的痕迹。

但是，丁宁却不理会这个，他只随意地吃菜，并十分注意吸取三奶所吐出的每一个字的意义。

"你想这年头让他们姓张的一老一小[3]就把人坑了，一个清丈，就把人丈出多少钱去？那还有你七叔清丈委员，报的一半

---

1. 抽头，就是取佣金，现金实物都可取回佣。
2. 送案，就是送到衙门打官司。
3. 姓张的一老一小，指张作霖和张学良。

的减则[1]，还是这个数目！"三奶举起一只手来，"这不是火上浇油吗？昨天恤金钱又发下来了……你快把他斥退了吧，我给你保举一个有根有派的。"

小凤听不懂三奶话里的意思，所以觉得特别无聊。

"好，三奶吃菜。"丁宁随意地应着。

"你的酒凉了吧，小三，你给斟酒，好像喝你的似的，总舍不得斟！"三奶招呼三十三婶给丁宁斟酒。

"不，我不能喝，一口也不能喝了。"丁宁真有几分醉了。

"得了，二少爷——你没看我妈骂我，好意思，让我出丑。"三十三婶说完了，得意地向小凤一瞥，小凤这次却真的没看见。

二十三婶非常鄙夷似的把嘴撇一撇，但是一阵恶心，她连忙在那里稳住，一动也不敢动，脑子里起了异样的昏眩。

依姑心里觉得银凤很可怜，心里感到哀伤，便对丁宁很热烈地说："丁宁呵，你还没喝我一盅酒呢？"她说完了，满眼的希望的光都罩定在丁宁的身上。

丁宁不忍回拒地笑着说："好，好！"

"也吃三奶一盅！"三奶夺过来他刚饮完的盅子就又满上。

"这回一定不能喝了。"丁宁开始鄙夷自己的脆弱，为什么今天会喝了这么许多不情愿的酒呢？我又不是会喝的。这是我血液里所流荡的遗传性的 decadent（颓废）感在这里蛊惑我吗？这是一种高度的感情的不自然的侈纵吗？真是无理性的低级活动呵！

可是三十三婶却趁他冷不防，向他口里一灌，酒液一半流进口里了，一半落在衣襟上。因为三十三婶计划之一，就是让

---

1. 减则，清丈地时好地报成坏地，可以少缴捐税。

他多喝酒。

丁宁立刻恼怒起来，拿起盅子向地上就摔，依姑过来握住他的手："来，姑姑给你擦。"同时又用很美感的眼睛来看丁宁，无限温顺的表情里，好像在说，"不理她，咱不理她，好歹她还是个婶子！"

银凤的眼睛又抬起来了。她非常愉快并赞许丁宁能给三十三婶以如此难堪，这一对照，自己方才所忍受的冷嘲，似乎都已不算得什么了，她虽然不好意思，对着故意用装出来的纵笑来掩饰自己的三十三婶，遽即报之以冷笑，但是她却有十足的勇气又看定在丁宁的脸上了。

丁宁恼怒的极峰点虽然已经被依姑给转移了，不过他在情绪上还是非常兴奋。他向四外一看，看见银凤正盯着眼瞅他，他便像又换了一个人似的，立刻地半冷笑半得胜似的，自动地又斟了一大盅，目对着银凤满饮了一盅，此时，他已沉醉了，他并不了解自己是在做的一些什么。

银凤微微红着脸，用着上边雪白的牙齿咬咬唇边。

丁宁报复性地大笑着："三奶我搀着你，走，咱们上东屋，二十三婶，一会儿我过来看你。"他并没有理会三十三婶。

二十三婶并不回答，还在方才站的地方站着。

晚香，从东屋窗外花的海送进来，困人的天气呵，那软人腰肢的无可排遣的季候。这里的人倦怠着，也兴奋着。

人都秘密地有着要犯罪的冲动，但都不承认，也都不敢真正地去正视这冲动，于是，人都有点懒洋洋的，又何况是酒精似的绵软的情绪啊！

电灯光轻薄地射在风琴的键盘上——一溜白牙似的对着人

笑。依姑，哀伤地感触地不经心地把手无力地放在键盘上，键盘也就梦幻似的跳出了一副和她同样的气息的调子。

箫在银凤的笋尖的手指旁边，不复再是枯竹了，枯竹通过了她的暖暖的气息，似乎是拂出了一阵清飕似的篁籁。声音有的是呜咽。

金色弦，心弦的颤跃呵，古意的打琴声。

从前，日俄战役时，留传下来的俄国流浪歌人的手风琴哪，在丁宁的手上，也展开了他长久没有练习的疲倦的歌喉。

三十三婶沉思地微吟着一支调子，于是依姑的手，在键盘上也弹着这支曲子。

春月春花春满楼，春人楼上弄春愁。春花一夜飞春雪，春花春雪漾春洲……何事春洲春杏水，春来端自向东流。流尽春光春不住，春人楼上弄春愁……

依姑弹了这支曲子，她想也只有像她泠嫂这样的人才配填这样的调子。便问丁宁道："你泠嫂的病还没好吗？"

丁宁点点头。

"唉，也该养养噢！"她并没说出口，声音在她脑海里呜咽，"可是我又何尝不是呢！"她的常常颦蹙的眉峰，又微微地逗在了一起。

不是春人寄怨曲，春风能有几多柔。三月三十三春日，诗魂乍醒春悠悠。春去春来春不久，朱颜绿黛付春流……

三十三婶的飘忽的声音又唱起来。

泪水在她心头蕴着,她竭力地自持地把声音放低,怕颤声传了出去。

这一幕,似乎对于这屋子里的主人都太熟悉了,于是氛围立刻触动了哀凉。

风像透不过气来地吹进了三十三婶的心,她非常地扰乱,迷惘,方才她刚做成的一个错,当然也由于她布置那计划而不能自持了的缘故,幸而还算转换得好,并没有对她进行的步骤,发生了深切的影响。但是,如今她本来想用这种她自己并不十分了解的歌词,来逗弄出一种不可排解的季候的情怀,来为她所望的唶喏一个人的心,可是意外地风琴却吹走了她方才所散布的有点要求兴奋又有点迷惘的气氛了。这在她是不允许的,她低低地向自己骂了一声——

"哎,丁宁,跳舞吗?"三十三婶高兴得像一只小鸟似的跳到丁宁的跟前拉着他的手便嬲着他跳,一对眼睛像一汪水似的充满了希望和迫逼的光。

"那不行,要是和三奶跳还行。"

"——你三奶这一辈子也不会那摩登了。"依姑懒懒地又好像是哀怨自己。

"三奶不摩登,有这样摩登的孙子就行了。"三十三婶很怕低落了情绪。

丁宁对于这种拙笨的献词,感到奇异的好笑,他又勾起了方才三十三婶所给予他的丑恶的印象,他想,我真的就能容这样的一个人站在我的面前吗?分明地,三年前,那更丑恶的一幕,使他更感到恚愤的一幕,又在他的眼前一闪。他向她明确地凝视了一眼,好像是用解剖刀来解剖开她,看出到底是什么东西，在构成了这么一个奇异的可恶的构图呢！他极度地憎恶，为了要制止这种不合于他的戏谑的开展，便用一种冷峻的含有十分压迫性的口吻向她道：

"可是的，三十三婶，三奶说向你通融！"

"什么事呀，向我通融？"

银凤正吹着箫，扑哧笑了，但是她刚笑完了，便又自悔……

丁宁憎恶地向三十三婶注视着，想要撕碎她！

"呵，我知道了。"三十三婶妩媚地向他看了一眼，意思是说："你看你，何苦就这样地脸急，唉，你倒听我说呀。"于是她开口道："我今年连压箱底的钱都拿出去了，你十三叔打着骂着向我要，说什么人家的人都是老丈人的一句话就当了东边道，我这个连运动官都豁不出来拿钱。"

丁宁冷笑了一下："我不问他东边道西边道，我问的是钱。"丁宁说到"钱"字，自己就有点刺耳。为了他对于钱的极端鄙夷，就连那种"钱"的发音的方法，他都觉得有无限的浅薄，无限的难听。而这次，偏竟为了它，他要向一个他素所鄙夷的人启齿来通融，这在他真是难以忍受。

"不是的，不是的，我不和我侄子诉诉苦，我向谁诉去？"

丁宁在肚子里向她的无耻，掷尽了严刻的恶骂。啊，真是出奇地无耻呵！

银凤停住了箫，便跑出去了。分明地，好像在这屋里有一种奇异的气息在压迫着她了，在处处地使她窒息，使她一时一刻都喘不出气来，所以她只有跑了——一会儿，依姑和其余的也渐渐地装作很自然地退出。

三十三婶向着小凤的背影露骨地睒了一眼，便连忙改了口风："行的，只要我能，不过……唉，丁宁，我的心是怎的乱……呵，等我想想。"

"马上——两万！"丁宁完全是胁迫的口吻。

三十三婶向他嗔怨地瞅了一眼。

"马上。"丁宁又重复着，"你说，要借就借，要不借就不借。"

三十三婶又恨恨地盯着他，眼睛里膨胀了一种祈求的越轨的焦切的颜色。

"得，丁宁——"

"两万——就拿来！"丁宁的口吻愈加严刻了。

"两万，就拿？哎呀，先生，天上不下钱，地上不长钱，我——腰里没有现钱，您先生马上要两万块钱，哎，钱钱钱，让我到哪儿去弄钱！"三十三婶的目光，透出来无限的娇艳，她款款地站起，立在丁宁的前边，好像是准备些什么。

"反正我也不打莲花落，两万块，明天见。"丁宁说着就往西屋走，想去看二十三婶去。

"不行，丁宁。"三十三婶的眸子兴奋地燃烧起来，叉在门槛上拦住他。她那微微的有点颤动的小嘴，吃力地在想透露出一句久想要说的，但是依然又被她吞咽了的话，只是用一双火热的秀媚的眼睛在丁宁的脸上打转。

终于她又用一种委婉近于低诉的那种声音，趴在丁宁的脸前，喁喁地说："你打那么容易的呀，说两万就是两万，我也得跟人家说小话[1]去呀……"

"你也别跟着人家说小话去了，我也尝过说小话的滋味了，愿意就即刻拿来！"丁宁说着就向外走。

---

1. 小话，便是好听的话、恳求的话。

"丁宁，丁宁——"三十三婶竭力地扯住了他的手。

她的充满激荡的热情的眼睛，恼恨地嗔怪地望住他。

"你干脆说吧，明天，两万。"丁宁生气地一甩手。

三十三婶的睫毛掩住了两滴水的眼睛，目光含羞地向脚下望着，两只瘦小的脚，在地上很不好意思地忸怩着。眼光又脉脉地从睫毛的帘子里钻出来，在丁宁的脸上只一溜，便有意味地笑了。

丁宁鄙夷地看了她一眼，便向西屋走去。

二十三婶正躺在炕上抽烟呢，脸庞的桃色，因为烟的燃烧而更加娇红。一杆烟枪，一架肺病的残骸，这个已经足够说明她给予丁宁的印象。她把眼皮很温和地向丁宁看了一眼，便又抽烟，好像她有兴致把烟多抽一点似的。领儿没怎样结，露出她颔下的一部分，身上的花毡很马虎地搭着。

丁宁想起自己对于这广大的草原的哀悯，心底更唤起了深厚的同情，他觉得他应该随时随地去同情那些被损害了的，被压迫了的。但是，当着他看见她的已经被火给烧焦了的拇指和食指，便引起了一种乏味的感觉来。但是终于他觉得这一颗被病害了的善良的灵魂，比三十三婶那样健康的人，是可以亲近的。

于是他很无嫌恶地点点头。看她吃力地捻着烟泡，丁宁不知从什么时候起，倚下来给她烧烟。

"哎呀，你看你儿子给你烧烟哪！"

是三十三婶抽冷子走进来，起初好像很惊讶地一瞥，但随即就很安详地也倚在炕上来闲搭搭。

二十三婶很满足地笑了一笑，淡然地说："不放心哪——"

很显然地，这几个字是故意说出来的，但是因为不愿意太露骨了，于是又用一些温软的调子，轻轻地抹去了原来句子的真正的立意，"——怕你二侄子烧了手指头吧？"可是当腰偏要留着一个闲裕的时间，足够人捻酸的缝儿。

"只要是丁宁，才不会烧了手呢！"三十三婶不甘正面接受，矜持地滑了过去。

"可是呢，姐姐！"三十三婶也和丁宁一般地趴在炕沿边上，像小孩似的和二十三婶黏舌，"我已经给你吊好了一身紫貂仁的外衣了，前天侯大叔到哈尔滨捎去的。"

"蒙着夏天就做冬衣呀。"二十三婶淡淡地说。

三十三婶害羞似的把手蒙在脸上伏着身子咯咯地笑："姐姐，我望事都是望个长呵。"

"唉，我是望不了长了，我是有了早晨没后晌……"二十三婶似乎也没对谁说，只是把眼睛望着空落里讲。

三十三婶道："姐姐，你不知道我小心眼，夏天天长，手工钱又贱，而且又是俄国人的手艺，比奉天的是样儿。"

二十三婶道："唉，就算我穿了，好，做上了也好，做好了压箱底。"

三十三婶又道："姐姐别净说那话。可是呢，王三奶奶后天办寿，我想把我的那副金红帐子送给她。"

二十三婶装作有几分不耐烦的样儿道："行呵，你就去了吧，别问我，我不知道。"

"还有小兰过礼，咱们送点啥，也好遮遮眼。"三十三婶极力搜索几个题目，好来证明此来的目的。

"那都好办哪，你随便点对点对就成了，只是七姑娘那里挑肥拣瘦的——你把我那副包金镯洗个澡，也就算顺过大流去了。"二十三婶喷了一口烟道。

三十三婶埋怨道:"可不是吗,这年头儿赶的,谁的手都不阔绰,让妈随,妈又不随。人家看不见是官中手紧,都说我们年轻不懂事,把个老礼都错过去了。你才一冷神,他那就说出话来了,其实哪,几门子人情是正经的,还不都是八竿子打不着的外甥,三年不作揖的姥姥,一辈子就等着你这份人情来发家呢,哼,什么叫人情排场……哼,丁宁,你又笑我,这是实情。"

二十三婶没理会,三十三婶又咕哝着说:"好姐姐,也可怜见分派分派我,我这个落伍的心眼就调不开这个闩。"

二十三婶嗔着她说:"去吧,别尽黏蛇似的揉搓人,不知道人家一夜一夜地没眨眼,够多难受呢。"

三十三婶又撒娇做痴地道:"姐姐好意思,就让我栽个子,好姐姐,你要不出个主意,我就没个主腔骨。"

二十三婶不耐烦地说:"看你也不怕丁宁笑话。"

三十三婶益发娇憨地说:"我才就不怕他来笑话!"

这时,等在旁边的陈妈,便趁着缝儿回道:"奶奶,小爷醒啦!"

"啐,这个坠脚星!"三十三婶便忙着出去了,可是又伸进头来,搜索什么似的扫了一眼,便含着笑说:"丁宁,你不去看看你的——小弟弟。"

陈妈这才又给二爷请安,退出去了。

沉寂统治了全屋。

二十三婶又抽了一口烟,似乎在烟的精力里已经生长出自己的精力来了,便很有神志地但是也很幽抑地迟迟地说:"自从那大的[1]死了,尸首一直到现在还流落在北京呢,我每一想起

---

[1] 大的,指十三叔第一房老婆。

来，就伤心，姊妹们混合了一场……唉，如今，我也就是旦夕的事了。"

"是的，只有这样的一片大草原，个个女人，才都得是痨病……"丁宁喃喃自语着。

"那有啥奇怪呢，从小就锁在家里，低着头绣花做活，长大了嫁给人家，穷的呢，是一头马，富的呢，是一朵花，看着人家的眼皮动嘴唇，她还有不病的……"

二十三婶喘了一口气，道："唉，你不病也不行呵，你叹口气吧，他说你想心事，你刚松一松眉头吧，他说你有外找想，咸言淡语便塞满了你一耳朵，你不听，放在你耳朵里你不听？不用说别的，就说我吧，我是一不争斤二不驳两，我的心是死定了的，谁愿意怎的就怎的。可是老太太不喜欢我，说我是活烟筒，就会鼓动烟。小三表面上把我捧到天上去，背地里把我踩到泥里去。我可也好，我什么都不想，也什么都不要。你十三叔是水和泥做的，我过门，和他也没顺过一口气。偏是老天爷瞎眼，还让我趁个好稀罕的哥哥，在蒙藏委员会里给人家当幌子，你十三叔巴不得立刻也变成了蒙古人，也姓吉，这样，又想起我来了。哼，我呀，待我好也罢，待我坏也罢，要没有真心的呀。只是巧言花语地哄着我，我呀，哼……"

她又把烟放在烟盘子里，烤热了，蘸着烟盘子上的渣子，然后使劲地把渣子压碎了，显然地她是说得太累了，有点微微地发喘。

丁宁道："既然这样呢，你就更应该把他完全丢开了，何苦还因为他伤心呢？"

二十三婶苦笑道："唉，你想想，我活着到底有啥奔头……"

陈妈又蹑手蹑脚地赔着笑脸跑进来，轻手轻脚回道："老太奶吩咐怕少爷嫌炕热，请少爷在这屋里间屋睡。"

"呵，知道了——你去吧。"二十三婶随便应着。

陈妈并不退出，接着道："姨奶奶说盖她的铺盖，小姐也吩咐用那边的，听奶奶的吩咐——"

二十三婶不耐烦地说："谁的都不用，盖这屋的——不，你去吧，盖依姑的，先褥好了，再往这屋里拖。"

陈妈这才又轻手轻脚地退去。

二十三婶又出了一口长气，道："唉，我有什么奔头，从前呵，我只指望着把你过继过来，你十三叔也愿意，可是呢，你父亲哪里舍得，我费了多少思量，说过了几次，结果呢，也只落得一片痴心……如今呢，小三有了一脉骨血，我也有了念想。可是，你那十三叔，那瞎眼的，就真不知道，就和我变了心。但是那个我也不在乎，我本来就有一片痴想，就想呵，咱们到北京去。你们老丁家的家业我一点也不要，我和我哥哥打官司，要他分给我几万块钱，他不敢不依，太爷死了有话。在北京一住，我这一辈子也算见了太阳，就哪管是一天呢，一点钟，也就行了……唉，就哪管我喘不出这口气来呢——唉，这也不过是一片痴想罢了，又哪能做得到呢？唉……"她很大方地笑了一笑："——你想那能成吗……笑话！"

丁宁非常悲伤，他知道她，他知道她的永劫不复的哀伤，他苦楚地摇了一下头。

眼前是一个无告的软弱的人哪，她永远是腼腆地驯顺地绝不想在别人身上取得什么，她觉得她是要在妨害着别人的利益了，她就羞怯了，自叹了。她觉得犯了一桩极大的罪，她连忙善良地躲开，让别人在她的身上任意地取偿。她绝无希望，对于一切以不真实来作动机而投向她身上来的，她都无视。讴歌她也好，唾弃她也好，她都无欢喜，也都无憎恶。她只有一个希望，她只希望能有一个真能体贴她的人，能够用真心来看视她，来抚爱她，只要是真心，她便准备把自己的一切都虔诚地大胆地贡献在他的面前，她也不要求他的回报。她只知道在这个世界上，已经有一个人能够用真心来对她了，她就满足了。就是她在睡梦中哭醒了之后，她也会立刻感到静心，立刻感到那个人已经很诚挚地立在她的身边，在用着手抚摩她的胸口，给她以热力，给她以信心，她就觉得自己有生活的价值了，丁宁想着，感动地低了头。

二十三婶依然沉思着。

丁宁看了她一眼，又把眼光移住，好像在看着眼前的自己。如今她竟以我来作对象了，这是必然的，因为她的清洁癖和一种传统的伦理观，而转化成她的长久的蕴蓄着的母爱的尽情的倾泻了。丁宁感到他自己的地位过于沉重，他觉得很难恰到好处。

一阵过长的潜蛰的沉思，使得二十三婶的情绪，纷扰得太厉害了。脸蛋上烧得火一般的焦红，喉咙里呼噜着，好像有什么东西要吐出来。但是她却用力忍着，她的身上不由得打了一个冷战，额角上涔涔地冒着黏汗。丁宁知道这个征兆，便会带来不祥。这是她生命渣滓最后的泛起哟，丁宁长出了一口气，决定想给这个垂死的人一点观念上的满意。他不忍心看见这个被这个社会制度所捆缚的女人就这样孤独地死去。她是太孤独了，世界上一切的人都是和她陌生的，而她更幻想着用"母爱"来维系住一个住在不同世界上的青年，她该是多么可怜哪，丁宁想到自己方才想虚伪地给她一点安慰，便微微地有点抱歉了，他心里一难受，便把手很亲挚地抚在她的头上，用嘴唇感动地凑到她的耳朵边:"妈妈——"其实,她比丁宁只不过大几岁罢了。

只听丁宁继续道:"你病好了,我们一同到北京住上一个时期!"

一种悲痛的快乐通过了她的全身,似乎有一阵暴雨似的排山倒海的力量向她力扑,她吃力地把头歪到一旁——

"水!"她刚一张口,哇的一声,一口鲜血便吐出口来,她连忙用手巾揩了,塞在枕头底下怕丁宁看见。

丁宁也循着她的意思,装着没看见,把水端来,侍候她漱口,又用手给她捶背。

唉,这不只是一个无法寄递的爱情的浪费呵,这不只是一个歇斯底里的饥渴者的最后的哀号呵,这里还有着一个被人类摈弃、摧毁的人的最真诚的自献噢。

但是这是无用的愚蠢呵,像以丁宁这样的人来寄托她那狭隘的德行,那是不可能的了。这个是可以使他感动的,也同样可以使他认识的,但是绝不是接受。还有许多更伟大更热烈的事业在等着他,虽然对于那些事业现在他只是憧憬着,预感着,而不是把握着。但是他知道在狭隘与伟大之间,他是永远属于那伟大的,绝无例外。而今天也依然是,他绝不容一个和他立在完全不能调和、不能共鸣的灵魂,贴俯在他的身上。对于她的丰富同情,恐怕在这个世界上再没有一个人能超过于他了,对于这种事业的坚决的处置,恐怕也再没有一个人更能残酷于他了——丁宁坚决地摇着头。

于是继续地,还是无言的沉默。

丁宁为了要使她能宁静一些儿,他便趁势退到北边,躺在后窗前一只躺椅里,清净一会儿。

后园子有两个人的说话声,传到他的耳底。

一个女的声音申斥说:"你这时颠猴似的忙什么,就告诉大山说,少爷的话,明儿个才回去,不就结了。"

一个女孩的声音说:"那要是家有急事呢,大老爷的脾气,可不是玩儿的。"

女的又斥道:"扯你娘的臊,别甜嘴巴舌地混安排,还不是生怕你那情哥哥大山,今个拿不回去回话,不好交差,巴不得让二少爷即刻回来,才称你的心。哎,看不出你里外琉璃灯的人儿,偏会打不开这个算盘。少爷此刻要不去,少不得大山一会儿还得来接,那你不又多飞一次眼儿!"

女孩骂道:"我可告诉你,你可别倚老卖老,别等我说出话来,大家脸上无光。咱们也不用说上的、下的、老的、少的,哼,要叫我的哪,哼……"

那个被骂作倚老卖老的回口道:"我怎的,我是一步两脚窝,一步不歪。"

那个小女孩又故意气她道:"哎,正是——这叫作步步歪!"

那个老的又骂道:"你这个杀千刀的小活狐狸,必是你妈跟阎王爷睡觉来的,托生出你个出花的舌头!"

"……"

似乎那个女的赌气走了,于是声音就寂静下来。

丁宁知道大山来接,便决定回去,站起来整理整理衣服,他看见桌上没帽子,知道还在东屋,他想不戴帽子回去。

他用手摸摸那发烧的额角,便预备和她告辞。

"丁宁,你睡我的香草垫子吧,好受些。"二十三婶从迷乱的沉思里转过来,便带着热烈的眼光看定他。

"呵,呵……"丁宁感到极端的难过,在他这不过是个连考虑都无须考虑的措置,而在对方却是一个碎心的虐待了。

面前是一个被溺的人哪,用着最后的精力在把他当作一枝可救拔的芦苇去把握了……

即使是并非真诚的,对她也是好的,于是丁宁冷冷地一笑,他向窗外的夜色看了一眼,便静静地坐了下来。

二十三婶幸福地把眼皮合了一下,他居然答应住下了。

柝声在外面散文诗似的响着。夜是静的,但是丁宁的周身却不宁静,他狂乱地翻身,口里无限地干渴。偏是老奶拼命地劝酒,结果,毒液的机械的反应,使心干得像裂材,每个毛孔都暴躁。翻个身,听见外间屋还是格棱格棱地唠嗑,丁宁便试探着招呼。他一个人在里间屋睡,两位十三婶在外间屋睡。本来后面暖阁里有侍女睡,但今夜似乎没有。

丁宁唤道:"有人吗?"

"哎呀,丁宁,在叫我吗?我没睡!"是三十三婶的滴滴的低笑声。

"有水吗!"丁宁口干得紧。

"呵,你等一等,呵,我就给你斟,我知道你晚上要喝水呵!"

三十三婶的拖鞋的趿拉声,茶杯的磕碰声,可是没有斟水声,好像什么水浆的都早已预备好了似的。

朦胧里来了三十三婶的影子,只穿着二十三婶的一件夏夜里也离不开身的银狐出风的小坎肩。

"发烧吗?"三十三婶的手伸进被里。

丁宁就着手喝着,手好像有意地往里灌似的,丁宁皱了一下眉头,便止住了不喝。

"甜!"丁宁带着点疑惑的口吻。

"这还不算甜!"三十三婶半开玩笑的声音,"还有甜的!"

"……"丁宁只顾喝下去，再没有说什么。

"你要再喝，再叫我，这是果子露。"三十三姊叮咛着说。

影儿在暗中失去，丁宁又丢失了自己似的朦胧过去，浑身只是发烧。血的热度，像寒暑表的直线似的一直往上涨，真是意志薄弱，偏喝这混蛋酒！混蛋……

怎的方才的水，又好像是哥罗芳？

全身却飘忽，每个神经都膨胀着，苦恼着，好像有一种未被满足的要求在血液里流动。

悠忽！

全个的身子都向上浮。

每个关节都失去了联系，一丝一丝地飞到一个茫然的沃野里去。直到身边已经不知在什么时候又添了一条天鹅绒似的柔滑的三十七度的肌肉的毡子，他还昏沉地毫无感觉。

只隔了一道书画集锦的隔扇哪，偏是今天的二十三姊就更不能霎一霎眼了。

他任着一个发狂的口，暴雨似的打在他的脸上，她又发狂地咬着他的耳朵，喃喃地对着他说了一大篇的疯话。狂乱地，邪速地，毫无顾忌地，在他的身上揉搓着，在他的耳边聒絮着。像水母似的肉体，满载着吸盘似的压迫着他，扭扯着他，拧掐着他。色情狂地，无耻地，弄着丝质的被褥，窸窸地响，最后就像春汛期的银鱼似的，一咻噜便不见了。

一点也没间隔，紧接着，就是一片谑浪的笑声，一种无耳的、淫荡的哎哟声，更狂浪的呻吟声，急促的动作声，只隔一道纸壁，雷震似的挑拨着二十三姊的耳朵。她歇斯底里地把全身的被子都拼命地缠在脑袋上，紧紧地缠，像要死心上吊那样狠命地在头上缠。脖子都已经没法出气了，她还是不松一松，可是一口又腥又甜的滋味却泛滥在她的喉咙了,她很费力地从枕头底下取出了手帕,随便在嘴角上一揩,并把脑袋歪在一旁,从枕头上掉落下去,任着金星和银星在她的眼前旋旋地转了。

如今谑浪的声音是听不见了,只是一片打雷的轰隆声,轰隆、轰隆,她的整个神经都在震动,于是她只是把全身的重量,都完全地摊放在平板的炕上,向上一口一口地捯气。

八

猪的喜剧

带着躁烈、烦恼和疲倦，丁宁从三奶家回来。

他疲惫地躺在炕上，非常地激恼。他强烈的自尊心，受了无情的创伤。如同一个娇贵的小姐，被一个在她的眼中连一粒微尘都不如的下贱的人给淫污了一般地痛苦。

他痴痴地望定了房顶，这是苍蝇、蚊子、臭虫的腐臭的恶谑呵。我竟会受了这样一个人的包围与摆布吗？这种不可洗涤的耻辱，这种跳蚤的袭击呀，我决不会将她轻轻地放过。

丁宁静卧了一刻，心中似乎平静了一些。

仿佛他又觉出有几分滑稽的成分，真是令人啼笑皆非。他躺着，他虽然并没有心思去想些什么，可是脑子却还机械地转动，下意识地，他似乎又回味起那一种与他的观念的尊严和情绪的发展都完全背驰的糊里糊涂的感应。但是，这个想念，只是电光似的在他脑膜里一闪，便立即逝去，如同水一样的稀薄。

但也就只这一闪，他便觉得伤了自尊心，降低了自己的价值，而把自己陷入一个极平庸凡俗的地位。他暗暗的脸上有点发热，他觉得他永远不能为这些处在人生极微末的与并不高尚的欲念所支配，他决不属于这个，与那个最单纯的欲念去接近的，那是更相像原始的人类的。

他想，假设一个人真的能够用自己内心的潜在欲焚的白色炸药的性欲冲动，做成了有形的触角，标插在他自己的身上的每个有性感的细胞上，那该是怎样一个可怕的奇突的丑恶呀！

他似乎看见了三十三婶浑身满插着那种橡皮色的翘然的腐溃的触角，走到他的眼前了。他脸上有点发热，他想，这回一定是得病了。

南果园过多的树枝上，吵起了噪晚的百鸟，咔咔地用蜡色的喙去刷洗自己的羽毛。

天色一抹地在窗帘里抹去。从蒙古草原带来的大漠的微粒，在大气里，经过了快移向地平线的太阳的折光作用，造成了暖馥馥的红烛高烧的熹微色，这是科尔沁旗的宏阔的天空所独具的琦瑰。

氛围的特殊的燠燥，丁宁似乎觉得温度过高的空气，使他从炕上像一个不十分会游泳的人浮在水里似的漂浮起来。

他对自己说："我应该休息了，是的，我是太疲惫了。疲惫的不是我自己，是我的精神，是我的思想。我的思想走得太远了，走了许多的瞎道，抛却了许多的坦途，使我自己忘记了我原来的方面。我悲叹这大草原的命运，我同情了那些被遗弃的被压抑的。但是我之对他们并无好处，我对他们，在他们看来，并不存在，我只不过是很形式地位置在他们之上，我不属于他们，只属于我自己。在我不属于他们的时候，我立得是特别的高，我可以高出他们没有相当的尺度可以量，而他们也看着我，如在云雾里，不能确定我的价值，这时我是最高的存在，没有人再能比拟我。虽然我自己的脚，却常似有点悬空，但我这时是最满意的享乐。我在属于我自己的时候,我是最快乐的时候,我自己便是宇宙的一切,我纵情于大山大水之间的时候,我遨游了自然的奥府,我接近了有感觉的有思想的人,我的精神是飞越的,我高歌,我奋发,我睥睨,我振翮,我盘桓,我向阳光比赛我的羽翼,我的长喙,胜于一切锐利的刀剑哪……我重视我的同情。我的感动,我决不轻于抛掷,在我放置我的同情和感激的地方,那必须是人类最美丽最高洁的地方……"

丁宁深深地叹了一口气,好像一个纯洁的少女,在怀念着、在珍惜着她那玲珑的玻璃的心脏里所分泌出来的微妙的甜蜜的爱情呵。他俯在一个有曲折的栏杆上,在轻轻地哀怨着、翻弄着他那不被人认识的、没有一个可爱的对象来承受的、自己感伤的可珍秘的情怀呵。

但是,我就不能击破一个无耻的苍蝇的摆布吗?我也不能去认识一个平凡的父亲的心。我竟会这样地无用吗?我是思想的巨人、行动的侏儒吗?我崇高的地方在哪里,我超越的地方又是什么呢?

丁宁苦闷地摇了摇头,便宣告死刑似的躺在炕上一动不动。

过了足足有一刻多钟,他才在心里回答着自己说:"我需要静静地躺几天吧!"于是他便养病一般地躺下来了。

他静静地躺了几天,他很想在这时候,什么事情也不做,什么东西也不去想。但是,这个对他却是一个很艰苦的工作,他很少能令自己的思绪真正停止。

这几天,他虽然把自己放在一个停顿的逗点里,也不往前走一步,也不往后退一步,只是无关心地停滞了自己。但是,他却不能,他虽然在这空白期间只看了一部《复活》,但是这《复活》的纯朴的字句,却又掀起了他复杂的思潮。这虽然不是他所情愿的，但却不是他自己所能停止得住的。所以他又低声地说，也许我的未被统制过的教育、知识，就是很适合地去把我配置成功为一架沓乱的思绪的没有圆心的机器吧！这机器必须是命定的，永远地轮转，永远没有停止。

但是在托尔斯泰的高大的斯拉夫形象的躯干里，他却接受了一种清新的启示，这是可喜的，这个使他高兴，轻快，他好像自己未被表现了的思想，已由这个可爱的老头儿给道破了，他感到心地非常清明。

虽然，他决不满意于这个长着聪睿的胡子的老人所埋伏下的他自己的结论，但是他的惊人的抉剔，真是伟大的。他的分析人类善与恶的两面，是何等的令人心折呀！人们看见自己镜子的真实的各部分的反影，也不该惶怵而战惊吗？人们在他的灰栗色的小眼睛里，难道不应为那渗透了人生的光芒所透视所屈服吗？

他写的绝不是那沙皇的蛛网之下所笼罩的高雅的俄罗斯哟，他写的是整个的全人类呀。

他是人生的自述者，他是善与恶的化身。

丁宁像久久积压在自己的胸膛的东西突然被拿去了的那样舒畅地呼出了一口气。他向四外柔和地望着，把自己的眼光停在开着的窗上。

窗外燕子飞成燕阵，在庭院里，投掷着它们紫色的身体，互相追逐，呢喃的小语已经换成了结婚进行曲和有音响的舞蹈了。

朝颜探着它赪色的小喇叭，承着今天朝晨的喜悦，刚刚在桃色的阳光里舒展开它那被多情的夜露封锁的头。裙袂也顺着八幅的剪裁的褶缝，大胆地也害羞地打开来搭在篱竿上来晒了。

回思昨夜那儇薄的风呵，他爬进了围墙，他爬过了台阶，他爬过了篱笆，他辛苦地，他喘气地，他浑身抖缩地，喁喁地，哀恳地，拂动地向她殷勤呵，向她妩媚，而终于她也半推半就地俯就了他，任他抚爱。她低着头向下看了一看，她看看那黄色的雄蕊，已经有几粒拂落了，沾在了中心的柱头，她心里一热，她便昏昏地把眼闭上了。

耳边昏沉地轰轰地响，她想怎的今天就真的会这样地把握不定，新嫁娘样地忐忑不宁呢，她自己有些微赧，她连忙害怕似的睁开了眼，呵，原来是那讨厌死了的缠皮赖脸的蜂呵，一清早起，人家还没完全起来呢，它就跑来嗡嗡！

蜜蜂从这边向那边游过去，心里正计算着今天能够用自己的腿沾回去多少蜜汁。

丁宁想，人是和鸟一样的知道喜悦的，人们是一朵欣欣向荣的朝颜花，知道阳光在哪方。因为是被不良的制度捆绑了的缘故，才丢失了快乐。

最初的时光，涅赫留朵夫听见那黑眼快腿的少女的衣袂的窣窣，他就像一个人站在树底下望着天际的白云，忽然看见第一丝的月光，从白色的云层里钻出来，他的心灵微妙地为着这光亮而歌唱，这时，他是快乐的。他觉得所有在全世界上生存的——只是为她而生存，荣福灯里和烛台上的蜡烛为她而光明，快乐的歌声，是为她而唱出，那所有在世界上，只要是好的，便是为她而设的。他的心，面对着这个乌黑的眼睛的小怪物。只是一种说不出的感情，一种最纯洁最崇高的表现。他绝没有占有或是动用她的意思，他看她只是一件很好的、很贵重的、不可复制的东西。

这时，他们是亚当、夏娃的本来的光辉，他们是无可批判的，宇宙将因为他们而歌唱，这是为人性的金律所喜悦的爱。

这时，他们的接吻，是人类最清洁的接吻。

他们连吻两次，仿佛想一想还需要不需要，又仿佛决定是需要似的，于是，又吻了一次，两人都笑了。

这时，他们是幸福的、光辉的，他们还没有被社会的传统观念来向他们加以圈点。

这时那黑眼的小女郎是幸福的，是光辉的，从她那温软的处女的胸脯，深深地叹了一口气，仿佛在快乐的劳动以后所发出来的叹气一般。

但是，只是通过了一个白雾弥漫的夜晚哪，便会完全地改变了。

传统的社会的处置这有趣的爱情的方法——是涅赫留朵夫在莫斯科的高等社会里所接受的所容纳的——从他的地位，从他的金钱，从他的势力里活起来了，他也运用起来了，走了他的地位、金钱、势力所指示给他的一条平坦的为一般人所承认的道路。

完了，他也会市侩地用一个信封好意思地装出一百元一张的卢布，送到他的女神的手里，也如同一般的贵族们做完了这件事后的处置，并无两样。便扬长地，脸红了一次，遗忘似的走了。

而从那一夜后，世界上的一切再不复是给我们的小黑眼快腿的女孩子预备的了，她将成为人们指责的中心，她的淫乱的行为，将在她母亲的身上取得绝对的根据，她的应该下流、应该无耻、应该失去了人的地位，是可以从她引诱侯爵大人这一点上完全证实的。

现在，她是可以被任何的一双下贱的罪恶的眼睛所玩侮了。

再没有一丝的清洁目光能情愿向她接触,她好像可以被任何人动用,她好像在别人的眼光里,只是放置在十字街中心的公共厕所,是专为过路人的不能不解放的便溲而动用的。

孩子们听着大人的说明,知道她是一个杀人的凶犯,而不敢向她抬头,直到看见旁边还坐着有三四个代表沙皇的"正义"的,和代表着社会的"治安"的士兵坐在她的旁边,才好像安下心来。

人世间有这样的不同,这是多么可怕的不同,这是多么长久就存在的不同呵,但是这个不同,是被一切聪明人,老早就给巧妙地掩藏了起来的。

但是,忽然,这里有一个太没有教训、太不懂事的孩子,竟而忽略了一切大人们的阿附卑屈的心理,而会大声地叫了:"皇帝身上没有穿衣服!"这是多么大胆天真地揭开我们人生的嘴脸呵!丁宁感动地叹了一口气:这是多么真实的抉剔呀……

丁宁不同意作者的新基督教义和他的人性二元论,但在这真实的暴露上,使丁宁得到无限的感动,同时,也使丁宁意识到,这必然的结果,都是社会决定的。因之,他在三十三婶的行为上,也找到了社会的意义,他觉得那些也不完全是单纯的劣质的情欲膨胀的,或只是一种低级动物自己也不能认识的奢侈的蠢动那么单纯,如他先前所憎恶的,他每一想来甚至就引起了恶心的呕吐。

并不是的,支配她们的不是那些伟大的哲学论文,而是那些无劳动的有闲、多情的算计,谁家婆婆厉害、谁家姨太太只抽第二遍烟的这些异闻,欲望的压抑,无法运用的金钱,讲排场的风习,是这些,是这些她们所依存的东西。

对这些,丁宁觉得自己的憎恨的情绪突地扩大了,不仅是苍蝇、臭虫、蚊子,那生长苍蝇、蚊子的水坑、粪堆,才是足以憎恨的根源哪。不仅是那可憎的眸子、会说话的嘴唇,就是那装着茯苓霜的精致的小粉盒、绣着太蜿蜒了的龙和太大了的尾巴的凤凰的枕头、太软的褥,也都是发霉的因子呀!

丁宁苦楚地摇了一摇头。

但是对于这个还未生长在自己意识之中的动物,我就因为没有做防御工事而遭了严重的袭击呀,我的多余的思想,又有什么用处呢?是的,我不是在比较之中,比她还蠢吗?

丁宁这时很想用一种严酷的袭击,把这个创痕平复过来……但是接着他又觉得他给予她一种社会的意义已经很够了。用这个卑微的对手来造成的胜利纪念碑,是不会发光的。

可是我就这样地降低了我自己,连这些不必要的微末,都要费了这么许多的思虑,我是已经有点神经衰弱了吗……总之,我再不需要对于这事的任何的思考了。

于是,他又静静地躺了一会儿。

太阳已经开始尽了它的职务,把磁性的热情,传送到植物的身上,不管是网状脉、羽状脉,或是平行脉的叶子,只要是花的、树的、禾草的叶子,都本能地感应起光合作用,开始吮吸着如水的阳光,在制造起叶绿素了。

太阳也把光无偏爱地泻在丁宁眼前的墙壁上,丁宁感受到一种强烈的照耀。

他想十来天没去的小金汤,应该因为夏的葱郁而更诱人了吧,那一棵卧在水里的老树,许还未承樵夫砍伐吧。

其实他还未真正地走近小金汤,他每到西郊去,便都以这棵树为他露天的家。他要坐在树上洗脚,卧在树上看书,这树是已经足够了的天地。其实真正的小金汤,是在这地的下游,那还要通过不止一里的草莽，那是热泉。丁宁喜欢冷泉是比热泉要多好几倍，所以那棵老树，偃俯在河面上的多思的老树呵，做了丁宁野生生活的唯一的巢！什么时候再亲近一下这个巢呵。

眼前一亮，灵子的几乎是白色的衣服，带进了极强的反光。

"喝奶吧。"灵子把奶放在他的跟前。

"方才三太奶那边来人，说二十三奶奶病得很沉重，似乎很想请你到那边去一趟……"

"你就说我不能去。"

"哼——二十三奶奶的病呵！我看是呵……很难好了吧！"灵子自言自语地向外走。

"你叫人找大山来。"丁宁对灵子的背影吩咐。灵子又转回来对丁宁说：

"哎呀，我还忘记告诉你一件可笑的事呢，是什么一个张地户，因为欠的去年的亩捐[1]钱没有还，特意从家里赶来一口猪说还钱，走到铁道边上，被日本兵看见，喝着嚷：'站住！'他一看不好，撒腿就跑，猪也冲散了。他寻思，这回算完了，好容易赶来一口猪，还指望着还钱呢，不想半道就丢了。他垂头丧气地向前走，哪承想刚一走到咱们大门，正看他那口猪，在那拱门槛呢。你说他一喜欢便怎样，趴地下就磕一个头，看门的以为是过路讨钱的呢，捉过来一问，还是咱们的地户，你说可笑不可笑……哈哈，也不是哪儿来的这么一个地户，也不是劈谁的二亩半地种的呢，也冒充地户！"灵子说完了便匆匆地跑出去了。

---

[1] 亩捐，当时这片地上有两种租税，原交王府的叫作"大租"，交给民国政府的叫作"亩捐"。

丁宁想，这在一般人看来自然是很好笑了。丁宁跌进沉思里去，以致大山来到他的跟前，他还没有觉得。

大山见到他，没头没脑地说："呵，你拿给我的书，我都看得不很懂，《水浒传》还行，啊，我最爱看《水浒传》，鲁智深醉打山门那一段太好了。"大山两只粗大的手搓在一起，似乎旁边就是一柄吃力的铁链杖。又说："我也最爱吃狗肉，狗肉吃不着，昨天我也一个人吃五斤牛肉。"

"一个人吃五斤牛肉？"丁宁用喜悦的眼睛盯着他，好像看见一个好玩的孩子在说有趣的谎话。

灵子在北边倒厦的隔扇里，几乎笑出声来。

"两顿哪——五斤生肉煮出来才多点呀！"大山分辩道，"张大邪火能吃一角子肉[1]！我顶喜欢大块吃肉，大碗喝酒。"大山快乐地说着。

丁宁打趣道："那不成了李逵了吗？"

大山睁大了两只黑绒镶边似的眼睛，又直率地说："李逵我不喜欢，因为李逵太鲁莽，我喜欢花和尚。"

"对，我也顶喜欢花和尚，他是正义感的最纯粹的代表，是真正的中国草莽英雄的典型。我常想，我觉得施耐庵写出一百单八将的时候，一定是把他看成一个最完美的典型写的。他的心目中的英雄，绝不是宋江，甚或是李逵，一定就是花和尚。所以到后来他给花和尚以一种特殊的意义，使他成了正果，与别的英雄不同，是的，这一定是施耐庵有意如此的，他一定是把自己的一个最高的憧憬，一个最完全的意义放在花和尚的身上……"

---

1. 一角子肉，一口整猪的四分之一。

灵子在隔扇里懒懒地玩纸牌，手里正拿着一个长着黑髯拿着板斧的英雄——五万——，她用手羞人似的一点，点在那络腮胡子的额角上："你呀，你呀，我看你就是一张五万。"于是她又好像要笑又好像不好意思似的伏下身来，用手把牌都扑落乱了，趴着半天不起来。

"是的，他的最完全的理想绝不是李逵。"丁宁点了点头，更肯定了他的理想。

于是他又想说："是的，就在《红楼梦》上也是如此的，曹雪芹所描写的宝玉或是黛玉，都不是健全的性格，都是被批判的性格，当然，曹雪芹他自己并没有表现出他自己批判的见地和批判的能力。但是他也补写出一个完全的性格，来做他们的补充，在男人里就是柳湘莲，在女人里就是尤三姐，在这两个人的身上，他也放置了他所加于宝玉或黛玉身上的所有的性格，但是在这里所不同的，就是斩钢削铁的男性的果断和……"

哗啦一声，把丁宁的思绪打断。大山很奇怪地看着跌碎在地上的一个白瓷碟。又用手摸摸空拿在手里的茶碗底，道："哈哈，原来还是黏的，我说今天怎么茶碗会粘起了茶碟了呢？"

丁宁道："呵，必是刚才喝牛奶的杯子，来，你换用一个。"

灵子在隔扇里探出头来，看了看，又坐下来倚着，她本来想很俏皮地自己对自己说一句："你看哪，李逵在屋里！"可是她看见了那栗色的野马的健康和有趣的强大的人，意外地给她一种强固的吸力与慑服，她眼里只觉得这人像有无限坚挺的弹条在向半天空里弹越似的那么有力量。

丁宁本来想再整理一下脑子里的见解，继续注释大山有意义的见地，可是一想，这么许多的问题，怎么能是大山所能懂的呢,这不是自己的可笑的善行吗,于是便改换了题目。

丁宁道:"大山哥,咱们这回是十来天没去小金汤了,一半天咱们就去,这回不骑马了,骑马你又到狼窝里打狼去了,还得我照顾它……下回咱们走着去。"

"好,我还得劈桦子去。"大山站起来就走,"姑夫什么时候回来?来电了吗?"

"前天又来两份电,说又赚了……"丁宁摇摇头,"他又干起来了,这对他没好处。"丁宁阴郁地自语着:"我已打电报去大连,劝他赶快回来!"

大山也没再向丁宁招呼,就出去了。

灵子含着笑悄悄地走出,走到茶几跟前,拾着跌在地上的瓷碟。

不期地,大山又闯进来,灵子不愿意他看见自己蹲着的姿势,暗暗地把眼皮一抹搭。

大山进来说:"可是,听说这几天平车站有土匪,里边就有二管事抽白面的儿子。"

丁宁问道:"他儿子不和他脱离关系了吗?"

大山道:"他儿子恨他恨极了,他在咱这里干了十年,月钱一文未使,笔下存有千数来元,他儿子天天挤他要,你怎能给他那不成用的呢,所以结下仇了。他现在打听出他儿子给他们插边[1],他心里着急,托我替他告诉咱们小心。"

丁宁道:"那就辞了二管事的,免得麻烦!"

大山道:"二管事不能辞,而且他儿子是和他早就不沾边不挂拐了,他儿子也没他父亲,就是想着他的钱。"

---

1. 插边,土匪黑话,就是合了伙的意思。

丁宁微微地红了一下脸,便问:"他儿子是谁?"

大山说:"是霍大游杆子,他在伙里插边,打个眼,瞭个风,完了他分了钱,就在站上混。"

丁宁想了一下,便说:"好的,你告诉二管事,小心探听他在哪里,把他顿住,然后……"

"对了。"大山向蹲在地上的灵子看了一眼,便向外走。灵子好像被一个电流吃重地一打,全身如同接触了一种带刺的东西,她自持地闭了一下眼,又讨厌似的向大山的背影噘了噘嘴。

丁宁慢慢走到炕前,看着那本《复活》,不知在什么时候,已经落在地上,丁宁并不拾它,到炕上翻起被来便躺下。

什么乱七八糟的事情,张地户,二管事的,二十三婶,无论你是谁即使你是牛顿的三大定律,黑格尔的哲学系统,爱因斯坦的相对论,在这个纷繁的事务里也得失色,你刚想安安心,这许多无知的事实,便向你打扰,人类的可宝贵的珍珠,不容你去淘,便被这些无目的的流沙给刷走了。

丁宁一气的又躺下。渐渐他好像和自己的思想又走近了,他已蒙眬地睡去。直到灵子叫他吃晚饭了,他才醒来。

晚饭后,他一个人到后园子散步。

他看了看墙角上小胡仙堂前的一簇一簇的白的黄的粉的刺梅,都已经不再开了,只有绿叶更加生机蓬勃。他走到一丛芍药前面,用手轻轻地拂着一个水绿黄的大朵,一只偷藏在花心的白蝴蝶儿,从他手底下飞起来,飞到五尺多高,又向左边的姑姑秧里隐下去了。他看着落在手上的一片花瓣,他把它捻了一捻,放在嘴唇上。

一个穿着水白衣袂的人影,模糊地在东边的葡萄架底下一闪,便又不见了,落入眼中的,只是一株李生的低垂了丫枝的香水梨树，挂满了山萝。

想起家里传说的三仙姑的哀感顽艳的故事，空气里都是一种飘逸的情感。

一只夜鸣鸟，噍噍地在半空里划过，只有从声音里可以听出它的存在。

丁宁向上有意无意地看了一看，便一直地向葡萄架底下走去。

丁宁立在香水梨树的山萝网络里，向着山葡萄架里面窥着，是春兄，在一座杏木墩上默坐着，两手捧着头。

丁宁用手轻轻动了一下山萝。

春兄并不向这边看，慢慢地有两颗大的晶莹的泪珠，在她的长睫毛的眼睛上向下流着，一点一点地移下，她也不揩，一动不动地坐着。她忽然像怕人窥视似的凄迷地向茫然的暝色一瞥，她的微微有点斜的眼梢，闪起黑色的强光，她的鼻孔翕翕地动着，她深深地叹了一口气，又低下头去。

丁宁把手里的山萝又试探地拽了一下，轻声地唤道：

"春兄。"

春兄抬起了眼，向山萝这边望着。

丁宁静默地旋过来，眼睛看着她。

她还是用手捧着头，眼睛痛苦地闭上。

"……我可以帮助你吗……"

春兄并不回答，她痴望了一会，把肩向下一落疲倦地松出了一口气来。

"我是很愿意帮助你的，我能使你变好吗……"

春兄向这边移了一点，让他坐下。

她心里很乱，她不知道怎样开头。

"是的,我正想你的帮忙……"她又叹了一口气,"不过,唉,也许是我想得太远了,我,不过,我就是做不到呢。我也只有死,我……"

丁宁细心地猜度着。

"我想念书去!"她把头向上使劲一仰,又说道,"听说三奶已经答应供银凤到南方上学去了!"

丁宁搓着双手,很怕她失望:"呵,好的,好的,很好,我一定帮助你,一定使你成功。"

春兄把头落在双手里,把脸掩起。

"用你的聪明,再补习一点,一定不成问题……"

忽然,一阵急促喷涌的哭泣,在春兄的双手里爆发出来,她的双肩震动地抽搐着。

丁宁把食指抵在上牙缝里,沉思着。

"唉……我不想去了……我就是走到哪里,我的命运也不会好的……"

"不能的,那不能,只要我们活着。我们要好好地活着,我们一定会好起来的,春兄……"丁宁的眸子闪着火光,他心里下了一个决定,他想:我一定能把她拯救了的,我一定使她达到她的理想。在这大草原里,可悲叹的人物太多了,但我却什么事都没做,我一定在这件事情上,表现出我的魄力、我的责任——丁宁常常以救度别人为他的责任的——我使这个聪明的人有真能直立起来的时候,这就是我要做的。

丁宁并不感觉着他自己的感情的夸张,因为他的每一个思想的新篝,都仿佛是从他的灵魂的深处生出来,燃烧着自信的火焰。

"你的见解是很好的,你的勇气很够。我很高兴……"丁宁握住了她的一只手,想把自己的热力与自信从这边传到她的手上。

她止住了哭,抬起了含泪的眼,向他望着。

"可是我什么也不知道,我只是要去做……"

"好的,你这'要去做'的精神就好,待几天,父亲回来,我跟他说一声就行了,然后我们一同去,我把你介绍给新人社那些奇奇怪怪的人,我想你一定会得着极热烈的友情与欢迎的,因为只有你才配称作新人。"

"唉……"春兄又似愉快又似哀怨地叹了一气,"我们走吧。"

丁宁同着她走着,一直到太太的门口,丁宁又对春兄说:

"你不要想了,一切由我替你做好了。"

"你不看看依姑来了吗?"春兄这时心里非常光明平静。

"我不进去了,我到前院走走,几天没到那边去了。"

丁宁把手一扬,向二门走去。

院里都十分安静,偶尔有一声女人的倩笑声,寂了之后,什么又都无声。

转出了二门,这才是地道的科尔沁旗大财主的代表景色。

马棚里马咴咴打着响鼻,伙房里的伙计们闹得热闹哄煎的,毛头纸刚涂上明油的风窗里,一片熙熙攘攘的灯光。

刘老二正到细狗房里去拿鹰,说是东府二十三婶要吃鹰肉,一时买不到,到这儿来要。

转过去柴栏子里,正站着一堆人,在那里乱讲着,一个豆油碗点着个新捻的白棉花捻儿突突地燃着。

"呵,你这个时候,走什么,黑灯瞎火的。"

"行了,你看少爷来了,看收不收——一定收,你别嚷嚷……少爷。"大管事一只手把一个诚朴的老头儿推出来,老头儿扭怩地害怕似的不敢出来。

丁宁走过来，用眼光询问似的问老管事："他是谁？"

"这就是劈张才的十天地的那个张地户，他去年的亩捐还欠咱们的，他想拿口猪向咱们还，前天特意从家赶口猪来，唉，说起来，也可笑也可怜，他赶个猪走到铁道边子上，让日本兵看见了，喝着令子要他站住，他一看不好，拿起丫子就跑，跑出好几里地来，才敢喘出一口气来，可是回头一看，赶的猪，却不知道跑到哪儿去了，他寻思，这回完了，正在走投无路，哭唧溺溲地找到咱们家门上，刚想一叫门，一看自己的猪，正在那儿拱门槛呢，他趴在地上就磕起头来，偏巧让刘老二看见了，捉住就给他一个大嘴巴，问他探头探脑地扒门缝瞭的哪一路的水，后来，捉过来一问，才知道是他，哈哈，你说可笑不可笑……我看他怪可怜的，本来那个'瘦咯郎'也不值几块钱，咱们的猪好几十口，哪就缺他这一口，可是好意思看他赶回去，就回了太太给他留下了，哪承想刚给他好说歹说说妥了，现在他忽然又想着赶回去了，怎劝也不听，也不知道是因为什么，你看这黑灯瞎火半夜三更地赶一口猪过铁道，要碰见了鬼子，哪还有个好……"

"你愿意留下就留下吧，那好算，多算点也行……"丁宁以为他吃了亏。

"少爷，您不知道呵。"老头儿慌急地赶过来，又偷声问大管事，"这是大少爷？"

"是二少爷。"

"呵，呵，二少爷，您不知道呵，你老是明鉴人，我的大儿子还病着哪，我欠了人家的药账，还得，还得还哪……"老头儿浑身有点抖。

"呵，你想用这口猪，先还药账呵，也行呵，你赶回去吧……"丁宁询问地看着大管事。

"他赶回去倒行呵，只是这黑天半夜的，哪能走过铁道呢！我是看他老实笨脚的怕他白送了命呵。"大管事说完看着旁人。

李跑道和二管事都说："昨天道沿子上不还给日本宪兵队在铁道上磕死一个人吗，我俩刚在那边过，人还没断气哪。"

"唉……"老头儿听了浑身一震，脸色白了。他知道他也很难在黑夜从铁道横偷过去，来时的恐惧还未在他的脑里消逝，但是似乎有一个更大的恐怖比这个还更足以恐吓他，似乎他以为那被日本兵打死，还是或然的，而如果不立刻就走，那个恐惧来临却是必然的，决无逃避的，所以他还是决定快走。

丁宁安慰他说："随你便吧，你愿把猪留在这儿呢，就留在这儿，你要把猪赶走呢，就赶走，你要自己走呢，留下猪也行……你要留下猪呢，自己走也行。"

听了最后一句话，大家都笑了。

"你看少爷给你说得多清楚，你还走吗……"大管事也笑着说。

"走呵，我还得走呵，我赶着它走。"他失措地向马棚旁边的一间空屋子走，回过头来，对丁宁闪烁地说，"少爷，我不是呀，实在是……我大儿子，呵呵，病啦……唉！"老人的最后的叹息，如同要哭了似的，似乎有无限的难言之隐在他的心头蕴藏着不能说出。

丁宁考察地看定他的背影。

大山正在劈木头，浑身是汗，一手拿着一柄大斧，栗子色的肉，蒸散出琥珀的热气，看着老头儿深深地摇了一下头。

"唉……还是让他走吧！"

丁宁才看见是他。

大山又说:"他不是儿子病了,他一定还有别的事。……"

他向大山的钢铁似的躯干,惊异地看了一眼:"你还在劈木头吗?"

大山应了一声,又走近了灯光,把斧柄高高地举起,斧头本来已经咬着一块松木墩,啪嚓!脆生生向地上一撂,便分为两半。

丁宁惊羡地喊道:"看我的!"他想起了劈木头。

大山把斧柄交给他,他也拿起了一块木头,高高地举起,向地上猛力一摔,手上震得有点痛,丁宁并不作声,皱了一下眉头,希望那木头一定开,可是木头并不开。

"你落地不能那样使劲。"大山用脚向丁宁方才劈的那块木头轻轻一踢,木墩便分开。

丁宁感到十分的胜利。

他们正在劈木头,大管事走过这边来笑着说:"我说的呢,他怎一定死也要走呢?你说好笑不好笑。我就说唔,这里一定是有个原因,我到空屋里去一检查,果然的,原来你猜怎么的,他的猪,把老爷的尿盆给拱打了……哈哈!"

大山鄙夷地看了大管事一眼。

"唉,这个没有见过世面的乡下佬,哪里知道是尿盆呵,他看打碎了,便慌慌张张地问小半拉子,小半拉子一看他的神气就想吓唬他一场,说:'这了得,这是老爷的古董,古瓷的花盆,老爷前天找出来的,吩咐让他拿到空屋来筛细土,好填花盆。现在打了,老爷一旦要知道了那还了得,老爷的脾气,你可是知道的,先小心你的脑袋。'他一听见,这还了得,所以连忙央告小半拉子不要告诉别人说是猪拱的,他连夜跑了,明儿个他好落得个不认账……哈哈……"

丁宁爱理不理地说:"那小猪倌怎不告诉他呢?"

老管事又说:"小猪倌给太太抓药去了呢。"

丁宁又道:"哎,他一个人哪,黑更半夜地过铁道呵,保不定会出什么事呢!"

三个人意外地都沉默了。

九

水水

吱吱溜，吱吱溜，媚眼儿小声小气地羞涩地又不甘寂寞地叫。

画眉是一套一套地哨着，"喵，喵……"得意地学着猫子。媚眼儿不安地把柳叶大的小身体，匆匆地穿梭地掷到青纱帐子似的钻天柳里去。"咔……"画眉愉快地笑了。四谷里传来空灵的回应。

蜡嘴们故意地从低枝跳上高枝，跳到顶尖了，又喳喳地成群地飞到再高一点的树上，又重新地跳。

钻天杨，一顺水地插在胡香色的发软的河沿上，疏疏的叶儿，描淡了的眉似的向下垂着，没有风丝，细枝也轻轻打着细枝，发出无声的响动，冰寒的跳跃的水花在它脚边流了，泉眼咕嘟咕嘟发出透明的水骨朵，绿匀匀的水，矜玖地流过。

柳干是溜直的，刚洗过似的娇绿，只是有时有着一些不讲究的小绿蚱蜢型的小虫子，在干上随便地吐唾沫。

四谷忽然静了，丁宁觉得耳朵眼里有点铮铮地响。

一只老鹞鹰，倨傲地展开苍色的长膀子，忽敛忽敛地有弹性地扇了两下,便落下一尺多来,又把两只膀子放平了,杀着风纹丝不动地打旋。

旋的一个圈子比一个圈子大,必是目的物跑了,螺旋线旋到最后一周,便被一棵大白杨树挡上了,老鹰不见了。

四谷似乎有轻轻的回响声。

鸟声从白杨的叶里重新传来,嫩黄的柳色遮去了头顶上蓝玉的天,一只银灰色的水鹳,衔着一条小鲫鱼瓜子,像只断了弦的风筝似的飞起来,又扎下去。

多液的花蕾扩散出金色的香气,马莲花疏懒地躺着。一株半枯的倒栽杨,在水面上卧下,一座天然的桥呵!下边让河水涮着,白色的树芽,就像淌出来的树脂似的,一簇一簇地从棕色的老皮里钻出来,向下挂着。

丁宁把一本《忧愁夫人》用绳系在垂下来的柳枝上,自己躺在树干上看蓝天。

"唠!"声音是浓浊的轰响。

一定是大山在狼窝里打狼了。

一切又复静,鸟鸣分外地清新。

丁宁用手随便地翻开书上的扉页,上面有一行小字。

  给丁宁——小林

再翻过来一页。是娟秀的笔迹,写道:

  母亲呵,你的儿子
  有着保尔的忧郁,
  他也不会吹唇。

> 但他没有蔼尔思培思,
> 他也不憧憬那白房子。
> 除非是那么样的时候,
> 他走进了那么样一个大红房子,
> 他永不会吹唇。
> 母亲,安歇吧,他不会用嘴唇来扰害你的,
> 当着他想起儿时的忧郁的时候。

丁宁一愣神,便把书松开。原来吊在树枝上面的那本书,绳头开了,便掉到水里去。

丁宁一跃而起,把身子横在树干上,伸手到水里去取书。

水从树干底下,勉强地钻出来,出门便打涡漩,书也随着水涡滴溜溜转,离手边只差二寸远就够不着,将身猛地向前一探,书也机警地转头就跑。

一条小柳叶儿鱼,翻身跃在书篇上,折了两个跟头,又跃到水里去,水花溅在书篇上,像几朵刚出水的小荷钱,水载书,书载水,向下游流去。

他笑着,赞赏着。

他目光一直随着那本书走去。

他看见那书已经走得很远很远了,他看见那书走到一个青色的国度里了。那里是一片诱人的青色,那里是诱人的青色里的一片诱人的灰色荷叶呵。

他已经忘却了那书,他被眼前的真实幻化到另外一个世界里去。

他忽然起了一个异想,他想他也到那国度里去。他脱了衣裳把两臂撒欢似的拳了两拳,一个鹞子翻身,便跃下水里去。

头再钻出水面来，已经是出去了几丈远了。

　　真痛快呀，水麻酥酥地向肉里钻，冰凉的，稀罕人的透明的水呀，丁宁一个大爬手就奔着书下去，刚一着边，书就不见了，水稳不住地跑，容不得转身去追，便不见了。

　　丢了书，便去赶从上游流下来的野花圈，抓起来刚想戴在头上，水，不让他戴似的顽皮地把他又送出两丈远。流出去不知有多少远了，前边是拦住了他的水坝。

　　呵，真了不得！丁宁连忙站起来，好险！没有顺着水向下岗溜下去。

　　丁宁在天然的水坝外面的边上向下看，嘴里不住伸舌头。底下像似用桐油铺的一带软沙床，水晶莹的蚌蛎肉样地在上面淌过去。

　　上游的水倒下来，打在锅底坑里，没命地旋，水坝都是满装着雪白的沤沫，四边比当腰还要高起二三尺。当腰，一个无底的很像通过了地心的眼、玻璃的眼，流着秀媚的眼波，向丁宁紧紧地诱惑。

　　丁宁大吼一声："如今，我是解放了。"

　　扑通一声，便向小水坝里边跃去。

　　小拦水坝向着这大胆的侵犯者怒吼。

　　一阵爆击的洪响过去，无数的水沫，一拥冲上丁宁的肩膀，在他两胁下没命地滚转。他浑身的毛孔发出软松软松的奇痒，脑子里涵满着凉丝丝的迷晕，丁宁轻轻地把眼阖上，怕把水给碰碎了似的，一动也不动。他便仰泳浮在水面上。

　　一股子细流，从顶上斥出来，打在他的头上，凉爽电解了全身。他本能地向水坝下边跳下去。

　　壕涯的绿草——天然的流苏，都脉脉含情地向下梳拂着。

河身就在这垂发上滚过去，一点也看不出那是河床，草是碧的，水是玻璃的，沙是黄的，人体是肉的，奇异的动物呵，奇异的河流呵。

丁宁并不睁眼，又改成蛙式在水面淌着，这返回自然的蛙呀。眼前的黄色不见了，必是上边多添了柳条的阴凉了，但是眼睛不睁开，这真是神奇的感觉噢。

流吧，流吧，自己也是泡沫里的一个泡沫呀！有香有色的流呵。回归自然的流呵。

忽地，水不流了，什么东西撞了头。丁宁连忙翻过身来，看见挡在前面的是一带钻天柳的鱼帘子，丁宁一跃就跳起来，什么地方呵……

一个老头，赤着一双带着筋疙瘩的泥脚，右手拿着一个粪箕子，眯缝着一双昏花的老眼在看他。

丁宁这才觉出自己自身的形象。

岸上一个小姑娘在马架前边笼火，看见丁宁的模样，害羞地把天蓝色的背影向着河面。

"呃……"丁宁立刻地失措了，这是怎么一回事呢？

但他随即就对老头儿求道：

"……你老有衣服，先借借……"

老头儿看他的模样问道："唉，你搁哪儿来的？"

丁宁道："在狼窝。"

老头猜想道："呵，狼窝呵，那早年的土匪窝，你是逃出来的票吗？"

丁宁不知如何回答："呵，呵。"

老人摇着他苍白的头，自言自语地说："不过这几年没说那儿有呵！"老人走到马架里立刻拿出一条面口袋布来。

丁宁望着岸上熊熊的火焰。

小姑娘正从肩膀上向这边偷望着,看见人在注视着她,连忙红起脸,匆匆地炒鱼。

"衣服裤子倒有,都是牛皮的,你怎能穿,唉,今年五月十三都该过去了,天还没下雨,那两天,挤了那点点那算什么,春汛过后,大鱼也没上过网……这就叫没法子……"

丁宁把衣服穿了,又把一条面袋布围在腰间,用麻绳一拦,他觉着有一种说不出来的风趣。

老头细细看了他一眼,从动作上判断他,问道:"你是城里谁家的少爷?"

"丁……"丁宁没说完又收住。

"丁,丁四老虎,呵,四太爷的后人吧?"老人没等说完震悚地把眼光规避在一旁。

"什么,丁四老虎?"丁宁浑身都是疑惑。

"呵,北壕村……"老头儿艰难地说出,"是吧!"

丁宁更疑惑起来:"你认识!"

老头儿又道:"唉,那是大主顾,每年都得往公馆,把大的……"

"呃……"丁宁一团的疑惑,都散开了。

"少爷,怎么让胡子绑来了,我进城还没听说。"老人的眼睛像害病似的挤眯在一块。

"不是,我是在上游洗澡,一高兴,顺水就浮下来了。"丁宁答。

"呵,呵,少爷的水性不错!"老人沉思了半天,用手托着下巴,才又感慨地自言自语着,"呵,是少爷……幸而,这些年来,这儿新修了一座鬼王庙,胡子犯忌讳都挪了窝了,挪到大菜园子那边闹去了,要不然早年这地方都是窝处,少爷有几个命,也拿不回去!"

丁宁又随口问道:"今年城边上少了吧?有保甲。"

老头叹了一口气,说:"保甲保的才是假,人家往东打,他往西打,人家往西来,他往东打,要不是按户派钱,下乡捉小鸡,人家连他名姓都忘了。今年年月一旱,胡子都像牛毛似的起来了,前三天平车站就劫两份了……今年是年月赶的,没好……"

"你是什么人?"丁宁突然地问。

老头儿的颜色倏地变了。

丁宁霍地站起来,两只尖锐的三角眼,威迫地向他逼视。老头儿的眼睛充满了干枯的泪水,悲哀地站着一动也不动。

那个小姑娘看了,委委地走到老人的旁边悄悄地抚摩着老头儿苍白的鬓发,用着小嘴,轻轻地暖着他的耳朵,好像是说:"咱们不怕他,爹爹,咱们不怕他。"

小姑娘的眼睛,轻轻地移向丁宁的面孔,嗔怪似的瞅着他。流露着责备和埋怨的意思,好像在说:"你为什么这样地惊吓着他?"

丁宁抱歉地笑了一下。

老人轻轻地推开她。

小姑娘向丁宁生气似的一瞥。

"少爷,你不知道……唉!"老头浑身都在痉挛。

不,他知道,他分明地知道,这里一定有着一种久久地被压抑着的痛苦在毒啮着那老人了,像一条盘踞着的大蛇似的在毒啮着那老人了。

于是他便很温婉地喃喃地说了一遍他的身世:

"唉，我就是那个丁家的，我在南边读书，因为病回家来养养，你要有什么苦楚，你自管说，凡是我可以帮助你的，我一定尽情的……"丁宁热情地痴住了，似乎要用自己真挚的心灵跳动的声音来把自己所要表现出来的意思表现给他。

当他听完了老人低低的几乎听不出来的悲惨的陈述，他的悲悯便更膨胀了。唉，可怜的老人，在那大地主的魔杖下永远地零落了，永远地枯萎了，永远地没有太阳了。

老人含着泪水的老眼，迷惘地怔怔地看着那无底的河水。

"少爷，只当是我这把老骨头，这辈子算扔在河里了……唉，别的不别的，我死了倒不要紧，但她哪儿就长大了，我白抚养了一回……"

这是什么样的罪恶呀！整千整万的人是这样地被残毁了，谁曾把他写在纸上过呢？没有人看见，没有人想起，没有人觉得，谁曾把他大声地宣读出来呢？生命就如同翻在地窖里的一粒谷粒，永远不再看见日光，无声无臭地烂掉了。

他想，真想不到北天王的余脉竟这样残存着，他已无力报复了，生命就要在他的喘息的末梢消灭了，他对于一切强的，只有服从，他对于一切站在他之上的，都要求他的矜怜、他的保护，就是一只残恶的猛虎投在他身上，他也无反抗，因为他知道他已无力反抗，他只求它能少咬他几口，或是真的那老虎竟会在他身上显出来一个永远没做过的奇迹似的，慈悲地放了他，他不能想，他不能反抗，他更不能想到为什么北天王的不能推行的残虐，还要在丁四太爷的宗族里有保护地进行着……这一切他已不能明白，他给挤在阒无人烟的一角，做成一个被遗忘的人了。

老人说完，便要水水煎鱼，自己来暖酒。

丁宁任着老人把一杯酒放在自己的跟前。

水水无底的眼睛注视在锅里翻花的油。

老人对女儿说:"水水,来,你也喝一盅。"

女儿并不理睬,道:"爹爹,你喝吧,我不要喝。"

老人笑道:"这孩子,你不看见今天爹喜欢。"

"你不看这大毒热天,人家烤得热烘烘的。"水水又推辞道。

过了半天,女儿用手抱着膝盖,蹲着腿,一蹭一蹭地蹭过去。蹲到爹爹的身边,也没看谁,便就着老人的手里,喝了一口残酒。

"来,吃口虾段,别喝干酒,喝了好滚心。"老人挑了一块红玉似的大虾段,小心地夹起来……

水水却雁飞似的跑了。

"这孩子……"老人举在半空中的半块虾段没地方放。

"你吃,你吃……"老人把虾段放在丁宁的碗里,"少爷,我,我是喜欢的……嘿嘿。"老人凄然地笑了。

两颗被毒害了的灵魂,为了逃出那大地主的视野,狼狈地来到无人的地方,把命运交付给那冰凉的水……

而我今天却又做了祖上罪恶的最高明的鉴赏者了,这该是一件何等的罪恶的事实哟!

老人看着丁宁不自然地喝酒,微微笑着。

地上棋子布的花纹,渐渐都拉成了玉兰花瓣了,丁宁看了看树影子便自言自语地说:"……也不知道大山什么时候能送衣服来?"

"哎呀,少爷,我给你找他去。"老人矍铄地跃起,把头点了两下,好容易盼着个表现的机会似的,顾不得把口里的鱼肉咽下去，就踉踉跄跄跑到风门子[1]旁边，拿起一枝疙瘩狼头[2]，便匆匆向林子边走去，嘴里一迭连声说着："我去找去，我去找去！"

"你不用去了，过会他一定顺着水找来，他知道我躺着的地方，在一棵横在水面的大树上。"

"呵，那棵大树上呵，我更知道了。到那就拿来，你等他找来得啥时候，少爷出来一晌午了，老爷在家也不知道多急哪！"

老人一面向前走，一面喘着气，回过头来："水水，你侍候少爷喝酒，我去去就来。"

"爹爹……"水水尖叫了一声，就跑过来，可是跑到半截又刹住了，说不出话来，急得满脸通红。

老人不解地向她看了一眼，好像说，你等一等吧，不要怕，慈爱地点了一点头，老人便转过身去走了。

半天半天水水涨红着脸又喊道："爹爹，你要碰见杜鹃花，采给我一朵，要红的。"

老人回过龙钟的老眼来，颤颤地说："好孩子，爹爹给你采一大把，呵……哎……"

老人佝偻的背，便被柳条一针一针地编织到绿绒的幔帐里了，渐渐地模糊了，隐入了，不见了。

丁宁看着那一带林子，直到他觉得实在看不见人了，才转过了脸来，看见蹲在火前吃饭的背影。

即使是背影，也好像有眼睛似的，小女孩全身立刻弹了一下。

---

1. 一对板门外边还装一副木门，挡风用，叫作风门。
2. 疙瘩狼头，带着一个节子的木杖。

丁宁吁了一口气，踏着大步走过来，黄色的地发出咚咚的怪响，好像地的心在跳。

丁宁一把手攀过她的肩膀来，粗暴地问："你不怕吗？"

她只反对似的紧一紧鼻。

丁宁放开她，拨着火，眼睛瞅着火焰。

水水一口一口地吃饭。

丁宁完全是出于无意地从油锅里捞起了一条起金星的鱼，拿起来就想吃。

知道是没煎透，水水故意地撇着嘴笑。

"好烫，好烫。"丁宁烫了手，连忙把捞起来的鱼又丢下。

"该，该，该！"一阵如同看见傻子偷黄鱼了似的笑，水水连声地说，"该！"

"什么叫作该呢？"丁宁也觉好笑。

"偏说该，偏该该，一千个该，一万个该！"

一股子天真未凿的活力，鼓动起丁宁澎湃的生命，他好像自己腾地跃起来了，是原始的草莱世纪，一个人披着豹皮，拿着长矛，正在举起矛对着深草里米黄色的一只乳鹿……是的，他的全身已经跳起来了，可是在外形上，他还镇静地笑着，用勺子把鱼捞起放在碗里想吃。

"啐——鱼是腥的！"丁宁啪嚓一声把鱼丢在锅里，哧——叭啦啦，油花子崩得四散，溅了水水一身。

丁宁慌张地跳起，扯起她的膀子就用布擦，连声地问："烫着没有？"

水水嗔他道："你看你——小鬼！"

丁宁又问："崩着了吗？"

水水细细地看着自己的胳臂："你看都红了——你别擦，

疼！"

丁宁一面给她擦，一面用嘴嘘着："见见风就好了，吹吹看。"

水水推开他道："越吹越疼，去吧，不用你吹。"

"揉揉呢？"丁宁又来替她揉。

"不行，别，别，疼……"水水也不作兴要他来揉。

"好喽好喽，到水边去洗洗就好喽。"丁宁最先跳起来的，拉起她的膀子就往河边跑，"你看小鬼，把膀子都挣脱了。"丁宁拉过她来，按在河里，用手舀水。

"好吗？"

她又紧紧鼻。

一种不可言喻的快乐从丁宁心灵的深处升了起来，舀起了水，便学着山东人的水歌唱着："哎，又一灌……"就向膀子上边浇，又学着辘轳把的声音："哗啦啦——"看着冰凉的水珠成串似的从她浑圆的小臂上洒下来。

丁宁问她："那个臂子烫了没有？"

水水把那只臂伸出给他看："你看。"

丁宁看那上有个红点，便说："是花疤？"

"是烫的唔！"水水说不是花疤，因为她没种过花。

丁宁犹疑道："不是花，那你怎的没栽过花？"

水水不懂，扬起头来问："什么栽花？"

丁宁解释道："就是种痘。"

水水又问："种痘？"

丁宁便打着手势，对她说："往人身上种痘。"

"往人身上种痘，还种高粱不？"水水吃吃地笑了。

丁宁把自己的胳臂给她看："真的呀，你看我臂上。"

水水笑起来说:"这是什么,上树偷桃子挂的吧?"

丁宁道:"你家挂得那么匀,这边三个,这边三个……"

水水问:"种那个干什么呢?"

丁宁又告诉她说:"这叫牛痘,先……"

水水故意开他的玩笑道:"还有马痘呢!"

丁宁真想对她讲清楚,便仔细地说:"真的,等我有工夫讲给你听,先是种在牛身上……"

"呸,先是种在猴身上吧!"水水听不进去,只当丁宁诳她,所以总是打岔。

丁宁只好换了话题:"真是没办法……你会水吗?"

水水顺口说:"干啥不会水。"

丁宁道:"你教给我水。"

水水嘲笑他道:"哎呀,大蛤蟆似的躺在水里那半天,原来还是个……"

丁宁生气地把她推到水边去。

"你干啥,你这坏种,你看你把我的衣服都润湿了——我就这一套衣裳。"——她挣扎着往上爬。

丁宁吃吃地笑着往下推。水水急了,一把手也把丁宁拖到水里去。丁宁从水面浮起,一跃过来,把她按在水里,咕嘟咕嘟喝了一口汤。刚一松手,水水不见了,丁宁踏着水面找。水水猛古丁地从水底蹿出来,捉住他的头发,便向水里浸,一口一口地喝汤。

"你还敢不敢了?"

"好,不敢了,我的好小姐。"

"什么小姐,还浸你。"

"得,好姐姐。"

"不行。"

"好妹妹,行不行?"

水水刚一撒手,丁宁便两个胳膊都平行在水面上,向她打水。水水没提防,水就打了一脸,水珠钻进眼里,好酸,一急,拿着胳臂也打水,水花起得更大,都像一匹白布似的往丁宁这边打,丁宁也使劲打,底下的围裙湿了,直裹腿,对面水来得更猛,丁宁着了急,便连忙潜水,刚一进去,就出来,水面什么也没有,又潜,拦腰什么人把他抱住,丁宁一翻身,喝了一口水,贴着水波就跑,不想头发都到了对方的手里,这回喝汤可是准了,丁宁闭着眼睛乱捉,狠命捉住她的裤腿,没捉住又沉下去。还是水水提溜着他的头发,又把他提溜到水面上来。

"才浸两口,就经不住了,还欺负人。"

丁宁喘了两口气,慢慢地爬了爬手,看着水面上无底的眼、红玉的唇,向他紧鼻。

他向她浮过去。

"你来,你来。"

她露在水面,贴在她身上的纽儿都半开了,两个小乳头,有一个顶起了衣服露在水面,下边两只雪白的小腿,像剪子似的在水底下一剪一剪地剪着。

丁宁一个大爬手就爬过来。

她浮出水面来,就跑。

丁宁跳出来,撵她。

绕着草地转,丁宁也绕着草地转,跳在石上,丁宁也赶上来,捞着她的脚,她用力一踢,就跑到了屋顶上:"小鬼,你来,呸!"

丁宁攀着从树上倒溜下来的藤萝，爬到中截，向这边树上一悠，就悠到屋顶上。

"这回你说什么？"

"别闹！"

丁宁把血液都聚在两只胳臂上边，向前猛力地一抱，水水的骨节都咯咯地发响。

"闹什么，小鬼？"

"这回我问你还紧鼻不紧鼻了。"

椭圆形的玉兰花瓣，晶莹地印在两人的身上，丁宁不让水水跑掉。

一会儿，她抽冷子便跑下去，头也不回地钻进小房里不出来了。

丁宁在房顶上，静坐了半天，轻轻地摇了一下头，把头从房檐上探下来："水水，接我下来。"

没有搭理。

丁宁把一围乱草忽然地往地下一掷。

"小鬼，你怎那样就跳呵！"一手挽着头发便跑出房来，一看不是，便红着脸，往屋里走。

丁宁两手攀着房檐一翻身就下来，抱着水水，亲了一个有响的嘴。

水水推开他，又跑进屋去。

丁宁把围裙围了，把两臂张起，向着太阳。又喃喃地说了一些自己也不解的话，好像整个宇宙就在他的怀里。

丁宁弯着腰进了屋里，一股强烈的腥气扑向他来，黑色的网，像鲨鱼皮似的堆在屋里，一张大钻网张开鳄鱼般的大嘴对着他，不怀好意地觊觎地端详地向他张望。

一个没席子的土炕，只有两条臃肿的棉絮散乱躺着。

水水把一朵豆瓣儿黄花，戴在头上，放下那块蚀掉了水银的小镜子，回眸向他展然微笑。

丁宁很悲哀地又扫了这奇异的居室一眼，便走到她的跟前……

"你不苦吗……"

水水怔怔地望了他一眼，便跑出去。

丁宁痛苦地摇头。

水水沉沉地望着，眼睛里噙满了泪水。

丁宁一步一步地向她走近。

忽然，她痛苦地哭起来了。

丁宁无语地掠着她的头发。

水水一头便扑在他的怀里，用脸揉搓着他，大声地哭。

她秀削的肩，一纵一伏地起伏着。"不，不，我喜欢的……"

丁宁非常难受。

"吃吃……"哭声里夹着痴笑。

笑完了，把头用力地扎到丁宁的怀里又沉痛地哭。

"我不知道怎么的……我心里难过，我想哭……可是又哭不出来……"哭声又转为急遽的沉痛。

"我的小水水呀，我知道你……"丁宁把赤热的颊贴在她的颊上。

"不唔，不兴你说话，不唔……不呵……"水水绝望似的哭着，小拳头吃力地打着丁宁的胸脯。

丁宁用手小心地，怕碰破了似的，爱惜地将她抱起。

水水疲倦地抽噎。

丁宁无语地坐在河沿上，水水攀着他的脖子坐起来，把头贴在他的心上，听着他的心跳。

阳光从头顶上洒下，城里的午炮，轰然一响。

水水坐在丁宁的跟前，呆呆地望定了她每天看惯了的蓝天，又看看每天看惯了的流水，口里喃喃地自语着：

"我一打从小，什么人也没见过，我也没妈……我就和一条小羊玩……去年，我的小羊也老死了……"水水的眼圈红了。

"小时候，还有人上这儿来买鱼……后来，便连人芽也没有啦……爹……只一个爹，从前是黑胡子的爹，现在是白胡子的爹……我什么人也没有……人有，都不是我的……我也没妈，我是从水里淌来的……爹爹把我抱起来，就叫我水水……我的命就是水，我是搁水里来的，将来我也得死在水里……"

一种水样的哀感透彻了水水的全身，水水浑身都抖缩着。

"呵，你把我一口吞进去吧……"水水用两手握成了小拳头，打他的胸脯。

丁宁用脸偎着她的头发，热泪簌簌地流下。

"我要疯了，要我就去死吧！"

"呵，呵，我难过……呵，呵……我喜欢的……你抱我……"

丁宁使劲地用臂夹住她，夹得她的骨骼都咯咯地响。

水水发烧的颊，一团火似的，贴在丁宁的脸上。白贝的牙齿发狂地、战栗地啃着他的脸。

丁宁的脸铁箍似的扣在她身上，臂和手指压出一标一标子的白印。

水水气都喘不出来，脸上更红了。

丁宁用力地摇，把嘴唇暴雨似的打在她的脸上、颈上，直到两片鲜血的嘴唇都变得惨白了。

丁宁用力地摇着。

水水痛苦地张开眼,脸上微微地笑着,两颗莹润的泪珠,在眼圈上挂着。

丁宁喃喃地在她耳朵根下,说着一些不可解的话语。

"朋友……就在明天……我接你到城里住……再不住在这儿……也再不打鱼……"

"呵,我苦……"水水又哭起来。

"水水呀,"丁宁小心抚着她的头,"你是太兴奋了,小水水呀,来,来,你须得安静了。水水……"

"哎呀,什么东西气味!"水水一激灵就跳起来,恐惧地向外望着,"哎呀,你看一锅鱼都煎煳了。"

"可是我不管了……鱼呀,天天是鱼,……永远是鱼……"水水用脚使劲地踢着旁边的鱼桶,鱼竿,鱼钩,渔网……大大小小的金色的纹银的鱼,都在地上翻腾地滚了,"我再不要见鱼了!"

"是了,咱不要鱼了。咱们把它都扔在河里。"可是他又想起那可怜的老头儿晚上吃什么,于是他把许多小的都用脚踢到水里去了,留下些大的,"对了,咱们再不要鱼了,来,咱们把它煎死,来……"

丁宁起了锅,重新倒了油,捉了两条活鱼就往里放,鱼儿一跳,又跳到地上,滚得满身都是泥。

"你看你,你来笼火……"水水鄙弃他不中用,过来自己动手。

丁宁吐了吐舌头,就老老实实来笼火,水水拿起刀来,剁去了头尾,开膛了,又刮鳞。

丁宁拿起她刚开了膛的鱼就往锅里放："现在行了吧？"

"不行，还得等油开哪。"

"得……"

"啪——"

什么地方枪响，胡匪！

丁宁吃惊地一回头。

大山正提了一杆枪，站在一块大红石上，看着他们。

"咦，你来啦，老头儿哪？"

大山一偏身。

老头儿的苍白色的头便现出了，一面用手揩着汗，一面颤巍巍地说："少爷等急了吧，人老了，不行，腿慢了……"

看见自己的女儿，便连忙跟跟跄跄地跑过去："水儿，爹爹给你拿花来了。"

"爹……"水水愉快的又有点哀凉的眸子，微笑地瞅着父亲。

老人不解地也安慰地用着昏花的老眼细细地看着她的脸庞儿。

水水使劲地把脸偎在老人的胸口，甜蜜地长出了一口气。

老人边说边把一朵红杜鹃花儿给她插在发上。

"来，你别戴那朵黄花儿了，来，爹给你戴朵红的……"

水水甩手指挥弄着老人对襟上第三个纽子，想说什么又吞住。老人相看着她的小头问："我的小百灵儿热不热？"

水水脉脉地又愉快地向他腼腆地笑了一笑。

老人正和水水说话，丁宁和大山到树后去换衣服，不知什么时候，大山和丁宁两个人吵起来，只听那边传来大山的不断口的骂詈声。

大山粗暴的声音在喊道："就是你，你就是！你怎样，你也一样！就是你！"

接着就是丁宁一串瘆人的狂笑。

大山针对着他的笑，恨恨地向他狞视着。

只听丁宁又说道："嘿嘿，我告诉你，大山哥，一点也不是，害他的绝不是我，绝不是！害他的是小日本，我告诉你，小日本还在我们任何人的肩上，他超出丁家的罪恶十倍，这个你尚且不懂！"

大山还口道："嘿嘿，这个我比你懂得多，可是为什么一个尿盆会送掉了一条人命，这和小日本何干？这和小日本何干？"

丁宁眼睛发出异常的光亮。

大山又喊道："至于小日本，我比你懂，我是身受过来的，你是听别人说的，我是自己爬过来的，你，你怎样呢！"

丁宁也发狠道："我并不比你差，我正爬过来又爬过去！"

老头儿看他们斗口，便连忙走过来排解。

"唉，这位大哥说话太气粗，少爷，就多看待点，体谅体谅他个粗人……"

大山愣愣地向老人看了一眼。

"走，回去！"丁宁眼睛燃起了火光，颓唐地喊。

水水锐声地一声怪叫，但是没有叫出来。

丁宁一甩手，把自己的衣袖挽上来，也没和大山要枪就走。

大山跟在后面，右肩掮着丁宁的枪，左手倒提着一条套筒，喉咙里不住地发出极不自然的呛声，显然地，另外有一种情绪在点燃着他。

丁宁用着三角眼，盯着他的黑绒镶边的大眼，什么魔鬼在吞食了这匹难驯的野兽呵。

丁宁猛地向后看一眼，他看见水水撒着手，脚底下生了根似的在那里痴痴地立着,他想,我得立刻转回去。

但他向大山凶狠狠地看了一眼,便只好向前走。

两人无声地走着,脚底踏在地上,发出空洞的声响,寂寞的林子无声地在肩边擦过,一片银灰色的艾蒿的特有的香味淤集在整个的林中。

一颗从来没饮过人间的水酒的透明的心哟,那无底的眼、红玉的唇,被着新奇的命运所践踏起来的荧光般闪烁的悲、哭、思量和轻笑。水样的身世,处女的未凿的爱的光焰呵……那立在人生的跳板上的一棵凄艳的影呵,把生命交付给水水的一个惆怅的影啊……那被旁人的强悍给掩埋了的、给遗弃了的、给忘却了的、用奸诡的狼毫给完全涂抹了的人们呵。

丁宁正在胡思乱想,只听大山在后面向他大吼一声:

"站住!"

一支冰冷的枪管正针对着他的后背。

一字眉,着了火的茸草似的纠在一起。

大山裂帛似的声音。

"举起手来!"

丁宁的手,还是照旧地垂着,眼睛里冒出血光。

大山也不吱声,把狮子的鬃毛在头上有力地一抖,向前用枪管逼着,丁宁无可奈何地向后退。

他要干啥呢……他要杀死我吗?丁宁迟钝地想。

敏捷的猿猴一般,大山向前一扑,绳子从腰间拦起,把丁宁便拦在树上。

丁宁刚想反抗,却只有面对着前面的合抱的大树的份儿了,大山走到树后,紧住了绳子,便从丁宁的身边向后退去。

丁宁狂暴地摇着身子,绳子像毒蛇般缠住了他,他残忍地把腰仰到后面,头发向下垂着,眼睛由下向外倒视,用火红的眼睛凝视着大山。

"你做什么?"

大山命令道:"住嘴!"

丁宁怒喝道:"你个无知的蠢物,要我死,行,可是你有什么理由?"

大山冷笑道:"什么?理由?好,你自己就是你的理由!"

丁宁又骂道:"你只配做杀人犯,做刽子手,你不配做光明磊落的好汉!"

大山冷冷地说:"好,好汉,行,你要我告诉你,好,我就告诉你,你家的一只夜壶就逼死了一条人命,难道我一个枪子就要不了你的一条狗命!"

"你这下流的棍徒!"丁宁用裂竹的声音骂着,丁宁全身的血液都开了花,狂怒电解了他自己。

"哈哈!"大山发出一阵瘆人的狂笑,笑声完了他才得意地搓着自己的两只大手。

"我先打死你,我真不信,一个尿壶就逼死一条人命,一条人命就不值一个尿壶,呵?有这等事吗,呵……我真想不到,那样一个好人,走不出二十里地,便会随随便便地送掉了性命,唉……"

丁宁想,这是一点理性也没有的猛兽呵,怎能把这个罪恶判到我的身上呢?丁宁大吼一声:"混蛋,你就毙我,我叫你就毙!"

"住嘴!"大山恨恨地咬破了嘴唇,端起枪,大声地喊,"你住嘴,我告诉你,你死一点也不难,我才敢杀你,我看你的命连一个尿壶都不如!你家是世袭的小汤锅,穷人在你们的地上，就像落在菜碗里的苍蝇！光你太爷那一辈就逼死了多少人，抢了北天王的财产，还造出了胡仙来搪塞，这是我爷爷躺到床排子[1]上才告诉我爹的！你爹活活地把人家的姑娘抢去，把我一家拆散，呵，你今天，又祸害了一个可怜的乡下姑娘……呵，我们乡下人就非得受你们的祸害不可吗？呵？我不打死你，我打死谁？"

大山的脸，透出了青光，牙齿打着牙齿喀喀地响。

丁宁这时才软道："唉，大山，你想一想吧，你冤枉我不要紧，但是你的痛苦，是不是就这样地可以解决呢？"

大山仍然喝住他："住嘴！"

丁宁又强辩道：

"好东西，你想一想吧，我绝不吝啬我一条命，假设因我一死，你就可以使你们得救，我是不辞一死的，我自己也会杀我自己的，但是，我死了，你能得着什么呢？大地主依然是大地主，庄稼人依然是庄稼人……你要有脑筋，你就仔细地想想吧！"

大山把枪垂下，他又想起了那穿长筒马靴的大老俄告诉他的话……

丁宁又发狂似的喊起来："好吧，好东西，杀呀，杀绝了帮助你的人，杀绝了帮助你的人吧！杀呀，我命令你，你就杀我！"

"哇啦啦——"大山的拇指一钩，子溜子的声音啸得毛骨悚然，一大片的树叶，都从上边纷纷地落下来，打在丁宁的脸上。

---

1. 床排子，东北死人咽气不许在炕上，先抬到扎好的床排子上面。

丁宁的头，巍巍地向外扭转，脸上一层愁苦的惨白，嘴角流着死渗渗的唾沫，大山看他一动不动了，便低下头，但是刚一抬头，便照丁宁的头上又开了一枪。

"咔啦啦……"又是一枪。

枪声枪决了大气的平静，鸟儿像自己要死了似的，呷呷地发着哀鸣向西飞去了。

一块榆树的老皮，从离丁宁的头上有二寸高的地方打下来，挂在丁宁的头发上，树皮又霍地落下来。大山故意在离他头上二寸的地方打了三枪。

大山低着头，一步一步地走到丁宁的身边。

他用手轻轻抠一抠树干，一块茶碗大的白皮，便露了出来，白皮的中间有些微的焦煳的痕迹，三枪都在一块地方。

大山悲哀地解下了绳子，把丁宁放在地上，丁宁的脸像白蜡一样。

丁宁痉挛地扭转着腰，忽然诈尸般蛇立起来！

"你为什么不打死我？"霹雳火似的问声。

话还没有说完，忽然一阵头晕，但他挣扎着，又道：

"你为什么不打死我？"

大山冷冷地说："打死你不如打死一条狗！"却又孩子似的把脸埋在手里，呜呜地哭了。

丁宁泼棱地跃起。

"大山哥呀，我了解你，我知道你的痛苦，我知道你们成千成万人的痛苦……"

"唉，我是身受的……"

"我也可以感觉到的，我也可以……"

丁宁一把提起大山小簸箕般的大手握着。

十

!

    屋子是热乎乎的,一切都混合在昏眩里。
    是什么东西伸着颈子在长号,噢噢——呵噢——直叫。
    声音好像是歌唱,又好像是深夜里无望的被虐杀的尖锐的哀号,又像愤怒的吼声,又似乎是哀哀哭诉的骂詈声,噢噢——噢——
    声音如同是在一个四千年用钢铁的针线密缝着的布袋的针眼里偷泄出来的,又好像是怒挣出来的,一种初见阳光的喜悦,一会儿像似一千万人,一万万人,万万万人,数不清的人的吼声,一会儿又像是普天底下的一个喉咙,在唱着原始的歌,单纯的,简单的,只有一个音阶,只有一个声音。声音不知从何方来,不知飘向何处去,噢噢——渐大了,呵噢——更雄宏了……
    丁宁朦胧里,不相信自己的耳朵。
    他有点恐惧,又有点兴奋,他想仔细听出那到底是什么声音,但是他听不清,这倒使他有点愤怒了……
    那声音似乎并不体会他的愤怒,反而更加高亢起来,他觉得全身都发热,他想,我必须跳起来,捉住这声音。

声音越来越高亢了,呜呜的,呜呜的……

但是忽而又转到像一个畏葸的女人隐约的哭泣声,似乎是晶莹的泪水打在键盘上发出哀抑的声音,含着无限的哀伤,不可数说的神秘,凄楚的,哀凉的,用风的脚步来踏着落叶前进……

忽而又不是哭声了,是什么东西窸窣窸窣地响,一种软腻的东西的战栗……似乎是一个女人的婉媚的呻吟了,呃呃——忽而又是初生的婴孩的哭声……

丁宁啪的一下,从头底下把一条枕头扯起,向着那声音掷去!

"你魇住了吗?"

丁宁睁开眼睛,天早已大亮,四壁都是夏日强朗的光辉。外边隐隐地传来一阵鼓响和人群的呼喝声。灵子穿了一身白,立在他旁边温婉地问他。

丁宁问灵子道:"外边什么东西咚咚响?"

灵子回道:"远处有求雨的声音!"

丁宁看见从她的身上反射出来的阳光,有点憎恶。命令她道:"把窗帘放下!"

灵子疑惑地向他看了一眼,用手小心地把窗帘拉过来。

和风从明媚里走来,煽惑着窗帘也袅娜地舞动。

灵子看他没有就起来的意思,便走出去预备早点。

丁宁想,这是怎么一种幻觉呵,这样再来,我就要丧失我的自信了,我将不复能控制我自己了。

我现在已经是一匹招揽了过重的生意的舢板了,不能再放上一个梨了,稍一加重,我就要覆没了。

我须得安静下来,要不然,我的病痛的思想将要把我全部地带了走,我将失去了思维的根据,我将不能判断我自己思想中产生出来的结论是否健康,我将再不复为我。是的,我必须退出纷乱,躲藏在平静的一角,喘出两口气……可是,我昨天决定帮助大山的决定,又怎样呢,我还应该拯救他吗?使他的健全的宏大的性格有教育地成长出来吗?使这个暗淡的草原,因他的照耀而光辉吗……是的,我还应该这样的,我可以把别的事情,置而不做,我必须完成这一个雄大的企图的,我应该不放弃这个机会,我和他结合,我把我的教育、思想传达给他,使他成长……是的,这样的决定,这样的工作,才足以说明我的坦白处,才能使我自己更像我自己。

丁宁忽地有点高兴了,他觉出现在自己是躺在床上了,他向着阳光点了点头,又静静地向外听了一听,外边似乎又响着咚咚……的声音。

灵子端着奶走进来,茶盘里另外放着两份电报。

"老爷来的电。"

"翻好了吗?"丁宁问。

"你不是说,不经你手不许翻吗?"灵子答。

"就翻。——真讨厌,什么玩意儿咚咚地还在响!"丁宁道。

"打鼓的声音——昨天上龙潭,今天游街——不是把咱们的云龙都借去了吗?"灵子答。

丁宁没有吱声,又把脸翻到里边去。

灵子坐在茶几前,小心翼翼地翻。

丁宁想,真想不到父亲一出去就大干,跟我从前所规划的完全相反。这个投机的心理,会使一个人精神日趋颓唐的,这对他很难有好处。

灵子两手捧着一张电报,一边看着一边走过来:"要听吗?这是第一封,昨天发的,今天早起到。'宁悉,又余七万,亦足小喜。拟赴连小住,念汝不日即去,不胜依依也。日内返去,即禀汝母。'……老爷在彩头上,想起了你,就要回来呢,你瞧,哼——"

"第二封呢?"

"呵哈,我还忘了,刚翻到'又余七万',我就不知道怎的好了。"

"严紧点吧,小姐,别噪嚷了。"

丁宁一声不响地望着那个在日俄战时曾经被打去了嘴,又被父亲用银子镶了云子卷的大朱砂瓶,瓶口里插着两个宫扇,孔雀羽闪烁着金翅金鳞的光耀。

忽然灵子异样地一声怪叫。看见丁宁还没有察觉,便害怕似的用一只手遮去了半个脸,还装着用心在那里翻。

丁宁一看光景不对,便一跃而起。

灵子似乎怕他看见电报,想用身子把电报遮住,但又不敢,终于不由自主地把头惊怵地埋到手里去了,电报稿子便摆在桌上了。丁宁迟疑地捉起了那张电信纸,脸色立刻白了,但是他只寂寞地一笑,便喃喃自语着:"我早就料到的……"

灵子的脸还埋在手里,恐惧地悲伤地抽搐着。

丁宁抚着她的肩说:"你千万不要让太太知道,除了你我之外,别人不许告诉,你叫大管事的就来。"

丁宁又悄悄地拿起了电报来,又重读了一遍。

丁宁又沉思了一会,拧开了墙角里自己的铁箱把电报放了进去。

大管事的满头大汗走进来。

"少爷，方才知事派人来说，他要看看老爷珍藏的那两幅云龙显圣的相片。"

丁宁鄙视他一眼，怒冲冲吼道："没有！"

"少爷——"老管事的又试探着嗫嚅着，"刘师爷还等着呢……云龙都让他们请去了，这两张相片算得什么，还是借给他吧！"

丁宁着火了似的道："没有！我找你来不是让你来拿相片的。"

灵子听了便连忙乱翻了一阵，从暖阁里走出来，把手背在后面说："……少爷，依我看，还是给他拿去吧，咱们何苦因为这件小事，和这些小人惹怨呢……"

老管事也在旁说："说得是的，他们外人不知道的，又好像怎样了似的。"

丁宁还是不吱声。

灵子便从身后拿出两张照片来，递给大管事。

丁宁劈手夺来，一眼看见都是"山本写真馆"照的，便不由得多看了一眼，一张上边题着：

民国五年，时方新履斯土，即疾苦旱。百谷就萎，劳农载怨。幸获凯翁以家藏铁冠道人真笔云龙，禳之予天。得以甘霖普降，百姓更苏！感悚无状，爰为志异。

仙龙法显，灵佑十方，居常子夜作啸，声震屋瓦，盖神瑞也。赞曰：

八百膏肓，黔首殃殃！天龙窥牖，凡百舒僵。

知事马兰顶礼斋戒薰沐诚惶诚恐三匝百拜谨识

丁宁冷笑了一下，轻蔑地拿起来慢吞吞地叠在另一只手上。

灵子机灵地只一夺，便把照片交到大管事的手里，又特意放低了声音，对管事的耳朵说："快送去吧，就回来，有要紧事。"停顿了一下又道："还有大事要商量呢！"

老管事的擦着汗便往外跑。

丁宁吩咐灵子道："灵子你告诉看门的，今天无论谁来都不见。"

灵子出去告诉小丫头传话去，看小丫头从暖阁跑出去，便连忙回来。

灵子顺便对丁宁说："上半天我听小丫头说，咱们街后地头上，也不知谁家的场院失火了，直着了一夜还没熄哪！"

丁宁不在意地说："啐——他着火又怎么？"

灵子搭讪着鼓了鼓嘴，又咕哝着说："我的意思是，要是刘百万或是枪炉王家，这个凤日有些过往的，要是遭了火就得派个人问慰问慰……"

丁宁背着手大踏步地在地上踱着。

二门外小丫头正在和管大门的吵着：

"告诉你，你可记着，要不然不清不白地把人放进来，把我们也装进去了。"小丫头尖着声说。

"我不怕，就是挨打，我的老屁股，也比你们小屁股多经几下子……"看门的说完了便做了一个鬼脸。

"狗东西，你可提防着，少爷今个正捉碴！"小丫头只管骂看门的。

"得啦，小姑娘，少爷的碴你怎么捉住了呢？"看门的乘机便说些俏皮话。

"你们猪狗不如的东西!"小丫头听了转身来就走。

看门的看小丫头真的恼了,便又央求道:"得,好姑娘,你别走,你好歹给我传个信儿,一会儿龙驾来了,咱们门上让放鞭不,讨少爷的示。"

小丫头啐道:"您啦就自主了吧,还用讨谁的示!"

看门的才软下来,又央告道:"好姑娘,好歹我的饭碗子……"

小姑娘头也不回地,转身就往回走。

二门里一个戴着墨镜的师爷从下屋里走出来,大管事客气地在后边送。

师爷谦让地说:"您留步,留步。"

大管事从容不迫地道:"不,我陪着出去,到区上问问昨个谁家失的火。"

"听说是谁?枪炉王家?我也弄不清……这是您府上的灵丫头吧?"老师爷看见小丫头走过便拿着分寸问。

大管事也认不清那小丫头是哪房的,随口应道:"不,这是打杂的小丫头。"

"喔!"师爷吃惊地吐了一口大气。

小姑娘听了便红着脸低着头向二屋院子里走,刚一进二门的门楼,便听见有女人的声音在大门外头喊。

"谁说的少爷没在家呀,少爷敢情是和我同车来的,唔,还能在家嚜!噢,往里赶!"

"不是小的,不是小的,奶奶别生气,实在是……"看大门的从板凳上站起来垂着手苦笑着。

一辆红驼呢绿走水的小车,呼隆呼隆地赶进大门来,两条墨黑骡,站下来还像两只大战马似的竖起前蹄来,不住地咴咴打响鼻。

车门软帘一打,便有一个穿着绯色的少妇从车里探出头来。

"三十三奶奶……给您请安了。"小丫头连忙带笑跑过来。

大把[1]把红缨软帘插在鞭帽[2]里,将一个朱漆的脚蹬[3],从车沿上拿下来,掸了掸浮土,方方正正地摆在地上,一只脚踏在板凳上的西端,一只手提着辕马的提缰,把车稳住。

三十三婶才扶着小丫头的肩下来,顺便问道:

"老爷回来了吗?"

小丫头连忙恭敬地回道:"没有呢。"

三十三婶又问:"太太哪?"

小丫头答道:"正在躺着哪。"

三十三婶又打听别的情况,这样她心里早有个谱儿,下车之后便容易决定自己的行止。

"大少奶奶好些了吗?"

小丫头谨慎地答道:"唉,还是病恹恹的,总算比从前强了……托您的福。"

三十三婶笑道:"托我的什么福呵——好伶俐的小嘴,又是一个灵儿。你叫什么名字?"

那小丫头道:"我乳名叫莲心,没人给我起名字,我们三门外边的,上不得台盘的,还不配沾那好名好姓呢!"

三十三婶道:"明个儿我给你起个名儿你肯叫吗?"

小丫头道:"那敢情是造化,求都求不到,还有不肯叫的!"

三十三婶笑道:"亏你这大年纪,说出这等得体的话来!"

---

1. 大把,赶车的尊称。
2. 鞭帽,插鞭子的铁座。
3. 脚蹬,为下车时垫脚的长凳子。

小丫头抿着嘴,爬到哔叽的车垫上,拿出绢子来。又把红哔叽的靠枕旁边的福漆小木匣拿出,才下车来。十三奶奶便让拿出小镜子来,小丫头跪在车上,给她拢了头。

"丁宁还不快来接我。"三十三婶愉快地往二门里走,看二门的早垂手站立一旁。

"生气哪……"小丫头低声说。

"和谁生气?灵子?"十三奶奶扒下脸来问。

"不知道。"小丫头抿着嘴笑。

"丁宁你怎也不接接我?"十三奶奶一边扇着汗,一边跨进二门来,"今天好燥!今天好燥!"

丁宁正背着手在地上踱着,突地转过身来,问道:"外边是谁?"

灵子早已接出来,把三十三婶接到上房,斟茶点烟,忙个不了,一面拿着自己的手帕,替三十三婶扇汗,一面就不住地问长问短,觑着丁宁的眼神,扒着耳朵告诉她说:"人家求雨他生气啦……没什么大不了的。"

三十三婶心里明白了,就先到太太房里,又去看过嫂嫂才又来看丁宁,丁宁还是不爱讲话,对她爱理不理。

三十三婶向丁宁那边瞟了一眼,便只好和灵子姑娘有一搭没一搭地说闲话,灵子又问候了依姑和凤姑娘等人,又给她煎最好的茶。

"这是铁白观音,奶奶喝一盅。"灵子捧过全套的日本茶具过来。

三十三婶道:"这茶只有讲'茶道'[1]的人才配喝,怎能送

---

1. 茶道,日本把吃茶综合成一套严格的仪式,叫作茶道。

到我面前呢？"

灵子笑道："奶奶说这话就折了我们了，只有奶奶来才献这茶！"

三十三婶点头笑道："丁宁不是从来不用日本货吗？"

"这是老爷送过来的，他平日也不用。"灵子一面安排茶具一面答。

"我看我大哥就差个日本太太了。"三十三婶和灵子说着话，眼睛却看着丁宁。

灵子听了不由得眼睛一酸，偷觑了丁宁一眼，便连忙用话岔过去。三十三婶这才觉得不该当着丁宁的面，提到他的父亲，便赶忙故意整整衣服，坐好了又和灵子说闲话。

灵子和三十三婶周旋了半天。

一会儿她坐起来，悄悄地堵住了嘴，笑着在三十三婶耳朵底下说了一些什么，三十三婶点了一下头。灵子说："我就来！"便出去了。

三十三婶用上牙咬着下嘴唇，斜乜着眼，蹭过来，拍着丁宁的肩。

"我来了，怎么也不跟我说个话儿，是我哪个地方冲撞着你了，赏我个信儿，我也好走，你这样不理我，当着人前给我不够脸，让我怎的能……要不是灵姑娘是个好丫头，我还有啥脸再在这儿待了……"

丁宁对她鄙夷地说道："好，就请你走！"

她也有几分着恼的样儿，急道："丁宁你可得知道，我好歹是个婶子，说大不大，说小不小，我是一片血心对待你呀，唉，我为你的事，我的心都使碎了，就哪管……哪承想，你竟会这样落薄我，你让我……唉，你就设身处地地想一想吧……"

"什么，'婶子'？"丁宁冷冷地一笑，使劲地摇头，"我不懂！"

"丁宁……"三十三婶凑过来，哀恳地说，"丁宁你不知道我的苦处，我的心，只有天可以知道……"三十三婶的眼圈红红的了："我呵……怎样都行，只是你这样对我，我就是死了也不得超生……"

"请你就走，无耻的苍蝇！"——丁宁不耐烦地一挥手，大踏步在地上走着。

"丁宁，你好狠心哪……"三十三婶呜咽起来了。

"你知道我跟你受的辱吗？"三十三婶真个伤心极了，"我因为你，如今我都圆不上脸了，你知道我的苦吗？蔺家甸昨个让人抄了，连人带机器，都带走了，我爹昨个打发人来，今个十点人才到，说让我在这里来筹四万，好凑出十万来，把他们赎出，免得过省，一过省，就更麻烦了，你知道吗？我听这个连午饭都没吃，我就跑来了，你还存心地怄我，你还有心吗……"伤心极了，三十三婶又数落又哭。

"为了你，我寸步都不敢多走，生怕惹出多少唇舌，就是妈都好像我怎么的了似的，小凤子见天都辖着我，不让我有好觉睡，唉，想不到，我今个竟落得这么一个下场……"三十三婶抽噎得更厉害了。

丁宁什么也不说，只是赶苍蝇似的把手一挥，吼道："请你就走！"

"得，丁二少爷，我就算鬼蒙了眼，比干炒肉，自煎自的心，我是自作自受。好，如今是轮着我求你了，求您赏光，把那两个整如数还我，让我圆上这个脸，我也好没白热一回心肠。丁宁呵，我是决无怨言，我要有半句顶撞你的话，我就天诛地灭。"

丁宁心里不由得一震,刚想要说,忽然大管事的蹑手蹑脚地走来,用手指轻轻地叩门。

丁宁走过来,把头探出去,一看是老管事的,便没好声地问:

"干什么去了?叫你就来——手里拿的什么?"

"师长来的电报。"老管事恭敬地答。

"你去告诉二管事的,就赶这趟〇二的车,到大连去。到那边富聚公司一问便知,以后听我的电报。"丁宁一口气把话说完,才像抢似的把电报拿到手里。

"大山呢?"他皱着眉头回过身来问老管事。

"那小子大概上老孔婆子那儿鬼混去了。"老管事仍然很恭敬地回话。

"混蛋——看见他就叫他来!"丁宁气不打一处来。

老头儿怔怔地听不懂是骂大山,还是骂自己的捕风捉影,便悄悄地退了出来。

丁宁依然立在门口,把电报拆开来,匆匆地走到茶几跟前,急遽地翻着。

灵子看见大管事的去了,便趁空儿把预备好了的点心端进来。

看见她进来,三十三婶仍然若无其事似的装着用手指点着她。

"你可去得这半天,必是趁势儿好躲开我!"

灵子赔笑道:"奶奶净拿我们开心,刚才大少奶奶的姑娘晓屏扣住我,非让我给打个双套环不可,我说奶奶在这呢,哪能托懒不待候,她说这是太太的活计,晚上就等要,交代不下去,可不是玩儿的，我也不好意思推辞，竟让奶奶喝冷茶……"

"灵姑娘，我知道你，也难为你这孩子。"三十三婶这边说着话，便又向那边瞅了一眼。

丁宁把电报一叠放在口袋里，就翻开借贷账，查五月份的进款，呃，五月有三笔，行，三笔也行，提出来，全数送给她，打发这只无耻的苍蝇吧！

三十三婶没有着落，便只好拉着亲近和灵子说闲话儿。

"我在家里听我们炮手说，北壕村失火了，大伙都猜是你们这里，我就说那哪儿能呢，你们家里有座镇宅神，还能失火吗？火神爷也得惧他三分哪！"三十三婶正和灵子谈着。

灵子微微一笑，便像没听见似的："……我刚才听得来的是昨天后街枪炉王家失火……"

"怎么的呢，是气筒子炸了吧！"三十三婶还聊以解嘲地开玩笑。

"奶奶净说笑话，他家早年拧枪还自己起炉，这几年洋炮不吃香了，他就和日本人勾着手贩卖军火，连机关枪他也能拧，从日本买来零件，自己上……"灵子还是正经地说。

"气筒子没炸，怎么来的连珠炮的脾气呢？"三十三婶还在说语意双关的话。

"他家也是上下都交，得罪人也不少了，我听大管事的说，他是把他们地户凶苦了，有一家狠了心，放了火，连夜往江北逃了……"灵子说。

"哼，地户这年头才难斗哪，我家昨天就来两份推地[1]的——哎，也没法子呀，过五月十三还不下雨，吃粮都乱在地里了，

---

1. 推地，就是退佃。

还讨不着个好,瞧着吧,耗子拉木锨,大头在后头哪!"三十三婶说。

"王家去年存两千多石粮,现在都完了,王大阎王昨天跳火坑,大伙强死八活地拉出来,浑身都烤焦了,我刚才才听说的……"灵子又道。

"唉。逼人逼在刀刃上,反正也没路了,狗急还跳墙呢!"三十三婶顺口说着。

丁宁出了一口气,对着刚写的字迹,失望地看了一眼。

    今天枪炉王欠款到期,火速着人催付交来。
              大管事

慢慢地把条子团拢起来,划了一根火柴,失神地看它烧了。他知道钱是催不上来的,现在到处碰壁。丁宁的一字眉又紧扣在一起,匆匆提笔又写。

    五月份进项过小,现有急用,王家遭火,所欠能挤现即挤现,有一元算一元。其余本利开清,仍按原利翻帖,手续扣紧。明后两笔收到即交,柜上如可通融,火速回话!
              大管事
    以后放款,应放短期,以便周转,盖九月间过挤,而春夏过滞,大大不可,大大不可!

丁宁写完,便从柜里取出一张礼券来,便对灵子说:"灵子,这是四色礼的条子,你让大管事的去,就买了,送到王家。"

灵子看了礼券下面压着给大管事的纸条,心里一跳,便紧紧地握在手里说:"在芝兰斋买吧?"

"是四色就行,废话!"丁宁不耐烦地说。

灵子又给三十三婶斟一杯茶,就匆忙出去找大管事的去了。

这时嫂嫂房里的姑娘晓屏进来,特为给她装烟献茶,又谈了一阵子才走了。

丁宁心里苦苦划算,想不到来得这么快呀,连苍蝇臭虫也都总动员了,他将嘴唇向下一扁,又从口袋里掏出电报来看着。

三十三婶又试探着神色,温柔地问:"谁来的信——情书?"

"是的——"丁宁冷冷地一笑,心中充满了鄙夷和厌恶。

她又进一步说:"哪个小姐来的?赏给我们看看。"

丁宁想着先消灭这苍蝇吧,然后我再处理一切的事务,便道:"不是。"

"丁宁,我求求你吧,你把我的心都揉磨碎了,我是个痴心人,我没有人家那么弯着转着的……丁宁,我……"

"你还没吃过饭吧?"丁宁念头一转,便和声地问。

"我还不饿,我现在心里堵着堵着地疼。"三十三婶把手捧着心,眼睛看住丁宁,想看出他为什么忽然变得比刚才顺当了。

"你看你,你一听见你自己妈家出事了,你就连饭忙得都不吃了;对我的事就不在意了。"丁宁已经准备好了策略。

三十三婶娇嗔道:"丁宁,这你可是歪话。唉,想想你那样地对人,人能不难受吗?"

丁宁又从容地说:"其实也没啥——那些小子们还不都为的几吊钱下的注!他要拿出几万块来一打点,也就完了,然后重新一改版,不印'殖边'的,印'官银号'的,还不是一样的活财神吗?"丁宁疲惫地半倚在椅子上。

"你可是站着说话不腰疼!"三十三婶已经是满面娇嗔了,可是还矜持着看丁宁,"哼,造假票子,也是犯法的呀,连官银号的大老板,扰毛了奉票,还让张小个子一枪一个地毙死了几个了,这个您先生也得算是扰乱金融呵……"

丁宁半开玩笑地说:"扰乱金融也不要紧,他家有法政大学的呢!可以当堂做律师打官司!"

"人家跟你说正经话,你竟拿人家开心,那个败家子你还提他干吗?"三十三婶用手拢了拢头发,暗自满足地呼出一口气,"我就是为的这个急,这次我借了这两万,是我出阁后,和我爹爹办的第一宗大穿换,人人都说我在这得脸,手眼多,辗转灵,如今怎么样,我就得一眼让人家看到底了。如今你让我空个手回家,不用人家来白唠我,我自己就得满面发烧。我觍着啥脸活着,人家外放都是七八分,知道是咱这儿用,才给我这个大脸,如今我要稍微有点针鼻那点大的应不过去,我这几年的心血就算白费了!"

丁宁又用鼻子说:"你自己的体己也够了……"

外边有人轻轻地在叩门,丁宁连忙走到门边,一看是大山,丁宁便小声对他说:

"你就拣两匹马,到小金汤把他们父女带来,就去,一定带来,听见了吗?就去就回!"

大山回说:"我还得接封先生去呢!"

丁宁诧疑地问:"谁又病了?"

大山答:"大少奶奶。"

丁宁不以为然地道:"接什么封先生?"

大山说:"太太要接。"

丁宁便道："不行，就接中西药房老孙先生去，让钱跑道的[1]替你——你就走！"

一字眉深锁着，丁宁把门轻轻地扣上，用手抚了抚发烧的太阳穴，把头垂在胸上，长长地出了一口气——她又病！真是什么事情都挤到一块儿来了。

门边又是弹指声。

"谁？"丁宁惊恐地问。

"少爷……"老管事进门来，压住嗓子眼说，"柜上说老爷汇来的五万，都放账放出去了，秋后的期限，现在也都干浆了。二管事已经起身了，刚才平车站给商会来电话说：赶〇三的老客被劫了。二管事幸而是〇二走的，现在胡子有人见着，是顺着狼窝往小金汤那么下去，保甲都出来了，咱们的炮台都上了人……"

"什么，小金汤？"丁宁吃惊地问。

"呵，就是，离咱们这里才五里，咱们家什都预备好了，今个打更的加双班！"老管事精细地说。

"呵——钱呢？王家的。"丁宁又追问枪炉王家的钱。

"王家账房说了半天好话，本利都借到上秋，立了借字——账房办的——明天到日子那注儿，今天还上，统共连息带利五百三十七元八角四，他抹了那个尾子，我也应了，已经上账，这是钱——灵姑娘吩咐的那四色礼也送去了。"老管事继续很精细地回话。

"好吧，你去告诉钱跑道接老孙先生来，让他仔细给大少奶奶瞧——你知道啥病？"丁宁把钱放在衣袋里。

---

1. 跑道的，比管事的地位低，专管跑腿学舌。

"我就听晓屏说,昨晚上魇住了,不是好声地叫起来,也不是什么新病。"老管事报告大少奶奶的病。

"去吧,各样的事都好好地办吧!"丁宁吩咐他去了。

老头儿恭敬地退出。

一个叫云儿的小丫头毛毛愣愣地从后厢里走过来,手里拿着一个红布包儿,看见丁宁就跑。

"站住!"丁宁喝住她。

小姑娘便垂手站住,心似乎还在呼呼地跳个不住。

"什么事?"丁宁问她。

"伙房地户来了要片子烟,少爷。"小姑娘很老练地答。

丁宁又问:"地户谁来了?"

小姑娘道:"我也不知道。"

丁宁又问:"谁让拿的?"

小姑娘含糊地道:"下房传来的话。"

丁宁听了生气道:"混蛋,哪里又来了一个下房!"

小姑娘木然地立着。

丁宁这才大叫一声:"滚蛋!"

小姑娘这才得救一般,拔脚便跑。

丁宁满心疑惑,拖着一条沉重的身子,走进屋来。三十三婶正拿着一架大正琴懒懒地弹,看见丁宁就撂了化学胶的拨子涎着脸看他。

丁宁突然回过头来,对她半软半硬地说:

"你的钱我不还了,你先给我垫出去吧!"

"哈哈,你可是倒打一耙……你……"

"唉!"丁宁把两手都插到头发里去,头发像鬃毛似的披散开来。

三十三妞把琴轻轻拨弄了两下，便抬起眼来看了他一下，又温柔地说："丁宁呵，我知道你心里有好大一块事，你不告诉我，丁宁，我知道……"

丁宁随便地说："你知道。好，你就知道吧！"

三十三妞又在沉思，顺手拨弄着琴弦的柱头。过了一会儿，又轻轻地看了他一眼，又用化学胶的拨儿画着那"大日本造"几个金字。

"丁宁呵，我知道你，你有事……"三十三妞摩着他的手说。

丁宁把她的手放在太阳穴上，他的头滚烫。

"丁宁呵……"三十三妞伏在琴上十分委屈地道，"丁宁呵，你知道我犯了多大忌讳，委曲求全地求全你，可是你竟骗着我呀，你连什么事情都不告诉我。不用说心事，就连家常琐事，你都不跟我谈。就算我是嘴大舌敞的人吧，只要是你的事儿，我就何曾透出去过一丝的风儿？你处处净拿我当个旁四路人，我就这样地求全你，在你的眼里，就连个使唤丫头都不如呵，更不用说讨出来一个知情知义的好儿了。如今，又是我这个耳软心活的，没等你来出口求我，我就贱猴似的又给你张罗了。我的这颗心为了你，我就算都使尽了，可是在你那边，就像连看见都没看见似的，满没拿着当耳旁风，净拿着我看笑话。丁宁你仔细地想想吧，你这样对我就算对吗……"

丁宁似乎应该说出一些安慰的话来，但是他没有，他只是和她坐得近一些。

三十三妞的热泪流在他的脸上了，三十三妞以为他在流泪了，颤抖的心，便发狂似的巧笑了一下，把头感激地贴在丁宁的胸上，用手拉过丁宁的手心，使劲地扣在自己的心上。

三十三妞甜蜜地娇喘着，好像得到了人生最大的满足似的半眯缝着眼,在回想,在微笑。

丁宁把手轻轻地伸在她的腰里。

三十三姊一动也不动。

丁宁用左手的中指叠在食指上,然后又把食指很快地一抽,三十三姊的胸脯便颤巍出甜蜜的波动。

三十三姊咯咯地巧笑一下。

三十三姊委屈了半天,连忙用绢子来擦自己的眼泪,又来替丁宁擦,看了看他干爽爽的脸,便轻轻地低骂了一句。

丁宁随便地问她:"洗脸吗?"

"不用了,你就给我抿抿头发吧,我就回去。"

她像经过一道幸福的波浪似的,舒展舒展地挺起腰来,痴着眼儿坐着。

她微笑地回过头来:"你什么时候去,把这封信再捎回来吧。"三十三姊手里得胜似的拿着方才大哥来的两封电报,露出雪白的牙齿,向他傻笑。

丁宁鄙夷地笑了一笑:"一个女同学的平常信。"

"哈哈哈哈……"三十三姊胜利地一阵狂笑,一种风骚的少妇饱满的诱惑,透露在她尖俏的声音里。

丁宁狠狠地瞅了她一眼,说:"给我吧,不是情书。"

三十三姊倩笑着,把它藏在背后,小声说:"你用什么来交换?"

"只要你宣誓永远不到这儿来。"

三十三姊废然地从身后把电报拿过来,用眼一溜,一看是"三四方面军团部"来的,便假装着没有看见似的生气地向桌上一掷:"给你吧,得罪了你这愚人蠢人没良心的人不要紧,要是冒犯着你那小姐、千金、密斯、校花,那可真正不是闹着玩儿的!"

丁宁故意把电报放在手上,掂了两掂,然后又谨慎地放在口袋里。

沉默了一会儿。"没良心的……"三十三婶嘻嘻地一笑,便转过去,红着脸儿说,"我要走了!"

丁宁道:"告诉他们套车吧?"

她又揶揄道:"用不着你操心……"

丁宁便向门外喊:"灵子,灵子……"

灵子进来招呼三十三婶出去,三十三婶还得到别处去辞行,她转头来,对丁宁道:

"你也不送送我呀!"

丁宁看着他回过头去,暗骂一声:"滚去吧,无耻的苍蝇呵!"

送走了三十三婶之后,丁宁空落落地觉得什么都不对劲儿,街西头的求雨的鼓声越来越响,更引起他的烦躁来。

他忽然想到今天劫车的那伙土匪,说不定也会混着求雨的人们进来……

什么地方啪的一声枪响,聒耳传来。

丁宁霍地跳起来,从墙上把枪摘下来,别在腰里。

这时,老管事满头大汗地走来,看见丁宁在别枪,很有几分奇怪。丁宁好像被人捉住了的扒手,不由得面红耳热,但是看了看老管事,便又恢复了常态,问他:"有事吗?"

老管事便回道:"少爷,一会儿龙驾来了,接不接?"

丁宁斩截地说:"不接!"

外边又是一片嘀嘀——弥陀佛——的哀苦的喊声,隐隐地有呜呜咽咽的喇叭声。

"少爷,这回是知事引的领[1],牛知事都自己光了脚,戴了柳树圈[2],拿着黄表,昨天一直迎到青龙潭,走出去二十里地迎的驾。唉,这大毒的天……总算是个青天父母官。"老管事一边用手抹着汗,一边感慨地说。

丁宁把他叫进跟前,吩咐他说:"来,我告诉你,现在胡匪四起,求雨时保不住混着歹人进来,你告诉炮手都上炮台!"

"呃——少爷……"老管事只管答应着。一滴很黏很大的汗珠子沿着太阳穴上一根蚯蚓似的青筋往下爬,老头儿慌忙地从袖里取出手巾来,在脸上揩汗。

丁宁又吩咐道:"你点着香迎驾,我领着人上炮台,大门上上锁,听见没有?"

老管事处处经心,便问:"是,放鞭不放?"

丁宁吩咐:"不放!"

老管事回道:"——买来了,少爷。"

丁宁想一下,便说:"啐——你就等着香亭子没到就先点了,门外就留你一个人,别人不许卖呆,眼底下麻利点!"

老管事连声答应着:"是。"

"唉,二管事到现在还不知道出事没有呢!"丁宁自语着。

"不要紧,少爷,方才听双猴[3]柜上来人说,在站上还看见二管事上南行的车了呢。"大管事的回答。

丁宁想到二管事的保金不知有多少,便问道:"唉,实在是变得太快——他有押金没有?"

---

1. 引领,即香主。
2. 柳树圈,求雨人的头上都戴柳条圈。
3. 双猴,商店名,因以双猴为记而得名。

老管事的道:"没有,他十来年的工钱都存在咱这里呢。"

丁宁点头道:"你就去吧!"

"……"老管事脸色沉吟,刚想说些什么要紧的话,但是又干咳两声,擦着汗走出去了,走到门口,还回头看了半天。

丁宁听着鼓、金钹、法笛、喇叭……像煞有介事似的,已经来到街东头了,便走出了跨院,站在腰门前向外看着。

炮手一个一个都是双家什[1]、双子母带,一看少爷出来,便都一个一个的精神百倍,两眼闪着毫光,猴儿似的爬上墙头四角的炮台。

自己的东跨院和东边嫂嫂的小花园,因为不便让炮手们穿行,都在一丈五的青砖上,搭了榆木跳板,炮手们都逡巡在板上。在墙头上向外"料水",采好了"盘子",一会儿就都不见影了。

丁宁看了非常兴奋,把自己的手枪顶上了顶门子,刚往炮台那边走去,忽然又转过身来,匆匆穿过了自己的跨院,向东边的月亮门走去,想先告诉嫂嫂一声,免得她心跳。

转过了百蝠烘云的桶扇,便看见晓屏正在那儿煨药,丁宁轻声问她:

"怎么还吃中国药呢?"

晓屏笑着答道:"不,是煮点养荣汤。"

丁宁又问:"怎么样?吃了药了吗?"

"三点钟吃一次,四点钟又吃一次,现在刚抹搭抹搭眼,两天两夜没眨个眼……"晓屏向后看了一下,悄悄地走到丁宁的前边,用听不见的声音说,"就说梦见老爷过去了呢……"

---

1. 双家什,就是一个人带两支枪。

丁宁全身一震，但立即镇静下来，对她说：

"告诉嫂嫂，外面有求雨的放鞭炮，听了不要害怕！"

晓屏连声答应"是"，又问道：

"招呼一声吗？"

"不要招呼了，我得看求雨的去。"丁宁说着转身就走了。

屋里透出娇弱的声音，向外边问："谁呀？——"

晓屏听了连忙跑进去，向少奶奶回话去了。

丁宁又转身回来，沉吟了一会，想进屋不进屋去呢，后来又决心不进去，便又走了。

鼓声渐近，就在井沿旁了，丁宁跑出二门，一纵身，就跑上了东边大炮台的浮梯上去。

刚搁外边亮处来，便什么也看不清，便大声问道：

"谁在这里？"

听见是少爷的声音，都连忙答应着："刘老二！""程喜春！"

"呃——是你俩，求雨的过来了吗？"

"过来了，少爷从这边炮眼向外看。"刘老二连忙走来献殷勤。

外边是一律赤着脚的农民群，在三寸厚的香灰面子似的尘土里走，天上一片云丝都没有，燕子呢喃地叫着。

人们的头，都戴上绿盈盈的柳条圈儿，手里打着"风调雨顺""五风十雨""油然作云""沛然下雨"的小旗。

小旗飞舞着，朱色的小龙好看地盘在各色各样的字上。

"阿弥陀佛……"

悲苦的呼声里响出了柔和的笙，管子吱吱啸了两下，就随上了，两个乐器顶牛似的对着点吹。音阶一落，大钹就嚓的一下打将上去，于是主座法师拖着长声："哦哦——哦呵——呵

呵——呵咳咳呀——"

"呜呜——"管子尖锐地拔高,在嘴上溜转,"咕嘟嘟——咕噜噜——嘟嘟——"

"喥喥喥——喥咳咳呀,杨,杨柳枝头——洒,洒尘埃,唉呀,咳——一滴呀哈咳,净呵,净玄坛哪,哈唉唉——"

"知事在哪儿?"

"知事今天没来,昨天上龙潭去,回来累病了,今天那是佛教会副会长王灵仙王大法师领的驾,少爷,哎,少爷,你看,看,在香亭子那边,哎。那个大秃头的,那个大秃头的就是……近了,近了,哎,对了,那就是——"刘老二很兴奋地指着。

丁宁问他道:"咱们摊出人去没有?"

"小猪倌去了。"程喜春回少爷说。

"本来是请大山打鼓去的,他不去,今天一早就跑出去要钱去了,现在还没回来呢。方才太太要他接先生去,都没捉住他的影,后来才让李跑道的又套车去的。"刘老二也乘机大声对少东家讲。

"他常上哪儿要钱?"丁宁问。

"哪还有个准儿,他去的地方,反正都是不三不四的,当着少爷也没法说。"刘老二又沉吟了一会儿,又得意扬扬地说,"哼,他打那个……少爷,当年他在江北就和一个俄国女的搅混,他和她也不学了一些什么鬼闷怪,见天尽挑着老实的庄稼人乱扯咕;上个月到扶城去讨钱,那里有个李火磨的儿子,刚搁日本回来的,跟他也不知弄些什么玄虚呢,你想这年头,念书的还有个好的……"刚说完刘老二便使劲地咽了一口唾沫,知道自己说错话了,恐惧地向少爷偷觑着。

幸而少爷还没在意,只是淡淡地说:"平常他都和谁往来?"

刘老二又趁势参他一本，道："嗐，少爷，你没看见还正经有些大头瘟信他呢！"

"哼，四门贴告示，还有瞎子呢！"程喜春顺口也说着。

"少爷……"刘老二又嗫嚅地想说些什么，外边忽然响起一阵啪啪的鞭炮声，便把他的话语压过去了。接着就是一阵喊："阿弥陀佛——下雨吃饽饽——"声音像云片似的飘浮过来。

丁宁为了可以观察得真切些，便挨了个枪眼来向外看。

只见大管事已经直溜溜地跪在香亭子前面了。王灵仙穿着八卦仙衣，诚惶诚恐地跪到井沿上，去取井里的甘露水。先做完了八拜九叩的大礼，从腰里拿了一轴子红头绳来，系到井里，系了半天，才系上来一小酒壶水上来，又半闭着眼，走下井台，口中念念有词。后边跟着二三十个大法师，披着袈裟，敲着法器。大法师到了龙驾跟前，焚了一道黄疏[1]，由瓶中倾出一滴水来，点在大管事的头上，大管事才又磕头谢驾起来。大法师这才绕了香亭转了三圈，把锡壶里的水，盛在圣水瓶里，又用一枝杨柳，捻了一滴水，点在五湖四海九江八河护国安民南海金龙王的"龙"字上面……

"你看要不是佛教会的会长，谁有这些花样。"程喜春从枪眼里看到这些法事，便舐嘴巴舌地赞叹起来，"唉！王灵仙在千山坐静观景的时候，都到了紫竹林了，金翅鸟都飞到脑袋瓜上结窠，后来他儿子，光着脚，爬到千山，在他面前跪了三天三宿，他凡心一动，才跌下法座来，闹了一身大病，如今他的头顶心上还有七个金翅鸟啄的印呢，这可不是肉眼凡胎……"

"阿弥陀佛——"又是一片悲壮而虔诚的喊声。

---

1. 黄疏，就是黄表，可以折成一个一个长立体四方形。

"没点灵验行吗?"刘老二想今天乍着胆子在少爷跟前说大山,少爷都没生气,感到非常得意,所以便又想起云龙来说了,"没点灵验,咱们府上的云龙能借给他吗……"刘老二一双眼睛睁大了盯紧在丁宁的脸上,想到他脸上看出一丝笑容来。

"他们今天怎么没把云龙抬出来出巡呢?"程喜春问道。

"啐,那是无价之宝,供在县公署的大堂上,听说府上还不放心哪,说抬出来就抬出来吗?要是碰见哪个不干不净的冲了呢?"

"少爷,那是凸画吗?听说用手摸都直挡手……"程喜春又想弄清他一直没有人回答他的问题。

丁宁没再理他,便踉踉跄跄地跑下来,也不知是什么滋味,只觉心如刀绞。

他刚走到二门跟前,忽然太太贴身的小丫头飞燕过来对他说:"奶奶请少爷过去哪!"

丁宁心里沉沉的,怎么了?莫非她已经知道父亲的消息了吗?哎,真是,几个助手也不中用……处处都得你自己眼到手到……他只得向太太房中走去。

太太正在和春兄说话,看见他来都不说了。

丁宁向春兄看了一眼,想探寻出她们在说些什么。春兄像不觉得似的,非常安静地站在旁边。

太太问他道:"你接驾去了?"

丁宁像从脖颈里吐出一块骨头来一样呼出一口气来,回说去了。

"对了,"太太很有精神地说,"这个都是有功德的,他们穷人叫苦连天的,大毒太阳下边,喝咧了一天,走到门边,咱们要连把香都不点,也太看不过眼去。不怕神佛恼怒,也要担心别叫穷人结怨呀!就怕香烟把你熏着,天热,人的气味也难闻,你觉得头晕不?吃丸痧气灵丹,我新配的,你含一丸……"

丁宁摇头道:"不,我不要!"

太太知道他反对吃土药,便笑道:"不要紧,没病吃了也不要紧,解解暑气,春兄……"

春兄在旁抿着嘴笑。

丁宁用眼睛瞪着她。

太太吩咐春兄说:"春兄你去拿几丸来。"

春兄抿着嘴把一个原来装参糖的匣子拿过来,里面都是用真朱砂和蜂蜜团成米粒大的小丸儿。

太太见她把匣子都拿过来,便说:"唉,你都拿过来干吗?"

"太太不吃几丸?"春兄说完偷着向丁宁挤眼。

太太便说:"也好,我也吃几丸。"

丁宁对着母亲扁了扁嘴。

春兄只装着没看见,斟了一碗水,用手送到太太嘴里几丸,太太就着手喝了。

又端过一杯水来,便对丁宁说:

"丁宁,你也吃几丸吧,不用换手,有糖衣。"

春兄把匣盖遮去了太太的视线,在盒里虚抓了一把,放在丁宁的口里。

丁宁连忙饮了一口凉开水,把太太蒙混过去了。

"你过去看你嫂嫂去了吗?"太太问他。

"看了,很好,今天气色更好了。"丁宁答。

"我就怕她苦夏,这几天天气燥,我怕她热着,所以告诉她不用过来请安了。"太太又说。

"可是呢,你们都得吃奶粉……对了,我想起来了,我交钱给春兄……"提起嫂嫂的虚弱，丁宁又想起来了。

"那个没有燕窠有营养，我吃不惯！"太太不高兴道。

"不能，对你们是最有养不过的，我把钱交给春兄，专给你们和嫂嫂买它用，反正她不买也不行，你们不吃也不行……"丁宁又道。

"你别捡三九天的柿子，净拣着软的拿，你干吗无缘无故地又欺负她？你们把洋钱掖饱了，逍遥自在地在外边逛，父恩母血，你们何曾记得，要不是有这个孩子，在这……我早就该……唉！……"太太说着眼圈儿就红了。

"唉，我明着是当丫头用她，怕她娇养惯了，暗里，我就是拿闺女待她，自从荆针死了……"母亲把手伸到枕头底下去掏绢子，春兄从她身后早掏出绢子来替她拭着。

"母亲有春兄就够了，还用我们什么……"丁宁诙谐地说着。

春兄用手在太太身后羞他。

太太说他道："多大的孩子还说些个没正经的，提媒的今年都挤破门槛子了。"

丁宁生气道："你就告诉他说：我早就许到庙上了，他们怕忌讳，就不来提亲了。"

太太可真的变了颜色，认真地说："那个可不是说着玩儿的，佛门可是不许乱说的，你们吃五荤的嘴，更不许乱说。我真没有想到，你说话没深没浅的！哪有这个道理！"

春兄听了，便抚着胸口笑。

太太瞪了丁宁一眼，又道："人家从前读书的，都是学的参天拜祖，敬神礼佛，如今你们这些吃屎的学生，张口就是离经，闭口就是叛道，观音大士见怪，要不保佑你，说个又蠢又笨的……一个乡下丫头才怪了呢！"

乡下丫头？丁宁的每个神经都跳动了一下，唉……不知大山现在到了没有，怎的还没接他们回来，我希望，这里别会再埋伏了不幸。

"乡下丫头，母亲，真的呢，母亲，我正想一个乡下丫头呢……"丁宁眼里又浮出了红玉的唇、无底的眼、水样的天真……

太太却完全不理会这些，她只又提起清谈家的风趣，娓娓地谈着。

"提起乡下丫头来了，去年暑假，你还在上海啦，那个真是笑话，天狗说要破城，给咱商务会来信，商务会都慌了，便连夜跑到站上，请日本的机师绕城安放电网，只咱们一家就摊出去小三百来块，你说怎么样，到日子人家先派人混进城里，把电灯公司给砸了，电网是白网，结果，张口要商会给拿出五百万，商会都迷贴了。乡下土财主们家里有大姑娘的，寻思城里有电网，都拉着大车往城里送，那一天咱们的婚姻帖就压满了灶王爷的香炉碗儿了。后来胡子进来，大姑娘都像跑反似的毛了，用根筷子，盘上了头，白菜疙瘩抹锅底擦了一脸，东家藏西家躲，可真毛鸭子了。后来一看人家胡匪的太太都穿了缎棍似的拉着手在街上走百行，大当家的九姨太太还十字披红，前后打道在街上走，你猜怎的，她们也都出头了，也都穿上了红袄绿裤子，抹了一脸宫粉，仨一伙，俩一串的，在衙门头探头探脑又敢出头，又不敢出头，东瞅西瞅，人家胡子看见一个一个都像蠢巴姐似的，便不搭理她们，后来一看太不像了，便就对她们说，你们都回去吧，回家买不起镜子，看看你妈的脸，就看见你的脸了，她们这才像老鸹打场似的咭咭呱呱地跑了。

"你说可笑不可笑,天底下竟会有这等女人,先是装扮得月般圆,慢慢就露了馅了,这些土财主的闺女们,眼皮子那个浅哪,两身衣服也没见过……真是,说她一些什么好!你要是说这样的呢,我给你娶八大车……"

丁宁淡淡地笑了一笑,道:

"娶那么多,就不用雇炮手了。"

"好男占九妻——可是都得是秦良玉樊梨花红月娥这样的,要是弄得一群她们来,唱孙二娘,便不用装扮了。"太太说着也笑了。

"姑姑,一夏天也没见个笑影儿了……"春兄看了婉婉地说。

丁宁道:"好,母亲,今天尽量地笑吧。"太太矜持地道:"去吧,都是你惹的我,刚笑的那一阵。还觉着有点岔气儿呢。"

春兄连忙过来给她捶腰。

"母亲岔气了,你就躺一躺吧,一会儿就该开晚饭了……"丁宁回过头来对春兄说。

"你去吧,我静养一会,回头吃饭好受一点。"

太太又像立刻就病了似的,很熟悉地又把眼睛阖上,昏昏沉沉地睡去,用模糊的声音对春兄说:"你也——不用捶了——"

春兄便随着丁宁轻轻地走进倒厦里面,小声说话儿。

春兄用自己的扇子给丁宁打凉,丁宁说:

"母亲心小,我知道,钱一到了她手,又都扣起来了,舍不得用,所以我特意把这笔钱交给你……"

丁宁从腰里数出七张大张的牛庄票子放在她左手手心里,又扯去她右手的扇子,把一沓十元的票子,放在上面,然后用手把她的手指扣拢,轻声地说:"你把该预备的东西,都预备妥了,待你和我同走时,我晴天一个霹雳再告诉母亲……一切就不成问题了,要不,她是不会答应的。"

春兄多感的心一酸,便悲哀地趴到倒厦的隔扇上。

唉,你看哪,我的精力都白白地浪费了,我的聪明都用在什么上了?你看已经弄成了什么样子?她脑里涌出一阵奇异的昏眩。

丁宁轻轻地滑出屠格涅夫的句子:"Look what has happened to it!"

他痴立了一会,便走到太太跟前小声说:"母亲好好养吧,就要好了的……"但是他刚说完这句话,他的心里的回音,都是一个与这个句子完全相反的一句答语。

他向四周沉默地一瞥,突然感觉到有一种形容不出的哀凉,又聚集他的一身,他便悄悄退了出去。

刚一出门,春兄便赶出来,用着战栗的手捉住他。

"丁宁呵……"

"什么事?"

但是春兄立刻把肘子遮住了她自己的眼睛,全身战栗着,显然地在她现在的情绪里她又分化出来另一股热流,使她受到新的激动。

"你的事吗,我一定……"

春兄摇摇头。

"告诉我。"丁宁用力握住她的手。

春兄便脱口说出:"地户们要联合推地,今天晚上来齐。"

丁宁吃惊地更死劲地握住她的手,急声问道:"是吗?你说的是吗?"

春兄口吃地说:"是的,是的,我听大山说的,他让我不许告诉……你。"

丁宁皱着眉道："为什么大管事不回呢？"

春兄又告诉他道："大管事想暗中压下。"

"混蛋！"

丁宁把她的头攀起来，感激地看了她一眼，便凶狂地走出去。

一出腰门，正看见大山瞪圆了眼睛四处找他。

"呵，你！"大山铁畚箕一样的大手，失望地颓丧地扯住了他，牙齿磔着牙齿，剪绒的大眼镶满了泪水。

"完了——"丁宁看见他的样子，脊髓一凉，知道那边又出了事了。

"都死了，柳子[1]从——南、南大桥推下来的，女孩让胡子……老头吊死了，胡子在狼窝汪着呢……"

丁宁没命地推他，痛心地怒喊："不要说了呵，你，不要说了！"

如今，他完全地疯狂了。

丁宁没命似的往西跨院跑去，刚一进门，便把一个人碰了个趔趄，从那人的袖里一骨碌跌出一个红色的纸包，夕照里，可以看见上面写着："奉上尊耳二只，敬凡相借现洋二万元整。天狗。"这些字样，其实丁宁并没看清，但他就意识到了。

老管事趴在地上指着包儿，满脸的虚汗，仰起头来，看着丁宁的光景，疑惑地问道：

"什么，少爷你已经知道了吗？这个，这，刚才接龙驾我在大门枕上捡的！"

眼前嘤的一声，丁宁一把手扶在门框上。

---

1. 柳子，指胡子的队伍。

十一

钱

丁宁一清早就坐在梅花几旁,在一张笺子上飞草着,忽然顿下来,坐在那儿愣神儿。

屋里非常安静,窗下花栏里,灵子无语地在剪花,一切都不愿意吱声。

桌上的纸张杂陈,丁宁把笺子轻轻一推,便露出几行蓝靛色的字码下刚写完的墨迹字:

> 职奉军长手谕,衔命星夜来连,即趋公司探寻一切,据陈师长来电均已照办,公司诸太爷故知,亦莫不尽力捞寻,总经理梅翁,尤为太息,奈太爷出走时……

丁宁不耐烦地向外一推,蓝靛色的字样便都畏缩地退到一张白纸底下,只露出一段短短的尾巴——

> 知府中派大管家来连主持,已着人迎候。

丁宁用一沓信纸生气地把它一盖:"还着人迎候!混蛋!"一个日本式的信笺从桌边上震落在斗纹的方砖上。

丁宁随即不经意捡起把它放在茶几上,只见上面写道:

前日间,凯翁来家楼小酌。语间频以曾代子为念,赔累念万之事不及焉。仆亦唏嘘,作句以悼其情。有"箱根山下樱初蕊,渤海滩头泪未干"之句。不期竟成永谶。哀哉哀哉!魂其归来兮。情天难补,当期五百年后。

梅叟狂草于大连富聚公司

豆子相思十九秋,吹箫人忆莫愁楼。春风不予曾代子,前世绛珠泪惯流。

伤心一曲唱轻盈,檀板红牙小凤声,亡国不知身后事,扶桑空种水云情。

国破家亡事渺然,飘零身世总堪怜,冰为肌肤风为带,火灭烟消卅二年。

丁宁看完了,便随手把它撕成两截,向外屋问道:"老管事的还没来吗?"

没人回答。

丁宁四周看了一看,便放大了脚步在地上走。

灵子怯怯地循声走进来,喏嚅地说:"叫我吗?"

丁宁并不理睬她,又踱着。

过了一会儿,他站住了,向灵子问:"看见大山了吗?"

灵子摇摇头,顿了一下,又说:"——我看他们挺齐心的。"

丁宁不语。

灵子又继续说:"老管事的出心,也不是无意的,他是想压住他们,支吾着说老爷回来再和他们交代,说不定过了几天,天一落雨,一天云彩就都散了,唉,可怜他,他还想着压住等老爷回来呢……唉!"

丁宁听了她的话,仿佛和自己独语一般,道:"不对,哎,如今他把他们的势力都酝酿成了……想不到在不久以前,这种势力本是我所欢喜的,而现在都反而做成我的仇人……他们要把我打碎了!"丁宁眼里露出了怒火。

灵子劝他说:"他们庄稼人更死心眼,少爷看着就让……点吧,他们这回心挺齐的。"

"这本来是我的初衷,可是,如今却……"丁宁两拳狠狠地握着,"……不成——绝对不成,我不能投降他们这些泥腿呀!"

灵子的眼睛又潮湿了:"我又何曾不知道呢,老爷出了意外,二管事又绑去了……不过也得看清这回他们的力量不小呵……"

"唉,这些都不算!"丁宁狠狠地道。

灵子看了他一眼,又动情地说:"大山又和你作对……"

"这都不算!"丁宁更加激怒地说。

灵子惶惑地向他看了一眼,遇见他的眼光,又羞怯地恐惧地低下了头。

"唉!这些都不值得我一击,我只是还没动手罢了……我要动手,眼前就没有一个足够的敌手!"丁宁兴奋地占据在屋地的中央,用高亢的声音说。

"父亲的死,我不在乎,这在我的心底只占一个很小很小的位置。"丁宁澎湃的语势,汹涌地向外喷逼,不过忽然就像背忘了词似的,腾地顿住了……丁宁的嘴唇不自然地痉挛一下,一只凭空举起的手,也徒然无力地落了下来,如同刚刚受了枪击似的一样地沮丧,头也无力地垂下来。

灵子不解地看定他。

半天半天丁宁才好像又恢复了似的,把苍白色的面庞,抬了起来。他看见一双无底的眼睛,在向他无告地望着,两手痉挛地摊开,用内心的嘴唇,悲抑地颤动着,哀诉着:"她去了,她去了,她永远地去了。"笼罩在眼前的,是一片烟,什么都不见。水样的悲哀,水样的身世,把丁宁带到永远的水里去了。

丁宁又向灵子看了一眼,好像询问她似的:"我要告诉你吗?"

忽然门帘闪动处露出一个人影。

丁宁问:"谁?"

刘老二本来是等看见灵子,由她转呈,现在被丁宁看见了,便只得进来,惶悚地立在旁边回道:"少爷,电报。"

丁宁向他不耐烦地看了一眼,便把一封电报和两封信拿过来,将他斥退,便转进屋里来看电报和信。

丁宁的一字眉立刻剑样地直竖起来,他沉吟了一会儿,便很小心地把它们掖在衣袋里。

灵子知道有事,便问道:"他又说些什么?"

"又是叽叽叽地乱叫,反正就是三个字'找不着',就完了!"说着,老管事的走来,丁宁便问,"他的钱提出来了吗?"

大管事知道这个"他"就是指的二管事,便回道:"是十年零三个月呀,千数来元,除支净剩还存九百来元。"

"你先提出来,扣在手里,等着急用。"丁宁说完了在地上又走了两圈。

丁宁一眼看出老管事好像比先前老了许多,便安慰他道:

"呵,这几天你太吃力了……"

"唉,只是老爷……我……我,又算什么?唉!"老头儿说着又使劲地眨着眼。

丁宁看了他一眼，他的脸上，已经布满了劳碌的皱纹，脸色也没两年前康健，丁宁心里涌出来一层悲悯，对他的每个忠实的皱纹，都有着无限的矜恤。

老头儿失神地木立着，整个的轮廓都充满了悲恸，他的全身苍黑色的大褂，更形容出他心底的严肃的悲哀。

丁宁看着他的衣色，觉出非常的奇怪，天气是如此地奇燥，怎么他反而换上了这么一身浓重的颜色呢？他细细地向他全身检视了一遍，全身都是一致的苍黑，甚至在他衰老的容颜也是苍黑的了。只是开衩大襟里，却隐隐地显示出一道白——一条白带，丁宁把他的衣袂很迅捷地掀开——呵，他知道了，他竟戴了一条孝带。

"呵呵……"老人知道这秘密给丁宁发现了，全身都颤抖着，两颗很大的泪珠在他的打皱的眼圈里直转。

丁宁感动地摇了摇头，悲哀地叹了一口气。

灵子看了，伏在茶几上无声地泣着。

半天半天丁宁才用着勉强的声音说道："你还是把白带去掉了吧，千万不要让人知道。"

大管事的泪止不住地流出来了，他为了抑制自己的哭声连忙跑了出去。

大管事的去了。灵子过来和丁宁低声地说了一句。

丁宁听说是刘掌柜来了，便追问道："他来做什么呢……"

灵子摇摇头，表示她也不知道为什么，接着便问丁宁道："在这儿见吗？"

丁宁答道："就在这儿见。"

灵子吩咐小丫头摆过了两个茶杯，便躲到暖阁里去。

刘掌柜满头黏汗地跑来,进门还气喘吁吁的:"呵,呵,我给少爷补拜个节吧。"说着就向上行礼作揖。

"坐。坐。"丁宁命令似的客气着。

刘掌柜还只顾打躬作揖,丁宁让了半天,他才在紫檀色的炕毡上坐了半个屁股。

丁宁看着他那副脸相,一派鬼祟的神气,便觉憎恶异常,父亲真是太糊涂了,怎能用这样一个猥琐的人物来做钱号的经理呢!什么事情,到了他的手里还会不变成一团糟呢!

丁宁安安静静地按照自己方才整理好的问题,来问柜上许多的情形,心下便毫不迟疑地立了一个铁的决定,刘掌柜猥琐自私,绝非可靠,一定得去掉他。钱号现在向内借都是四五分利,外放几乎是大加一大加二,负债的人怎能担负得起呢?将来一定得弄成连环破产……

丁宁尖锐地看了刘掌柜一眼。

"你来有什么事?"

"呵,呵——"刘掌柜像挨了一箭似的左右狼顾。

"没有外人,你说吧。"丁宁皱了一下眉头。

"少爷……我听点风声,不是我心慌,实在是少爷,我,我听见了就赶来的。"刘掌柜气喘吁吁地半吞半吐地说。

丁宁十分疑惑,眉头皱得很紧。等待他到底来这里说些什么,只听他又接着说道:

"少爷,也许不会,不过刚才从铁岭来的老客都这么说,少爷,你看……"

丁宁沉静地看定他。刘掌柜又道:

"这事真挠头,听说,听说,哎,老爷这个卯前挤了手啦,手头不利。"

丁宁这才正经地放松了一口气。刘掌柜又说：

"谣传都说这回是跌进去二十万，老爷一气上大连啦，不知是否如此？"

还好，看光景他还不知道父亲死去的消息，现在只得先稳住了他再说。丁宁没等他说完，便毫不迟疑地告诉他。

"这个消息，是千真万确。"

"真的吗？"刘掌柜本来就坐了半个屁股，这一下差一点没跌下地下来，直在那儿半天喘不过气来。

丁宁瞟了他一眼，淡淡地说："这又何必惊慌失措呢！"

"不是不是！"刘掌柜这才吃力地呼出一口气，透出一下干笑，忙道，"少爷，你有所不知呵，实在是，实在是，这二十万的实钱要扣在毛奉票的身上也就不算少了，您看他们那些主儿，天天一卷一卷地数票板，咋咋哄哄的，其实使劲掐一下，还扣不了几两银子……咱们，咱们，当然，当然不在乎这个数儿，不过也不算少了，也不算少了。"刘掌柜故意喘了一口气，偷偷觑了丁宁一眼。

"还怎样！"丁宁耸一耸肩，在心里冷笑着。

"呃，呃，少爷，少爷，当然少爷，在外经历的多，可是，可是，在这个上，少爷就不大有研究……嘿嘿，实在是，实在是少爷有所不知呀！"刘掌柜把两只小耗子眼睛，向四下溜了一下，便隔着琴桌，探过一只充满着脑油味的脑袋来，像有多大机密似的，"——而且，这里有日本人哪，少爷。"

刘掌柜又很严重地咽了一口唾沫。"这信托交易所，都是穿洋服的日本商人在前。拿枪杆的红帽子[1]们在后呵——少爷。"

---

1. 红帽子，日本宪兵队。

刘掌柜又像加重语气似的沉甸甸地叫了一声,"少爷!"

"少爷,你知道每年因为这个,死在红帽子衙门的有多少起,不用说,这大一块事,就是偷条道铁,少爷,一条道铁,就得挂梯子,倒洋油,推到桥空子里去……少爷!"

刘掌柜偷看了丁宁一眼,看出他丝毫没有惊慌的表示,便不由得自己反而十分慌悚起来,觉得这些胆小的话,实在是有失丁府大掌柜的威严,于是又连忙改了口气:

"嘿嘿!当然咱们府上不怕这个,不过,少爷您知道,哎哎,您什么不知道,他们这个叫作什么什么地国主意呀,他们这个主意就是你赔了钱,我就扣你的地——"刘掌柜又连忙把脑袋沉甸甸地机密地伸过来,"少爷,您当然是知道的啰,他们,他们是水国,就缺的是这个……"连忙又把中指放在鼻子尖上,又吃重地向地下一指:"嘿嘿,少爷什么不知道,嘿嘿!"

刘掌柜一看丁宁还是面不改色,自己反而觉得不知所措。"少爷——"不由得又搔了搔脑袋。

"二十万赔了就算了,您也不必灰心,好好地做,只要咱们钱号做正了,一年就捞回来了,那还有什么在意的呢!"丁宁一眼就看出他的心事来了。

"就是,就是——不过,少爷,您,您实在是有所不知呵!"刘掌柜的虽然有点喜气,不过还很阴沉地说,"少爷,这回你知道,这回太爷在柜上才提出一万,赚了十万,汇到柜上五万,这回又赔出二十万,这里……嘿嘿,少爷,差着十五个整呢,嘿嘿,少爷!"

"呵——"丁宁也突地吃了一惊,这个账他没有刘掌柜算得清,但依然还很镇定地说,"呃,在家还拿钱了呢。"

"呵——"刘掌柜惊喜地眯弄着两只耗子眼。"不过,"继而他又复阴暗地说,"恐怕也没有这么多呢。"

丁宁不耐烦地看了他一眼,还他一句道:"——后来还赚七万呢。"

不想刘掌柜并不含混,单刀直入地问:"汇来了吗?"

丁宁只得说了个:"没有。"

刘掌柜这才又理直气壮地说:"嘿嘿,那当然也就烂在里边了,这所谓二十万就是汇来的这五万,算是钉住个边,五万除去在柜上提去的一万还剩四万,四万再加上七万,是后来又赚了七万,是不是?七万四万是十一万,这十一万倒筐再出手九万,哎,这就是老爷赔出去的二十万,这才对账。"刘掌柜很有点自己矜夸着自己算账的麻利,便嬉皮笑脸地笑了起来。

丁宁愤怒地看了他一眼说:"家里还拿出钱去了呢。"

刘掌柜毕竟是经常弄钱的人,他处处踏实,截着这个话尾,又问:"多少,少爷?"

丁宁恼道:"不知道。"

刘掌柜看见少爷面带怒容,连忙又透出一片谄媚的干笑:"少爷,你实在是有所不知呵,这个,这个,小日本一定很根究,那时,咱们,咱们就得,就得……"

丁宁在心里一划算,九万去了从三十三婶借的那两万,还剩七万,七万去了从家拿的三万,还剩四万,四万在这年头也够压人的了——

"少爷,你有所不知呵,咱们柜上,今年不比往年,民国五六年吧,呵,七八年吧,奉票一元二换一元的时候,譬如咱们要有十万二千就是十万现洋,可是等到现在咱们要还是那十万二千,而奉票六十元换一元,十万二才折两千还不兑现,这简直杆儿差得是天地相隔呀!少爷,从前人要腰里有六十元是个小康了,现在要是有六十元,只能换一块现洋,一块现洋按时价换日本钱六毛整,五毛钱买一个饭盒子,一毛钱小钢墩买一条香肠,庄稼人一口就没影儿了,哈哈,少爷——"刘掌柜越说越兴奋,"少爷,从前一天地实钱三百元,目前像咱们府上的一天地卖一千,一千,整整一千,听着不算少了,其实一千扣实才多钱,二一添作五,逢二进一十,整整一半了!少爷,咱们地还是从前的地,可是财产就两勾剩一勾了。"

"呵呵。"丁宁毫无意义地答应着。

"少爷,你知道,咱们柜上的估净,除去从四乡套进来的还不到一只手的数。"刘掌柜把两只数钱数光的手举起来不住摇着,然后又把一只手聚拢来掐成一个掐,放在红鼻子上。

刘掌柜又用手揩了揩汗,很阴沉地说:"少爷,去年咱们摊的几个瞎户[1],咱们都假扣押抵补过来了,就算损失点利钱,不过要大一均勾,还拿六七分利哪,就算马备全和,比别家都算看得准,就拿储蓄亨[2]那样的算盘,还蚀去三成的本,咱们,咱们,咱们今年要长好了眼珠,不硬的付儿[3]不去,准赚,一年一个大发烧,本上加本,利上加利,一月一个本利停[4],不过——少爷,人家,人家日本人要来,咱们的钱号,明天就得关,后天要来,后天就得关,还不够——"刘掌柜说到这里倏地顿住,两眼死盯在丁宁的脸上。

丁宁在这个以前,也没想到还有这一桩危险,但是他并不

---

1. 瞎户,便是荒户,还不起账的破产者。
2. 储蓄亨,钱号的字号。
3. 硬的付儿,就是殷实的借贷者。
4. 本利停,就是一元本,利息也是一元,当时东北城市地主由乡间借入再放出套利,有十二分利以上的利息。

恐惧，他正划算着另外一件事。

"咱们的钱，能够一齐收进来吗？"

刘掌柜怔怔地看了他一眼。"那，哪能——哪，哪能……今年上秋，许能够——收进三勾钉一勾唭来。"刘掌柜把眼睛转了一下，又沉重地接下去道，"明年秋尾还说不定能收齐不能呢！"

丁宁故意点了点头。

"少爷……日本人一来……嘿嘿……咱们的钱号……少爷……"

丁宁尖锐地看了他一眼，便摆出很诚恳的架子来说：

"你千万不要多心，我决不放松钱号，以为老爷失手的那个空子用钱号来堵，也许有人说，一定是我豁出一个钱号来化事，又利便，又干脆，可是他没想到，咱们还有地哪，地这年头儿太死，没有钱活，所以这几年我和老爷很有意思把地出一点出去，多活动点钱，你想咱们从四乡套进来的外放，还能从中剥进四分五分。自己放的大加一大加二更不用提了，这是从古未有的大利，咱们怎能不看重它呢，所以这几年的支持，咱们全在这钱号上了。一旦有事，任着出地，也不能动钱。而且老爷在家就拿出去三万啦，下余不过五万而已，五万，咱们大连的富聚公司，我昨天听大管事说，还有老爷没提净的股呢，再从四外一抵补，也就马虎过去了，不过你得先预备一下，钱进来就扣住，买现洋存[1]，以备不时之需，钱号我不能收，收了就断了血脉，不过你进来的都压住，别出飞，免得抽手不及，咱们只有把这一场压下去，钱号就能保住了，你说是不是？"

---

[1] 买现洋存，东北地主的游资，除了放高利贷之外，还经常购银币和日钞存储备用。

"是是，是是，少爷明鉴，少爷明鉴……哈哈……"

"而且你想老爷只带出两万，人家怎能让老爷做四五万起码的存空呢，所以老爷直到现在亏空的也不过才三四万元，何况，富聚公司还有……"

"哈哈！"刘掌柜这时几乎是哈哈大笑了，"我就说呢，老爷的押金咋能够呢。噢噢，我就说，老爷的信用卓著，差一星子半点的，人家也不能不让他老做，不过那小日本向来就不够人格，不讲文明，押金不够，他就硬掐脖给你划呀——我说的呢，哈哈……我说的呢……哈哈，少爷还有什么吩咐？"

"你的事完了吗？"丁宁很想严厉地问他几句，但立刻就压下去，若无其事地说，"你放心，钱号决不能收。"

"是是，少爷，少爷，全仰仗着少爷。"刘掌柜又作揖打躬满心满意地告辞走了。

丁宁愤怒地摇了摇头。父亲真糊涂，怎能用这样的一个市侩来做掌柜呢，一个猥琐自私的利子生活的蚜虫……哎——今天又是钱——丁宁把两手向外扔东西似的一撒，好像把钱都驱逐出去了似的，手还没收进来呢，就听见门外有大管事和谁说话的声音。

"你在这儿干吗？"大管事的声音。

"少爷吩咐这时候来的。"刘老二的声音。

丁宁听见是大管事的声音，便附在刘老二耳朵上说了几句，刘老二便涨红着脸露出狞笑走出。

大管事进得屋来，便向少爷回话："少爷节下许的节赏昨天都发给他们了，上下的年作都欢天喜地的，统共花去一百一十元，就是从那九百五里出的。"

丁宁脸上微微红了一下，说了一声："知道了。"

大管事又说:"他们说给少爷谢赏来。"

丁宁意外地有点激怒似的,说:"用不着!"

大管事乘机又回另外一件事:"少爷吩咐的话,我也问学馆程老先生了,老先生起初还推辞,后来也就答应了。"

丁宁道:"这对他很有好处,他在这儿呢,只教灵子她们几个姑娘,也没有正经功课,管管账,也不累,我是这个意思,我诚心让庶务跟会计分开,钱都从你手里过,中间过程老先生一道账,东西由跑道的手进出,全凭收条……"

大管事笑着说:"少爷明鉴,这省去了多少弊病,实在地说,裁缝不偷布,一天三尺裤,一个手叉子扒不开,这回隔好几道手,各方面都好,而且程老先生是前清的秀才,绝没有差池。"

丁宁便道:"你现在回到屋里休息休息去吧,晚上恐怕说不定还要有事……唉,也难为你。"又回头对灵子说道:"灵子,把我带的杭州菊花茶给大爷两匣……"

丁宁两手绞着,有点负疚似的不好意思起来,但立刻就好了,觉得自己做得都理直气壮了。

老管事在那里竖立着,很想说几句感动的话,但没敢说。半天,半天,才搓了搓手悄悄地退出去。

丁宁望着他的背影,看他出去了,便把眼睛盯在墙上。

他想现在是必须做一点事了,否则我自己便要破碎了,这是我动手的时候了,再不需要无益的思虑!忽然他觉得心里有无限的轻松,他觉得脑子也似乎减去了许多的担负。他把眼睛向外看看,听见二门外面马嘶的声音,他很快乐,他应该像一匹战马似的驰奔起来。他想:我绝不是想看大山在大家面前倒下的狼狈的姿态,我是想在这最后的一击找回我一切的偿获,我不怨恨他，在他，他是对的……

窗外花栏里响起了灵子的声音。

"你有事吗？"

接着便是一个嗫嚅的听不清的声音。

"呵——你去吧。"是灵子半允许半否认的声音。

然后是一种粗大的脚步的故意放轻的踏地声……

灵子把两手遮住两旁的光线，把脸贴在玻璃上向里瞧，看着丁宁已经望见了她，便笑了笑，嘴唇动着，像是说什么，但是听不见。

门外是刘老二，故意让丁宁看见，可是还没敢进来，他在等着丁宁的呼唤。

丁宁对他只允许地点了一下头，刘老二便小心地走过来，用着几乎是听不见的哮喘的声音断续地说："他们，他们……今天，人定时……在南果园……开会，大山领头……人定时候，在南果园，他们都去，我打听出来的，真的。"

"呵，还有什么？"

刘老二心又跳了，他觉得应该还有什么才对，要不然是有负他这次的严重的使命的。"呵，少爷，还有……"刘老二显出恐惧，嘴唇激烈地翕动着，"呵，还有，少爷，我不敢说。"

"你说吧，尽量地说。"

"还有大山骂少爷，说少爷是……"刘老二的脖子根都红了，两眼艰难地瞪着，"少爷，我不能说。"

"好，你去吧。"

丁宁挥了一下手，令他走开。

他分明听见有无数的整齐的步伐向他走来，并不把他看在眼里，并不以他为一个障碍物，只是以他为射击靶子。丁宁浑身紧张起来,两手拼命地搓着:"好的,好的!要来的都赶快来吧!"

他立刻又坐在茶几子旁边了,两肩耸起,唏哈着,口里像抽着冷气样的。他觉得有一股子寒流浸入了他的全身,他的全身都在收缩。

这时,似乎是从窗外飘来的声音。

"是的吗?真的呵!"

"可不是,方才来人把大管事请去的,人刚过去!"

似乎是那一个又摇了摇手,这个便把话吞住不说了。

丁宁轻轻地嘘了一口气,一定是二十三婶死了,他一点没有表示,又低下了头。

十二

南园子之夜

南果园今夜特别地阴沉,新镌的墓碑,静穆地在那里站着,夜气沉肃悲抑地在依回,团团的青磷上下悠浮。

黑暗里,闪出几十只发光的眼睛,它们像是在低垂的丫枝里,又好像是在墓匣里浮跃出来。眼睛是焦躁地左右回顾,是像倾听一个什么声音,似乎又在想看出什么东西。

小叶松把天光遮住,白杨发出自惊的萧萧。在白石的墓基里,有一阵低微的啁啾声,是两个很小的黑影在那里上下地跳动。

三缺嘴正坐在石上发呆,他看见那黑影,却忽然地怕将起来。

两只鼬鼠,像两个乌纸团似的,鬼祟地,一个把另一个又拖到树边的黑洞里。

三缺嘴有个老毛病,一急惧就要渗出冷汗,此刻又从他的脊背上透出来了。他觉得他有着另外一种情绪,他已消失了恐惧,他糊里糊涂地站起来,拍了拍屁股上的尘土,向亮的地方走去。

桃树底下，程有背着手盘算着什么，老田凤坐在一个十字架旁的白石上抽旱烟，全身的轮廓都隐在树影里，只有一点烟管的火星，在每一吸进去的时候就亮起来。

三缺嘴什么时候从后边绕到白老大的后边，狠狠搂住他的脖子。

"你一千八百辈的活祖宗，你个下油锅的瞎眼的活损犊子，现在是什么时候？"

意外地，今天白老大不但不像从前那么腼腆地回过头来嘻嘻地笑，反而没好声地向他怒骂……

三缺嘴这才像刚睡醒了似的，怔了一怔，但是马上对于白老大今天的这种反常的行为，引起了被辱的激怒，大声地回报：

"啐，小子，你今个装他妈什么正经，姐夫郎君打个哈哈，瞧着你啦！"

杨大顺今天也不知从哪儿来的那股子愣劲儿，过来照三缺嘴的脸上就是一个响嘴巴："这是什么地方，你杂种乱嚷。"

一个趔趄摔到旁边的十字架上，三缺嘴刚想爬起来照杨大顺用全力扑过来，不期后脑勺上啪的一下，如同一个弹丸穿过，狠狠地挨了一下。

他抱住脑袋，回头一看，看见是舅舅老田凤，全身的血便都凉了。

老田凤咬着牙根，拿着一个一二两的铜烟袋锅的大烟袋，恨恨地说："我把你个不知廉耻的东西，你的媳妇也不是看着谁的面子才给你娶过来的，你他妈糟蹋了人家的闺女，你还不给我安分守己地装孙子，你倒大嚷大叫地喊起来，让大家都活不成——今个你再闹，我说的就算。我活剥你皮。"

三缺嘴一面揉着脑袋，一边错着牙："杨大顺，好杂种，你今个巴结上大山,就不认识了俺,好,咱俩有到这儿——好小子,你是你爹搽的。"

杨大顺一刻都不放松的,还热烈地跟着白老大谈,暗影里趔趔趄趄的三缺嘴拐过去了,在墙根底下的垂杨下边托着腮帮子发邪气。

十字架前一声也没有,只是有一点烟袋锅大小的一星火花在燃烧着。

另一角落的声音,也从压抑里迸炸出来了,许多人低声在说话。

今夜的南果园,再不复是往日的了,今夜似乎是有无量数的灵魂在出动……

张大白话拍着巴掌发激歪,李二秃一声不响地只顾搔脑袋,花占魁不哼不哈地用着养得整整二寸长的小手指的指甲不紧不慢地剔着黄板牙,右手用着架鸟笼似的姿势架着一个擦得亮晶晶的大水烟袋,咕嘟咕嘟地吸着。

声音从每个树荫里传来,再反送到每个角落里去,人都拼命地压住自己的喉咙,怕把声音逼高,但是有时因为激恼,或是更兴奋的感情,把喉咙扯破了似的尖起了一道锐响,于是对方也就更冲动地扩张开喉咙,想用更大的声音说服对方,可是一听见旁边那一群咬着牙向这边投过来的恶骂——"你带来心没有?乱叫乱嚷!"于是声音马上就低落下去,于是连忙就用极聒碎的语声来遮过去了,不过,没到一刻工夫,必然邻伴又会传过来比自己方才迸出的还要高昂的声音,终于各方面的声音便不知不觉中向上长了。

骂詈,烦嚣,讨论,兴奋的沉思,切齿声,恨恨的哼鼻声,一切都像造反的,在这满长着桃杏樱花的地狱里爆裂出来。

初三的眉月，幽灵似的挂着，园里一切都是淡墨色。除了从白石的十字架往南数，有三个白石的墓基，还能保持它固有的安静，其余的，都留给这兴奋的噪嚷了。

是张大白话高亢的声音。

"谁他妈不推地，谁就是我的孙子，咱们是一刀一个透眼的窟窿……这年头儿人还能过得去吗？我把三天地的文书，糊上了风门子，我就来个王大郎挑扁担走他娘，我上江北有的是活计干，我翻翻身。"

"你干啥又大吵大嚷。"李二秃又搔脑袋。

"他奶奶，穷人都逼死了，连个大气都不敢出，还不许吵，哪个官家出的告示，大清律的哪一条！"

"不是那么说，这是大山看情面借给咱们的南果园让咱们好商量，这你得有个将就对付。"

张大白话用着向来看不起他的眼睛看了他一眼，用鼻子哼了一声："哼，奴隶性！"

李二秃思思量量地摇着头，禁不住用手去搔头皮。

正在沉思的李大邪火，忽然抬起了瘦小的头嚷道：

"张大哥，你说那个可真打动了我的心，我要不是让你大嫂累着，我早就一跨车子推上去了，听说那边黑土地，一掘一丈二，一年一个现存，豆子都像手指盖一般大，一个小伙子要过去开一方，落一方——"

"说的就是呢。"张大白话脸上露出矜持的喜气，"鹭鹭湖的马明，搁江北混得挺字号，他托人雇我作打头的，一年二百块。"

"那你怎不去哪——"是花占魁轻蔑的声音。

"我这就去——"张大白话红涨着脸大声地喊，"今天谁要他妈的不推地，谁就是大家伙揍的！"

"咱们一齐推，都上江北去，你大嫂好死赖活的我也不管她了。"李大邪火低下了头。

"好，一言为定，谁不去，谁他妈的就随着太阳老爷落！"张大白话腾地站起来，两眼发光。

"那不行。"花占魁又狠狠地吸了两口水烟，看着那个烟实在是着得不可再着了，只能吸进来一口烟袋油子味，这才连忙把烟灰吹出，慢条斯理地说，"那不行，那地方水土硬，水，都像儿马尿似的，红红的，红红的，喝了的人手指节都像小棒槌似的粗，女人，一到那儿，不到两月，没好……我知道得多。"说着又斯斯文文地捻了一颗烟团，又咕噜咕噜地抽起水烟袋来。

李大邪火把头沉沉地低了下去，直到不能再低。

"那都是胡说，要那么说，人到那儿就都得绝种了。就说咱们这个地方吧，开荒斩草还不到小三百来年，也都没变成男人国呵，大姑娘虽然涨价了，那都是因为李乡绅那样的一个人占了七八个，并不是因为女人都死绝了呀！"张大白话一边悲哀地看着李大邪火耷拉下来的头，一面发狠地对花占魁喊。

"不管你怎么说，人能胜天，可是那儿水土硬总是真的吧！"花占魁一面说着，一面用眼睛瞅着张大白话。

张大白话心里卜卜直跳，发狠道："我不推地我不是人，我在这里，王八兔子的气我都受到了。"张大白话一甩袖子就往那边走去。

"哎，光生气也不行呵，回家掀掀被窝，看着自己的老婆和谁睡呢！"后边又掷过来花占魁阴冷的声音。

张大白话只装没听见，忍住眼泪，故意匆匆地向老田凤那一堆人里走去。

这一群也都是咻咻嚓嚓兴奋地谈着。

其中老田凤和黄大爷甚至都有四五十天地，家里上下百来口人，都种丁府两处窝棚。

这一群，做事都非常的机密而有经验，所以声音也没有那一群的那么高，都很谨慎小心地在嗓子眼里进出。

最先闯进张大白话的耳朵里的是黄大爷沉着的声音："咱们得抱住团呀！"

接着是老田凤压低了的声音在说："那是，别听他们那些亡命徒们瞎咧咧，咱们也得挑着咱们可口的，他们都是让大山那小子给耍疯了。"

黄大爷又道："那帮小子都让穷神蒙眼了，管他呢！"

老田凤理直气壮地说道："咱们不管那些，咱们还是论咱们的。"

张大白话偷偷地旁边站了一会，一听不是自己插嘴的地方，连忙又往那边蹭去。

"哎，你来得正好。"杨大顺一把就扯住他的膀子。"张大爷，我们这正想不出道儿来呢，你说推了吧，咱们这些从娘肚子里爬出来的就是做庄稼的，不种地干啥去。"杨大顺说急了口，唾沫星子喷了张大白话一脸。

旁边坐着的白老大，惘然地抬起了头："说的就是呢，去年我粮利七分借的钱，新捉的达子马，我往哪销放它？"白老大也没等谁来回答又低下头用手指画地下的浮土。

张大白话听见杨大顺赶着称他为张大爷，心下十分高兴，便道："还管那些呢！我明个抖搂抖搂就上江北。"他说得十分肯定。

"呵，你真去吗？"杨大顺揉着眼吃惊地向他看着。

"真的。这边算没咱们哥们的活路了。"张大白话连忙接下去又说。

白老大听了这话，忙道："光上江北也不行，我大姐在那边水土不服死的，我大姐夫一气回来了，在这边过了一冬又去的，去了之后，人家的地都开完了，他置的那块荒，连个边栏四至都找不着了，他冒冒失失地到局子一问，人家把眼睛一瞪，他迷迷地就出来了。后来仔细一打听，又让人家荒局子放了二插了，他算白填火，现在是人、信皆无，人要到那边就算是抱到草上的孩子了，别想好！"白老大说完了，又迟迟地在地上画了老大一个"白"字，可是接着就又用手把它涂了。

杨大顺长长地出了一口气。

张大白话直着脖子满脸通红，半天半天才抚着心口说：

"别听那个，那道上还有唐僧取经路过的花果山呢，瓜果梨桃什么的……"

"得啦，大哥别瞎白话了，听说那边井水还不如灰水，女人一喝，经脉就不用想来！"

张大白话无可奈何地紫涨着脸，竭力摇着头，半天半天才挣扎着说："可是在这儿就能逃出去一个死？"

杨大顺也觉着方才说的一段话太冒失了，不该太伤了他的心，于是摇了一下头，也就低下脑袋不言语了。

大家都沉默了，半天半天白老大才从沉思里转出来。

"唉，要论说呢，大一统的江山，这块儿就算是福地了，旱涝保收，唉，哪让老天爷不下雨，奉票毛，捐税大……这才正经八辈年头儿赶的。"白老大把手指头上的土向鞋帮子上不住地抹。

"你可也别那么说,大山就说过,从这以后没好,官家一天比一天逼人,把老婆孩子都赔上,也不够他们的。你想想,这不是明情理的事,咱们一年到头地从早晨忙到晚上,剩不了那一筷头子的落想,稀罕把持地送到站头子上,人家把正格的拿去了,咱们换的是什么?是一把毛奉票,咱们还有不穷的!……"

"老大,你算说着了,都是弓长蔓他们一老一小的把咱们害了——非得上江北去不可了。"张大白话又把文章落到题眼上了。

"还是大山说得对,咱们自己要不起来没好。"杨大顺眯缝着眼说。

提起大山,白老大就露着微笑说:"大山说的话你起初听着总觉得不对题,你过后呵,要仔细扒打扒打就知道啦,比如他给你讲,人别靠命吧……"

"他说的,让咱们都推,丁府的地不能放野鸡,然后还得租给咱们——咱们那时就拿起来,不减租咱不干——我昨个想了一天一夜,这是个好主意。"是杨大顺的声音。

"我不管别人是怎的,我是他妈王八吃秤砣铁心了。"张大白话拍着大腿道。

"我也推——"白老大迟迟地说。

"我也推定了,老大,这么的,方才我问过李大邪火,咱们六七个小户子都一定推,再拉上李老二王发那七八个,咱们都推,过两天,天要真落雨呢,咱们再找东家让粮咱再种,他死逼着去粮也得租给咱们,怎么说呢,推的太多了,他上哪儿招别的户儿呢?他要实在不去租呢,那么咱们也就得活动活动了,就瞪着眼饿死不成——哎,咱们就上江北!"张大白话深深叹了一口气。

"好，反正破罐子破摔，到哪河脱哪鞋，光是瞎琢磨也不行——推，一定推铁了。"旁边听着不说话的李二秃和几个别的小佃户也都应了声。

"哎，您的高见，您的高见，咱们上江北，上江北，一定，一定上江北……"张大白话简直是满脸的喜气了，站起来拍衣裳上的尘土。

"可是咱们得有一件哪，咱们可得都去。"杨大顺瞪起了两只火烘烘的大眼睛，向三人投了一个询问的眼光。

"我要不去，我不是我爹揍的。"张大白话红着脖子看定了白老大。

白老大沉吟了半天，才无神地说："咳，那我还有啥说的呢。"

"好，我就同李大邢火去。"张大白话转身就走。

"李老二和王发这些户怎么样呢？"杨大顺追着他问。

"他们那些个中流副儿[1]，自然是随着咱们了，等会儿我去问问——"张大白话回过头来答。

"我去看看他们那些大佃户去。"杨大顺慢吞吞地站起身来，长长地出了一口气，又痴立了一会，便向南边走去。

白老大还蹲在地上用手指头画地，地上的浮土，便顺服地凹了进去，做成了"大山，大山"的粗大的字形。

三缺嘴离开他们远远地，情态严重地坐在石榴花下在想什么，他想白老大这小子今天居然敢当着人面和我翻脸，杨大顺那老实人也敢挺腰，这都是大山放的火。他正想得出神，忽然，一条毛虫从桃树上落在他的脖颈子里，他又一激灵……他

---

1. 中流副儿，中等佃户。

似乎又听见了老田凤的狠毒的声音，他连忙用手又揩了揩额角上的汗，又向后边退去了小半尺。

于是他才模糊地听见是他舅舅老田凤的强硬的声音。

"反正他妈的我不推，我有带把的联系，我家里三四十天大亩地，我往哪销放？我因为租一个窝棚，我多拴了一挂车，我挑了他，我挑了他？我百十口人，干牙帮骨，我干牙帮骨——我干不起！"老田凤一边抽着烟，一边沉毅地说。

黄大爷脸上便露出了七分笑三分恼的样子，慢腾腾地掠着胡子。

"可是你不推也不行呵，这个年头不帮助人哪，你要还扯着尾巴揣下去，上秋你连我老弟妇都得装在斗里量给人家了，你想，你计算计算，谷雨一场小牛毛，刚涸过浮土来，大家就都等不及了，把珍珠花似的种粮曳死巴活地往地里撒，结果你猜怎么着，连他妈个绿芽儿也没摸着个边儿，等到四月十八像他妈后老婆哭汉子似的挤咕那两疙瘩雨点，人们又都疯了似的往地里撒大洋，你看抛了两次种，我的老爷，多少钱！多少工夫！一个打头的一百一，就算咱们家都是父子兵，再雇上两个跟二的，得，三百块出飞了，赶到昂蓬，雇铲地的，一块钱一个工，人家还滞滞歪歪，你不赶着好土头铲，你能望收成？再加上地东的工、车、零星使用，各样杂捐，哪样不是得钱串向下摘搂呢，一天地就得十几块钱往那么……听说今年，凡是没种大烟的，都得按地拨钱。你不拨吧，派到那儿啦，咱们能因为贪种二亩半地的便宜，还单侍弄一回吗？没别的，干蹚干蹉，往外拿钱，到上秋，就剩一条裤带是留给你的啦。怎么说呢？留着给你上吊呵……唉！我今年活了七十一了，没见过，这回也算开开眼……"

"那么,从你老的嘴出公,咱们推地不推呢?"老田凤打断了他的话,又问。

"我算灰心了。光绪三十三年,那年出的大尾巴星,我看了就说没好,你看慢慢地不是都应了吗?从前骂人说这小子是废物,就骂扔杆子,你看后来都应了,跑大鼻子那年,满铁道,不都扔杆子了吗?电杆子可道排呀……后来花小秃大钱,谁要不要,咱们就说,你怎敢不花,我的钱上没眼,你看,今个钱上可不就没眼了唔?铜子唔还有眼?有带眼的铜子吗?全应了。眼时下,人们骂人都说这小子缺德,缺德,你看吧,我说的话放到这,你看不出五年,那方出了真主,国号要不是带'德'字的,你不用理我……要不然我怎么每天茶余酒后,我就常给村子里人讲究呢……"

"唉,黄大爷不是我拦你老贵言——咱们趁这儿,不背地做个合计,到临时咱们说些个什么?"

老田凤把烟袋使劲磕在石头上,心里很有些不以为然。

黄大爷又捋了捋胡子,把头思思量量地摇了一个半圆。

"要说有地,连荒隔带草甸我还有三四十天哪,我……"

"不过大爷,地要一推出手,可就没有吃进来的理啦。"——老田凤的两姨亲家万牛子连忙拦住了他。

"哈哈,傻老弟,是丁家少爷能种地?是丁家老爷能种地?还是得咱们这些穿靰鞡脚的给他们效劳呵!"

"不过人家乐得撂荒了一年也不在乎!"万牛子冷冷地说。

"他,他,怎的,他撂荒一年——也不在乎?我今年活了七十一啦,我活了七十一啦,他们丁家祖上三代我都见过,没听说撂荒过一年!"

"那可说,说不上,这个少爷可是与众不同的。"

"可让你说的啦,与众不同就撂荒地……我,我今年活了七十一了,我没见过!"

"对了,推!"等在旁边半天的杨大顺一看黄大爷正站在自己这边,便大声地高兴地喊。

"推!"是谁的应和声。

"推,咱们都推!"

"不推才他妈怪呢!"张大白话不知在什么时候也钻进来了,咬着牙想加重推地的声势。

"推——一定的吗?"老田凤严肃的眼光罩定了大家。

都不言语了。

"大家都推?"老田凤的眼光更为严肃。

白老大痉挛的嘴唇,颤颤地动着,想说出几句话来,但是他的口腔已经不能透出言语了。

"到底推不推?"是万牛子瞪起了眼睛。

"到底推不推?"老田凤看见大家伙都不说了,便放出和缓的声音来问,想再把大家伙顿一顿,"咱们再仔细打算打算,讨个大家伙儿都一般边儿齐!"老田凤神色不是神色,气色不是气色。

"天地间还有一般边儿齐的事吗?该怎的就怎的得了。"——万牛子生气似的一挥手,"要不想推的就说不推,别不敢说在嘴上!"

"我看还是——"杨大顺刚想说推,吞了一口唾沫又咽进去了,他说了个"推"字,可是谁都没有听得见。

"我和王发、李二秃是无可无不可。"是小户李棒槌的声音。

王发反抗似的说:"我跟大户头走!"

徐花子蹲起身来:"我也随着——"

李二秃又无主意地搔着痒痒的头。

老田凤看了王发一眼，便提高了声音："大家还有话吗？"

大家都不由自主地震动了一下，没有一个人吱声。

黄大爷不以为然地挺了挺腰，干咳了两声："呃——那么，等刘老爷来咱们再定规一下吧——"

"哎，刘老爷怎不来呢？"是谁说了一句。

"呵——"大家伙都忽然记起来了，都用模糊的双眼想看清楚身畔的邻居，是不是就是刘老爷。

"真的，他怎没来？"

忽然从大家身畔，就像从地里突然生出来了一般的那样快，一个人出现了，脚站在一块木头轱辘上。

"我已经和丁宁交涉好了，今年的粮，是去铁了……"大山用钢铁的声音在对大家讲，"话是那么说呀，他知道咱心诚不诚呢？咱们还得让那小子知道咱们是铁心推地，他才能怕！所以咱们到时候非得异口同声地咬定了，说非推不可——死了也推！那才行——现在有谁不推？呵，有谁——呵，谁？吱声！有谁？"——大山的两颗剪绒镶边的大眼，像火炬似的燃着："丁宁方才一听我说你们都推，他的脸都吓得煞白！"大山的声音不自然地顿了一顿，他看底下的人头都面面相觑，便急转直下："你们心都齐了吗？大家咬住牙根，一定要推，然后再商量。丁宁他现在是走投无路，地也不敢放手，他现在一点着落也没有，老爷赔了钱，家里又……咱们大家咬住牙，听见没有，咬住牙，要一露活口，丁宁那小子一眼看出来，他就会拆散我们，像狼似的一个一个把我们吃掉。哼——你们听见没有，拿出小子骨头来，硬挺到底——上秋的衣食穿戴就都有着落了。"

"对！"杨大顺的眼睛湿润了，两颗极大的泪珠，在他红肿的眼泡上凝结了一道坚强的光。

大家觉得都有了主腔骨了,只是黄大爷还在思量。

老田凤把一个岫岩玉的石头嘴子咬得咔咔地响,他自始至终就是对大山取着敌意的,虽然现在他已经被大山的声音所诱惑,但他连忙用牙来拼命地咬住烟嘴,把自己的感情压伏下去。

"哎呀,不好了……有,有,有鬼!"

三缺嘴在那条大树上一跳多高地就跑出来,脸都变成了青紫色,牙齿打着牙齿得得地抖颤。

"一个黑影……一个黑影……在树上,跳,跳——下墙去,去了……吓死我了……"三缺嘴一边喊着,一边浑身发抖,一个大嘴老鸹咯咯叫了一下,便向着那眉梢样的月亮飞去了。

老田凤看见老鸹,举起烟袋锅子就打在他的头上:"我打你个血犊子,这是什么时候?一只大嘴老鸹你也没见过?你的魂飞到哪儿去啦?"

大家一听,可不是,半天云里,还可以听出一只老鸹呱呱的叫声呢,便都笑了一下,又立刻回到正题上来。

万牛子的嘴凑在老田凤的耳朵上:"你瞧吧,大嘴老鸹叫了主不祥呵——"

"人影?"一个奇异的景象在大山的脑子里模糊地一闪,大山剪绒镶边的大眼,随即就像两把火炬似的亮起,用着平生的力量沉着地喊:"大家记住!谁要忘了今天的话,就先摸摸自己的脑袋,他活不过去今天!"他掏出了枪,向半天空刚想放,但随后一想就只把手扬一扬,便从木头轱辘上跳下来了。

杨大顺才又把嘴凑在白老大的耳朵旁边急促地说着话,大山走过来拍了拍他的肩膀,便走出了大门。

他刚走过道心,想进道北的大门,但一转念随即就转过身去。他顺着地形在揣摩：南果园的西邻是孔老二家，东墙是靠着水漏子，三缺嘴坐的是白杨树下边，是东边。方才一定是有人在偷听大家伙儿的议论，他定要捉住这奸细。

他刚想向水漏子那边走去，忽然看见道北大门呀的一声开了，走出来的正是刘老爷。

刘老爷向左右眨摩了半天，才用手抻了抻脖领，迈着八字步向南果园走去。

大家的声音便更嘈杂了，一窝蜂地从四面传出来。

大山听了半天，才听出了是张大白话和刘老爷吵嘴声。

后来又是田凤的怒喝声，万牛子气冲冲的一个跟着一个字的连珠炮的一大串话声……大家又都沉默了一会，刘发又像安慰大家又像是鼓励大家似的演了一片说，大山想着他得立刻进去，免得被他分散了。

大山想再回去。但是黄大爷大方的笑声送过来了。接着便是一串唠唠不清的话。

"还是大家都推吧，有啥我都兜着，方才刘老爷说的不也是差不多吗？唉，这不就结了。"

大山听了，这才安下心来，恨恨地用拳头向那边比试了一下，便像想起了什么，又慌张地向水漏子那边跑了。

大山按着枪，一步一步戒备着向前走，刚走不到四五步，就听见一阵哎唷哎唷的呻吟声。

"谁？"大山满心的疑惑。

"……"

"谁？"又问了一句，还是没有人回答。

"我开枪了！"大山把狗头叫起。

"是我，你敢怎样？"

大山细辨语声。知道是程喜春，便循声问道：

"程喜春是你？"

"呵，怎么的？"程喜春怒冲冲地回了一句，便不再言语了。

"我是大山。"大山连忙说出来，免得他疑惑。

啪的一块砖头打在大山的左肋上："打你个反叛！"

大山一下子照黑影扑过去，一把掐住他的脖子就问："你打谁？"

"我就打你。"

"你，你疯了——"

"你才疯了，你混蛋，你狗，我就打你！"程喜春的四只大板牙齐正正地咬在大山的手上，一阵剧痛，大山激烈地叫了一声，连忙松开了手。

"你是狗，你外摆襟[1]，你吃家中草料，给别人曳套！"

大山用手使劲掐住他脖子摇他，程喜春还是咬牙切齿地骂：

"你是狗，你啜咕地户来推地，我都听见了。我要告的，杀死我也要告的。"

大山过来啪地就踢他一脚。

程喜春捉过他的脚来也咬，大山大叫一声，用铜锤似的拳头在程喜春的脊梁上打了十几拳，那野兽才算放了手。

大山抚着脚，想用枪把子打他，但是一转念又作罢了。

"你来，你狗，我就咬死你！"程喜春的干涩的声音还向着大山嘶叫。

大山看了他一眼，便转身走了。

---

1. 外摆襟，向外使劲。

半天半天,才看见那怪物带着一条摔瘸了的腿,滴里当啷地疯狗似的跑了。

大山把手一掌打在天灵盖上,看着程喜春没命地往前跑,一个趔趄摔倒了,又爬起来,拔起了腿,连瘸带拐地向大门跑了。

里边是刘老二的声音:"是你吗?"

"快开门!快开门!"是程喜春喘不出气来的喊声。

刘老二开了开门,一把就逮住了他:"怎么样?听见了他说什么啦?"

程喜春一甩手,眼睛直勾勾地看着前边就跑进去。背后刘老二恨恨地寻思:本来是派我的差使,这回你又抢着做了,一定是这回听来要紧的了,连我的信都不给,就往少爷屋里跑,还多亏是把兄弟呢,把兄弟行这个,卖朋友!从小就做炮手的,都没有好东西!

程喜春脑子里空空的,一点什么也没有,只是机械地跑,也不知道转了二门子没有,穿过了正厅没有,就闯进少爷的屋里来了。

程喜春竭力想把嗓子弄净了一点,可是嗓子却偏又不净,反而发不出正音来。

丁宁看了他一眼,便坐在小茶几前等他说话。

程喜春这才长出了一口气,把方才所听的一五一十地告诉了丁宁。

丁宁点了头:"我都知道的,我不过用你来证实罢了。大山想弄倒我……好的,好的,方才我告刘发不露声色,劝他们都推,这就是我用的反间计……"

丁宁搓了搓手:"好,你去吧,我都知道了。"

说完便什么都不看,大踏步地踱着。

十三

推地

地户们都联合起来推地了,几个大佃户看出苗头也都跟着小佃户走。

老管事听见消息着了慌,赶快跑来和少爷商量。

丁宁连看也没看他,只是十分恼怒地吩咐他道:

"你告诉那些东西们,用不着再派人来跟我啰嗦了。他们的话,我已经听够了。地,我绝对不租,任凭它撂荒!"

"少爷!"老管事嗫嚅着说,"咱们丁家祖宗三代没有撂荒过地的!"

"什么?"丁宁的一字眉倒竖起来。

老管事又连忙接着说:"不过——不过,少爷今年不比往年,外出项都收紧,地要再……那就……"

丁宁睐起眼光道:"什么?我说什么就是什么——就按着我说的去办!"

为着少爷的专断,没有很好地听取他这老谋深算的意见,老管事的两眼里也吐出从来没有过的火星。

"少爷,我真没见过,我侍候老爷三四十年了,老爷哪回把地撂荒过一年……呵，少爷，咱——"

"什么？"丁宁霍地站起来，两眼蒺藜似的射出棱光，轻藐地用鼻子嗤了一声，"你想怎么样——"

灵子暗中向老管事的递了一个眼色，老管事这才浑身抖颤地退了出来，脚步迟迟地，临到门口还想图以挽救地回看了一眼。

灵子随着把大管事拉出门外悄声对他说："您老千万不要伤心，他就是那样一个人，您想回家那天碰见您老就问长问短地说了半天，那老远的路程还没忘了给您老带东西哪，他那样的脾气您还不知道吗？如今七岔八岔的事儿，都赶着一个时辰来了，唉，还能怪他……"

老人叹了一口气，才迟钝地说："唉，我这大年纪了，还在乎这个吗？我不看他，还得看老爷的分上呢……而且他说是说，我回头跟太太商量商量该租的还是得租，该种的还是得种，咱们这等人家，一年的用度，要不从地上出，还行吗？油坊呢，今年又吃机器油的亏，柜上的钱呢？又进不来……就全指着这个了。反正没有几天，他又上学去了，他还能管得着家事吗——可是灵子——"老管事的眼睛又凄迷在一起："老太太的金首饰，你都和春兄预备出来，你知道，老爷的尸首还没寻着呢，哪一天忽地发现了，就得发送，哪里弄钱去，这事还能等吗？措手不及，就得当号……你记着，先预备妥当……"

老管事又点了点头，接着说："这年头不租地能行吗……你呀，你好好地侍候他，你别看他火性，我倒喜欢火性，男人嗨，岁数不大，倒有作为，你就看他这两天，办了多少大事！……你的性质，柔能克刚，你好好地耐着，将来总有出头露日的一天……"

"怎么大爷也说那话?"灵子的脸不由得一红。

"孩子,你哪知道我的心哪,我这个岁数了,今天巴不得明天,我受过老爷的恩典,为丁府效一辈子劳。现在呢,老爷又……唉,太太又病,军长不在家,我就像说书讲古那个话儿了,赵子龙单骑救主罢了,我看你年轻轻的,都好了,我心里就痛快,花好还得绿叶扶哪,你就好好地耐着……"

"你看,大爷——"

"大少奶奶呢,一身的病,要不然那倒是什么都拿得起来……"老管事还没说完,只听丁宁从门里粗暴地喊了一声:

"灵子!"

灵子连忙转身进屋走到丁宁面前,心里浮出一种委屈了的难过。这时想到眼前诸事,又想着自己可怜的身世,倍觉凄凉……自从太太那次回她妈家王三老爷家里,闹过一场病,由她侍候,太太看好了,便把她从王府带回丁府来。后来太太说春兄一个人就够了,所以把自己打发来侍候丁宁,这时自己才觉出了人活着的意思。后来丁宁出去念书了,只有放假期间,或许才回来些日子。如今,这次他回来,是整整三年了,自己也大了,他也几乎是个成人,自己每日起居行事,莫不都加着十分检点,省得家下人小,又说三道四,在太太眼里也好免得像做贼一般。

"你和他唠叨些什么?我说什么就是什么!"

丁宁一歪身,便躺在炕上,两眼直视屋顶。

灵子立刻脸上泛起了一阵羞辱的潮红,只得红着眼圈,走到隔扇里边去了。

过了两个钟头,老管事又走进来,毕恭毕敬地说:"回少爷,那些佃户又租了,说不去租他们也续租。"

"不行——"丁宁坚决地摇头,"我不租了!我愿把地放兔子!"

"他们要见您——"大管事的继续回话。

"让他们给我滚开——我的脑袋痛。"丁宁此刻说话的神情,使大管事想起了当年老爷的风度。

灵子以为丁宁一定是病了,心里很难过,想出来又不敢出来,便只有把脸埋在手里,伏在暖阁里一动也不动。

大管事一边佩服少爷有决断,一边又很惋惜地走出去,他直奔伙房而去,和那些佃户们再去打商量。一刻钟之后,他又悄悄地进来回道:

"他们要进来给少爷磕头。"

丁宁眉毛一扬问道:"什么?"

大管事又嗫嚅地道:"他们——要,见,见。"

"……"

"少爷——"老管事又提高了声音,鼓足了勇气说,"还是见他们一下吧,见了之后不租,也还不是一样吗?"

有一口气许久许久压在气管里,慢慢地从丁宁的鼻子眼里冲出"好吧"两个字来。

"就到少爷屋里来吗?"老管事轻声问。

丁宁只轻藐地不耐地闭了一下眼睑,老管事知道这就是答应的意思,这才畏畏葸葸地走出去,带领佃户们的代表去。

灵子的心破碎似的乱跳,她觉得会闹出什么大乱子。

不一会儿,门口便有咻咻喳喳的偶语声,他让他们进来,他们互相推让着。

黄大爷的佝偻的姿态,慢慢地向前移近了。接着后边才缕缕行行地跟进了一群人,一声也不吱的,只是用眼睛凝视着前方，挤挤擦擦地不安地动着。

老管事的站在一旁，边用手巾擦汗，边向上回道："少爷，地户来给你——"

丁宁并没有看他们进来，全身凛然地立着一声不响。

佃户的面孔显得更严肃，心里尤其不知道少爷脑子里想的是什么，而加到自己身上的又是什么。

丁宁把眼光扫到他们身上。地户们的颜色都悚然紧张，互相交换了一个反常的眼光。丁宁像注射催眠术似的用眼睛凝视了他们一分钟，又向前进逼了一步。

猛然地，他像猴子般啮着牙齿说道：

"我知道，我都知道，你们这群东西，看着老爷不在家，你们背地里捣鬼，我早就知道，我把眼睛瞪得像牛斗似的那么大，我看着呢，我看，我看，你们以为我十几岁小孩子，没经过事，我看，我看你们今天能不能捣出我的手心去，我看，你捣，你捣，你捣呵，让你捣，你怎不捣了呢？你们以为大山那小子给你们走了线，你们大家联合一起，哈哈……"丁宁的嗓子里扯起了一道瘆人的狂笑："哈哈……你们今天来，不是推地吗？怎么你们都不作声了呢，你们到这里干吗？你们到这里来干吗？让我去给你们推地吗？我行吗？我又不会种地，你们以为你们一不种，我就得撂荒了——哈哈，好的，好的，我正有个怪癖，正要看地撂荒，哈哈——"

大管事用手绢擦太阳穴。佃户们不由得向后退了一步。

黄大爷糊里糊涂的不知道怎么开口好，只把两只老眼眯着不能理解。老田凤觉得这是说话的机会了，但是嘴唇却都因为少爷出乎意外的举动，震慑得只有痉挛的份儿。

从半透明的眼膜里，杨大顺看见从来没有见过的暴躁和威仪，他觉得今天意外的，不但不怕，反而觉得大山说的"富人没个是好的"那句话更其是对的，这不明明的是一匹吸血的活猴吗？你看他暴跳地喊。杨大顺的烂眼边拐带得他的脸都红了，他狠命地向前挤，想捉住丁宁暴打一顿……旁边的白老大的肘子拐了他一下，他一回头，老田凤发光的眼，正看在他脸上，他低下头了。

锁子骨像活了似的在张大白话的脖子底下乱滚，他看李大邪火的眉毛都扎煞开了，他刚想扯开喉咙喊："凭你怎的，我们也不租了，我们上江北！"

忽然是谁说了话，他浑身一热，便本能地回过头来，一看是老田凤弓着身在说话：

"少爷，你不去粮我们也租，谁不租我包着！"

"我抬轿！"万牛子气冲牛斗地一叫。

老田凤把脖子挺得老高，寻找谁，看有谁不租。

李二秃又不住地搔着头皮，杨大顺抬起了模糊的眼睛想看清说话的是谁。老田凤的眼睛正瞪着他，他刚想低下头，但即刻就又挺上来，他任着让打卷的睫毛刺痛了他的眼膜，他还竭力地向他怒视。老田凤的眼睛转过去，讨好地看着黄大爷，黄大爷妥协似的点了一点头。

屋里一阵子沉默，丁宁还是不言语，铅块似的沉思着。

老田凤把两手扎煞开，把胸脯凸出来，等着少爷吩咐，一点并不感到失望，似乎还有一点得胜者的骄矜，留在他的眼角。

花占魁自悔这回不该替他大哥来，和他们这般没嘴没舌的人们混在一起受申斥，刚想用手去摸水烟袋，又连忙缩回手来，一眼看见茶几上摆的一对起花崩瓷古式的小梅花碗，才暗叫了一声："好款式！"正要趁着这千载难逢的机会，再端详端

详暖阁上刻的是什么花,忽然是黄大爷的半咽半噎的声音:

"我本来劝他们不必来啦,只是这年月赶的,哪让这五月天老天爷还下雨呢,所以,所以……"黄大爷说着用眼盯在大管事的身上,大管事恐惧地摇了一下头,黄大爷连忙又继续方才的口音说:"所以,大家,大家都蒙在一起了,跟少爷谈谈,话说破无毒,也不是一起来的,都是前赶后赶地赶在一起了……嘿嘿,哪有的事,嘿嘿,哪,哪能够,还能够跟少爷有什么过不去的……嘿嘿……"黄大爷又把眼向着老田凤,老田凤赞美似的点着头:"所以,所以方才田四爷不是说了吗,田四爷不是……嘿嘿……现在就听少爷的盼咐,少爷您怎说我怎么领,您,您,就看您……我们都靠丁家吃饭的,子一辈,父一辈了,只要少爷恩典我们,我们还有什么说的!"

杨大顺的血立刻地冲到脑门子上了,白老大脸色更白了。

万牛子恨恨地向他冷笑了一下。黄大爷的眼睛看着大管事。大管事竭力低着头,装作看不见。

张大白话的汗粒子淌到李大邪火的肩上,李大邪火生气似的把肩头向上一端,他便红着眼悲哀地向他的老伙伴看了一眼,李大邪火便好像传了电似的向前一扒拉,就闯上去要理论。正在这时候,只听丁宁大声道:

"我也知道,这年头儿,不是太爷的时候了。那时粮食铺地,现在这年头不比往年了,地亩捐、大租、公益捐、教育费、保甲、恤金、烟捐、公债……这个捐、那个捐也够你们受的,可是……"丁宁猛然地顿住。

花占魁惊疑地喘不出气来,一个白铜的水烟袋差一点没掉地下来。

大家伙也都有点喜气了,看样子少爷也可能减点租粮吧!

李二秃几乎透出一丝儿的笑意，李大邪火退回身子来，想听清他到底说什么下文，不由得回看了张大白话一眼，黄大爷眯着眼，脑子空空的不大明白眼前的一切。

丁宁突然脸上露出一道狞笑，向前一手拉着门纽，向外指着：

"你们都给我出去！"

老管事的脸都白了，不由得打了一个冷战，本来咧喝着的嘴，现在就像掉了下来似的痉挛地在下边挂着。

丁宁又向前逼了一步，又喊了一声："出去！"

"为什么呢？"张大白话自言自语地问了一声，一看别人都没吱声，便像受了冷落似的浑身一震，退回身来。

老田凤不相信地向左右一眨摩，怎么一回事呢？谁得罪他了？他向着杨大顺敌意地看去，想在他身上发现出原因。

"出去，出去！"

一阵愤怒的沉重的靴鞋脚声，错杂地退出去了。

李大邪火似乎想起还有什么事还没作，他刚回过身来握紧了拳头，但是门已关上了。

"我×你祖宗！"他大声地一喊。

"你给我快走，你不要命的！"黄大爷一手扯过他来，两三个人便过来堵住他的嘴，把他强制拽走。

"你想让大伙都活不成吗？呵，你，你想把大伙儿都装进去吗？"黄大爷赶在后面教训他，气息在脖子里不住地急喘着。

屋里暖阁后边灵子一弓身就爬起来，奇怪地向外听着，心里突突地直跳。她听见外间屋什么东西被砸得劈啪山响。大管事无望地用手绢擦着汗水。

"出去！"

丁宁也指着他。

丁宁把门带上，踉踉跄跄地爬到茶几跟前，血都涨满了他的胸膈，哽塞着他的喉咙。他的肺叶都鹰毛似的扎散开来，他的胸部痛苦地爆裂着。

但是呛声倏然而止，屋里一切又复死的静止——

一切都不敢出声，只有偶尔传出来一两声像撞碎脆纸似的呛喇声……

灵子恐惧地发抖，又不敢出来，只是无声地在暖阁里悲噎——没有动作。

没有声音。

屋里铅样地沉静。

半天半天，丁宁才握紧了拳头，定着眸子，对着悄悄立在眼前的灵子，想要说些什么，可是又无力地把拳头放下去了。

十四

在大伙房

大伙房里几个人正在闲磕牙,花占魁和黄大爷抬起杠来。

黄大爷正在拿腔拿调地宣排花占魁,只听黄大爷道:

"你说什么?从前的年月是金口玉牙封的一江风的好年成?花大爷——我不是臊你,凭你上过多大阵势!也就跑到这儿三次六哨嗑扑哧,吓唬庄稼人……别的就不用说了,就说马傻子拉大队吧,你可知道,义和拳烧慎兴昌大楼你可梦见个影,三十六年跑鬼子,你那时还打屁屁腻哪,你娘抱着你大哥当包袱往井里扔,你今个才赚个大爷的帽子戴,你,你小子,黄嘴鸭子还没褪净呢,你也配!"

"那可是真的,黄大爷喝咸盐水也比咱们多喝一两缸,要说头三年六百代的,那你可得数着他老人家——"坐在黄大爷旁边的李二秃不清不楚地说。

听了这话,黄大爷便捋着几根胡子说道:

"这话像呵,什么猫的骚的我没见过,什么红的绿的我没经过?"

花占魁虽然满心不服气,但毕竟因为黄大爷是丁家的大地户，加之身边又没有多少人，所以还处之泰然，便淡淡地反驳他说：

"黄大爷，你别吃了少东家的申斥，拿我捉邪狐气！那么让你说，过去的也就全都没个好年成了。那么人家书上怎说呢——（唱）……人道说龙歌凤舞升平日！这期间是凤舞龙歌大有年……这个，所谓大有年……你看好年头儿是有过的。"花占魁唱完了，忽然又记起了一个比这个更有力的根据，便提高了嗓门："要不然人家门斗上怎么写着'尧天舜日禹甸和风'呢？那尧天就是——"

李二秃截住他的话，道："这可就对了，可是你能一刀子拉了两半吗？说昨天就是比天堂都好，今个咱们当庄稼人的就一个筋斗跌到屎窖子里去了吗……哎，这就是了，这不又回到那老话去了吗？六十年一转哪，六十年是个花甲子呀……不过不管他六十年一转，不管他七十年一转，你小子可不用想翻身了，怎么说呢，你是罗睺星照命！"李二秃说完得意地笑了。

"哎，正是——穷人年年有，你我是穷人！"黄大爷又摇着头，悻悻地接了下去，"从古到今，就有为官作宰的，就有受饿挨饥的，你我……"

花占魁又记起了他的典故，乘机又反驳道："那可不然，穷人也有无饥日，困龙还有上天时，人家打柴的朱买臣怎还当过宰相呢！"

黄大爷看他居然又想反驳，便偏过头来道："那可就得两说着啦，人家有那个书底儿呀，你，你怎样，你斗大的字，认识了两口袋，你要考唱本唔，你是鸳鸯湖的状元，哈哈——"

这时花占魁想，你不过是个"带把儿"的佃户，腰比我壮不了许多，就想杀伐我，便不服气道：

"黄大爷,这是怎么说的呢?少东家跟前没抽着个顺当烟,竟拿我杀酒疯……"

黄大爷听他的话不是味儿,才把话口放软了,缓和地道:

"哎,我说话,不过也就是痛快痛快嘴罢了,像咱们这一堆这一块儿的,还能有什么说的呢,反正就得安分守己听命由天罢啦!还敢有什么妄想?人家让咱们过一天呢,咱就过一天,人家不让咱们过呢,咱们就不过……"

花占魁听了,又道:"那要像你说,咱们就得辈辈受大穷了,是不是?"

"不那么说呀,你打怎的,可也就差不多呀。"黄大爷把眼光望着前方,脸上透出一种老年人脸上所特有的苦笑。

"那么,他们丁家的祖宗不也是一跨车子推上来的吗?"花占魁忽然想起了这句有力的反攻,便把鼻子狠狠地冲着黄大爷,毫不容情地问着,"怎么偏是人家就能有今日的势派呢?"

"对呀,你这句话问得就算有心,都是一样的祖宗,都是一跨车子推上来的,怎么人家就脚踩在咱们头上呢,怎么咱们就是人家脚下的泥呢——对呀,这是怎个景儿呢?"黄大爷又恢复了健谈的兴趣,磕去了烟灰,重新装了一袋烟,便拿出老前辈的身份来,有斤有两地说道,"要论这个细情,那你可就是知其里不知其外了呵……人家的祖宗是积过德行过善的,你的开山祖宗得的羊角风,就是人家祖宗给治好的,这个你得知道呵。人家的阴宅阳宅,都是自己看的相口[1],那时候,这边新荒界,风水都没破,人家一包大揽一股脑儿把风水都给占去了,你小子眼气行吗?你有这个造化?人家的气脉多旺呵!一个四

---

1. 看相口,就是看下葬的方向。

太爷就拨风水了,而且,而且……人家,人家还发胡仙财哪,胡仙财,你想想——胡仙财……"黄大爷把声音放得低低的,声音里含着无限的虔敬。

"那可真是,人无外财不富,马无夜草不肥——听说,听说这个奶奶就是个发猪财的嗨……"又是李二秃的呜啦呜啦的声音,说完了又不好意思地搔了搔头。

"哎呀,我的二爷,凭人家那大的家业,还发什么猪财,你打就像咱们这个庄稼院的主呵,一年养两口瘦猪,不长灾、不长业地出息个半膘子,就算发猪财啦……我的二爷,告诉你实说了吧,人家就是发猪财,也是个金母猪……你懂得啥?"花占魁正一肚子别扭没地方发落,便都出在他身上了。

李二秃涨红着脸,退到炕头角落里,不再言语了。

"这个奶奶我可没见过,从前那个奶奶,是黄大爷的姑娘——可不是我这黄大爷,是鸳鸯湖的那个,大山的爷爷……我见过,模样儿标致,心思忒灵,长得像灵精似的——那真是!"黄大爷使劲抽了一口烟,刚想接下去谈个仔细,只听花占魁又插嘴道:

"听说是抢亲嗨!"

黄大爷这才又拉起了长音儿来说:"说起那话可长了,要论人家丁府上,说谁的,谁不得敲着口儿给,可是那时候,要论说宁姑娘的模样儿真算是全城的都督,就是现在的老爷,那时还是金花秧子,在戏台底下看中的,便托人非娶不可——"

这话引起了花占魁的兴致,他偏着脸听个仔细,又插嘴寻根问底。

"听说是糟蹋死的嗨!"

越问黄大爷越发得意,又说:

"那是！过门之后，顶得脸，挺占上风，是老爷的心上人……就是跑日本鬼子那年作践死的……"

花占魁又打听道："这个少爷就是她生的吗，怪不得那么有决断！"

"说的是呢，生下少爷就死了，如今这个是'填房'，这位奶奶生的小姐才死不久。"

他们正说得热闹，忽然闯进一个人来，边走边嚷：

"今个可让我掏着了，今个可让我掏着了！"三缺嘴满脸的大汗震山价喊。

"你掏着啥啦？"花占魁撂开黄大爷，扭过身来好奇地问。

"我就说呣，年前年后总得有他妈一道财气，这回算让我给掏着了！"三缺嘴矜夸地向花占魁走来。

"什么便宜东西？拿过来给我看看！"花占魁又向前移近了一点。

"我买了两双皮鞋，你说多少钱？"三缺嘴把两个灰色的纸匣，卖弄地从腋下拿出。

花占魁这才看见那个奇异的匣子，只管埋怨自己的眼力不济，总看不清那匣皮写的什么字样。

花占魁一面用话来损三缺嘴，一面用手来打开纸匣子："你他妈穷小子还配穿皮鞋！"

三缺嘴用手按住了纸匣子先不要花占魁打开来："你不用管了，你猜多钱？"

花占魁抬起头来问："几双？"

三缺嘴伸出两只手指头道："两双！"

"两双，两双还不得——六块钱，六块！"花占魁眨着双眼在计算。

"什么？多少？六块！六块你买一双唔，许不大离了！"三缺嘴的神气颇有几分看不起他了。

"八块，再多一个子儿，你小子也动不起庄！"花占魁说到这儿哗的一声把灰色的纸匣盖儿打开来。

"我实告诉你吧，哈哈……"三缺嘴得意地笑了，露出一溜虫蛀的黑牙，连忙按住了纸匣，不教鞋露出来，叫道，"连鞋带匣，才一块六毛钱，八块，八块，我锉骨头渣子我买它！"

"假皮子，假皮子！纸的，纸的！那没错，我吃过亏，我经过的，我经过的多！"花占魁也把手按在纸匣上，用另外一只手向外掏鞋。

"这个可不比那个，一不渗水，二不拖泥，三不打刺溜……"三缺嘴趁他一缓手的工夫，像藏着至宝似的，把匣子小心地掖在身子后边。

花占魁没法，只好搂住他的脖子，把他按倒在炕上，才把纸匣抢到手里。

"你拿来，我看看……嗐，原来是橡皮呵，你搁哪儿买的？"

"呵，什么，象皮？那可是好东西，马下骡子猪下象，象要下出来，三月一拉皮子，一年就长一房多高——那结实呀，从前金銮殿前的一文一武……"黄大爷也俯过腰来，眯缝着眼不相信似的细瞧。

"不是，这是橡皮，不是象皮。"花占魁瞧不起他似的急口地说，"这不是皮鞋，这是橡胶鞋！"

黄大爷也看不清是什么鞋，还兀自慢声地说：

"说的就是象皮呵，我知道，要是在从前金銮殿前头皇上封的……"

"不是，不是，这是日本货，什么——太——阳——牌——

自由——鞋！呵，劳——动鞋！"花占魁侧着头仔仔细细看着那灰色的软匣皮子，一个字一个字地读出来，读得很重，读完了，才又向大家很矜夸地扫了一眼。

"呵，日本货！"二秃子也凑过来看，"是人不买日本货！"

"日本货没好的，都是骗咱们清国钱的！"黄大爷像见了毒药似的那样害怕，一边摇手，一边就往炕里委蹲。

"可别说那个，你身上穿的就是日本货！"看见大家已经不像方才那样的热心与激赏，三缺嘴便向着黄大爷大声地说。

"放屁，我这是王家机房的真正的老机头！"黄大爷拉起了身上的浆锤的大褂，气得胡子都有几分发抖。

三缺嘴这回可捉住了黄大爷的尾巴，他把头伸过来道：

"这可是大爷你说的，这可是大爷你说的呀！可别一个嘴拉出两舌头来呀，王家机房去年封的纺车子，一直到现在让日本货顶得没开机！"

大家伙听了也都哈哈地笑了。

黄大爷脸上红了一下，方大声地说："这是去年我陪送扁丫头出阁留的厚成，用你嚼舌根！"

"嗾，这还有个八谱[1]，可是厚成完了呢，还不得也得给日本小鬼赶网！"三缺嘴得胜地端详着自己的鞋，二秃子拿起一只来，里里外外地看。

黄大爷第一次受他的抢白，心中老大不快，便拼命吸烟，待了一会才自言自语地道：

"你今个可真有点犯上了！三缺嘴！"

三缺嘴不慌不忙地辩道："大爷不是我冒犯你，实在是实

---

1. 八谱，就是"差不多"的意思。

情。你看吧，慢慢咱们爷们的高粱米种也得用日本种了。怎么说呢，从前咱们谁家种白谷子，自从日本人一说白谷子好，是不是你我都种白谷子了，明年谁家要吃点黄谷子就比登天还难！现在咱们什么事就得跟着人家的屁股后头转。人家说是一，咱们就不能说是二。"

三缺嘴一面满嘴吹着唾沫星子，一面用纸把鞋包好了，放在行李底下，又着实按了一下，才郑重地回过头来，又接着说：

"不用说别的，就说人家日本鬼想的洋法子，配的猪种吧，元宝耳朵大身子，胖得像个牛犊子似的，浑身是膘，走起路来哈巴哈巴都喘不出气来！"三缺嘴今天非常得意，口吻里很有几分盛气凌人……

花占魁接着他的话说："那猪肉，我吃过，泄口，泄口[1]！"

"啥？你胡说，泄口，泄口不撑冒你眼珠子！"三缺嘴一看花占魁竟敢于驳正他的话，便非常气恼，"泄口？人家使的是绝法子，咱们的小鸡子到人家的手里一摆弄，就出二百四十个蛋还有多，咱们怎样？咱们的冒个大劲，拉出蛋黄子来，才一百二十蛋不到，这不是绝法子？这不是绝法子？我在公主岭亲眼见过，你们，你们见过吗？哼！"

大家看着三缺嘴这种瞎冒邪气的好笑，都想不理他了。花占魁一看这小子今天买了一双便宜鞋，便把我花占魁都不放在眼里了，便想当着人面给他个下不来台：

"三缺嘴，你小子，你就拿日本人当祖宗去吧，你明个要有儿子，一下生便是两撇小仁丹胡！"

---

1. 泄口，就是吃了没有滋味，甚至还有邪味。

"你高颧骨，小矮巴子，才是真的小日本哪！"

"你——你怎的就非得偏向着小日本说话不可呢！"花占魁本来有几分打趣他，可是看三缺嘴居然会骂到他的尊容上来了，便只有短兵相接了。

"我向着他了吗？我向着小日本了吗？我向着他，我天打五雷劈！谁要灭良心，谁今天半夜子时就得咽气！"三缺嘴很有点恼羞成怒了。

花占魁也急了，大声骂道："你说谁呀，你家里有什么样的阔嫖客？你便目中无人——你三婶贴上了卖白面的，你就敢对我挺腰。"

三缺嘴意外地浑身一抖，出了一通黏汗，但是更红着脸，直着脖子喊："放屁，他家里狗屁的事，我管得着吗？"

花占魁哪里是让人的，一点不放松，接着还骂：

"你们都是一律的根种！"

"我问你是什么根种——我给你脑袋开瓢，我看看你狗肉包子包着的是什么馅！"三缺嘴一看因为三婶和李翻译不清楚，便把自己也打到洋奴堆里，跳着脚劈手就打过来。

"你动手，你动手，我把你的小腿子撅两截！"

三缺嘴一听见是舅舅的声音，眼前便一黑。全身的强硬都酥软下来了。

"杂种，我怎么会把你带出来了呢，给我丢人！"老田凤走过来，举起了烟袋便向着三缺嘴的头上打。

三缺嘴一只手护着头，一面便吃吃地说："他，他，他，他说我三婶——"

"没的事，大家说闲嗑儿，人劝他别买日本货，他就吵了！"黄大爷秉着大事化小、小事化了的热心，夹在中间来劝解。

"杂种，看大家都盼你好，你怎么拿着好心当作驴肝肺呢？我就说呢，人家谁不买日本货，偏你买就犯款！"老田凤觉得花占魁背地里欺负三缺嘴实在太给他难堪，所以话一出口便连烧带燎。

"没有说他，花开两朵，各表一枝……"黄大爷一听老田凤话里有话，就连忙又横在中间给大家破解。

"偏是出了你这样一个大游杆子[1]，鸳鸯湖的人可都让你一个人给丢尽了，真现世，我都替你惭汗！你还有脸活！"老田凤指着三缺嘴大声地骂，又跳过来要打他。

老田凤本来就看不起花占魁的不尴不尬的鬼样子，又加今天在衙门口大堂前的照壁上被小绺绺去三块钱，想不到在事情头上闯了几十年的他，今年也居然会在海水浪牙的大堂前栽了筋斗，真丧气——一年也不能顺当了……心里一想怒气便更盛了，便都趁势发泄出来。

花占魁一听话里骂的大游杆子可能就是自己，便也按捺不住，冒起火了：

"我可告诉你，姓田的，咱们是祖上三代好几辈子，亲上结亲，戚上结戚，咱们人都有个脸面，你是高山点灯名头大，海里栽花有根恒，凤凰城上的得胜鼓，传你的名儿到九州！你是田四爷，你说我游杆子不假，你可得给我拉出边栏四至来，我是游了你的老婆了，还是游了你的闺女了？我姓花的坐不更名，立不改姓，外号叫花大游杆子，托了我大哥的福，横草不吃，竖草不拿，坐吃山空，早就挂了号[2]了，你小子怎的？你能

---

1. 游杆子，就是二流子。
2. 挂了号，就是大家公认的了。

把我怎的？你有多大脓水？你就当着大家叽咕叽咕，我就算叫了号了，我让你当着大家翻个白，让你看看！"

花占魁说完了扔下了水烟袋就跑过来，向老田凤的怀里就撞头，嘴里乱喊着："我也不想活了，我也不想活了，我就交待在你的名下了！"

"你来，你小子，你来，我今个就跟你拼了，我今个就算跟你干了，你能把我怎的，我知道你老爷是刀笔邪绅刘铁笔，我看你能把我怎的，你今个敢动撼动撼我，你动撼我一根汗毛，你得跪着给我扶起来！"老田凤叉着腰举起了烟袋就向他的头上打下去……

"你们是怎的了，呵？你们都不顾颜面了，这是伙房小店吗？这是，呵！这是鸡毛房吗？呵，要让上房知道了可怎么办？呵，你们都疯了吗？"黄大爷破死命地相拉相劝，心里埋怨他俩的不知好歹。

劝了半天，幸而还是王发和万牛子他们从街上买东西回来，把他们强死巴活地拉到南果园去和解去了。

屋里，黄大爷心里恼恨他俩的不给自己面子，在炕头上和老刘发不住地唠叨。

"哎，都是没到火候，压不住五火呵，人活着还有舌头碰不着牙的吗，万般都得往开了想呵，没有过不去的河！啥事要往开了想，一天云彩就都散了！"黄大爷喘息了一会，才对着坐在旁边的刘老爷对着了烟袋，感慨地谈着。

"要拿昨天的事来说吧，要都像李大邪火那么办不就砸锅了吗？"

"就是说呢，我昨天为了这事一夜都没睡觉，我就纳闷，少爷到底是什么心思呢？"旁边一个小佃户道。

刘老爷暗暗地笑了下："我想呵，少爷是这个意思——"刚说到这里，便又缩住。

黄大爷又道："不过大山这小子太混蛋了，他们简直杆儿地骗咱们哪，他一口应声地说已经和少爷打通关节，说咱们只要一推地，少爷便要怎么的就怎么的了。哪承想，跟少爷一对证，怎么样？结果满不是那回事。人家就不怕你推，不推也不成。咱们本来的法宝都见了金钟罩[1]了，让人拿着咱们的椰头打咱们的脑袋！这叫什么事呀？唉，真是人心大变，说不定大山这小子还是少爷买出来使托的[2]呢！"

那个小佃户又道："黄大爷，你可别说那个，那天不是你我都主张推吗？最后不还是由大爷的嘴出的公吗——那么说咱们也吃了钱了吗？"

黄大爷连连分辩道："我不是说那个呀，我就是猜不开这个闷[3]！"

"哎，他们是血心对待咱们噢，你怎么还埋怨人家呢？"闯进来的是杨大顺的声音。

接着几个青年小伙子，踢跶跶地先走进屋来了，如同没有看见这两个老头子似的，大家又热烈地谈着。

"现在非上江北不成，我的新捉的达子马往哪销放呵——"是白老大带颤的声音跟在后面。

"少爷——那小——子诡计多端，把大家制了！大山也没想到他不怕推地。"

黄大爷刚想问问他们老田凤他们和解了没有，用不用我亲

---

1. 金钟罩，也是一种法宝。
2. 使托的，被收买的反间。
3. 闷，就是谜子。

自出马,一想起田凤打架的时候他们并没在屋,便又把老眼一抹搭,又掉过头来和刘老爷低声说话去了。

"大白话,这才叫会下棋的碰见生手,他瞎走,有时会的倒输了棋。"杨大顺要哭了似的又揉了揉眼睛在那儿说。

"哎,我是刚强志气一辈子,想不到到了今个会变成了个不出火的炮仗!唉!"李大邪火自谴地摇着清癯的斑白的头颅,"那天依着我就给他破瓶烂罐子一齐来打翻!"

"昨天你怎不说话哪,今天才想起对不起来了。"白老大埋怨着杨大顺,用脚踢着一块砖缝。

杨大顺耷拉下头,一声也不吱。

"昨天要有一个小子敢忍一个肚子疼,冒高喊一句:'呸,你不租就不租,老天爷饿不死瞎家雀,看撂荒谁家的地!'他小子也不敢撑得那么硬了,他看咱们太软,他不硬怎的,要搁我,我还硬哪,这年头儿就是这个,你越给他磕头,他越用脚蹬你的下牙巴子!"白老大显然是太兴奋了,脸上泛起了一层发烧似的红晕。

大家都无语了,杨大顺听了点了点头。

"唉,什么也不怨,只怨咱们没小子骨头,没到房檐子底下就觉得脑袋疼。唉!咱们这一群算完了,就看着人家在咱们前门放火吧……唉,我们都不是人,连我也在内,要是在十年前,我要不掐着那小子的尾巴,把他摔死,我不姓这个李,我大头朝下来见你们,可是如今怎么样……完了,随着人家掐圆就是圆,随着人家掐扁就是扁了,唉……"李大邪火又接着说道,"我想呵,他是这样的,他先把咱们一下子都撑了,他知道咱们自然是非种地不可,庄稼人不种地干吗去?要种地,不种他家的,这时候,上谁家去租去?而且咱们谁不欠他的钱?然后他再拿起来,你们谁要想租地,就得听我的,把柄在我手里呢,让你怎的你就得怎的,要不然你就不租!你看,他岁数不大,他多狠呵……唉,可怜咱们都落到他手心了,连大山那小子也让他玩了……唉!现在我想起他来,我也不怨他了!"

"老大,你还说这些干吗?咱们抖擞抖擞上江北去就结了!"张大白话又提起了江北。

"得了,你一个人先走吧!"白老大直着眼瞪他,张大白话惨然地低下了头。白老大也觉难过,说:"唉,能说走就走吗?也不是土皮上的蚂蚁呀!而且你走也得到上秋呵,这时到那边晒牙帮骨!"

"真的人家都起事了,咱们还睡在鼓里呢!"崔小虎满头大汗一跨进门槛就没好声地喊,"我们都是一团臭草包!人家都干起来了,咱们还挺着脖子挨刀,听人家的来宰我们!"

崔小虎两眼放着红光,怒张着嘴像要噬人。屋里的人不知什么事,都愣住了。刘老爷看着他眼睛有点害怕,眯缝着眼,不敢正视他,只是眼神在眼皮底下向他溜。

崔小虎又叫道:"非起事不可了,分大家!"

三缺嘴听得呆了,咧着嘴嘻嘻嘻傻笑。他听了这"反话"觉得非常受用,"分大家"这三个字还在他耳朵边上响。

这小子疯了吧,黄大爷皱着眉头,脸色铁青地和刘老爷对看了一眼。

李大邪火凑到他的跟前,摇着他的肩膀:

"您怎的了?你说的是什么,小虎子?"

小虎子红涨着脸,冷着眼看他。

"你怎么的了?小虎子!"

"泰发堂的大管事让地户给插了!"

"谁？"

"什么？"

"好！插得好！"李大邪火凶狂地大笑着，笑得脸都歪了。

"是好样的！痛快，插得痛快！"张大白话也转过颜色来，拊掌称快地大笑着。

杨大顺心里在盘算。

"可反叛了……"刘老爷向里缩了一下，又看了黄大爷一眼。

"非得这样治他们不可了，那干巴猫似的老太太更会弄得庄稼人，非插他不可，插得好！"

李大邪火也没心去听身后是谁说的话，便拉过来崔小虎的膀子拼命摇着："到底怎么一回子事？你说，你说！"

崔小虎才给大家详细地说了一遍："先是大家一齐下的手，后来邵越一个人报的官，一个人都顶过去了，黠巴多脆的好汉子！一个人没咬[1]——他今个在大堂上，说话像钢梆子似的，他说人逼得没活路了，他们净指着穷人过年，非一刀子一个不行，是穷人多，还是富人多，杀一个够本，杀俩是赚的……"

小牛子的眼睛湿了，几乎像小孩子似的哭出声。

杨大顺苦楚地沉思着。

李大邪火眼睛瞪得像铜铃似的，他正在炕沿缝里拉出一根草来，使劲地团在手里，任着让草把手心都扎出血来，他还使劲攥着。

坐在炕头的黄大爷才在小虎子的话里听明白了一切，便拿着教训的口吻说："我就不信这个，一个对一个，穷人能有多大脓水？人家有保甲，有警察，有大兵！"

---

1. 咬人，就是犯人在口供中牵扯旁人。

崔小虎抢白他道："怎么的！我们他妈有锄头，有二齿钩，摸着什么就是什么！"

黄大爷厉声说："枪都在人家手啦，奉天北大营一天出二百支！"

"你是谁买下的让你替他说话。"小虎子对着他就冲上炕头去，要揍他。

黄大爷不由得一震，脑袋立刻便缩进了腔子里一寸。

"你这，你呀……唉！"小虎子小孩子似的看着他那害怕的样子，举起来的手不由得又落下来了，"你都是因为家里有几亩地，说话就直不起腰儿来了！"

"哎——"忽然地一股子青春的热血，又奇异地在黄大爷的血管里流动，他像全身又有了当年的精力似的，感觉到又回复到青春，那时，他是两个肩膀扛个嘴，跑腿子给人家扛年造，也是因为天旱，大家推地，一下子说砸了，他一拳打倒了刘账搭，结果，自己领了头，一家去了二石粮……不想，如今赚下了几十亩田，说话就不带劲头了。

他看见小虎子一身栗子色的五花肉，在那带着汗漉漉的小布衫里，叽里咕噜地乱滚，他有着一种说不出的兴奋。现在小虎子的满脸复仇的光辉，他不但不再引起他的恐惧，他反而觉得有一种悲壮的感情在他的眼前闪耀！

"唉——你们不知道我的心呵，我见过多少次了，我年轻的时候没做过吗——唉，你就瞧咱们鸳鸯湖大山的爹吧，你们还不知道吗？不服气了一辈子，结果能怎样呢……唉！我还能不想好吗？……"

他喃喃地做梦似的自语着，老泪也不期地昏迷了他那双灰色而凄迷的老眼。刘老爷掏出了烟袋想抽烟，看见黄大爷的悲伤的神气，刚想说话，但是一转念却又不说了……只见那边小虎子拉了李大邪火和杨大顺几个人小声在商量什么。

不一会儿的工夫，王发他们都从南果园回来了……

"我说夫妻无隔宿之仇，你看……"先进来的是万牛子开玩笑地讲说，"人怕见面，树怕剥皮，还是田四爷有涵养，大度！"

"都是父一代子一代的，不能掉小脸子，明天咱们喝一杯和合酒，大家哈哈一笑，百事皆无……他们还说快来请黄大爷来开解吧，我就说，这是什么大不了的事，要请他老来更显得是生分了！这个锅我这小人马也锔得上，你看两家都给了我面子！"拔尖了的是王发的声音。

"宰相肚子能行船哪，仇疙瘩是结不得的。"

大家伙前簇后拥地把两个口角的主角拉到大伙房里来了。于是伙房里腾地人多了，上街买东西的地户也都陆续地回来了，屋里搅起令人烦躁的噪声。

大厨夫把馒头蒸好了，又在外屋添火熬菜，勺子敲在锅沿上不住地发出急躁的碎响。大家听见刀勺的声音，也引不起来食欲，各人想各人的心事。

…………

晚上。炕也特别地热了，炕席上都冒了烟了，崔小虎跳起来把它支起，免得烧煳了。

黄大爷和刘老爷还靠着热炕洞子坐着一袋烟一袋烟地抽着，老田凤躺在他俩跟前装睡觉。

连二的大炕[1]，炕头现在已经空了，行李卷都卷在第四个洞的脚跟底下。支起来的席子底下，都填满了汗漉漉的破鞋，发

---

1. 连二的大炕，两间中间没有间隔，两铺炕连在一起。

散着不可抗拒的奇异的恶味，一个裸露的石印的女人，下半截，已经让蓬起的席子给吞入，只剩下几个用画眉炭子写的字，还隐约地蜿蜒着几道粗鲁的字迹——"鹅字飞去鸟，日在疋上高，主字无了头……大碗河拉一屯……"——字迹又被抹去了一些，所以旁边便都化作了几只毛烘烘的大手印了。手印伸张地往上爬，几个血红的臭虫血都在食指尖上抹着，一挂丝线样的塔灰，像从手上牵出来似的一端挂在柁梁上。梁上已经落满了一大钱厚的灰尘，两个虎头牌，峥嵘地在那里怒视着，两副半黑半红的军棍，精致地交叉着。再靠墙角那边的，是一个装潢秀雅的三弦，一个褐色的布袋里装着一面梨花大鼓……

花占魁赞叹地向那两件奇特的东西看着，刚想要唱一句，但是一看见头向里躺着的是老田凤，便憎恶地瞪了一眼向外走去。

"富的呀，富的呀，都得一个一个的咯嘣咯嘣地死了……腰斩三截……"张大白话不知在什么时候喝醉了，杨大顺和李大邪火把他搀过来，放在炕梢上躺下。

"富人是王八托生的……大粮户都是……都是兔子……托托生的……"张大白话浑身烧得滚热，翻了个身，"什么？……你有三碗吃两碗，有两碗吃半碗，你碗打了，手也砸了呢……大地户们都是尿泡！"

张大白话又翻了个身，嘴里嚼了一些一点也不清楚的话，又似哭似笑地闹了半天，才安静地睡下去了。

屋里的人愈来愈多了，小半拉子送来一盏头号吊灯，挂在屋子中心，屋里多出一层雾一般的昏黄的灯光。

王发今天觉着给老田凤说和了事，心里十分高兴，便搓着手凑到黄大爷跟前和他来商量个办法："大爷，咱们也得研究个究竟呵,光这么相持不下也不行呵,憋得大家都火龙了,干瞪着眼没法子想,这还行吗?"

"可不是怎么的呢,我也是心急呵,今天早半天我就和刘老爷研究,也想不出个主意来呀——我到老猜不透少爷的心。"黄大爷觉着炕太热,向外慢吞吞地蹭了一蹭,对刘老爷问道,"刘老爷呢,你拿的是什么主意?"

"唉,我也寻思不出个道儿来。"刘老爷细想今天晚饭后偷空想去见丁宁,可是少爷没见,所以他的心里也飘忽的,不知道少爷还是另有机关呢,还是嫌他办事办得不好。

王发道:"我看少爷是呒这个意思,少爷的手段是你要什么我给你什么,完了你吃不了撑胀了你肚子,他再用小棍敲得你肚子疼。"

"我看只怨大山那小子,那小子花言巧语把咱们卖了!"刘老爷啪啪地磕着烟袋。

王发又道:"我不怨大山,依着我,怎么说呢,那小子倒是一片热心,想把咱们都逼上梁山,非和少爷牛上不可,到那时他丁家怎的,他丁家也没法,地都不种了,没有的事——你别看现在少爷这么说呀,少爷是端着架子等咱们去求他再租哪——那时自然可以退点粮了,哪承想咱们一出手就软,结果全砸了!"

黄大爷惋惜地把脑袋摇了半个圈,意思是说他这话很有道理。

"现在怎的,只有再软下去,硬也硬不起来了。"是刘老爷的声音。

"哎——"王发半歪着头,把眼看定他,"怎能这么说呢?别灭自己的志气——哎,道多得很哪——怎能那么说呢?"

"那么你的高见,你说得怎么样呢?"刘老爷口气里十分的不以为然。

"哎——"王发轻轻地摇了一摇头,似乎不满意他的说法,又似乎想摇出自己的议论来,"依我想呵,我们硬起来!我们不租,就都推!你看现在这不都摆在这儿了吗?他的地不出租也不行,没的事,天底下没有三四十处窝棚撂荒一年的人家,天底下也没有三四十户的庄稼汉都推地不种的事,就打算有几份上江北的,像张大白话那样的吧,也没有都去的,这不是拍拍屁股就走的事呵!没那么容易,所以将来总得有一头打回头来不可,不是咱求他租,就是他求我们种……"

"这倒是呀……是的,这料得很对。"黄大爷点了点头。

王发刚想把头摇成一个圈儿自鸣得意,忽然老田凤冷不丁地从黄大爷身旁跳起来:"哎,王九爷,你算说到我的心上了。"

"呵,田四爷你还没睡着哪,哈哈哈!"王发高兴地大笑起来,自己觉着从这以后在鸳鸯湖畔也算出头露角了,不枉自己奔波了一辈子的心血了。

"硬……"刘老爷怀疑地嘲讽地念诵了一句。

"硬!对了!"老田凤一边擦着汗,一边挺了挺腰,眼光又像从前似的毫光四射。

王发又道:"现在是非硬不可了,要是我们低三下四地再跪到少爷跟前去求情,哼,你猜怎么着呵?我们就都得听着人家的发落了,任凭人家叫咱们怎么的咱们就得怎么的了——他说按原租的到这里来画押,不按原租的滚蛋,那么,我们还是滚蛋还是画押呢?不滚蛋咱们就得按原租,按原租到上秋就得喝西北风,这是少爷给咱们摆的独门阵——你不着这头就着那头!"

黄大爷无可奈何地叹了一口气，觉得也是非硬不可了。

刘老爷刚想说话，老田凤便拍着大腿抢着说："王九爷，从前我还不知道你肚子里还有这么一套经纶，你说的都头头是道呵，如今咱们要硬起来呵，暗中托大管事一说和，两头心里明白，他少去点，给咱们做点面子，咱们就顺水推舟，一推六二五，退一升也租，退一斗也租，你说是不是？"

王发驳他道："没有那段理，从前咱们拿退租吓唬他，人家还不退哪，如今晚，咱们上赶着人家去租地，人家还反过来给咱们退租，天底下有这段理？"

老田凤冷笑了一下，也伸过头来对刘老爷讲道理，道："刘老爷你可是老了，天底下的理就在这块儿，少爷的脾气你不知道，从前是咱们拿着他，所以不成，现在是他拿着咱们，所以就是一个字——成！"老田凤说完了就对着王发笑了一笑。

"要按着你说的，那么我们要一个劲地软下来，那不更是他拿着咱们了吗？那不更容易成了吗？"刘老爷鄙夷地一耸肩膀，"这是什么理呀？"

"唉唉！"王发对老田凤笑了一下，"这个理你可就不知道了，少爷这个人，哎——还是怕硬不怕软，你硬点他才愿意给你个好看瞧瞧，你要软到底，他才——哎，一脚踩你到泥里去！"

"我不懂！"刘老爷还是听不进去，他现在盘算必得趁早到少爷跟前告密去。

王发和老田凤惺惺惜惜似的对看了一眼，便说："看看他们别的小户都怎样了吧！"

"我们也推！"

老田凤一回头，一看杨大顺不知是什么时候坐在他们旁边，在那里眯着眼。

"好,你们也推,好!"老田凤又用眼睛向他扫了一眼,想看出他心里真实的感情。

杨大顺似乎又看见了大山的火炬似的怒眼:"你们还咬着牙推,再支持三天,丁宁就得跟你们说好话!"

"不过——"老田凤掂对着话是怎么开头,"不过是这样——咱们够个坎儿可就得撒手呀,别死搬桩,是不是?"

杨大顺在心里骂他:"这老乌龟总是活摇活动的!"

老田凤又和王发仔细讨论怎样推。这时刘老二蹑手蹑脚走进来,坐在一旁偷听着,他想这回他们的主意可让我听来了,上回那个头功让程喜春抢去,结果闹得大得脸,把我都压过去了,这回我可出奇制胜,掷个十八点。

刘老二记准了王发和田凤的话,便又悄悄退了出去,一出门,还默背了一回,生怕到少爷跟前忘记了。

他正急急地想找到少爷跟前去报信,迎头正碰见大管事,他便问道:

"大爷——少爷在哪呢?"

大管事一看是他,便问:"你有什么事?"

"不,不……"刘老二红着脸,"不,少爷吩咐的,对谁也不能说。"

老管事看他不尴不尬地也不理他,便说:"你自己去找去吧。"说完便向伙房走了。

二厨夫看见大管事的走来,便招呼大厨夫:"大爷来了。"

"呵,大爷来得正好。"大厨夫用手抹着围裙,便赶着大管事的问,"太太今个摔两遍家什了,怎么说我这几天做的小灶的菜味,就怎的也不对口味呢!"

大管事的道:"唉,太太这些日子心情可大变了哪。哎,你就细着点心做吧,答对她个乐和就是……"

大厨夫和二厨夫边和大管事说话,边留他喝两盅,说有特意给他留的下酒菜。大管事一味说忙才推辞开了,说着便转进伙房里去了。大家一看见大管事的进来,躺着的便都坐起半身来,坐在炕沿上的就都站起来了。

"坐着坐着!"大管事连拱手带点头。

坐着炕梢的李大邪火正在捧着发烧的头在苦想,忽然听见大管事的来了,便憎恨地向他龇了龇牙,觉着脑袋一阵剧痛,又捧起了头。

"没吃饱吧,太简便了,太简便了,吓吓。"大管事照例地客气着。

"哪呢——吃得饱饱的,在家里哪里有馒头吃呵!"黄大爷的眼睛拉成一条线,眼角上堆满了笑意的皱纹。

"哈哈,我知道黄大爷不能挑我,田四爷,刘老爷……哈,都没说的,王九爷,你自己抽,我刚抽过的。"大管事把烟接过来又递还了王发。

大管事对大家说话,可是眼睛却瞄着几家大佃户。

"唉,我是脚不点地地忙呵,没法子,一整天也没说过来看看大家,多包涵,多包涵……"

"说哪里话,说哪里话……哈哈,能者多劳呵。"王发挂了满怀的得意。

大管事又应酬道:"嗐,反正见天是钱财地亩,来往人情,大门一开,就是这个……"

王发又接着奉承道:"可不,大家有大家的事,小家有小家的事,反正都是为的活着。"

大管事正想还说什么，忽然看见南炕上的人们都像波浪似的一动，眼睛喷出光亮，向大管事的身后惊视！大管事不解地向后一回顾，忽然看见丁宁立在那里，他全身一凉，神经整个地一抖。他没想到丁宁此刻会到这里来。

"呵，少爷……"大管事卑恭地低下了上半身，遮去了脸上的表情不让地户们看见。

丁宁进门便说："你们的租粮今年统统地全免！"

声音是庄严感动的洪响，打进了每个人的耳鼓。

"你们听见了没有？"声音像狮子似的一冲，丁宁的头颈昂然竖起。

丁宁的眼又像火舌似的在大家身上扫了一过，便沉静地走出。

突然地降临，突然地走出，大家的眼前都还有一个有强光的扫帚星尾巴在闪耀似的，反而把大家弄得惊疑不定。

黄大爷的耳朵像打雷似的嗡嗡。

怀疑，不解，不安，大家都互相地惊视了一下，不知葫芦里卖的什么药。

"哈哈，你们都听见了吗？少爷今个——"大管事的干咳了一声，"今个早晨就和我商量，哈哈，我过来就是为的这个……哈哈……"大管事又在脑子里苦想了一下："我和少爷商量，统统都免二成，二成，大家记住，丁府向来是怜贫恤苦的，亏不了你们，哈哈……方才少爷就说亲自出来对你们说，我就说，少爷不必，我一说他们也能听懂了，少爷嗯，还自己走一趟，哈哈……你看少爷是郑重行事！"大管事一身狐疑，但都忙着用一阵通畅的大笑给赶出去，又不露声色地坐定了和大家谈天，准备写出免二成的文书来由大家亲手画押。

外边刘老二找了半天少爷没找着,一看少爷从伙房里走出,心便凉了:我刚听来的秘密,这回又算白饶了。他垂着手立在通道上,等着少爷看见他,好再图一个意外的机会。可是,丁宁却像什么都没有看见似的,慢慢地,低着头在他面前走过,向二门里去了。

刘老二不解似的望着他的背影,半天半天才想起了到伙房里去看一究竟。

十五

雨

第二天。

大管事把最末的一拨地户送走了,便愉快地立在大门口的大柳树底下。乘着过来的凉风,他卸责了似的喘了一口气,想把这几天的积劳稍稍舒展一下。

他想,少爷办事,真是值得佩服,又稳又狠,滴水不漏。你看他看清了庄稼人,都借着咱们钱,钱压着他,他不种地怎的,他不种,上秋拿骨尸还钱?少爷一看到这,所以便撑起来了,说你们大家可以全推,非推不可!大家起先都没料到还有这一炮,所以都弄得个目瞪口呆……然后一看大山那小子又要动,大家伙也想趁趁好瞧,咬着牙硬挺一挺。少爷这才想把大山那小子扔在圈子外头,然后回过头来给大家一个宽宏大量,海量的包涵。大家伙儿明知不是香油也得吃……这才叫会办事,让你吃亏还得让你欢喜。唉,没瞧才多大年纪!

大管事抹了抹额上凉丝丝的汗,刚想走回院来,远远看见穿绿衣的邮差从街西头骑着自行车向这边走来,便立定了,等着问问他有信没有。

等了一会，他无意地向南果园一望，看见东南角天上的黑云已经黑压压地涌上来了。心中不由得一喜，哈哈，可有个盼望了。你才来，你要前几天来，我们也用不着费这么多的心思了。

"呵，老爷儿吃饭了，你看这云头许有雨？"邮差骑着车已经到门边了。

"呵，呵，有信吗……"

"一封军长来的。"

"好，好，我看这云彩来得霸道，一定是一场好雨。"

"好雨才好，求雨不下，天打嘴巴，你不求，它才下了。"邮差又骑上了车回过头来笑着说。

大管事看了看信封，便揣在衣袋里向院里走来。

"有雨呀！这云彩有雨！"看门的也露出一团喜气，踮着脚向东望。

"唉，有雨怎样？今天都五月二十八了，许能收成！"大管事道。

看门的说："收得了，你老没经过？那年跑老洋人，不是五月二十三下的雨吗？也是九成五的年成哪，你老忘记了？"

大管事这才又说："哎，能行呀，咱们这古榆城地气足！"

看门的顺口应承道："就是——"

大管事走到二门里，看着刘老二正坐在一条石磴上发呆。大管事皱了一下眉头，心想这小子又胡思乱想些什么，于是他故意咳嗽了一声，想惊动他一下。可是刘老二却还两手托着腮巴子在那默想。于是大管事便走上前去两步喊了一声：

"刘老二……"

"呵，呵……"刘老二慌悚地站起来，一看是大管事，心里才平静了许多。

"让你打听二管事的下落你怎么样了?"

"呵,呵,那个,那个……"刘老二咽了一口唾沫,"咱们也没跟他们接头,反正,咱们不是一定不赎了吗?那何必还跟他们面对面呢?前天苏黑子……大爷,苏黑子那小子得提防他,说不定他穷神蒙眼也入伙了呢……那小子鬼鬼祟祟的,跟我藏藏掖掖地乱咧咧一气,他的意思,是他想跑这个合[1]……我都打听出来了,他是输给霍大游杆子百十块钱,霍大游杆子也不因为啥想吃他……那咱们就不知道了。"刘老二诡秘地下贱地笑了一下,才接下去:"反正咱们不想抽了,还管他干吗!"

大管事不明白他说些什么,便申斥他道:"你说些个什么呀,连汤水不落的!"

刘老二才又说:"大爷,他是想走这个买卖,跟我抛腔,我没理他,他说过五月三十,再不赎就撕票[2]了!"

"撕票?"大管事脸上不由得一白,唉,他的同了十年事的老伙伴……撕票!

刘老二又少心没肺地说:"可不,大爷,咱们还得小心哪,他们心总不甘哪,上回我和太太说一回,太太把我着实申斥一顿,说我怕少爷在家管我们碍事,想把少爷吓走,你看,大爷……我的心……你看,我也不敢跟少爷说……"

"唔!"老管事沉吟了一刻,"对倒是对呀。他们怎能甘心呢……你和程喜春都麻利点,咱们大门明个只午未两个时辰开着……"

---

1. 跑合,土匪黑话,就是说票。
2. 撕票,土匪黑话,因为被绑的人家不肯出钱来赎,便把绑来的人弄死。

刘老二一想这番心如今能有转达的机会，心里便高兴起来，脸上堆起笑容来，又预计着他第二个计划。

"你好好干，别一会儿聪明，一会儿糊涂！"

刘老二露出服从的微笑，看着老管事拐进二门里去，心想我要再把孔老二的闺女大俊网罗到手，真是不枉活这一辈子了……

丁宁从老管事的手接过信来，打开一看是大哥的亲笔。先是说升了官，后说父亲净赔的那三万余，由他那里和大连富聚公司梅叟去弥补，由从前在该公司拖下的旧股和他的各项股票证券之类里头一凑合，也就差不太多了。其余再卖给梅叟一些玉器作抵，并以五千的折价把家藏的云龙抵给他。这是一桩情面买卖，非常上算，梅老头子也很欢喜做这个人情。

又问："母亲知道父亲凶耗否？"最好缓告诉她，只说升官之事就行了。

又说："丧事筹措，予亦棘手。现在四乡骚扰之际，未便离防。你可与母亲缓议之，总以庄严简肃为主，勿背先父生平之旨可也。如必欲予回，可速电。"

丁宁把信打成了一个极小极小的方块，放在手掌上，掂了一掂，便塞在苍色睡衣左手的兜儿里，在地上来回踱着。

什么狗屁的仪式，不办，决定不办，庄严简肃，什么叫庄严？什么叫简肃？

"少爷……"大管事从腰里掏了半天想掏出来一些什么东西。

丁宁看了大管事一眼，便走到小茶几前边坐下，指着一把椅子让大管事也坐。

"我上次告诉你替换刘掌柜的人你预备妥没有？这是一件很

要紧的事情。"

丁宁又把放在小桌上他写给小林的计划拿起来看着，一面等着他回话。

"我想就得把鹭鹭湖粮栈的二掌柜郭老守拨过来最为可靠了。"

丁宁同意了，又说："就是那样，过账时由你和程老先生监督，听见没有，刘掌柜即日解雇。"

大管事沉吟了一下，又回道："不过，这论买卖规矩可是有点说不下去，都是年关……"

丁宁道："咱们不管年关节关，他不敢怎样，我们也不亏他，给他全年劳金！"

大管事佩服地点了点头。

"少爷做事真叫响……"老管事又思思量量地捋了捋胡子，"就拿昨天推地的事来说吧——哪个地户不得跷大拇哥，明明见了输仗，心里还得佩服！少爷你这回辞了刘管事就算有眼，老爷在家时，我说过多少次，老爷只是怜恤他是个老人，不肯辞他……"老管事又快乐又哀凉地苦笑了一下："唉，老爷九泉之下，也就瞑目了。"

"隆隆——"

外面一阵雷声，几个像铜钱大的雨点，打在窗上，窗外小猪倌跑过来披着油布来上风窗子。

风窗都是太阳牌的新铅铁，磕着东西哗啦哗啦响。丁宁和老管事都停止了谈话，背着手，在还没关上风窗的那扇窗户里向外看。

"好雨呀，你看都下冒烟了！"丁宁把身上的睡衣敞开来，心里非常愉快，好像雨就落在怀里。

"更大了！"老管事如同平生第一次有了笑容。

小猪倌把最后一扇关完，屋里顿然黑了。

丁宁走过去，把灯拧开，屋里现出一层柔和的水蜜黄色。

雨点当当地打在铁窗下，很像管弦的急奏，打出无数的快乐与喜悦。

丁宁重新咀嚼起方才老管事的对于推地的赞语，心里想着这是真的吗？

"呵，我几乎忘了……真是老了……也是这几天推地的事闹的……我也没敢对少爷告诉……"大管事很费事地从怀里掏出一个赤金的小护心佛！

丁宁一看，心中明白，问道："呵，这是二十三婶的，是吗？"

"是的——唉，二十三奶奶就是刘掌柜来的那天过去的……派人找我，我到跟前……唉，真是凄惨极了……"大管事把话声停顿了一下，似乎怕感情过度，不能自持，"她就告诉我呀……她知道现在地户都来推地，老奶家里地户不也是大山鼓吹的吗？少爷心绪太乱，所以便不请少爷过去了，免得使少爷伤心。唉，她神志非常清楚，眼泪缕溜爬杈地往下掉，我就说，我回去请少爷去吧，她说不行，非不让我来不可……后来，她就把这个护心佛，她不是蒙古人吗？摘下来，放在我手里。还热乎呢……她就说：'你把这个交给他，他就知道了。'她又冷笑了一下，说东西太少，她本来还有一桩心愿，可是她又不说了，她说：'你把这个交给他，他就知道了……'她又说，这上有两颗珠子，一颗在头顶心，这是她十岁时候镶上的；一颗在肚脐眼上，这是她二十岁上镶的，还有一颗没镶……她说到这里，嗓子便涌痰了，我一看不好，连忙到东屋去叫人，哪承想还没回来便咽气了。唉……死得多快……唉！想不到这又……"老管事深深感到悲哀；他把眼皮向下一视，看见自己银白色的胡须，心中有无限的酸楚。

丁宁冷嘲样地咧一咧嘴，把两手放在手袋里，在地上走了两步，便立定了，用手把小佛轻轻磕了一下。

"已经发送出去了吗？"

大管事道："可不，死那天老太太就说，是少亡，又是痨病，不能多停，当天就得出去。后来经大家再三说，才又停了一天，就马马虎虎地出去了……你想，她活着时候，本来在老太太面前就不得脸，三十三奶奶是明着捧她，暗地里踩她……所以死了就完了，而且，正赶上第二天老奶家的大管事——被地户给害了……所以……更马蹄儿乱了，老奶奶哪里有心思还记起了她！她娘家人又在北京，所以草草抬出埋了算了！"

丁宁把赤金的小佛放在茶几上，后退了一步，看了一眼，冷笑了一下，脸上挂了一层虚无的气氛，回头对大管事的说：

"好，你去吧！"丁宁转过身来对大管事斥退地一挥手。

"可是，少爷，这个新帖你还没见吧！"

"什么新帖？"

老管事脸上浮出一层诡秘的笑容，向前紧走了两步，从腰褡子里掏出一个小白布包，一层一层地打开来，然后把一张毛头纸帖有斤有两地用手一晃，全身才得意地向上一颠："少爷你这回真算透亮！"老管事把纸打开铺在桌上，用手指背轻轻地点着。"才二成，真算叫响！老奶奶那儿搭了一条人命，还得免四成。你看，四勾整差两勾——多大一块钱。"

"什么二成？"

"呃？——少爷那天不是说免了吗，我怕他们一听，心就活了——所以你刚一转身,我就说爷免你们二成,我寻思拉紧点,将来好留着拉锯的份儿。哪承想,地户们都让少爷给顿住了,弄得嘴歪眼斜。你说什么就算什么啦。"

大管事又道:"我挨几下子打没有什么,咱们是麻秆打狼——两头害怕,他们打了我,没有占住理,有些懂事的,像黄大爷,万牛子,王发呀,出头一做腔,两边都往下缩一缩,两边就接近了,所以死说活说也去了四成租,哪让这年头赶上了呢!所以我当下就请程老先生来代笔把帖做了。让大家都画了押,按户免去二成。大家都同意,这是各个的手押。您看!"

大管事说完了全身向上颠了一下,脸上的皱纹都豁然地展开了,露出从来没有过的喜悦,好像已经年轻了二十年……

丁宁向他瞟了一眼,苦恼地掠过一丝笑影,半承认半否认地点了点头:"好的,很好,你办得很好。"

"少爷,少爷你原来的意思想去几成?"

丁宁淡淡地一笑,耸一耸肩膀……

"好了……你休息休息去吧,从今之后也许就没事了……"

老管事全副精神都贯注在这张新帖上,似乎并没有听清少爷说的什么话,又小心谨慎地把纸揣在兜儿里,匆匆退出去了。

雨已经不再下了。

外面的风把窗子打了开来,人间就如同度过了另一个世界,一阵阵的凉飔,讨人喜欢地吹来,燕子呢喃地狎唤。

窗外一条铁丝上挂了许多水珠,一个水珠从这边向那边滚过,汇合了别个水珠,到了一定的地方,便落下去了,于是第二个水珠又照样滚过……活的珠络呵,小雨点的微妙的游戏!

天,已经洗得蓝郁郁,白云轻尘样地荡开,花风如在春朝吹来。是半年来从未享受过的舒畅,是五月梢玫瑰色的洗礼。

"亮一亮下一丈呵！"当院里是谁的冲荡着青春的喜悦的叫声。

他想，人生真是奇怪呀，一切都像做梦似的，我昨天本来是因为不自觉的冲动，几乎做成了一个堂吉诃德式的涅赫留朵夫，可是仅仅通过了一次老管事的谨慎的错觉，便使我做了一个大地主风范的一个传统的英雄。我将在他们眼目中成为一个优良的魔法的手段者，一个超越的支配者的典型，一个为历来他们所歌颂、所赞叹的科尔沁旗草原的英雄地主的独特的作风。受他们不了解的膜拜，受他们幻想中的怨毒。

人生真是比冷嘲还滑稽呀！人生是梦的戏谑！

丁宁把睡衣披在肩上，一双虚幻的眼脉脉地看着外边的青空。

天色转得更蓝了，是一种靛青的蔚蓝，那分明是无数极细的水蒸气经过了太阳的折光显出透明的蓝色。

更猛烈的雨就要来了。

人生也如天空一样的诡谲呵，一会儿一个变化。

我们都是浮沉在大气的水点，自己觉得已经把握住自己有着凝聚力，互相的吸引不会闪失。结果，山岚突起，际会风云，我们便连被算计都不被算计地就卷在里边。做一个有机的——其实是无机的细胞，而随着人家呼吸，循环、消化，排泄……一点不许反抗，一点不容你没耐心，一点不许你有自己的唱歌，有自己的疲劳，有自己的甜蜜的遐想，你只是一个有茸毛的蒲公英的种子，到处飘着，游着，滚着。春风是你的主人，春风并不说明它自己的力量，并不夸耀，也不矜持。它绝不说它在支配你，看得起你，或是命令你。它并不说，因为它根本地并没有想到你。你飘着，你滚着，你游着，你一点没有静止的停顿,你永远看不清你真正的自我的影子……你就是这样地命定地先天地不自知地滚着,飘着,游着……也许有那么一天,其实并不一定有,也许没有。得,你被碰在一个大院的转角,或一棵树的根垅,你被停留下了。你得意地建树你自己,你发芽,放苞,开花,结子,衰落,老去了牙齿,你白掉了头发,清风来处,你的家……

丁宁的思想波纹,伤风了似的一皱……

呵,我今天是这样地空幻虚无了吗?

丁宁想:我将是怎样的一个可笑的角色呵,我常常把自己放进了怀疑的漩涡里去游泳。

他记起那一次新人社在三角洲野火,大家举行自我批判……

火光照明了每个青年的脸,小林的睫毛的黑影,帘子似的垂下来,乌木珠子似的眼睛里透出疑问的光辉,大家都透露出青春的心里最真实的感情……

互相地批判着,想在这些热诚的批判里,能够更提高自己向上的勇气,想使自己的脚印更能走进人生的府奥。

终久,转到自己了。

丁宁朦胧地站起来,火光从下边映到他的脸上,糅合出严肃的阴影,他心里有点哀凉,还有点欣慰之感。他微微地拂了拂那合并了的芙蓉树上的安睡的叶子,便严肃地立直了。说了极简单的极公正的对于自己苛责憎谴的话。他说得是那样地发之于心底,那样地哀婉悲凉,那样地仿佛十分诚恳,连他自己都感动了。好像是听了夜莺的夜曲,感情葱郁的心弦,都不经挑拨便发引起了共鸣。心的跳动都随着他的音节的上下而升降。

大家都好像在他的眼里看见了天体运行的整个的星空……

丁宁说完了便感谢似的摇了摇头，脸上显出无限的烦恼……

大家都非常地安静，对着夜影沉思……

于是丁宁便幼稚的小孩样地企望着大家给他一个轮流的批判……

丁宁无语地低着头，全身一动也不动，精神上似乎笼罩着很沉重的压迫。

于是又是几个人说话，丁宁在那里也可以看出他们对自己极深的误解。但是他都没有作声，他只静静地听着……他看像小孩子一样的飞天坐下了，挤了小林的支起的膝盖。他心里飘出一种无法可以理解的高兴的心情……他微微地捻着一支狗尾草……

"在我的意见里，"是瑜的声音，"丁宁，你有一双儿童的眼睛，一颗老年人的心……"

"我的意见也许根本与你们不同，然而它是正确的！"大家都看在黄色的墨索里尼的一点没有表情的脸上，他的头准备要作狮子吼样地昂着……"我的意见是——是，好了，我可以简单地用一个公式来说明，是这样的——虚无主义加上个人主义，再加上感伤主义，这就是丁宁主义！"

树荫下掀起一阵哄笑："你这主义未免太多了吧！"

黄色的墨索里尼骄傲地向大众耸了耸肩膀……头颅又记起了似的昂了起来，瘪着嘴唇，矜弄地笑了一下。

"什么叫作丁宁主义呢？我们要借用一个人的说辞，来表示一下。我生下来应该作交趾支那的皇帝，吸着二百十六英尺的烟斗，娶六千个女人，有一千四百个嬖人，用偃月刀斫落我所讨厌的面孔的人头。我要有努米底亚的牝马和云石的喷水池。我有大得永不满足的欲念，一种可怕的厌倦和无穷的张口渴望……我要毁灭创造,和它一同安睡在虚无的永恒中。我为什么就不能够在燃烧的城市的火焰中惊醒,我也喜欢那爆裂在火里的骨头的刮喇声。我要跨过装满死尸的河流,跳过伏地乞怜的民族,用我马的四个铁脚践踏他们,我要做成吉思汗,帖木儿和尼禄……我就是丁宁!"

丁宁的眼里努出火光来,他全身的血液都聚在他的喉管里,他想大声喊道:"这是一种极端的侮辱!"但是他没动,他依旧坐在树影里,掩没了脸上的表情,保持着沉默。

大家都交换了一个微笑,又都静静地,等着下一回的飞天的言语。

"我是太不熟悉于什么主义了——所以我很羞于我不能作出出色的公式来。我认为假如世间一旦也真的会有丁宁主义这一种东西的话,那我想,那就是形成我们新人社的最基本的本质——我们时代的产物。"

瑜愉快地拉了飞天的手让他坐下,脸上浮出一朵激赏的笑靥,于是大家都会意地笑了。

大家好像比方才都活泼起来了,又把眼睛都看在最末一个的小林身上,小林却还不觉地低着头在地上画着"丁宁主义"几个字。

瑜过来,戳了她一下,她才用手拢了拢头发,惶惑地站起来,脸上像询问似的,这么快就轮到我了吗?她抻了抻衣服,把手放在背后,向大家看了一眼,立在一棵芙蓉树前边……

"我的意见也许根本与你们不同,然而它是正确的!"她咯咯地笑了一下,又道,"我只说一句话:丁宁他有一双成人的眼睛儿童的心!"

瑜等她坐下,悄悄地拉住了她:"吾与点也!"然后又趴在她的耳畔小声亲昵地说:"我的小忧愁夫人哪,话让你说着了!"

……

丁宁自语似的点了点头,难道我如今从这广大的草原所带回去的成绩,又会恰恰于这新兴的卍字,以冷嘲的机缘吗?

暴风雨果然来了。

雨点沉着有力地向窗子击打,外面大雨瓢泼样地倾泻下来。

丁宁坐在小茶几旁,他给小林写信:

是的,是的,我将用我的事实来向这些僵尸们雄辩!

"看吧,我还要带给你们一个奇异的宝物,使你们惊讶,她有斯芬克司的聪颖,有燧石的潜隐的热力,有乌金的眸子,会说话的嘴唇……一个新人……"

丁宁顿了一下笔,把手指拗住了笔头——让我用一个完整的惊叹号来完结了我一切的隽语吧……这不是谎话,这不是夸耀,这是一个有闪光的工作,我一定会完成它的。

"小林,我又想起了那次你们给我的批判,当然你的见解是我最乐于接受的,但是今天我要对它提出修正——

"佛说人生悲剧有两章,哈姆雷特的哀伤,堂吉诃德先生的横冲直撞。

"如今,这两幕戏,同一时间、同一空间在我一个人的身上,排成了一场。"

……

"你还写哪,你看外头都发河了,大家都好像重见天日……"

灵子笑着跑来,显出特别高兴的神情。

丁宁伸了伸两臂,移了移椅子:"方才是你在当院叫了吗?"

"叫了?"灵子瞪大了眼睛。

"谁知道叫了一句什么,什么亮一亮……"

"我没叫,我在太太屋子里,和佟姑娘学唱唱来着。"

"唱什么唱?"

"这个你可不知道……"

"我倒想听一听呢!"

"你可不知道,这是本地土生土长的……"

"什么名字——"

"《子弟书》。"

丁宁从来没听说过什么叫《子弟书》——"你唱唱我听听……"

"我还没学会呢……不过我记得这一点!"

"好!"丁宁想这一定是很好的地方文学。

灵子想了一下,便含笑唱道:

"呀——这一种凄凉迥不同——重叠叠,山经秋雨十分翠。碧澄澄,水共长天一色青。急煎煎,云外归鸦投远岫。乱纷纷,亭前落叶舞西风。寂寞寞,往来哪有双飞蝶。静悄悄,上下不闻百啭莺!一阵阵,天际惊寒穿旅雁。几处处,空庭应候少秋虫。细条条,数棵衰柳无情绿。丛簇簇,一片枫林作惹红……"

"不错,语势很澎湃,只是音节还太靡弱——这是东北很流行的吗?"

"嗯——我还记起了一段,音节比这个还要好——"

"好!"丁宁认为这个大草原是应有这样的澎湃的天籁的,他觉得从前未能发现它,非常惋惜……

"这时候,她头边斜倚着鲛绡枕,身上横搭着旧斗篷。柔气儿一阵儿娇吁一阵儿嗽,细声儿一会儿哎哟一会儿哼……一会儿一面儿掩藏一面儿露,香手儿一只儿舒放一只儿横,小枕儿一边儿垫起一边儿靠,书本儿一卷儿抛西一卷儿东。乌云内一半儿蓬松一半儿绕,孤拐儿一个儿自来一个儿红——真个是神游洛浦三秋水,梦绕巫山十二峰!病形容捧心的西子差多少,就是那妙手丹青画不能。不提防窗前鹦鹉将茶唤,房儿内西正交了六下钟,霎时间佳人书寝忽惊醒,不觉得弱体轻舒把倦眼睁……"

丁宁不耐烦地一摆手:"不要唱了——你不要学了……我不要听!"

"怎么?这个和方才唱的是一个……"灵子吃惊地望着他。

"你们方才学的就是这个吗?……"

"还有《忆真妃》,我和晓屏一起学的……太太还说,老爷年轻时还唱,花鼓、弦子都有,在伙房挂着呢,哪天取出来,让程老先生给弹弦,让姑娘唱呢……太太今天也不知是怎的就忽然地高兴起来,佟姑娘也纳闷!"

"好——以后不许唱!"

灵子顽皮地睐了一眼:"方才不是你请我唱的吗?"

丁宁憎嫌地耸一耸肩:"以后不许唱这个就是!"

灵子看他忽而高兴,忽而严峻,觉得无聊,便想到太太屋做活计去,她对丁宁要睡衣,好给太太作样子。

"给我吧,你把睡衣给我吧——"灵子撒娇地夺他身上的睡衣……

"做什么?"丁宁说话的声音里还有些恼怒。

灵子便解释说:"太太要做睡衣,我们都没做过,把我都骂的……哼,来让我们看看你这件的样子吧!"

丁宁顺着她手把衣服脱给她。

灵子挟着睡衣便跳出去了。

屋里剩下丁宁一个人。

……永远不能健康起来了,永远的,一切都是病态,花蕾与土壤正是绝对的反比……我将无力跟这草原斗争了,我的力量是投在海洋里的涓埃……

风磨也许是我自身的归宿!

丁宁嘲弄地用手搔一搔头发……

还是永远的忧郁吧???但是他脑中的"?"立刻通过了他的自尊心和他一切有教养的热诚和他的信心,渐渐地又重新伸展开了,伸展开了,伸展成为一个锐利的长矛了!

他便继续给小林写信。

写了没有好久,忽然灵子走来,伏在小茶几上噎噎地哭了起来。

丁宁觉得奇怪,便走过来问她为着什么哭。

"太太知道了……"灵子悲抑地抬起了头,又伏下来哀哀地啜泣……

丁宁便问:"知道了什么?"

"老爷死去的事……"

"她怎会知道的呢?"

"还问呢!军长的信不是在睡衣口袋里吗?"

"呵!"丁宁猛可地想起了有一封信在那睡衣的口袋里,是方才灵子拿他的睡衣去做样子的时候,没提防被母亲看见了。

"呵,也好,反正早晚也得知道……你不要哭了,跟我去看看她去……来……"

十六

孝佛
父亲的祓苦

小爷尸首一直没找到。经过了好几次的丁宁的抗议,太太最后还是怕在送殡时土匪乘机羼人,在这种情况之下,表示了让步,不举办大出丧了,只是在家里请法师做佛事,超度亡魂早被苦界。

丁宁为了不要使她过分伤心,也就默许丧事在她早经许下的六月间的孝佛时一同举行了。就在六月初六那一天,孝佛的场面便开始了。

飞舞着金翅鸟的龛前,两盏荧荧的圣火,浮灯似的燃着。茶,供,由督厨的亲手做来,从一只一只女人的手上传过。经过了太太的头顶上的朱盘,便高高地擎到王灵仙的眉前。食指顶住碗底,小指微微地向外掀出。其余的三指仪式地掐住了剔花小碗,用右手的食指和中指并摆地在碗口上一划。再从花白胡子的软帘底下吹出一种含有恒河沙数的菌子的光辉的法气。于是这最后的一只小碗,便无上微妙地做了三座金字塔样的供山上最终的一个顶了。晶莹的供器都用着红头绳子高高地扮起,三排加料的金锭香间隔匀称地吐着蓝烟,愈显得那三进的佛龛的法相庄严。三奶特为送来全堂的素供,共合全城的大家送的不下几十桌。

檀木在一小型的宣德炉上袅起,这是太太特意给小爷袯苦的一瓣心香。她已和法师约好,待丁宁去后,她用檀木刻成小爷的全身,用金子做成心脏,那时再定做棺椁,大装大殓,再大出丧,正式入土。

王灵仙口称佛号,双手合十,用手指亲昵地抚了抚太太的头顶一下,表示过供的仪式已经完结,太太便顺从地叹了一口气,在佛前施礼了。

陈大法师慎重地敲着铜磬,把供主的心愿,用神的振动,传达到诸佛的心里,于是京红和紫烟把太太搀扶起来。

蒲团上,王灵仙拈起了法香,用着任何人也不能了解的字句祷告了半天,于是才拿起了黄表。

维中华民国二十年六月初六日,南瞻部洲古榆城合厚区怀远社信氏弟子丁王氏,为先夫丁元凯幽灵,早脱苦界,袯升道岸,得证三宝,敬修吉祥道场二日,释教混元门弘阳法第二十八代传灯弟子王常礼率众虔修妙供,花果仙茶,恭请观音圣母,梨山老母,天仙圣母,子孙娘娘,痘疹娘娘,齐来道场,大施法力,普度缘人,共登仙界——普同一参,妙供仙茶……

佛号都是滚珠似的滚过去,惟有到这里,才急遽地透出一口气来。

于是又是垛板。

又是一口响亮的口白:"普同一参,妙供仙茶。"

于是又是垛板。

又是一口响亮的口白:"普同一参,妙供仙茶。"

一直从嘴唇里滚出了达道尊人的道号,声音便都落成喃喃私祷了——因为这是自己的祖师,所以大师到这里,便把声音放低了,说了几句私话,要求意外的摄护……

最后,特别把声音提高了:"当今皇帝万岁万万岁,南无阿弥陀佛!"

于是才又把眼紧紧地闭住,把所要向天神要求的事情,都在脑子里想了一过,和天神作心灵的沟通。

于是,南北炕在毡毯上跪经的女人,把腰都挺直了,两手扣在心窝,双眼微合,面向佛坛。

王灵仙向屋子的四角扬起了打鬼沙,高举左手,伸出食指和中指掐成箭诀,口里念起护身咒:"金叱金叱生金叱,我为你生金叱,你为我保金叱,强中强,吉中吉,波罗会里有苏离,一切冤家离了身……"一面又闭着眼睛,用一枝柳条把一杯甘露水蘸着,向外轻洒……

当然的仪式都走过了,王灵仙这才端跪在首座,摇起了法铃。

"无上甚深微妙法,百千万劫难遭遇,我今奉劫得受持,愿解汝来真实意。"

一通偈罢,王灵仙才闭目合十,慧眼遥观,拉长了韵——打起"云"来——

"炉香乍——呵,呵呵呵,呵呵——'结'呀哈哈——"

陪参的在呵呵完了的"结"字那里才接起了腔,又咳咳了几咳,才响起了云盘,小镲,串铃,铛铛……合了拍子。

"拈香赞"完了,便请神,请一位尊神,便赞一通,都赞完了，便送神，送一位尊神，也赞一通……

神，凡是神，不管是老母、老君、真人、大士，凡是神，不管是诸天、诸法、诸伽蓝、诸偈谛、诸值日功曹……都得请。

请来了便赞。从观音大士、玉帝、地藏……到元始天尊、太上老君……丘祖、吕祖，一直到达道祖。

最后，才赞到儒家的神。

还是儒家的神少，只有大成至圣和亚圣。

"大成至圣，万世师尊，上通远古下传今哪，三纲又五伦，普度沉沦，花开三朵道一根，天地混元门哪，南无天地混元门哪，菩萨摩诃萨，南无天地混元门哪，菩萨摩诃萨，南无天地混元门哪，菩萨摩诃萨！"

亚圣赞完了，木鱼便滚出连珠的梵音，碾平了《心经》一卷，觉得时间还用得并不太长，显不出大师们是卖力气，于是又把"观世音过大海，船载五百僧绕天绕地绕众生……"念了一遍……

已是吃斋的时候了，嗓子也发干，于是，王灵仙向副座陈常智看了一眼，便摇起了法铃。

大家都松下了一口气，又从头到尾把尊神的名字念了一遍，来送神。

就剩下两句尾音了，所以大家的声音又复高亢，节奏也意外拖长——

"南无保平安哪，菩萨摩诃——萨，南无降吉祥呵，菩萨摩诃——萨，南无增福寿呵，菩萨摩诃呵呵呵——萨。南无诸宫诸佛诸母回宫殿哪，菩萨呀摩诃诃呵诃诃萨——"

最后的一句在王灵仙长长地拖住了之后，于是又功成果满地打了个呵欠，放下了法铃……向大众们看了一眼，便打了个问讯。

"老佛的慈悲——"

跪经的人都感谢地向王灵仙磕头，王灵仙便谦抑地把功德都推在老佛的身上，说明了自己的清高。

"大师的力量！"大家连忙指出这是大师的力量。

王灵仙，还不好自己居功，微秘地含着笑说："供主的虔诚！"说这是供主的虔诚，于是供主便向大家感谢地施礼说："同参的摄照！"

于是大家又都合同了声音说："普同的吉祥！"

于是——大家都满意地笑了。

晓屏扶着少奶奶到佛堂前拜了一下，又回到自己屋中躺着去了。

这时许多信徒们就把王灵仙团团围住。

"大法师慈悲慈悲，我家的小朵一到半夜就又哭又闹呢，大法师你给我写个拘魂单儿[1]吧！"

"你把香兜儿押在老佛的香炉碗儿那吧，那里已经有十多张了。"

"大法师慈悲慈悲吧，我要讨服大茶[2]，我心口儿堵着堵着地疼！"

"你把茶叶包[3]写上法名押在老佛的香炉碗儿那吧，那里已经有二十多包了。"

---

1. 拘魂单，孩子受惊，法师认为吓掉魂儿了，写张拘魂单把魂拘回，通常都用包线香的毛头纸写。
2. 大茶，和小茶对称，是一种最普通的汤药。多半是舒散药。
3. 茶叶包，同法师讨茶时，包一小包茶叶，写上讨茶人的姓名，法师便以这个向佛前去讨。

"大法师慈悲慈悲，给我品品，我一到晚上就咳嗽，发烧……"

"大法师你能给我——念经吗，越是悲调越好……"是一个悲悒的声音，懦弱的，祈恳的，像梦中的呓语似的……

"哈哈哈哈——"王灵仙连头顶上放光的大秃头都笑了，"孟中醒会念，你给他施礼去吧，哈哈哈哈——"

大法师一边走下了法坛，一边就到北边去洗手，预备吃斋去了。

这时丁家的亲戚得到信的，就送来黄表纸香烛来，堆满了一储藏室。

外院和佛堂相连的堂屋里，南北炕上，都是一律的赤白松的饭桌，馒头，供果，菜山……拆下来供到会的吃斋。

吃到半道，太太才出来了："今天简慢得很，大家担待。"

因为是吃斋，所以来的人自然不会是高门贵戚，但为了求福，太太也不得不出来尽礼。

"祸福由天定，不在口食中。"王灵仙呵呵地大笑了。

别的法师们，都顺口应声地说道：

"一顺百顺万万顺，奶奶散灾了。"

赶会的看见太太过来，便都一个一个地放下筷子，表示要起来的样子，含着笑同太太款好。

"大师的慈悲！"太太的眼泪幽幽地流下来了！

"早得——明心——见性！"

王灵仙的一口馒头，还没咽下去呢，囫囵地吞着，对太太赞颂，有着无限的骄傲和喜悦。

太太凄清地走出，大家都惘然地看着她的背影，又连忙低下头来吃饭。

斋罢了，离家近的二众[1]们连忙地都把方才分的供果用东西包起来，匆匆送回家里给孩子吃。大师们也趁着这个机会到房后去小便。

桌上，还坐着万奶奶和朱奶奶托辞自己的牙口不好，贯彻始终地在那拣着可口的吃……

"李奶奶怎没来？"万奶奶把一块供果刚放到嘴里，手里又捞起了一块。

"她怕丁府见笑，没有穿着。"

"这儿奶奶哪是那样的人呢，都是怜贫恤苦的……"

"你看今天穿的都是整齐的哪——赶会的净是些小媳妇大姑娘呢！一般不三不四的哪个敢进这份宅门子！"朱奶奶刚咽了一口有滋有味的菜，全身的胖肉都希迷地笑了。

"唉，大众[2]们哪敢赶这个会，谁还不知道这是谁家的门槛——到这来的，也都得暗地里思量思量呵，够格不！"

"那可真是——可是听说这个少爷不信佛。"胖肉立刻都收缩了，朱奶奶畏惧地向窗外扫了一眼，看见没人这才安心了，就势在万奶奶的碗里，抓了一把供果。

"哪呢，信，哪有不信佛的少爷呢，方才大法师给品了，还说有七成道心哪——人家大法师说的唔！"万太太在一个大盘子里发现了半盘的糖地豆，匆促地用手巾包了，"嘿嘿，拿家去给我小孙子吃，唉，怪可怜不识贱的，小燕儿似的……"

"是吗？我刚才恍恍惚惚地听田姑娘说老爷牢狱[3]了。"朱奶奶艳羡地看着她的手巾包，连忙又用正经话掩盖了自己的一双

---

1. 二众：弘阳法教门术语，二众即女信徒。
2. 大众，就是二众的对称。大众是男信徒，二众是女信徒。
3. 牢狱，死的代名词。

忌妒的眼。

万奶奶还没结好手巾，立刻地瞪了她一眼。

"嘿，嘿，我听那被苦，我才……"

两人连忙把声音都放低了。

"少爷不让发送，说等尸首从大连运回来再发送，大家合计了好几天，少爷才说，要是孝佛被苦行，别的不成……"

"少爷明鉴，孝佛是真的唡，那对台的经呵，都是扯王八莲蒂，给活人增罪，给死鬼戴枷，王灵仙没短说了。"

"全城有名的大法师都来啦，明个王大法师给放焰口，你看还好看哪！"

"快吃吧，人家厨房都不是颜色了。"

朱奶奶连忙捧着自己的大肚子，光着袜底，下地找鞋。

"我说老爷是病——死的？"

"可不，昨天吴家小四太太跟这儿丁奶奶谈，才露的口风——是闹的什么猩猩红——急病，三天就死了……"

万奶奶看督厨的来了，连忙咳嗽一声——

朱奶奶便不言语了，装着穿鞋。

晚上，赶会的人都陆续星散了。

只是有几个被苦的——因为被苦非晚上不可——几个求诊化的，还有太太特意留下的几位，加上十几个大法师，所以佛堂里依然还是布满了沓杂的气息，长明灯吱吱地爆着油花，香烟丝丝袅袅。

晶莹的铜炉里，九盏香花已经结了彩了，前排和后排搭住，两旁的向外闪着，王灵仙微笑对着太太说："你看老佛喜欢了。"

太太闪着泪水的眼光，流动着一股被拯救的光明，含笑点着头。

"哈哈哈……"一片如同发自弥陀佛似的襟怀的笑声,通过了荧荧的圣火,向全屋里展开去。

南炕上,孟中醒数着串珠,对着一个少妇连连地说:"唉,你别哭呵……来,我给你念就是了!"

捋着他腮上的三绺六寸长的黑胡子,微微点着戴着道士帽的脑袋,这屋里只有他一个人戴着这个帽子。

"你就把唱给姜神童的那个偈子唱给她听吧。"陈常智心里也替着这感伤的未亡人发愁。

孟中醒答道:"哎,那哪能,那是我俩谈的天机,哪能随便泄露。……唉,民国八年,我到山东,特为访他,我和他谈道,我就说:'青藕白莲红荷叶,花开三朵道一根。'他就说:'杏坛也如菩提树,儒释原来是一家。'我俩执手,呵呵大笑,不言而去,你想……哈哈——哎,唉,你别哭呵,你这样聪明的人,你怎么……唉……"

那年轻的未亡人又恳求大师一定要给她唱越悲凉越好的佛忏。

"大师——"

孟中醒想了想,便道:"唉!我给你唱点什么,我给唱《香彩起》,不,《万年青》吧,《万年青》也不悲……"

"你给他唱点劝化的吧!"陈常智又插嘴说。

孟中醒又道:"唉,你不知道,她这是内情积郁呵。要唱点悲的她才能听得下去呀,由听而入,由入而悟呵,是不是呢,你说?悟而生智,智能常性……所以说,得因人而异呀!"孟中醒轻抚自己的黑髯,很有些阐经说法的神情。

陈常智因为他说的颇与自己的法名相合,所以便故作禅悟了似的点了点头。

孟中醒便转过头来,对那未亡人说道:"你听我给唱个古的吧,这个,这个全古榆城除了我,除了我,谁也不会呀。这个,这是毛仲翁作的呀,我从一家秘本,一家秘本上抄来的……咳,从古到今——就是一个'幻'字,你听我唱吧!

  今古悠悠,
  世事的那浮沤,
  英雄一去不回头,
  夕阳西下,江水的那东流,
  山岳的那荒丘,山岳的那荒丘。
  消愁的除是酒,
  醉了的那方休!
  想不见楚火的那秦灰,
  望不见,望不见吴越的那楼台,
  事远人何在?
  明月照去复照来,
  故乡风景,空自的那花开。
  日月如梭,行云流水如何?
  嗟美人呵,东风芳草的那怨愁多,
  六朝的旧事那空过,
  汉家箫鼓,魏北的那山河,
  天荒地老——
  总是的那消磨,消磨消磨渐消磨——
  慨当年龙争虎斗,半生事业有何多!
  …………

孟中醒也觉得自己唱得是特别的悲抑,也觉得有一种无极的空虚,便很不自然地把声音咽住了。……

看了看,那个年轻的女人越发是心碎地啜泣,他便粗粝地生气了,大声对她说道:"你到底是怎的呀?你怎还哭呵!"

女的似乎也惊疑了他这口吻的严苛,于是便吃惊地一抖,哭声顿然煞住……觉出一阵出奇的寂静,脸便红了。

孟中醒也像不好意思了似的,摇了摇头,叹了一口气。向后退了一退,又数着串珠。

占据在屋里的中央的是王灵仙一通贴合圆洪的笑声。

"这是大功德主——佛前都有过保举的——哈哈哈!"王灵仙一手托着黄缎子的布施册,眯缝着眼向太太笑着。

"当年吴祖在红山嘴子度化的时候,也是修庙修观的,只有这个才能寄下根基,如今马县长发起给吴祖修观,是无量寿功德,是无量寿功德,哈哈,丁奶奶——哈哈,孟爷,你落笔,这是全城双倍的功德主!哈哈!"

太太问他道:"散灾的呢?"

"观落成了,散七天灾,高米秋饭,大咸菜,搭上粥棚,随来随吃,前三天是奶奶的心愿,后三天,是泰发堂的供奉,最后一天是蔺家甸蔺家为他家三姨奶奶求福的施舍……"王大法师元气充沛地嚷着,很怕大家听不见。

陈常智故意问道:"丁奶奶自己的心愿哪——"

王灵仙得意地又说:"海纸五十刀,大箔五十,金锭五十封,黄钱五十篓,五斤对红油烛二十封,初一十五开庙门烧,前愆后怨,雪化冰消……哈哈哈……"

"唉——佛教会一打修成了我还没参过一回佛哪——这都是

罪过,老佛跟前多给我解脱吧——"太太说着眼睛又湿润了。

王灵仙还是毫无挂碍地说:"呵,呵,佛爷不会见怪的,在家修自己,在外度缘人!佛爷不会见怪的——等达道观落成了开光时,再去吧——佛教会就在那后院,是双倍的功德!这达道观三个字是杨雨亭写的,与吴督军题的'混沌初开'真算是金玉生辉呵。哈哈,是双倍的功德,是双倍的功德!"

"不说是吴九奶奶捐的全盘的砖瓦吗?"——是谁的问声。

王灵仙听了益发得意起来:"呵呵,可不,可不,这几年来,真算是天开鸿运,万道归根,大众们二众们都感化过来了……咳咳,大劫就要来了,这些女菩萨们都是佛前有解度的,都是有解度的……哈哈,赶快回头吧,赶快回头吧。(唱)要知道,回头是岸,白莲台,就在跟前,劝世人,多修慧福,无常到,好上西天,观世音,菩提灌顶,弥陀佛,右手相搀——到那时,作恶的,都让无头饿鬼打入了拔舌地狱,惟有你,哈哈哈——脚底生莲!哈哈哈——你看,你看!"

太太觑着那大秃头底下的直射过的眼光,习惯地不好意思起来,便悄然地退出去,留在后边的佟姑娘便转过身来向王灵仙问道:

"可是,你答应给我的月月红,还没给送过来哪!"

王灵仙像个大肉团似的,满脸堆着笑,对佟姑娘说:

"哈哈,这些日子香火太盛了,都把我熏忘了,明个打发人送来五十本——别忘了,把它阴干,再搁阴阳瓦焙干了,用不说谎的童男童女的阴阳水煎三个开,用武火烧,初一一服,十五一服,吃上半年,没有不好的——足瓶儿那小姑娘吧,她是有慧根的,哈哈——"

佟姑娘觑了他一眼,道:"你派人送来就是啦!"

佟姑娘说完出去了。

王灵仙追着她说:"明天我让人就送来——哈哈,真是老糊涂了!"

等在旁边的杨嫂看着佟姑娘和王灵仙说完了话,这才嗫嚅地在正在挽袖子的王灵仙跟前悄声地问:

"我的病还得到你的澡塘那儿去洗吗?"

王灵仙这时便如一个掌柜怕走了顾客一般,拉拢地向她说:"你还得洗呀,你得舒筋活血,补气调元哪,那圣水池是十方功德水,最能治病!"

哪知杨嫂却提出了新问题:"不说那儿洗澡不要钱了吗?"

"呵呵,是的,是的——初一十五不要钱,随意扔点香水钱,平常只收洗业钱,佛前的香火,随心的布施,没过予的!"王灵仙和方才一样地平和安静,又用通畅的大笑打了一个结点,便起身去预备给别人诊化去了。

"那好了,咱们初一十五去。"杨嫂连忙低着声向静姑说。

"我不去,初一十五,人乱哄哄的,水也不换,真熏死人!"静姑不耐烦地瞪她一眼。

"哼,还要洗业钱……连新民小学的校产都让他们占去了……初一十五,不要钱,还得花香火钱,我男人……"杨嫂也觉着不是味儿,便埋怨地偷声地唠叨着,不期静姑不但不同情她,反而更讨厌了她,起身到旁处去了。

"人家给五爷祓苦,他还忍得住呵呵大笑,真是修行到火候了,毫无挂碍……"李嫂看见静姑用眼睛悻悻地盯着转过去拿酒碗的王灵仙,便走过来,拉住静姑的手臂说。

没提防有人拉她,静姑惊怵地一看,看见是干姐姐李嫂,便把嘴一撇:"呸,不管是老的,是小的,凡是男的没个是好的！做了法师也好不了！"

但是这些个声音都与王灵仙无关。王灵仙正忙着给一个未亡人领酒火呢。

王灵仙粗大的双手，正蘸满了透明的烧酒，在佛灯上拂着。

突地，王灵仙的手指都起了火焰了，手掌上也是两团火，燃起了青蓝色的焰光。大家的脸上都不由得闪起了惊奇的颜色。

火焰毫无怜惜地在那乳色的腹皮上抚摩，一颗葡萄色的肚脐眼上，正烧起蓝色的火焰。

十个指头，点穴在心口上，柔滑的三角形的曼弯便战栗地颤动了。

"这心口跳动得太厉害了呵，这不是好兆！"

是的，这心在佛的意旨里，是不应该这样地跳呵，泪痕在这青春的嫠妇的脸上，蒸着热气，一只瘦弱的手，挽救似的拢着头发。

一种静穆的悲哀，袭击在丁宁的眼上，他好像看见那参天的老林里，有天方的圣者，为了一个寡妇的灵魂的超度。聚起了无数量的干材，在子夜的三星的照临之下，大家看见那寡妇的无音的哭声，为了对于生的爱执的挣扎，为了对于自己肉体被烘干了的想象，而痉挛，而发抖……而终于一声又尖又利的惨呼里，万千的火舌，向天空狂猎，于是，在大家的一致的虔诚与敬献里，大家在感激地安慰地为着那被拯救了的灵魂安然地祝福了……

丁宁不能再想象了。这里有着多少可爱的生灵在自愿的供奉里死在他两只涂满了蛊惑性的挠钩上呵！他凄惶地走出来。

在阶前的花栏前他看见了春兄。春兄背抵着游廊的柱子，仰着头看着天空。天空是蓝蔚蔚的，天琴星像银筝一般挂着，一只失群的夜鸣鸟噍噍地飞过去。他看见春兄这才有了几分喜气，赶紧走向前去两步，问春兄道：

"就你一个人吗？"

春兄并不想知道是谁的声音，也不转动身肢，只是眼儿惺忪地懒洋洋地向外边瞟来。充沛的暑气，静默地把懒气灌在她身上，她好像不愿坐在这里，又似非坐在这里不可的，动弹了一下全身，便自己埋怨自己样地叹起气来，轻轻地答了一个"是"字。

"到处都是软弱、委顿，黑死病似的一团……这广大健康的草原哪……"

丁宁说完，把手里刚折的一个花球，生气地掷在地上，便又回过身来对她说：

"呵，你真应该快活，想不到一两天，你就会脱离开这些痨病的区域，走到一个全新的世界！"

丁宁把眼仰视着那住了弦的天琴星，胸部略略地起伏了一下。

春兄还是懒洋洋地说："我并不想到，我自己总好像做了梦似的……"

丁宁应着她的声音道："自然，在你，你是必然地像做了梦似的了，但是一旦你被带到新的境界里的时候，你的自觉心一发强，你的智慧，灵感便都意外地活跃了……你会点燃你的智慧，照耀于任何人，你再不会把你自己高尚的感情，局促地装扮在一些传统的病态匣子里了，像你现在，像人家所要求于你的，像人家所喜欢于你的了，小春兄啊，抬起头来吧，抬起头来，把眼看着天上的星星……"

春兄便真的像一个三岁的小孩子似的顺从着他的手，向天上看看,然后笑了……

"你看,现在好了吧?……你们是被四千年的镣铐锁住了,你们不敢抬头,因为在你们的智慧的范围里,你们以为抬头是一种自轻的表示,是一种羞耻,是一种予人不安的可怕的叛逆,所以你们终于……不自觉地把头低下去了,而且互相比赛着,凡谁低得最低,谁就是最好……试问你,这叫一种什么生活呢?"

春兄似乎是同感了似的叹了一口气。

"也许我说得太多,使你不懂,但是我希望你做一个新人。""我自己因为过于狂热了,不,也许由于过分的冷静的缘故吧——致使我所有的筹谋,都终结成为泡影……好,这个我们且不去谈它……"丁宁想忘却一些过去的什么事情似的把眼闭了一下,又继续下去说道,"所以我想在你的身上做出一个奇迹……"丁宁又憎恶自己似的扭转一下头颅,真糊涂,此时他自己非常地憎恶自己,为什么偏用奇迹这个不正确的词汇来表示自己的意思呢……"简单的一句,我想把你这块材料做得很出色……

"过去的历史在你们的身上投下了种种不良的暗影,把你的原来是好的而今变坏了……我不能容忍这个,这个就是我工作的一切……你是广大的科尔沁旗草原的缩影,科尔沁旗草原就是我们古老的种族的全型,我不能容忍这个,我要从他传统的病态上脱去了这件玄色的衣裳,这就是我全部的工作开始的一个顺利的信号……"

但是这一番话只是在他心头掠过,他并没有说出,他只是考虑地向她看了一眼,便又梦幻地自语着:"一个新人……一个智慧的新人。"

春兄还在痴着，把脸尽向上望着。

天空明蓝如紫，处女星放出皎洁的莹华。

二门外的柳梢轻轻摇摆。一只蝙蝠从眼前飞过去，一会儿，又隐没在廊前的屋瓦里，上屋隐约地传来一阵王灵仙圆和洪亮的梵音，但是不到十分钟又寂静下去了。

春兄悄悄地把头放平了，说道："我想三两天回家去一趟……"

丁宁忙问："为什么呢？"

春兄说："因为妹妹弟弟病了！"

丁宁没有说什么话。

春兄又说道："我想看看他们，而且我就要走了，我把他们寄养给我一个姨家，因为，因为我爹现在已经和霍大游杆子们勾了手了……我把他们安置了，完了我就不管了。"

丁宁这时才说道："你这个人真奇怪，你安插你妹妹弟弟们，你就让随便谁去还不行呢，非得你自己去不可吗？真是奇怪之至了！"

春兄冷笑道："他们能吃了我吗？我不会那样愚笨……"

丁宁道："这不是愚笨不愚笨的问题！"

春兄有趣地看了他一眼，用倔强的口吻说道："真的，我还要特意地去看看呢……他能把我怎样了……只有我母亲死我去过一回，什么人都没见着……我不知道我的弟弟们已经变成什么样了……我知道我爹捎信说他们病了，那是骗人，但是我要去的，是的，我要去的，我一定要去……我看看他们是什么样了……"春兄的眼睛发亮了。

丁宁一方面觉得她的欲望似乎表明是一种女性的弱点，另一方面却觉得足以反映出她的性格的坚强，所以也只是说：

"不过，你去的时候，一定得和程喜春同去！"

春兄沉默了一会儿，便自语道："唉，我将永远不能有自主的快乐了。我就像一个生病的小孩……如今我试探着要站起来了……"

丁宁很快地拿起她的手来。

"我知道你的……你的向上的意志是可嘉的，但是你像一个刚被松绑的人一样，你会闪跌的呀……"

春兄漠漠地摇了一下头，似乎说："即使是闪跌，那已不复再是被捆绑的人了……"

丁宁心里想："想不到刚学会游水的人，才正要超越大海哪……"他向春兄看了一眼，便说：

"你试探着要求自主，你是对的……你和我一起到南方去吧……"丁宁捏着她的手："太阳是从南边照过来的！"

春兄不由不好意思起来，把眼迷乱地回顾着，轻声地说："你先去吧，让我一个人坐在这儿好好地想一想！"

丁宁便不言语了，大踏步走出来。

走到二门子外边，老板子正饮完牲口，辕马迟重地在地上打滚，几匹矫健的骡子看着丁宁走来，竖起耳朵来咻咻地喷鼻气。

"呔，嘚着——"刘老二拿着大鞭看守一匹儿马，儿马像一只长颈鹿似的炫示着自己的圆钝的脖颈，在前头尥蹶子跑。

"刘老二，程喜春呢？"

刘老二一看是少爷，连忙气喘吁吁地立下来，说："程喜春铡草去了，一会就来。"

丁宁看着那只儿马子一径地摇摇摆摆，趾高气扬地钻到别

的马群里去吃草去了,便问:

"你怎不看那儿马子去了呢?"

刘老二笨拙地笑道:"看见少爷就不看儿马子去了。"他刚说完,脸上便红成紫色,脑袋上方才跑出来的汗水也蒸腾得厉害,发觉自己的话说错了。

丁宁觉着好笑,便高贵地笑了一笑,打趣地问着他:"你这几天又有了什么新闻吗?"

刘老二本来是想觑着一个机会拔起腿来就跑,一看少爷意外地不但不恼他,反而还问他有新闻没,便登时觉得勇气百倍,想把自己所筹谋的大计划就趁着这个机会来执行。

"少爷,你知道大山自从那次推地不成,他又打什么坏主意了?"刘老二一边觑着少爷的神气,一边故作惊疑地眨着眼睛。

丁宁神色自若地等他说下去。

"他,他,少爷,他想琢磨孔老二的大闺女大俊!"不知道是这几个字过分地吃力呢,还是一提起大闺女便引起了刘老二的过分的害羞所致,刘老二的脖子比脸都红了。

"什么孔老二?"

也许由于丁宁的口吻的过分的严厉所致,刘老二意外地浑身一跳,但一听清楚问的是"孔老二"不是"刘老二",便连忙镇定下来说:

"呵,就是咱们南果园西边的那两间破房子的那孔老二呵,不是那年因为冬天过不去冬,他给老爷磕的响头,老爷招下他的吗?要不然凭他怎能会在咱府上的地皮站脚呢!可是这几年他赶边猪[1]也不剩钱,去年又被胡子把猪劫了一回,利都抛了。

---

1. 赶边猪,从柳条边里把猪赶到边外,贱买贵卖。

所以孔二老婆又不正经干了,他也供不起家吃,孔二老婆就从她大闺女身上想落儿[1],哪承想那大山又到处闻膜……"刘老二咽了一口唾沫:"少爷你想,她的闺女还能招出好人来吗?都是吃山靠海的飞球打弹的,守着咱们近近的,你想,少爷你想……"在伙房的灯光照耀里,刘老二一双眼睛使劲盯在丁宁的脸上:"而且,少爷,大山的八舅就是那道号的,老北风,老北风呵,这几天听说扶余城都让他攻下来了……少爷,大山难免……不哇,这就得提防,不能屋内关贼!"

丁宁蹙了一蹙眉头,便说:"好,一半天你领我到他家看看去!"

他想刘老二必是忌妒大山现在的地位,一看上次推地之后,我还没有撵走他,便更加使他不平,所以现在又钻心磨眼地想把他谮陷,不过,孔老二的家,倒是什么样儿呢?大可到那去视察一下……

刘老二看见少爷要去,又道:"而且,孔二老婆,少爷——现在又学了些魔法,见天大说大讲的还打起香炉碗子给人治起病来了呢……"

丁宁道:"好,明天,后天,好,后天晚间我跟你看看孔老二全家是怎么一回子事,你去叫程喜春来!"

丁宁等程喜春来了,吩咐他后天正午护送春兄去上大菜园子苏黑子那里去,便低着头回来了。

走到花栏,春兄还坐在那里,两眼看着天。

丁宁到她跟前便问道:"我问你,这几天,大山怎样了?"

春兄并不即刻回答,呆了半晌,才慢吞吞地说道:"他怎样

---

1. 想落儿,想捡便宜。

了？他还是大山呗！"

丁宁又问:"他……恨……我……吗？"

春兄还是慢吞吞地说:"自然他要恨了,他也不是从今个才恨,那是老早老早的事……不过现在更厉害罢了。"

丁宁沉默了。

春兄又道:"他说他过些日子就要回鹭鹭湖去了,他再不想在这里待了。"

丁宁探寻地问:"他回去干什么去呢？"

春兄爽朗地答:"谁知道呢……我想他不会就此软下去的……"

丁宁便道:"他也和你一样,缺乏一面镜子,也可以说缺乏一种教育,教育你们认识你们自己所代表的这雄阔的草原的力量……可惜我试探着要做到这一层,可惜我的力量还不够,是的,也许还没到时候,到时候也许在自然的风霜里你们会成熟得更要健全也未可知,是的,是的……但是,那只不过是一种遥远的预想罢了……要以现在来讲,你们实在没有做到最好。你是,可以说是一种智慧的典型,他是一种力量的典型,但是,因为你们的还不够,所以科尔沁旗草原所赋予给你们的那种雄迈的、超人的、蕴蓄的强固的暴力和野动,仍然不能在你们的身上正确地表示出来,这自然是由于过于缺乏文化,过于缺乏教养的缘故了……因为你们现在尚且还不知道什么是最好……"

"那么什么是最好呢？"春兄问。

丁宁看了她一眼,便说:"你问的这句话就是最好。"

春兄再不言语了,把头低下去继续地思索。

丁宁心里不知怎的就觉着有一片无底的烦恼正咬啮他的心,他便把腿一并,像立正一般,然后向后转走开去了。

他到屋里，看见茶几上有一封银凤来的信，他并不去拆视它。两手交叉着，静坐了半天，才出了一口气，顺手把旁边的生物画片拿起来摆弄。他看了那图片一回，便自忖着说：这是山样的狮子，烈性的寒带的虎，迟重的熊，绚烂的豹，乘人不备的鳄鱼，怀疑的狐狸，智慧的猴子，千油皮的野豕，还应该有啸风的猛犸，无畏的恐龙，还有自己燃烧的摩洛……丁宁像一个迷信家拼到这两个不祥的字音——"没落"，他生气起来，啪的一下，他把画片都推在地上，目不转睛地看着那些画片零乱地散在地下。又走过去用脚去踩它们。过了很长的一段时间，他才扯过一本许久未曾写的日记本子，在上面粗重地写着。

他正写得起劲，门帘轻轻地掠开来，灵子走进来，含着说不出来的一种委屈和怜悯的表情，急急地道：

"少爷你去看看去吧，奶奶把小三丫折腾得都闭气了……"灵子声音非常涩滞，分明有一种灰心的感情使她有无限的愠怒，不过这种愠怒只猛烈地激荡在她的心里，并没十分表现在她的脸上。

灵子说完便呆坐在一旁，好像在等着丁宁的激动，又好像是对万事都觉无望失神……

可是丁宁却依然手不停笔地写着。

等了一会，看丁宁还是不理，灵子便大声说："难道你等着她活活地去死吗？"

在她看来，她觉着丁宁今天的举动有点反常。

丁宁这才放下了笔，恼怒地向她看了一眼，然后冷冷地一笑。

灵子似乎从来没有在丁宁的脸上看见过今天这样的一个正与她所期待的相反的可怕的冷笑，她突然地害怕，在她看来，她觉得他这否定的冷笑,实在是可怕极了,就如全世界任何的东西都在他这一疲惫与厌恶的表示之下纷纷地粉碎了。

丁宁还是拾起了笔写着,灵子突然俯在他跟前哀求他道:"少爷呵,实在是太可怕了呵……少爷呵,我再不能看了……"灵子全身都抖着,如同一个魔鬼正揪着她的头发:"……少爷呵,就因为她碰洒了老爷被苦的香炉碗……少爷呵,现在她也许快要死了……"

丁宁铜铸一样地一动不动。只见他的嘴唇抽搐地动了一下,喃喃地说:

"我现在才知道我是个十足的废物!"

灵子冲口说道:"你比废物还糟!"话还没有说完,她连忙捂住了嘴,两眼吃惊地看住丁宁。

十七

天狗

黄昏已经伸展开羽翼，夜影幢幢。

丁家的大门呀的一声响了，两个人并肩掩出。

一切又复沉静，只有两个人橐橐的脚步声，跨过街道上的尘土向南走去。热风醺醉地吹来，带来蒿子的浓飔变异的气候，完全是一个蒸腾的夏晚……

跳过了半截的土墙、脏臭的粪堆，便到了一个肮脏的小院。一个流浪的小猪，邋遢着两只无用的大耳，拉着一条麻劈子的耳绳，滴里当啷地带了一块浑圆的泥疙瘩，哽哽——地对着房门嗅着，又贪婪地望着。

门窗都大敞四开的，影绰绰的，可以猜想出来窗底下放着的两匹酱缸和泔水缸[1]，是什么东西无拘无束地哗啦哗啦搅着水响。

刘老二偷觑了少爷一眼，看看少爷是不是心里有恼他诳他到这一个地方来。丁宁只管好奇地四处观看。又向前走了两

---

[1] 泔水缸，东北都把淘米水饭脚用缸盛作猪食。

步，刘老二便使劲地干咳了一声，想使屋中知道有人来了。水缸里是一个什么形的黄褐色的奇异的怪物，眼前一晃，一只脚搭在窗沿上，一只脚搭在缸沿上，就跳到屋里去了，还有什么东西打的，吧嗒吧嗒地响着，发出肉撞肉的柔碎的打击声。

刘老二听了全身都红了，一个箭步就从窗户台跳到屋里去，想弄清是怎么一回事。

炕上昏暗的豆油灯露出昏黄的光，一个人正裸着背就着灯光在穿衣服，刘老二一看便认出是孔老二老婆。

"还是你这个武大郎——我怕你干什么！"

"我就知道是你这个老货！"

丁宁迟疑地走到窗户台底下，老孔婆子还用一个羊肚手巾上下乱擦。

刘老二连忙对她喊：

"你还不快穿整齐了！少爷都来了！"

一听"少爷"两个字，孔二老婆不由得全身一抖，连忙穿好衣服，红脯涨脸地呵呵大笑。

"哎哟，我这半大老婆子了，我怕少爷什么劲！少爷小时候，还吃过我的奶呢！"

"扯你娘的臊，少爷稀罕吃你的哪路奶！"

"可不是，那是一个海上方，专要——"

"对了，专要养汉老婆的奶！"

"你这个没——不得好死的，少爷，快进屋来吧，外头看气味熏着——小丑，还不披上人皮，给少爷烧水去！"

"你这屋子里，还不熏死人哪！"

"咳——就叫屋子罢了——小丑，死丫头，还不拧腚根，拨拉一拨拉转一转！"

坐在炕上的一个瘦小的丫头,披上了衣服,把灯放在板上,跳到窗台上,拿起壶,就跳到外边烧水去了。

丁宁方把自己移近窗台一点。

"哎呀,怪不得今早晨我梳头捉着一个喜蜘蛛呢,原来是少爷来了——少爷今天怎么这样闲在!"

"随便看看——看看这边房子……"

"唉,——少爷就惦着我们,唉,前天那场暴雨都哗哗地漏呵……少爷我就剩在屋里洗澡了!"孔二老婆说着自己的状况并不伤心,反而有着几分得意,并且映着半个眼睛,似乎愉快地看着少爷受了她的愚弄。

"少爷,上回刚回家来,我就把小黑子那小子采的榛蘑送少爷,哪承想少爷那天没在家……"孔二老婆说时又笑起来。

"你们屋子怎的热?怎么后窗子还扎死了呢?"

"那是呢!少爷,那后边是粪坑,那不扎上不行,老爷们都在那解大手……哈哈……"孔二老婆似乎又记起了一些什么可笑的事情来了似的,快乐得大笑起来。

"唉唉!今年真热,不怕少爷见怪,我大腿弯儿都淹了,哈……"

刘老二在她身后用嗓子眼儿说:"是撞错地方了吧?"

"要不是这场好雨,少爷我就得跳井了,今年年头儿变了,六月天,人就热出窍了!"孔二老婆说着又像卖弄风姿似的把浑圆多肉的面孔抽紧了作出一个埋怨的姿势,但是一会儿就又绷平了,样子非常的阴沉,几乎有点可怕。

"老二上哪儿去了?"刘老二问。

"那挨刀的和小黑子上边里赶边猪去了,我就不让他去,他说今年到立秋才能见雨哪,你看,现在县大老爷一求,没出一个月就下雨了,昨天开工,叫工夫的都是一元钱一个——我没说,穷贱骨,石碑底下的王八,一辈子不用想翻身,少爷,真是没法子,他虽说没做过什么活,但是顶个名儿也赚几个活钱,强似他天天卖破烂赶边猪不是?"

丁宁一面随意和她应答着,一面用心观察着她家里的一切。一个小柜上躺着四五串的黄叶白,一串红艳夺目的红辣子杂陈其间。柜上的一个小茶几,茶几上边放着一个木旋的香炉。正中挂着至圣先师孔子之位的像,一排一排都是抱笏戴冕的装束,长髯垂胸,道貌岸然。两旁是竹书的梅花篆字:"忠厚传家久,诗书继世长"。横匾是"礼义廉耻"。纸色都已褐黄。

丁宁掀开门帘走到外屋去,刘老二便急急把孔二老婆拉到怀里骗她说:

"我说少爷要撵你吧,你看没错……快把大俊许给我,我管保……你还是住得下去的……"

孔二老婆并不上他的当,直眉怒目地骂他:"去你妈的吧,你个不得好死的,都是你个王八蛋啜咕的……把少爷骗了来……跑我这里又装什么臭孙子……"

刘老二还装得像煞有介事的样子,熊她道:"咱们有到这……你要让她侍候咱稍微有针鼻那大点差池……你休想……"

外屋黑洞洞有点瘆人。丁宁刚从明处走来,所以什么都看不见,他把眼略闭了一会,才又睁开,便见风车子有一星磷光鱼似的火花,在车腔子正中燃着。

丁宁好奇地走到风车子跟前,向里一张望,一个肥大的黑猫咪呜一声,夹着尾巴从车上跳下跑了。车腔里,一个白色的骷髅,啮着牙,向他狞笑,峥嵘的头顶上写着他父亲的生辰,后边是带鬼字的一行符咒:

十五日之内必死，六月初六日立吾奉三山九猴先生[1]如律敕摄。

丁宁不由得倒退了两步，用手抽搐地捂住了嘴，没喊出声来。他向后退着……心窝一阵窒息，浑身的冷汗。

丁宁勉强地走出屋外面来，深深吸了一口气。

"少爷别在那儿，看熏着。"烧水的小丑站起来招呼丁宁。

丁宁含糊地答应着。

"少爷，就开了——喝碗水再走吧……"小丑又赶着丁宁说。

孔二老婆便一面拢着头发一面大声地说："少爷，快屋来吧，房檐子底下贼风。"

丁宁不想进去，便站在外面和那小丫头说闲话。

孔二老婆看见刘老二死盯住那血红的一床新被上，忽然她的全脖根都白了，连忙支支吾吾地背过脸去，装着拿灯。

"呵，我才想起了，茶叶罐里是不是还有茶叶！"说着孔二老婆就端着灯抢出去了，好像非先到外屋去找茶叶不可，刘老二也随着她出来。

孔二老婆把灯放在锅台上，自己挡住了风车的风眼，随手乱翻。

孔老婆子，乘他们都看不见的时候，慌忙在背后伸出一只手去，把风车子轻轻一旋，里边的灯光，便倏地一下灭了。

孔老婆子，这才放下了心，而且突然精神起来，又去找茶

---

1. 三山九猴先生，通常是变戏法的请的神。

叶罐儿。

忽然里屋扑噔——通的一声，好像有一个人从后窗子跳进屋里来了。

刘老二心里一震，他虽然也不知道是怎么一回事，但是断定一定有意外发生，心里很后悔不该大胆把少爷带到这里来，但是一会却又居功地向丁宁看了一眼，似乎说："你看怎样？果然未出我所说的。"

孔二老婆又连忙跑进里屋，只叽咕了一两句，便带了一个陌生人走出，那人满脸赔笑向他们作揖。

刘老二早站在门口，手按着枪管在一旁趁着。心里想这回我算抢到头功了……少爷再不会疑心我是说谎了……

孔二老婆便介绍说："这是我姑舅兄弟，今天上城来赶集来了——这是丁府的二少爷，今个特意地看看我们的穷家。"

那人冷冷地说了一声："呵，少爷——"

丁宁不露声色地打量了那人一遍，便说："我也得回去睡了，明天见！"

丁宁非常平静，对他们点了点头，回身便走。

刘老二机警地在后边撇着，保护丁宁回到正宅的大门口。金碧辉煌的大门楼在黑暗里耸立着，门口朱漆金字的长联："玉版金韬，传家世芙蓉城主。朱纶紫绶，谐枢宇川岳山灵。"下属"徐世昌拜撰并书"。虽然在暗地里，也闪闪有光。

刘老二大声叫门。开门的是程喜春。丁宁见到他便问道：

"呵！我不是叫你送春兄去了吗？你怎的还在这里呢？"

程喜春回道："我刚才回来，春姑娘说，今天事没办完，今晚住在家里了，让我明天一早再去接她。"

丁宁附在他的耳朵底下，急促地吩咐着。

"上区？保甲？"程喜春便瞪起了两只大眼，"保甲吧！"

丁宁说："好吧！"

程喜春把三道大门门闩都插紧，又用扫帚钉划住，再用铁锁锁牢，才把旁边门框小门的锁开开，等候巨变。

"程喜春呵……"丁宁的口气超过谴责与愤恨，他预料这一夜之中一定要发生一种不可逆料的不幸，"你应该和春兄一起回来，我现在觉得什么事情都不妙！"

程喜春便分辩道："少爷，是春姑娘吩咐，我说是少爷嘱咐……"

丁宁不耐烦地说："唉，你不要说了呵，你不要说了呵，我不要听了呵！"

程喜春便说："少爷，我就去，我就去接她回来！"

丁宁喝住他道："你站住，混蛋，这是什么时候？这地方缺你行吗？"

程喜春再不言语了。这时，刘老二嘶竭带喘地从屋里跑出来，拿出两双狗皮袜头子来，反穿在脚上[1]，便和丁宁又走出大门去。

大家劝阻半天，丁宁还是决意去了。

两个人出去，都伏着身拣着可以掩蔽的障碍物，向前无声地爬着，从壕沿上一直爬到孔老二家的短墙垛前，便躲起来窥伺动静。

只见孔二老婆披头散发地走出来，两人连忙都悄悄躲在一棵小榆树底下，大气也不敢出，四外摩瞰了半天，才进去，丑恶地骂着小丑，一会儿，窗纸上便显出来一只大猩猩似的女人

---

1. 将狗皮做的袜子反穿在脚上，行路可以无声。

的身形，一会儿，噗的一声，什么都不见了，只有街西的狗汪汪地叫。

"莫非那小子逃了!"刘老二把耳朵贴在地上，向远方听着，"报保甲的人也许到了呢，我听是队上的狗咬。"

丁宁一声也不响，只凶狠地看着那窗子。窗纸哗啦地一动，似乎一只黑猫在暗中逃了，一切又静了。刘老二怀疑地向前爬。忽然，风门一闪，一个黑彪的人影显出，向刘老二身边走来，刘老二连忙一动也不敢动地蜷曲在一棵小榆树里。那人又向前走了两步，刘老二按好了枪等着射击，那人并不向前走了，只向外"瞭风"[1]了半天，才又从暗影里转进屋去一下把门插紧。刘老二又急忙地爬了回来。

"这回这小子算落网了，说不定他就是天狗!"——刘老二附在丁宁耳朵上说。

丁宁一声不响，眼睛在暗中发亮。

孔老二的两间黑影幢幢的屋里，尖锐地透出来一下笑声，随后又完全沉寂了。

不一会儿，便有一种谈话的声音透出，先是一个男性的粗鲁的声音，后来是孔二老婆大闺女大俊的声音。

"那个直眉睖眼的小子是他们的炮手呵——他能放响枪?"男的问声。

"你看他那个狗色得啦——人家有的是打手哪——大山，程喜春，崔猴，李炮……"女的回答。

"凭他猴七癞八吃得住我天狗!"男的看不起地说。

"呸，天狗呢，咬狗吧!"女的揶揄地说。

---

1. 瞭风，土匪黑话，就是侦察。

"你个没良心杂种,你吊上那个小活兔子,跟我耍锤[1],杂种,你看不出十天,我当着你王八犊子的人面揭他的脑壳……"男的分明生气了。

"哼,那时你早把我忘了……哼,谁信你……上回答应我的花裤子,还没给我买哪……哼!"女的又撒娇说。

"哼,你着啥忙急呀,金盘头簪子也有你的。"男的又转了口气说。

"好,我不着急,好,我不着急,你敢着可好了……哼!"女的大声嚷嚷。

"那是呀,你看我杆子好了吧!在小金汤,哎呀……那一汪水的小姑娘,我都不给她!"男的声音。

"去你的吧,别不要脸啦,人家今个身子不利落……"女的声音。

"你心想那个小活兔子了,不理我!好,小杂种,我问你,我问你,今个他来干啥来了?"男的问声。

"他来找我,我不在,你便怎样?"女的生气了。

"我插了他,给他开瓢!"男的骂道。

"我不在家,我知道他来干什么?"女的辩道。

"放屁,你到哪儿疯去了?"男的追问道。

"我到单五爷家拿花样子去了,小丑水没烧开,我就回来了。刘老二那小子想我,我烦恶他那鬼样子,他不得手就吓唬我娘,我娘不怕他,他就抬出那瞎眼的小东家。他也不怎的花言巧语地才把那个小豆包子[2]骗来的呢,刘老二就假传圣旨,

---

1. 耍锤,就是捣乱。
2. 小豆包子,指丁宁,骂人的话。

说是来看房子，完了，说好撵我们搬家，吓唬我娘好让他得手……人家少爷也不在乎这两间破草屋盖呀，人家能在乎这个吗？也不知他瞎编的什么笆[1]呢，才把那小兔子抬了来的呢！我知道吗？我知道吗？这个和我有什么相干？"女的一连说了一大串话。

"你看你口口应声不都是向着那个小活兔子吗？"男的又道。

"我向着他了吗？我向着他了吗？你个没良心的，你个杀千刀的……"女的大声道。

"好，反正，你变心了，好呵，好呵——只悔我今天没听霍大游杆子的话，他说他今个把苏黑子的闺女骗来，领我去开包，我怕走了盘子[2]，都没去，你还敢拗手拗脚，你要侍候老爷不称心，我要不把你弄死才怪！"男的声音里一派威吓神气。

"什么老爷，你个屁老爷！"女的在骂他。

"你今个跟我耍锤……你，你他妈，你在我跟前装王八蛋！"男的也几乎火了。

"你个狗神气！"女的还骂。

"你今个怎么这样的别扭！"男的笑着去胳肢女的。

"你小子敢，你敢动撼动撼你老娘！"女的笑着喊，两人的声音混在一片混乱里。

丁宁眼前一片昏黑，此刻他的情绪已经超过愤怒以上了，他知道春兄也被她爸爸暗算了。他的胸腔梗塞着，心膛迸跳，血热如火，他只得回来。

刘老二机警地伴他回到大门来，轻轻跟程喜春搭话。程喜

---

1. 编笆，就是编排，胡诌。
2. 走了盘子，土匪黑话，打乱了原来计划。

春警备地把大门上面的小门打开来。丁宁一把扯住了程喜春。

"程喜春,你这该死的东西,春兄也被害了呵,春兄也被他们害了呵,他就是天狗呵,程喜春……"一口鲜血从丁宁的鼻子里冲出,冲了程喜春一脸。

"少爷……"程喜春全身都发抖,一纵身就跳出大门去。他一定要生擒天狗。

丁宁勉强地回到上屋来,外边便打起一片枪声,必是程喜春和天狗已经接火了。

灵子白着脸,端着水进来,水里放着舀水杯,因为两手颤抖,那舀水杯在盆里面便磕磕作响。

丁宁急忙漱了口。外边又是一串连珠的枪响。

丁宁喝了半盅茶,不顾一切地就往外走。

"少爷!"灵子一把手扯住他。

丁宁凶恶地向她一瞥。灵子的手连忙松开,丁宁便全身都燃烧着走出了。外边枪珠子更密了,南边腰栈的后炮台也都接上了火。丁宁失措地向四外望着想从声音里听出是哪边的枪响。

四边的炮台上,都放着警戒枪,咔咔——咔!

保甲的大队的围剿枪,也一窝蜂地在孔二家的四周响。

轰隆隆——后街的枪炉王家的老母猪拱……也响了。

二门上,大管事的和老更倌正在那儿守着。看见少爷走来便请他不要过去。

"少爷别去,我看不叫强——这小子一定是棵上的[1],枪打得多稳!"老更倌沉静地说。

丁宁一直奔到西南角上顺着炮台的扶梯上去。

---

1. 棵上的,江湖黑话,就是正式的土匪。

"泰？"上边飞出鬼叫似的暗号。

"富——"丁宁连忙答话,"上边是谁？"

"李振武！"

"大门有人吗？"

"有——崔猴替的我！"很有把握的答话。

丁宁迅捷地上了炮台。里边两个炮手都目不转睛地压住枪。

"怎么样？"

李炮牛斗似的脑袋凶狠地摇着,牙齿咔咔地响。外边枪珠子更密了,子溜子嗖嗖地冲着风叫,流弹打在炮台上啪啪地响。忽然外面一阵怪叫,枪声都止住了,只有单响。

"别让他跑了！"

"撒住！撒住！"

"快快！快！下去了！下去了！"

枪声更乱了,四处地响,八音子,六轮子,套筒,自来得,大撅把子……啪啪,咔——嘤——啪啪啪！四外乱响。马的后蹄打着地,不住地咴咴,人的喊声,向四外散开了……

"撒住！"

"压住！"

"掐着西边的口子,下去了,下去了！"

人都向四外散开,马蹄啪啪地跑过去了。人都追下去了！

"搜！"啪啪又是一排枪。

用枪扫着到处搜！

"这儿,这儿,两个堂客,三个,络在鞍子上,带着走！"

"就是这个王八犊子甩的一排枪！"

"走！"

咔咔……嘚嘚……十几匹马脚向西跑了。

丁宁脸上无血色地透出凶光——

"少爷，快请回去吧——有我——王炮，快扶少爷回去，快！"

李炮两眼努出跑到大门，喊道："跑了兔子不打围！"

一阵叫门声，啪啪！

李炮一摆手，别人都抢好了岗位。

"李大哥，我我！"

"老二吗？"

"我，开开！"

大门开了，刘老二浑身泥土地走进来："他们追上去了，他子弹没了。大山追下去了，紧跟腚！"

"我㐲他祖宗，二百保甲捉不住一个臭虫！"李炮咬着牙怒吼着喊。

"他搭话了，报字天狗！"

"这些狗皮们[1]真丢人！平常吃官饷，到时候不顶事，白披了一身狗皮！"

"他们不敢闯，大山闯进去了，才他妈……他冲出去啦，他俩紧跟腚！"

"二百只狗白拿饷银！我㐲他祖宗！"李炮急急地在地上走，腰间八字形地插着两把香鹤腿！

"你怎不兜腚呢？"

"后窗扎死的！"

"那他搁哪出去的？"

"旋的笆！"

---

1. 狗皮们，指保甲。

"旋的笆，咱们他妈真莫丢净人了，我再没脸吃这碗了！兔子都跑了，还打什么围！"

"也不是咱们摘的棵呀——是那些狗崽子们——要是咱摘的棵呀，杂种，让他前心见后心！"——是崔猴的尖叫声。

"也不怪这小子，一交手他就让大俊旋的笆，他冲出去，把枪还交给大俊，让她甩两排枪，大山一听枪声不对了，便冲进去了，果然——他就紧跟腚，都下去了！"

"谁？"

外边又是谁急躁的敲门声。

"谁——"

"你们的人受伤了！"

"小心，有诈——"李炮一手一个匣子[1]。炮台上的响铃响了三下，他影在墙垛上："谁？"

外边一个兵伴用各种的话来证明，不是诈。两匹马咳咳地用前蹄扒着土。

"开！"李炮大声地说。

大家都领住神，听外边的动静。

一个炮手故意地把门闩乱弄了半天，才说："推吧！"

又听外边的动静。

李炮才一摆手，两个炮手走到门框的小门："这边！"

门开了，一个兵伴下了马，另一匹马上驮着一个受了重伤的死尸似的人！

李炮提着枪早走到兵伴的后边，兵伴吃惊地一瞥，刘老二便走过来代替了李炮的岗位。

---

1. 匣子，就是匣子炮，也就是匣枪。

李炮向外一闯，一手伸到伤者底下一抹，一手的血，向下一甩："抬！"

几个人把伤者抬进来了。大家向前一看，原来是大山被流弹打伤了。

李炮向保甲们客气道："在这儿住吧，到屋里收拾点饭吃。"

他们一个头儿忙道："不，我还得回去交差哪！"

李炮便说："不留了——辛苦，辛苦！"

那个头儿也应答如流，一看就知道是个老公事："栽了[1]！栽了！见笑，见笑！"

李炮也就另眼相看，问他："彼此，彼此，跟下人去没？"

那头儿便答道："下去了，前边不知道信——你们人伤得可不轻呵！子弹搁肚肠子穿过去的。"

说着随着兵伴一回身打着马就跑了。

大门轰隆一声关上了。

四处的警戒枪还断断续续地放着。程喜春还没回来，他一直追下去了。

一星期过去了。

大山的伤势已被他的牡牛似的健康征服。因为枪弹通过他腹部的时候，只是肋骨以下的腰间部，所以并不严重。

那夜丁宁便把春兄的遭遇告诉他了，他听了一声不响。

丁宁两眼噙着泪水。意态非常地哀伤。他在地上踱了一会，便突然立住，又问他道："你明天一定要走吗？"

大山目光炯炯如电，一句话也没有说。丁宁向他瞥了一眼，

---

1. 栽了，就是栽筋斗了。

便如义士赴刑似的走了出来。他看见天际微茫的月光，便在心里大声地说："一切应该完结的终究应该完结！"于是他的眼前便浮动出许多过往的事情，他体味着那些悲惨的暗影，他感到从来没有的孤独。父亲在金钱的赌博里把生命也赌进去了。二十三婶把自己幻灭在哀伤里，苏大姨对命运作暴烈的反抗，终究，血尽了，气竭了，倒地死了。春风曾代子因为在人生里找不到爱情，所以便把人生也不值一哂地抛弃了。水水如水地消亡了，春兄被人类的丑恶撕碎……

丁宁全身都发着抖，手指有点发冷。完结！一个巨大的声音在他耳边豁响。他想是的，完结就在眼前。

…………

他回到自己的小院前的丁香树下静静地坐着，在想眼前的一切。

东边是嫂嫂的跨院，灯光全无，大约早已睡下了。天空一只流星逝过，什么也无痕迹。

丁宁想：一个人的消逝又算得什么呢？每分钟之内，宇宙之间都要有星体破灭，破灭就是再生的母亲……丁宁如同一个垂死的人忽然攫得一个出奇的符咒似的，在思想里反复地念着，破灭就是再生的母亲！破灭就是再生的母亲！他的意态非常清冷，虽然他极力想把自己的思想感情弄得非常的丰富，但是终觉难能，他向左右一顾盼，觉得一切全无意趣。

他想，完了，我自己毕竟是等于零数了，我曾做了些什么呢？我是生活在自觉之中吗？我自己以为是的，其实一点都不，我有时为了过度硬化的理智带到辽远的境界，有时却又为了太感情了的感情奔驰在和理智完全不能相容的另一面，这离自觉未免是太远一点了吧……

丁宁几乎有点近于颓唐了，虽然他还在竭力挣扎。他毫无意义地把手畔的不知什么花的叶片折了一只，在手上轻轻地绕了一下，便随手地放在口腔里。他随便地想把它吹响，但是它却总不能出声。

丁宁想：我是要做一番轰轰烈烈的事的，我是亚历山大的坯子，我一点也不否认，在这个时代里，我是要用我的脊椎骨来支撑时代的天幕的，我不但要用，而且我期其必行。但是如今事实却用了铁的咒语把我所规律的整个系统彻头彻尾地碾碎了。我要攫住了时代，而时代却用了不谅解和不理解来排挤我。我要贡献出我的力量，而我的力量却被市面流通的不良的钞票所驱逐，这是多么无理的谬误呵，这是多么可怕的安排呀！这是我的错误吗？这是我的罪恶吗？

凡是我所否认的，我都要摧毁呀！凡是不适于我的估计的，也必须要投到地狱里去呀！我是 Procrustes（普洛克路斯忒斯）的刀子，我有这种自负，因为我受过新时代的任命和委托，把我所不愿见的不承认的习惯、道德、制度，都投到一切否定的虚无里去吧，这是必须如此的，这是我对时代的清除！我没有宽恕，我没有原宥，在我的字汇里，我只有暴乱和争强，没有和平、顺受……

一种噬人的暴怒攫住了丁宁的全身。他想立刻把宇宙摧毁，把人类摧毁，把自己摧毁，然后一片片地落下去，让一切与灭亡同在！

他几乎要跳起来，先拿着这个园舍作毁灭的对象。

但是过了一晌，一种稀有的疲倦便蔓延了他的全身了。从来没有过的倦息呀，不能用自己的神经去感觉的一种精神的倦息，不能用尺约量，不能用人的厌恶去洗涤的倦息呀，布满了他的每个细胞,他每个细胞核涨满了倦怠的因子,他试探着像要抖落一身花瓣似的想把它抖落,但是毫无效力。他无力地悲悒地长叹了一口气,便坐在丁香树下,一动不动。

丁宁此时的心情,非常乖戾,觉得自己所规定的高远的、纯洁的、严肃的人生意义,已经被现实撞破了一个永不可弥补的巨罅、一个永不可复的漏洞。这种漏洞超过他的预想,为他向来的经验所未有,这种不经常的发现,使他非常的痛苦,他在隐隐地心头作痛……

丁宁眼光如火,气宇非常地不振。

大凡人在一个大幻灭之后,人的情绪多半都趋于颓废,都要想在一种奇异的反常行为里,得到恣纵,得到倾泻。刺激与快感,破坏中的喜悦,殷纣的、看着生命焦炙在炮烙上的可怕的心情。尤其以这种行为是特别的辛辣、是平常所不敢于一试的或不屑于一试的,这时才更觉其有趣、偏爱、可为。所以有许多人甚而把自己拼命地拖在脚跟底下来毫无吝惜地践踏,任意地自戕自贼,陷溺愈深,其程度、其幸灾乐祸的快意也益觉其充沛满足。所以有时是人类最无耻的、最下流的奇迹,才在这最匆忙扰乱的一刹那里来排演、来揭出……这是无可否认的一种心理学的轨道……此时丁宁的情绪,也并不违背这个原则,而作例外的发展。所以在现在的当儿,他的脑子里也正浮出许多可怕的幻想,像梦魅似的,是他从来所未接触的,从来所未曾投掷过一丝愿望的愿望,也都在他的血液中引申出来了,也都在他的脑膜里化作了疯狂,要求着他的勇气去执行……

但是,丁宁知道这是一种动物学的悲惨呵,动物在自然界中接受了这一条定律的时候,动物就开始骚扰了。心理所支配人类的行为也如 S.Freud(弗洛伊德)等所注解的在人生哲学的领域里画成一个单圆了，而这单圆甚而就以δδ的两个极简单到可怕的程度的符号来作中心，以人类的行为来作半径，而圆满其成功。可见人类之被一种自然的力量所制约的绳范，真是令人何等地不寒而栗呀……而人类之由于所从属的阶级的不同，而其所接受的社会的条件所培植出来的等差的心理，也正如温室中所孕育出来的花草，有与自然所大异而仍归于自然的奇花异卉吧……而人类也就无端地受着这种捆缚与桎梏所赐予的、所指示的、在自己所规定的社会的次序里，找寻他自由的空隙，而酿制出种种不被人所相信的、丑恶的丑恶来，人类真是多么可怕的一种动物呵……

此时他竭力遏止并矫正自己贵族的感情的恣纵与反动。在脑膜里竭力地驱逐一个他每日都要接触的一个熟悉的影子。这个影子，每天都在为他的服从的范围里而生活、存在、转动……但是他从来未曾对她破坏，他从未乱想……他对她从未动用。

但是今天他的思想却非常恶劣，无意识中都模糊地想以她作他狂乱的对象了，于是灵子一双温柔明慧的眸子又在他的眼前浮动了……

于是他用了全部的自己的力量在灵魂的深处，大声呼号：让理智帮助我呀！让自尊与纯洁给我以勇气呀，让我消除这些有害的幻想，让玛丝洛娃的脚印，停留在托尔斯泰那老头子所幻化出来的解决方案之内吧，让他陶醉在他的基督教义的尾巴以内吧……勇气帮助我呀，我自己就要破碎了……

丁宁如同一个高贵的神灵作虔洁的祈祷似的。

自己把两手交叉在脑上，拼命地遏止住自己的感情，他狂暴地自持着，不让自己逾规。

慢慢地,他觉着自己的心绪清明了,他觉着有无上的愉快……他想,唉!这样才是好的,这样我才能在我的宇宙里长生……他想到这里,他的心已经非常愉快了。他舒展了一下衣袂,掏出了小手绢,擦擦额角上的凉汗。他非常高兴了,他在地上走了两步,把腰伸伸直了,他向自己的院里望了一下。他看还有灯光,他想灵子一定等着在侍候他。他便决定不立刻进去,自己就反而在树影底下徘徊起来了。

他把两手插在衣袋里,用舌头舐着上嘴唇,心地清明起来。这时候,万籁俱静,只偶尔有一只蝙蝠出现在头顶上,沙沙地鼓风作响。嫂嫂的屋子里依然一片漆黑。

十八

大地

大山走的第二天，丁宁也决定在几天之内，一定也离开这里，因为这里曾给他以创伤。

丁宁知道大山。

大山在这里不能有所作为，他必须把自己放在一个更强毅的洪炉里。真实的火焰在旋转，生活的毒螫在针刺着他，同伴的牛筋样的筋肉，接在他钢铁的筋肉里，互相扭合，互相纠葛。这样他才更能向前进，向前走进健全，展开他未展开的力，把过去的错误在生活里修正。

他不会完结的，生活在时代里的人，他怎会完结呢？时代在展开的时候，他也必然在展开着。

命运不会这样短促的，这草原将以更剧烈的地层的变异来参加着草原之子呀……

但是，丁宁自己却定不下什么时候出走。他现在对什么都不能固执着强固的意见。他似乎是颠簸在海洋里的一片舢板，很有任其所之的一种心理。

本来他想在他离开之前，还要把富聚银号整顿一下，因为他已经看出了东北金融的连环破产,广成车铺借钱,由腰栈承还。腰栈借钱,再由广成作保。高利贷超过十分。纸币乱发。农村现银被城市吸收。城市现银向外倾流。将来必须弄到没人可以逃避这种命运。就如阿二锯木头一样,阿二锯的是阿大脚踏着的那一条树干,而阿三锯的则是阿二用以立足的那枝,而阿四又拼命地锯落阿三所踏着的一干,阿五的目的物,却又是阿四所恃为凭依的。到后来,试闭目一想,则其结果一定是会惨不忍睹了。

丁宁很想把自己的银号脱出这个泥淖。但是他又觉得心灰意懒,觉得即使是做了也未见得就好。所以这个观念,虽然时时刻刻地在他的脑子里起伏,可是仍不能见诸实行。

他把过去自从回家以后的这几月从头一想,觉得只是一个出奇的噩梦。一切奇异、陌生、洪旷的场面,都在眼前通过了,但是并不能给他以任何的意义。他自己感觉到这一层的时候,很觉得惊奇,很觉得违背自己的志愿。难道我对一个时代的核心,还不能认真地去理解吗?我的目光的深湛还不够吗?似乎我还被什么东西所蒙蔽吗?或是我自己就隐蔽着一些东西吗?

在过去不久,那时候,他正带着一颗跳动的心,在南边走过了过多的人生的里程,经过了过多的深思与探讨。从那回归线的椰子林里,回到这白熊的老家呀!那时,他的心底是多么自负。终究在自己热情的向往里、友朋的殷勤的道别里,他回来了。凯旋样地把自己带回到这新兴的莽野来了,想用这绮丽的沃野、葱郁的山林、北国的雕风、从大戈壁吹来的变异的天气、老农顽健的白髯、女人黑炭精的眸子⋯⋯这一切,想在这一切里,把自己锻炼,把自己遭铸。在这里吸收生之跳跃,感应着自己蓬勃的意志,使自己超越,使自己泼辣,使自己成为时代巨人。

他带着大的心,来了,看见了,做了。但是他失望了。那一次,小金汤的自然之流,该是何等的使人飞越、拔脱人寰的雄奇,使人再不复想到有一种地球上所特有的烦扰。那是一个悠远的遐想、神妙的境地。没有边界,似乎是徜徉在人类之外。

也就从那次之后,许多的惊叹号,才开始在他的眼前交哄,使他的理想完全破碎,使自己的进逼的勇气几乎都摧折。这些使他濒于疲倦,使他对于一切都发生厌倦之感。

如今,自己竟成为一个失望之余的一个虚无的影子,对于一切都不能投资自己的力量。一个热心的运动家,只好忍耐地做一个冷淡的旁观者。这该是多么残酷的事实呵!这该是多么有力的一个脆弱的灵魂的自白啊!

所以这些日子可以说是丁宁从未曾有过的出奇的怠懒与警醒的时期,而在这期间,周遭磅礴的力量,并不予以怜惜,并不谦抑其强烈,而向他作无视的冲击。

这使他几至难以索解了。

今天三奶家的管账先生袖吞金又来了两次,说凤姑娘有事请少爷无论如何要过去。丁宁对于这个本来也没有一个执拗的肯否。但是对于三奶家的有偏见的憎恶,又习惯地浮在他的心上,所以他连见也未见他,就都回绝了。

第二天吃完晚饭,丁宁正坐在屋里觉着无事可做。忽然,又是说凤姑娘来请,请少爷务必去,要不然凤姑娘也许要亲自来请了。

这当然更引起丁宁的反感。但是,丁宁从灵子的嘴里听到三奶那边请他去的原因,似乎还有讨论到大山的问题。丁宁细问她,她也说不清楚。丁宁非常奇异,便只好传话叫候在下房的袖吞金进来。丁宁想探听出三奶和大山到底有什么纠葛。袖吞金进得屋来，在温煦的灯光下便对丁宁机密地说了一大套话来：

"少爷，大山那小子早就应该斩草除根哪。你想他八舅是干什么的？他八舅的字号是老北风呵，这回扶余城已经攻下正逼茨榆呵。说是义匪，表面上都说是义匪，说什么老北风，起在空。可是，是匪就不能有义，是义就不能为匪呀——是不是，少爷……所以老奶奶一听少爷把他辞了，所以这次让大山下狱这件事，就想让少爷也添个名儿。少爷从前还抬举他，总觉着是实在的亲戚，高看他几眼。少爷，你看，他这种人更不识香和臭呵。你越抬举他，他还越驾云。他是这个根种唔，从小就坏了。你看他这次领头推地，就是想把咱两家丁府都砸了……他是狼心狗肺呀。少爷。你看天底下有这等人，这，简直是以怨报德哪！这！"

丁宁不耐烦他的唠叨，拦住他的话问道："三奶想把他怎样处置呢？"

袖吞金又回道："三奶奶是早横下心了，一定把他下狱。从前还怕少爷庇护他不得手，现在看少爷也伤心了，也看透他了。所以特意请少爷也去列个名，好定他的死罪！"

"呃！"丁宁一字眉又紧皱在一起，仔细地思索了一下，便对袖吞金道：

"你就回去吧，我马上就去——你告诉凤姑娘，她的事由我负责——可是大山的事也许有要你帮忙的地方。"

袖吞金连忙曲腰哈背地连声说："是，是，我袖吞金，只要是有少爷吩咐一句，我就做到一句，有少爷吩咐十句，我就做到十句。少爷，只要少爷看得起我，肯吩咐我，就是要他的首级，我也敢，是不是，少爷？我袖吞金——是忠心耿耿、铁面无私的呀！不能那个！"

丁宁鄙夷地合了一合睫毛，便一挥手，好像说：滚你的蛋吧！袖吞金这才全胜而归地走出。丁宁吩咐了灵子一些物事，又静静地对着青虚虚的灯影凝望了一刻钟，才大踏步地踱出去了。

二门子外程喜春刘老二正敛了三匹马，等着少爷出来。三匹马一看见丁宁来了，都表示欢迎似的掀着尾巴，嘴巴愉快地突突地咻叫。

丁宁向四外淡然一看，大卯星孤孤零零地挂在天际。他看见这每天都为群星的表率的星王，他不由忽地想起一件心事来。他心里一难过，好像马上又消失在疲惫与倦怠里了。他用着带几分愠色的目光向程喜春刘老二扫了一眼，便回转身去。

"少爷也不是忘了拿什么东西了？"刘老二猜想着说。

程喜春点了一点头，又给少爷的马紧了紧肚带，准备少爷回来好骑。

丁宁走到屋里，对着静坐着的灵子悄声说："今天是春兄被难的三七了，你在那宣德炉里备一支香——"

灵子的眼圈立刻就湿润了，点了一点头，连忙去照办。

"你今天不回来了吗——"她本来想问，但是她又没问，只是又点了一下头。

丁宁走出骑上了马，打了一鞭，马便驰到大门边了。看大门的早立直了腰身在大门口候着。

丁宁撒欢地打着马在前头跑，程喜春紧提马缰在后边紧跟，一转瞬的工夫，丁宁已经跑到大水泡子沿了。马已经出了一身通汗，丁宁把马收紧了。看着这水泡子四边黑压压的老树，不禁有一种鬼蜮森森之感。那是八九年前的旧事,那时丁宁还是小孩,和大山一起到这里来钳蛤蟆。那时黄澄澄的月亮照在柳茅上,四野静静的,十分寂寥。大山操起桦木杆子的蛤蟆钳子,弯着腰悄悄地顺着水边溜着,眼睛在暗中发亮。忽然水波一闪,大山大喊:"丁宁,丁宁,扎着了,扎着了,快,快!"而今想不到大山站得离自己会这样远,大水泡子也没有黄澄澄的月了,也没有那样的蛤蟆钳子,也没有了那天真粗豪的影子了,摊开在面前的完全是一片鬼森森的气息。

丁宁随着马身荡漾,自己又陷入一种莫名的悲哀里。

这里,平川大道直接着贤孝牌,那是上鸳鹭湖的唯一的孔道。丁宁小时候每次同大山到这里来捉蚂蚱蟋蟀之类的时候,总要攀着贤孝牌的石磴梦幻地向着东山里那边遥望。

那隐隐的一道蓝山,那是东边里。那起伏的蓝障里,正伏着几多神秘,几多企望。每天家里所烧的榛杆、山柴;每年山场[1]给送来的山鸡、狗肉;每年家里山场给家中送的白蘑、鹿肉、水艾、山芹;保花样子的蛇皮、会斗架的鹌鹑;光瓢的榛子、山落红、金针黄花、螺蛳钻……这些,他不能见的,简直想象都想象不出的东西,也可以说是稀奇的宝物,都出在那蓝盈盈的蓝山里。

他常常呆呆地幻想着,似乎就在那山顶的白云上,他也可以看出那背着背夹子的挖棒槌的老山墩子[2],那起罡风的雕羽,那专吃柞蚕的棒槌雀,那只有在零度以下才好吃的冻山梨。

而今,这许许多多的儿时的记忆又重新被他记忆起来了。

---

1. 山场,便是家山,被私有的野山。
2. 老山墩子,猎人行话,老山里挖人参的人。

是的,那是他家财源膨胀起来的发祥地,是惹动过他幼稚的相思的鸳鹭湖。

那参天的古柏,百尺高的老祖坟,藏龙卧虎格的旧宅子。那连阡连陌的庄园主的土壤,黄金的土壤,关东大斗一亩也打八九斗。

保家大仙的三仙洞,三仙洞里的三仙姑。

而在那些只在家里传统的神话里才能听到的,那些只在由鸳鹭湖进城来的佃农的口里才传来的一些草昧的洪荒的野犷的其实是温柔的野话,使他梦幻的心又怦怦地跳动了。他有过他现在也还不相信的奇想,有过就现在也不相信的为了没有到过那个地方的悲哀。

从那时起,顶天立地的科尔沁旗草原哪,比古代还原始,比红印第安人还健全、信实的大人群哪——这声音深深地种植在他儿时的灵魂里。而这声音一天比一天地长,一天比一天地在眼眶中具体、确实,愈认为确切不移。而甚至他在南国的青春的友朋里,把一切长白山的白、黑龙江的黑,都拟之于人类所推崇赞叹的伟大的形容词了。而人们也吻合着他声音荡动的微波而相信着而感喟着了。

是的,这一块草原,才是中国所唯一储藏的原始的力呀。这一个火花,才是黄色民族的唯一的火花……有谁会不这样承认呢?有谁会想到这不是真实呢?

但是,今天丁宁远远地看见那耸立的贤孝牌。今天丁宁又重新温习起在这草原所躲溺的梦境——这才如同睡得太沉了的小学生似的猛然地把头磕在桌角上……这是什么东西破坏了这储藏的力啊?他发问了,也好像彻悟了……

是的,是的……

是的，我明白了，从来未被我知道的，我从来也被它压抑的，如今我知道了，是的，是的，就是它……

丁宁遥遥地向着那石青色的贤孝牌看了一看，便深思不语了。

善伺人意的马，松弛开矫健的脚，沿着大庄园的围墙缓缓东行。

再过了不多工夫，便到了三奶家的大门。

彩色执锏的秦琼和执鞭的黑脸红髯的尉迟敬德，在朱色的大门上交辉，门洞里有三块金匾，正中一块写着"万家生佛"。

丁宁回头看看北边金大老爷的前门，更加辉煌，更加壮丽。呵，这神、这宅子、这土著财主的斗法呀，这吃人不见血的大虫，这强盗大地的吸血狼！是的，包庇荫封他们的，是那个一个看不见的用时间的笔蘸着被损害者的血写下的无字天书——制度。

丁宁吟味地点着头，心里非常沉重。

这时门房早看见他们，向上房禀报了，不一会儿，管事，执事，便都出来迎接。

刚走到二门，依姑，三十三婶，小凤等等的人，正都站在阶上候着。在丁宁心里，对于他们这些贫血的人形，也想依然置之无颜。但是想到他们正是这大制度下压扁了的渣滓、沥滴，丁宁又不禁恻然哀悯了。

随着大家后边的，是袖吞金。袖吞金满以为这次把丁宁请来是自己的功勋，所以趁着这个机会就来陪少爷，只是还不见三奶。

丁宁顺口问道："三奶呢？"

袖吞金忙答："少爷，你问三奶奶吗？唉，唉，正在下屋和大厨夫生气哪!去年的荤油是吃到杀年猪才完的,今年刚转到七月七便完了。三奶奶今晚上一看油坛子,就和大厨夫吵起来了……唉,你看,过家就没法子……"

果然地,这时,外边伙房里正嚷着老太太的声音:"行这个吗?我三十多年了,行这个吗?"

不一会儿,她便走出来了。嘴里一刻不歇地在那儿唠叨。忽然一眼瞥见下屋鸡窝里下的蛋,到天黑还没人捡,便又"张雇工!张雇工"地大喊起来:"怎的这个时候,还不捡蛋哪?呵!手都让菜墩子剁去了吗?呵!留在这儿干啥?留在这儿给他们下三滥去和荤油吃吗?"

骂了一通,这才觉得心里有点服帖了。回到台阶上又左右地检查了半天,看看实在是无可再找碴儿之后,才呶口叨叨地走进上房来了。一眼看见丁宁,便满脸堆起笑来道:

"呵,丁宁来了,你看,丁宁,你给我评评这个理。我三十多年了,我都是年头接到年尾。一过年杀五口肥猪,荤油吃一年。你看,今年,荤油才到七月七,便把一缸油都使净了,兴这个吗?我三十多年了,我没见过,我没见过!"

三奶一看自己的理直气壮,很难博得丁宁的同情,连忙改了题锋,过来问长问短。又安慰了丁宁一阵。说家事的各种不尽如人意。又盛夸丁宁的运筹过人。接着又提人死也是定数,不能一味地哀伤。又说二十三婶的死,自己如何的操劳,葬仪如何的堂皇。又提到未通知她家里如何地费了她一番苦心。接着又想到了丁宁的继母,替她难过。又说:"听说你继母的气质更暴了唔,必是心跳病大发了的缘故,得吃点坤宁丸哪……"最后才转到题眼:

"……我告大山的罪名,是煽惑乡愚,暴杀无辜,聚众抗捐，联合罢佃啊！这是杨立三写的呈由，你看多硬……就是可恨邵越这小子，总是一口承揽，不咬大山一个边儿。我就和你七叔商量办法，后来用人把话透过风去了，告诉邵越说：你就说是大山主使，我醉后失手，余不知情。这时承审一画供，大山顶他去掉脑袋，他再装模作样地蹲两三个月就可以放了。你看这办法对他多大便宜！哪承想，这个不知死的死脑瓜骨，一听这话，就登时大骂起来。你想这小子不是活得腻了吗？他不死总觉得浑身痒痒——他浑身痒！真他妈的莫是狗改不了吃屎，这样便宜他都不捡，他浑身痒痒……我后来也急了，我也豁出来了，我许他的十天大亩地呀。你说，这个王八犊子，不知死活的王八犊子，他说什么？他说让我拿回家去养老去吧，别说十天，就是十个十天也买不动他的心。这样的死心眼，真他妈的，我活到五十出头了，我没见过！木雕泥塑的也比他是人哪！他就算不开这本账！"

丁宁道："三奶为什么一定得把大山置死呢？把邵越弄死不也是一样地给你出气吗？"

三奶详细为他说明原委："嘻嘻，这傻孩子，你想邵越是什么样人？大山是什么样人？邵越那小子是一时逞风，冒一股热气就完了。大山是什么样人？大山那小子能那样冒失吗？那小子是一肚子鬼草呵——一肚子坏下水！一看人家饱暖，他就眼红！你想咱两家要守在他眼皮底下，还能有个好吗？不用说咱两家，就是全鸳鸯湖边的大粮户也都没个太平日子过了。他爹想陷害你父亲多少回，你难道还不知道吗？你的三爷是怎死的？不是那年查粮，搁后边飞来一颗枪子就完了吗？这案到现在还没破呀。只捉住了朱地户朱三尖，因为他平日扬过风，其实哪是他，但是上哪儿找垫背的呀，不找一个偿命的能压得住人吗……这个你还不知道吗？你能小看他吗？整个的鸳鸯湖的臊臊子、二梭子、小伙子泥腿，都是他说啥算啥。还有一宗，老北风听说已经快打进茨榆城去了，再望下一来，就是古榆城。他八舅要来，第一个是你家，第二个是我家……你这聪明的人，你怎还网着一棵橼呢？天狗那一场惊，还没把你吓怕吗？我一听说，我就吓得妈呀一声，我四肢都凉了……你怎那胆大，你也和刘老二去瞭风去了，真的吗？你铁铸的胆子——这孩子，快吧，你的道眼比我多，快快想个好法子，把大山那小子烟消火灭，我他妈的也捞个好觉睡。躺在炕头上，我也少翻几个身，要不然可完了。我秋天的粮都算放飞了！你看我现在免他们四成他们还心不甘哪。到上秋还得起交涉，你看吧——明情理，今年顶多许收八成——就是剩下的那六成也都免了，也不能说出个知情道谢的话来。怎么说呢？他说你家还有高楼大瓦房呵，你家还有我家没有的黄骠马哪。哎，你看吧，他都来了，没完！他再也不想一想，那是人家老人留下的根基。人家也是兢兢业业奔波了一辈子呵。你的祖宗给你留下了吗？给你留下了什么？给你留下了六块板另一眼子的饥荒！他能想这个吗？你跟他说八天八宿也是白扯。他的心早按到胯骨轴子上去了，他就早没安排到正地方。哼，哼，穷人，穷人有几个有良心的，要是有点天良他能穷吗？是不是，丁宁？丁宁，你说是不是？"

"你的证据都够吗？"

"证据，有老刘发，我买通了。再就请你……"

"刘发不行！"丁宁脸上暗暗一红，随即瘪了瘪嘴。

三奶也像发现了他真不行似的，点了点头，才又说："要不然，我怎的骂邵越那王八犊子呢？这个牛心肺的东西，我恨到他骨髓里去！要有谁把他煮了，我也连毛吃了……这小子他就用鼻子哼一声，就省我费手续了。可是他是横定心啦。王八咬手指头，他还是一口不松……呃！哎呀，我想起来了，杨立三给我出的道眼，他说有一种叫什么因？什么什么英？海洛因，不是，不是，是一种药名。给他注射了，然后问他什么，他就招什么。我看这个方法要是灵验，我就给吴医官塞上一把钱，给他多扎两针，把供招了，我好了了这块心头大患！丁宁，你知道是什么因，是什么英？"

三奶哩哩啦啦地说了一大片话之后，便觉得面面俱到似的又摆出平日的雍容大雅的态度，细眯着眼等候着丁宁的满意的回答。

"丁宁你的意思怎样？"三奶一看丁宁面色有点沉阴，便向前移近了一些，仔细问道，"你的道眼多，趁你在家里，赶快帮着我把这件事办完了，了此一桩心愿。"

"我的意思——"丁宁又思索了一下。

"是的，你的意思？"三奶正在等着丁宁说出他的意思来。

"我的意思，是不许你这样去做！"丁宁便决断地说。

"什么？丁宁？丁宁你说什么？"这完全出乎三奶的意料，她尖起声来问。

"我说是——不许你这样去做！"丁宁又清楚又明白地重复了一句。

"为什么呢？"三奶显然是生气了。

"说出来你也不能懂，就是不许你这样做！这样做，对你一点没有好处！"丁宁也生气了。

"为什么呢？"三奶逼着问。

"说出来你也不懂！"丁宁轻蔑地说。

三奶便宣排丁宁道："丁宁，你这个状元可是白当了。难道到现在你心里还看不透吗？我不是方才跟你说了一大车话了吗？丁宁，不是三奶生你的气，你——必是念书念得太多了吧！"

丁宁冷冷地笑了一下。

"反正你要动大山一动……"

三奶也冷笑道："必是你怕大山倒了压了我的手？我就偏不怕！"

丁宁看见她的光景，又道："我知道你，三奶，就是我现在说了，你还是要做。但是我已想了办法，你要真的一定要去做供，好，我便要把这些情形在报纸上登出来……同时代大山起诉……"

"丁宁呵，快来吧，你别和三奶开玩笑了。三奶人心实，你一说，她就信以为真了，来吧，来！"三十三婶早在里间屋听得清清楚楚，这时见两人弄僵了，便一半打岔一半嬉笑地从里屋走了出来。

丁宁用憎恶的眼色把她看住，然后对三奶大声宣言似的说道："三奶，随你的便吧，你愿做你就做去——你自己考虑，免得将来后悔！"说完，然后转身走进里屋去了。

小凤和依姑正惊愕地耸起耳朵来听着，看见他进来就换成欢洽的笑容来欢迎他。

丁宁脸色还带着激愤的红晕。把帽子向桌上一掷，便大声说："有水吗？"

"有，有……去切西瓜！刚上市的西瓜！"

三十三婶早已跟了进来，连忙答应着，便自己去动手。

"得了，这回奶奶孙子可说僵了。看小凤子还要你做中间人，向三奶说人情呢，这回你可怎么说？"依姑故意把"人情"

两字念得很重，说完了便瞅着小凤笑。

"什么叫说人情！"小凤一耷搭，又娇憨地生起气来。

"哼，不说人情吗？不是说人情吗？"依姑又得胜似的笑着。

"哼，依姑呵，你修去吧……"小凤诅咒地说，话还没说完，又娇羞地笑了。

三白的西瓜由三十三婶送上来，大家便随意地吃着。

丁宁心里才平静下去，脸上的热意也消失了，又回复到往常的一种轻藐傲岸的样子。一会儿，他又大声说：

"小凤你求学的事，也不成问题。你三奶帮助你每年的费用也不成问题。成问题的是时间。她不能一口就答应你，因为那显不出情谊。她得先拿酥你的骨头，才显得这个面子强。所以你要不心急，便就一味恳求，到时候，自然就成。你要心急，就到外屋，趴三奶跟前磕个响头，马上全完……"

"你个小机灵鬼，就非得天天咒我不过日子！"外屋传出一阵三奶连笑带骂的声音。随着声音，三奶也走了进来。

"哈哈，你看一说就说到三奶的心坎上来了吧……还怪人家机灵！"是三十三婶打圆台的声音。

"扯你娘的臊，哪就给你一点脸了，你就又不知自己吃几碗高粱米饭了！"三奶也故意啐她。

三十三婶便连忙过来给三奶捶腰，怕方才一阵子笑岔气。

依姑、小凤趁着三奶故意示弱买好的时候，便都连说带笑地来弥缝。

小凤撒娇道："三奶，答应了吧，三奶，我这里给您磕响头了。"

三奶也故意撇着嘴道："光说不行得真磕！"

三十三婶也故意装痴作傻道："那一定真磕，妈要磕一个响头就给六百块，我就给你老见天磕！"

小凤也咯咯地笑着，小孩样地在三奶跟前跪起，笑得直不起腰来。三十三婶故意推她，存心让她倒在丁宁的怀里。

小凤说："三奶我磕了，你答应了吧。要不然，明个我丁宁哥走了，三奶说话又该不算话了。"

三奶笑道："我几时说话不算话来过？你也不怕阎王爷钳舌头！"

凤姑娘故意扭扯道："三奶没有过，我们的三奶多咱说话不算话过……三奶，你就答应一个是吧，三奶，呃，好三奶！"

三奶也故作刁难道："我就偏不答应。你听那个机灵鬼的花言巧语，你就给他磕去吧，有那样的好哥哥……还用我这白毛老婆子。"

小凤不由得脸上一红，起了一片微晕。又撒娇地搂住三奶的脖颈不住地赖缠着："三奶，三奶，好三奶……"

"去吧，得了，你们这群小追命鬼……"三奶是成心想买丁宁的欢心，好使他回心转向她来，所以便故意把这件事益发地诙谐化了，"可是得有一件哪，我供你倒行，只是到一个时候为止，多咱你有了爱人了，把我忘了那时就算了。"小凤一把堵住了三奶的嘴，急得说不出话来。

"哈哈，请将不如激将，亏得丁宁这一激，一年激出六百元钱去，要是我这样一来，别说是激呀，就是跪着，也跪不出六个铜大钱来。"三十三婶看了这光景，便出来圆场。

"你跪不出六个铜钱来，你还跪不出六下铜拳来！"依姑乘势取笑她。

于是又是一片高耸的笑声。

丁宁并不参加这些行为，只是心里引起无限的厌烦，他本来想到西屋看看二十三婶的屋子之后，便要回去，后来因为家人不敢住，里边都住满了袖吞金、跑道的、更倌之流，所以他也就不去了……他想应该走了。

三十三婶知道他要走，便坚决地挽留，说他一走，虽然实际上并不是和老奶生气，但是显而易见地却又让人误解了。大家都一窝蜂地说她说得对，丁宁一百个不应该走。

丁宁并不决定自己的去留，只是随便约她们到菜畦里去散散步。

菜畦映着从屋里传出来的灯光，映成一片晚绿，夜风郁郁吹来，人的脸廓都浮着一层朦胧的阴影。

丁宁想到自己几天，也许明天就要离开这个城市了，这草原上的一切的病态与不快，都将被他丢遗而离去了，心里便有一种说不出的轻快来。

"丁宁哥，你就要回南边去了吗？"小凤婉婉地问，睫毛低垂着。

丁宁道："是的，也许明天就走……"

小凤急切地说："丁宁哥，你能等我几天不能？咱们一块儿走……"

丁宁道："也许不能。你过些日子再去，不是一样吗？"

…………

几个人都沉默了。

丁宁想起了春兄的志愿，心中起了一种强烈的悲哀，春兄没做到的事现在小凤要做到了，因此，他对小凤有着出奇的怨恨。

大家正在散步，丁宁忽然停住了说：

"我就要回去了。"

三十三婶非常惊讶丁宁的失礼。

"你现在回去倒不要紧哪，可是你说大山的事，你要一走，那你三奶可就得手了……"

丁宁便对三十三婶说："可是，我正想托你呢。因为你这个人还爽快，敢担当……你转告三奶，告诉她，这事就是我走之后，她要做我也一定要给她登报揭露的，与我在家不在家无关。同时，我立刻回去就给七叔一信，叫他不敢如此无耻，参与此事……"

三十三婶听了不觉长叹了一口气，便不言语了。

过了一会儿，丁宁又问她道："可是——呃，我问你，你这还有一个小姑娘和大山很要好吗？我想见见她。"

她回答道："呵，有一个，就在我的屋子里，可是……你三奶知道她和大山好，早把她算了。"

丁宁便道："……我就走了。"

她们听了他的话，不由得都惋惜起来了，觉得他一去，就不会再回来了。她们都想说几句惜别的话，但在暗中都互相望望，便又不言语了。三十三婶知道强留也无用处，便不由得伤起心来。最后还是依姑幽幽地问道：

"你的炮手都跟来了吗？"

丁宁说："都在！"

依姑道："那么，你再回屋坐一会儿，问问他们马都饮好没有……"

丁宁回绝道："不，我再不想回屋去了。"

依姑幽怨地说："丁宁……你从此要走了。"

丁宁笑道："是的，不过不久我便会回来的。"

在暗中依姑咯咯地笑了一下，这笑是很异样的，这在丁宁的感觉上，都感觉着有几分不解之感。

依姑道："你骗人呢，你不会回来了！"

丁宁便不言语了，其实他嘴里正预备大声地说："为什么我不回来呢？我正要回来呢，不过我再来就与这个根本不同罢了。"……

第二天，一清早起，科尔沁旗草原的沃野里，有三匹马并辔地跑。为首的人，没有戴帽子，头发沐着晨风索索地抖动。马是红棕色的，追着风在大地里奔驰。

马跑过下坡，大地又转成平铺的绿野。天边，没有青山，天边，也没有绿水，万里草原平铺开去，一碧无垠。

地斜转着，回荡着，起伏着，波浪着，涡漩着……这万里的草原，对着那无语的苍天，坦开焦切的疑问。

大地像放大镜下的戏盘似的，雕刻着盘旋的垄沟，算盘子似的在马蹄底下旋，旋、轻、摇、转，飞旋！

大地里有着半破的垄，横躺着的地头，抹牛地，乳白色的界石……种种的私有财产制度下的所产生的特异的图案。

破坏了那戏盘的统一的螺旋，编织出种种的方块形和斜纹的织锦。

这平错出的精巧，无阻地伸到天边去，纯青色的草席。

惟有这壮阔的草原，才会有的伟大的地之构图。

这热情的地呀，无厌地伸张着的地呵。

寂寞的、无语的摊开万里的心。

他是寂寞者；他是独语者；他是畸零者；他是苦吟的思索家；他是不讨回报的施舍者；他是没有算盘的经济家；他是忧伤的烦恼者。不因时间而有变，他永不满足地吸食着雨水、雪、雪水、冰，因为他是个知识的渴求者。他长着繁乱的头发,永不梳洗,因为他无用其梳洗,他的思想正需要他繁乱。他有亘古的同情心,从未偏倚,但他永为着太多的道路的不平,而流尽了眼泪。

地在马蹄下回转,飞旋,发狂似的飞奔,飞奔。

马的蹄子浪花似的打在大地的海浪上,禾谷起着涛声。

丁宁想,我就是大地,我是地之子。他想,我不是海,我没有海那么湿润;我也不是山,我缺乏山的峥嵘。

我只是寂寞、寂寞,寂寞的心,雄阔的寂寞呀。

这时,他全身都起着光明,他高举起手臂,额间的发,迎风飞舞着,全身湿润。一轮血红的朝阳,恶魔的巨口似的舐着舌头,从地平线上飞起,光芒向人寰猛扑,丁宁的血液向上一涌,他抡起了手臂高呼着——

VITA NOVA！ VITA NOVA！ VITA NOVA！

大地折转着,大地回旋着,马蹄翻拨着,绿禾挤攘着,呼声亢哮着……大气焦赤地起浪……

VITA NOVA！ VITA NOVA！ VITA NOVA！

声音被邈远的晨风带去。

大地在朝阳里期待。

丁宁一个人响着。

大地焦躁地冒着热气,一刻也不耐地等待着,等待着一个更洪大的巨响。

那声音从地里吼出,地上的一切也正在回应,而丁宁带去了他还不能遽知的事物,而他的力量也绝不能弹动大山的命运。

十九

一个结束的结束……
和另一个开始的开始……

　　时间在日历上一页一页扯去。壁上的日历已经在二号黑体铅字九月之下写着极大的阿拉伯字："19"。但是人们却都仰着头看着月亮，计算离八月节还有几天。
　　香水梨早已上市，山葡萄也快完了。花红，山里红，山楂，正昂喷、成畚箕地盛在衙门头的摊铺里，红艳一片，显出多色的秋天。可惜的是东西都不下货，鲜果尤其发滞。
　　因为今年秋收欠佳，高粱，元豆，浆子都没度足，只收七成。杂粮又不值钱。所以趁着青纱帐子还没割倒，四乡的土匪，就冒烟了。天狗的余党，听说都埋伏在城里，等中秋节供月时举事。所以县衙门的告示，早就下来了，晓谕百姓凡有在中秋夜晚燃放鞭炮者，以通匪论罪。
　　而尤以今天人们惶恐得更厉害了。因为从衙门里传出的消息，老北风攻陷茨榆！城外电线都被割断，本城对外一切消息不通。
　　茨榆和古榆是邻县，要以老北风由北徂南的这个方向来看。那么要取古榆城，是势所必然的了。所以今天人心就几乎沸腾起来。

....

警察都出动了,保甲白日在街上巡风,遇见闲乱杂人就捉。有的戴着高筒硬遮的毡帽的——因为形同东北军兵的帽式——也捉去了。有的梳分头镶金牙扎花腿带的,也都用麻绳穿了一串逮着走了。拘留三天,暴打一顿,以儆效尤。所以被放出来的闲人,莫不觉得光棍扫地,怀恨入骨。而未被捉去的,则都昼伏夜出,计议对策。

而尤以大户人家,惧怖最深:大门每天都要上锁,炮手分两班轮流把守,白班专管白天,夜班专管黑天。王五老爷,金五老爷,东府三奶家,常家,阎家和丁家,都天天交换情报,可是知道的消息并不多,仿佛这一回跟哪一次都不同了似的。

家家都匿藏得鸦雀无声。黑夜里灯都不点,生怕有一线火光传到外边,也会落到匪人的眼里,滋长出恐惧中的不幸。

然而也有几个地方特别的热闹。譬如赵广会的烧卖楼,高明远的茶水铺,每天就都多出一批闲汉,在穿堂子大炕上,大家打诨猜拳,恣酒闹事。这几天,这些人又都凑了一点钱,每天必定得买一份《盛京时报》[1]来看,不但看而且还得念,不但念,而且还得高声念。念完了,大家就都背一通,互相大笑一阵。心中有点恐惧,也有无限的高兴与刺激。又加三杯酒落肚,心中有了底了,说话就都不免有几分放肆。惟其是放肆,所以大家笑的机会也就特别的多。惟其是笑得多,所以大家也就满足了,觉得不平凡的日子就在跟前了,于是自然而然地就喝个烂醉。

1.《盛京时报》,日系报纸。

闲汉们散了，三星也就大裁西了。街上的梆子声还是老不知羞地单调地柝柝。

这样过了四五天，老北风却没有打城的消息。商务会也都不得主意。只听四出的警探回来报告，说城里有天狗的埋伏。夏月间在城里做得不得手，现在还要来报仇。所以警察每夜都得下卡子，答不出口令的就开枪。乡下人一早到城里去赶集的已经给打死两个了，而城里也捞不着天狗的踪影。有的说他们暗号是打狐仙堂的火警钟，钟声一响全体出动。有的说是等十五晚上，跟老北风约好了里应外合。有的又说他俩根本势不两立，老北风听天狗在这里就不来了。天狗听老北风要取古榆城自己又不敢亲自下手，已经往北拉下去了。

传说纷纭，莫衷一是。可是日子长了一点，大家反而淡了。再有谁传出什么消息，大家也就先怀着几分不信任。

忽然，今天，当日的《盛京时报》也不来了。四外消息都断了，人们都在窃窃猜疑。远远地隐隐听见有炮轰声。其实声音是极其微小的。与其说是听得见，不如说是想象得出。有的人说是攻城声，有的人说是要攻城，城早炸了。大家上房顶去看，也看不出要领。有的人说是日本人打秋操，又不知该谁家的高粱遭难了，本来今年年成就不好，到商务会去打听，也都没有什么可靠的消息。问年老的人，便说这是远处地震，地下的鲇鱼五百年一翻身翻的，不要大惊小怪。大家等到天黑了，没有什么消息，也就安心了。

黄昏里，老管事到处去打听，也没消息。又特意到腰栈大老板伍力田那儿去跑了一趟，可是他也不知道，只说：四外电线必定都被土匪割了，各地消息都不通。马县长只下了一道手谕，保甲警察都出哨了，官家的宅眷们都没走……后来大家再三研究的结果，说一定是老北风计划中把古榆城放弃，攻打榆岭去了。所以这地方只能听见隐隐的炮响——所以老管事回来也就安心了。一天的提心吊胆，也都落了体。回来回察了太太，太太也觉有几分坦然了。

然而吃饭的时候，小半拉子放猪回来，在大伙房说，甸子上有人说沈阳北大营让日本人占了。大家就都哈哈大笑，崔猴跳起来就说："我今个要不是多喝两盅尿水子，怕人说我耍酒疯，我不痛痛快快扇你一通好嘴巴！造谣生事，依国法论罪！"

说得小半拉子自己反而也不得了主意，瑟瑟缩缩地挤到炕后尾巴上一个人坐着生闷气。心里想着北大营至少也比十个场院大，要不然，日本鬼怎么会占不了呢？

饭后了。伙房里因为小半拉子闹的这通笑话，大家忽而觉得比往常反而活泼了。所以崔猴的"九妖十八洞洞洞有妖精"的《妖狐传》，又大吹大擂地在炕头上讲开了。

"你还不趁工夫多挺一会尸去。又在这里瞎扑哧些什么？"程喜春一面擦枪一面瞪起了眼睛大叫。

"我早睡足了，胡子来了一个枪子穿俩，小日本来了一个枪子穿仨！"

上房里，也因为今天太太到后花园散了一会心，回来特别地兴致——这是丁宁走后，太太所办的第一件大事——所以大家也都敢于露出一点笑容来了。可是太太回屋不久，金五奶奶和县长派来的人都同时来告诉说，昨天日本占了皇姑屯。太太听到这个消息，就把仅有的一点笑容都收起来，反而比哪一天都更暴躁起来。

灵子却不大理会这些，一早起就非常快乐，因为她昨天梦见丁宁了。丁宁已经回家了，说带给她一盆含羞草，说含羞草正像她。她想着这个梦,在这个时候做出,真是又荒诞离奇,可是又可笑可爱。因为她昨天刚刚在一本书上看了一段讲含羞草的文字,晚上又看了一回丁宁的相片。不想这两件本来不相连续的东西,竟会无意中在梦中遇合了。

中午太太问了她几件首饰都收在哪儿之后,太太并没对她说什么,只是话少了些,灵子乘机便又躲到自己屋中,托付京红多照应些。

晚饭后,她又翻动一下书箧,她现在正在看丁宁留下的书,越是看不懂,她越想看,她看了一本《水浒》,翻到鲁智深"大闹五台山"的那一段,觉得非常有趣。她又想到那次大山口讲指画的情形。她愉快地笑了。她本来拣出一部那次丁宁看了入迷的《复活》,预备看看。她倒在床上,刚刚翻开一面,看看里边印着的一个自胡老头儿,她便故作惊态地叫了一声:"哎哟——这么一个白胡的老头儿——哎哟!"

她又略略看了两行,便把书摺在一旁了开始默想。自从丁宁走后,她常看这些书,她想知道丁宁从这些书里看到一些什么来,好使她从书里和丁宁更加接近。

自从那次她自己觉得腹里意外地一动,她便害羞了。她当夜里便十分惊惶,她整整哭了一夜。但是第二天她醒了,她看看自己还是好端端地躺在炕上,她才安心了。吃饭时,她细察大家对她还是和往常一样的非常亲爱和善,她才觉出自己实在是想得太多心了,大家未必和她所想的相同。

但是不能尽如所期的,她肚子却有点一天比一天地不听她的约束了,这个使她非常苦恼。有时,她想真的还是死了吧,等到那一天,大家的手都指在她的身上了,那不太晚了吗?但是,继而她又寻思,大伙也许会原谅她的,因为这是丁宁的儿子。想到"儿子"两个字,她又伏在炕上咯咯地笑了。有一次,她打算立刻写信去告诉丁宁。但是刚写了一点,她又觉得害羞了。自己笑着在纸上画了一个连一个的墨圈,把字都盖在里边去了。她想,我就把这个寄给他吧,他也许就知道了。但是她又觉得自己的太可笑。于是她好像和谁故意赌气似的,把纸团了,烧了。自己愉快地跳在床上,也受了安慰似的,也受了委屈似的,团拢在炕上呼呼地睡着了。有时是过于甜蜜地笑醒,有时是过于悲哀地哭醒。

但是日子长了,她也有点头眩、恶心之类的现象。而且,最使她难堪的恨事,就是她的生理的变迁,太不适于使她在人面前出现了。因为无论经过她如何缜密的细心,而那肚子,却总像故意和她俏皮似的,失去了往日的玲珑。所以这几天她便回说自己病了,躲在丁宁的屋里,一分钟也不出来。

她自以为佟姑娘和小瓶都给她遮掩得风丝不透,所以她很快乐。

但是终觉日子长了,也一定会露马脚,而且人眼多了,难免不有人乘机袭击她,在太太面前献殷勤。况且自从老爷意外地故去以后,太太的脾气变得更坏了,而且丁宁走后,她简直有点残暴了。前回因为给玉佛上香上得不正了,甚至把她也打了。

但是继而她又想到自己平素待人都宽和大气,也许没人走漏风声,所以她每一想到此地,心地也就特别地安心了。觉得惟有如此做了,她的生命在她前面才会展开另一种亮光。

可是,意外地,这几天怔忡不宁的时间却比往日来得多了。所以她脑子里每到夜里也就悬拟出许多幻想中的解决来。有的是幸福得无边无沿,使她自己也不会相信了的。有的却的确是阴森可怖的,就是她后来每一想起,还要浑身打着寒战——可是每到早起,她看见日子还是和往常一样地过去,她又觉得心地非常安适。而且对着求生的信念也就特别诚恳——她甚至有时也迷迷惘惘地都会想出对于神灵的虔感了。但是她每一想到这个要被丁宁知道,一定会生气而甚至于对她会投以极强烈的诽笑的时候,她又微笑着一摇头把它推开了。而她在她这一生里,也以这一微笑为她生平最幸福的标记,而且也是最不可思议的一种微笑。

丁宁来信每次都提到他的在一个新的人生圈里游泳,正冲撞得生气蓬勃。她的心虽然理解得不十分明白,但是心里却充满了高兴。而这时,她也正想着不给丁宁去信是对的了。

今天,无意中灵子在一个抽匣里发现了一个小护心佛。她起初一看,便觉非常好玩。可是等到她一认明这是谁的东西了时,立刻一个女人的命运便赤裸裸地立在她的面前了。于是她觉得自己也许会比她还要悲惨吧?接着她又忆起了春兄的可怕的结局,她连忙把抽匣关了,退到炕上,把头蒙在被里,半天半天不敢抬头。

经过了老大一个工夫,她才怯怯地向那抽匣偷看了一眼,心中免不了还是扑通扑通地跳。

最后,她才决定走出去,像攫取一个稀奇的魔鬼似的把它攫起,放在一个经年也不能翻一翻的箱子的最下层——这时她才觉着心里舒畅了一些,勉强透出一口气来。

可是立刻她又觉出这些举动实在是幼稚得可笑。要是被丁宁看见,还会不使他笑破肚肠吗?于是她又觉得意外地健康了,比以往任何时都健康了。

静静地体味着眼前一切安适的气氛,她觉出有无限的幸福在缠绕着她,于是她轻轻地叹了一口气,拼命地躺下去了。她好像一个哭得疲倦了的小孩,在母亲温柔的怀里,放胆地睡去。但是忽然她觉着有一个人影在暗中走到她跟前了。

她心里突地一跳,她想这也许是个幻觉……不过这并不是一个幻觉,当她仔细一看的时候,她却分明看见站在炕前的是一个朦胧的人影子。

"谁呀——"灵子怯怯地问。

那人没有吱声,又向前移了一移。

"谁?"

"我——姑娘!"

"呵,我当谁呢?——你是……"

"我是俞妈!"

灵子心里剧烈地一跳,心下便决定了不去捻灯:"还是俞嫂呵,请坐坐吧,俞嫂——俞嫂你……"

俞妈在那儿,一动也不动。

"太太叫你过去。"

灵子预感到不好,便推说:"呵——唉,我有这许多日子没过去了……唉,我身子实在是不好……嫂子,你替我回禀一声吧……"

俞妈咯咯地笑了一下:"我看还是去了吧,要不然太太回头说不定还得叫呢……"

灵子全身一震,不由得毛骨悚然。半天半天那咯咯的笑声,还在她的耳边轰响。于是她竭力把声音放得和平日一样,便挣扎着说:"嫂嫂——你先走两步吧,我就过去。"

俞妈又立了几秒钟,才低低说了一声"好",退出去了。

灵子无力地把电灯拧开,她用镜子照了一下自己的面容,不由得打了一个寒战。

她勇气一消失,全身又跌在炕上,幽幽地哭了。

她起来把头拢了一下,在手指的感觉上,她就觉得头发要比从前长得很多了,而且下颌也要比从前尖削。她自怜地喘了一口气,便急急地起来,收拾衣服……

她把自己整理得无可再整理了,才走到穿衣镜前把自己检查了一遍,又看看自己的眼角红了没有。然后竭力把脖颈坚强地梗了一梗,便向外走出。

但是,刚一出门,她便软弱地倚在门畔上了。

她回头细细看了一下,凡是一桌一椅都觉得有无限的依恋。好像这些在刹那之前,都是她的很好的朋友,然而现在却都离开她远了,永远脱离开她了,她将永远不能再见。

她的心凉了,她的眼前是一片海洋。她觉得不幸就该在她身上降临了。她浑身一抖,觉得自己已经完全沉在海里,一刻一刻地在向下沉去……但是她立刻觉得再去迟就不行了。她连忙鼓足了勇气,把身子拖出往前走。一拖出屋门,她才感到这个世界已经是另外的世界了,一切都和她无关,一切都不能予她以拯救,一切都对她漠视……

她想迎面来的是晓屏才好……但是一想,唉!没有一个人见了也好,此时,她似乎在害怕世界上任何人……

她竭力低下头向前忙乱地走,心中又默念着:"也许不会的,也许不会的……"

跟前就是太太了,她的心更像要吐出来似的堵住在胸口……她立刻没主张了,身上出了冷汗。她竭力镇压住自己的心慌,竭力安慰自己。太太一定会饶恕我的,太太一定会饶恕我的……于是她勇气一足,便走进去了。

幸喜屋里一个人没有，她心里非常高兴。不过继而她又害怕了。似乎惟有没有旁人在屋里，她的不幸才更严重。于是她脉脉地向前移动，而她每一向前移动，她的灵魂也就僵硬了一寸。太太并不看她。依然如同往日一样地躺在床上，安闲地用着一只银筷子细心地研磨着一个小银碗。于是她心里略略平静了一些，她又向前移近了一点："太太——"

太太尖锐地看了她一眼，这一眼如同在她身上剥去了上下身的衣服。只看了这一眼，便又半闭着眼睛，细心地用筷子去研。

这意外的发现，使灵子全身都凉了，她想一切都完了。

如今她是一个没有爹娘的孩子，她是一个被遗弃的孩子，她是一个永远不被拯救的孩子……残酷正张着利爪在向她示威，终结正立在她的跟前……一切无望了，她分明看出……但是就在这一顷间，她的求生的意志，在她每个细胞里都燃烧起来……她的眼睛喷出火焰，她似乎全身都鼓足了勇气……

"太太……"

"听说你病了呣……什么病呵……"

灵子的脸完全红了，她几乎不能自持。

"你个不要脸的东西！你怎的怎的就等不了呢？你把我儿子活活给毁了。他是什么样的身份？他是什么样的人？被你个贱坯拖累了……你算他的什么呀！让我往哪消放你呀？你告诉我，呵！你算他的什么呀？叫我往哪消放你呀？呵！呃，好呵，好呵，只怪我平日待你们太好了，你就瞒上瞒下的，背地里做起不人之事来了，好呵，好呵，你给我痛痛快快地喝了！"

灵子立刻浑身僵了，她想起那天太太用铁扦燎着小飞燕的情形她几乎惊叫起来了。她想完了，什么也不能挽救了，完了，完了，一切全完了。

她本能地委蛇地俯在炕沿边……噎噎地哭着。

太太再不需要研了，把一只小银碗轻蔑地不屑地推到她面前……

灵子无告地哭着，全灵魂都抖着。

她偷眼看了看那黑色的浓浆，她的瞳仁便放大了。她看见的不是一小碗浓酽的黑浆，她看见的是一片汪洋的黑黝黝的黑海，黑海泛滥着，起伏着，向她汹涌。……她痛苦地一抽噎，觉得自己的肺管便炸了。她耳鸣了，人间对于她什么都不存在了，只是呜呜的，一种混乱的巨响。但是——哭又有什么用呢……于是她试探着辩解了。

"太太呵……春兄也死了……太太……留着我侍候您吧！"

她的每个声音还没出口呢，便都一个一个破碎了……

"贱坯！我要你侍候什么？我有的是人，像你这样的，我要人去买八车来！"

灵子浑身惊悸地一抖，眼睛瞪得圆圆地向前炕上看着，慢慢地有两颗极大极大的泪水，从她的眼角里渗出来了。

"太太……"

太太一声不响，毫无感情地甚而有点得意地躺着，又轻声劝她道：

"你就喝了……你给我成全了这个脸，你死了，神不知，鬼不觉的，我厚厚地葬你……"

灵子又恳求道："太太呀……我不是怕死呵，太太……"

太太不要听，连声地骂道："你这个不要脸的，你还觍脸说不怕死……你生下的孩子算谁的，他的名字能上我家的祖先堂吗？我偌大的家业，就那么便宜叫你顶了去，你偏不偏、正不正的,哪有那个巧宗儿。你还要脸吗?你把我家败坏成什么样了?我家本来声名就完了,先是老的掏,这回又害了小的,把他勾引坏了。你个不要脸的,你要稍微有点血气,你还能觍脸活,真羞死人……想不到我平时看错了人,你连这点牙都不能咬了吗?那时你怎的能挺了呢!"

灵子的脸上都染满了愤怒的羞红。但是她还勉强地抑抑地哭。她眼睛偶尔一看到那银碗里的黑浆,她的脸便不由得抽搐地一抖……就如一个无形的鞭子,正在这个时候,从天空落在她的脊背上。

"你喝!"

她猛可地一惊,眼睛惊怒,嘴形半张。经过了一个很长的时候,她的全身才都萎缩下来,她挣扎着又勉强地哭着。她猛然地想起,现在是任什么也不中用了,她惟有继续地哀哭。其实她也知道现在一切的哀哭也都没有用了,可是她还继续地哀哭着。……

太太一动也不动。灵子还只凄戚地哭着。

…………

经过了一个很长的期间……

突然,哭声断了。灵子白皙的脸,像躲避挨打似的,把头向左右无主地一瞥。其实她什么都没有看见,她只不过是左右地一瞥罢了。于是她便像攫起一件宝物似的把那个小银碗立刻地攫起,送到口边,一饮而尽。于是她猛然站起来,一点也不思虑什么便站起来走了。

显然地,她的腿大约是有点木了,脚步有些踉跄。

但是她又似乎从来没有这样地健全过,立刻地便夺门而出,连头也不回跑走了。走到自己的屋来,她的全身都软了,她颓然倒在门槛底下，死了似的哭着。

她伸出手来，在门眼上一扭，门便锁上了。她也不知是怎样地才走到了炕边。

屋已昏黑，她连忙把灯开开。屋里一切都涂染了一种特殊的颜色，似乎是她从未见过。她亲切地向四围爱抚地看了一眼，她感慰着有无限的亲切。好像一个慈爱的母亲又得再见她的久别的爱儿一样。享受不够的抚摩，贪恋不够的娇爱，于是她骄傲地亲切地向四外一环顾。

但是立刻她的全心都凉了，她知道如今这一切都再不会属于她了。就是，这和她非常亲切的一切的什物也都张开了丑恶的大口在把她吞食了……于是她一阵心头狂悸，就抖作了一团。开始的时候，好像全屋都在旋转，渐渐地，好像全屋都在翕张，都在摇晃，渐渐地，似乎是全屋的重量都沉甸甸压在她身上，张开了巨掌、巨臂、巨手在抓她，在攫她，在扑她，在撕她，在碎她，在砸她……于是她大叫了一声，昏迷过去……

过去了不知是多少时候，她眼前又浮耀着一层黄橙色的灯光……她用手微微一揩，脸上全湿了，于是她伤心地出了一口气，慢慢坐起。

她向四周迷茫地一瞥，第一个触进眼帘的是那个放在地心的茶几。她想起丁宁每日在那坐着的姿态，她便无力地倒下了。她想用被盖去她眼前的一切物件，不让自己看见。可是，这被，她刚掀起那皂色的被角，她便想起来了，呵！那个过去的一夜呵，那依稀在眼前的一夜呀，那幸福的一夜呀，那永不再回来的一夜呀，那万劫不复的良宵噢……而也为了那一回，演出了今日的悲惨哟……她开始恼恨这被了……但是她并不，她不但不去恼恨，她反而在疯狂地爱惜着了……她拼命地把它拖在怀里。她抚摩着，熨帖着，揉搓着，拥抱着……心头涌起了无限的甜蜜，脸上浮着一种不可知的微笑……觉着人生一切的安慰，都尽于斯了。于是她把脸偎着，亲着，咬着……甚至想把它完全吞在肚里。

这时候，她的心中糅合出无限的平静了。她寂寞地笑了一笑，两眉轻轻地蹙在一起。她迷惑地自己也不能自知地觉到满足了。

然而有一种冷森森的寒气，一直从她的胃脏，散布到她的全身。她忽然觉得，觉得情形有点不对了。她不自主地浑身发冷。一会儿缩作一团，心口喷火似的要呕吐。于是她无可奈何地动了一下头，头便从枕上很快地滑下来了，她把头歪在右肩上，凄然地把颈际的纽儿都解开。因为她的喉咙已经完全被干渴给填满，喉管四壁都起火似的要向四外迸炸……一点不能给她宽恕……

于是她呕吐了……

她又开始哀哭了，她感到死就在跟前了。

忽然地她想起来了，那不久以前她移放的小护心佛了，她想不到刚才她所恐惧的那个女人的命运，就会这样迅捷地降临在她的身上了……

她似乎无意识中感到要它，她试探着爬起来。不知道是怎的才走到那大柜子底层，把那个小护心佛好容易寻到手里了。

这时，她怀里抱着小护心佛，感到一种说不出的妥帖。但是忽而她又觉得这种行为，是不是丁宁所愿意的呢？于是她觉得不应该在这个时候，还做一种不为丁宁所愿意的行为——便昏昏沉沉地把那金质的东西废然丢了……

她的气息非常急促，脉搏的跳跃，甚至要使她离开床上。

她的全身都焦灼欲焚，都渴望着水分。她陡然地呕了一下，她觉得她的生命便都一节一节地在这呕吐里脱掉了。她打了一个冷战，觉着一切都绝望了。

她的肚肠好像有一件东西狠命地望下坠，坠！坠！扯着她的心向下坠，终于，哎呀——一声，她的心被坠掉了。她全意识都陷入昏迷状态。

不知什么时候，恍惚间有金星和银星在她眼前闪耀，闪耀一过，又是一片昏黑。她不敢稍动一动，她怕稍微一动，她会又陷入昏迷了……

她吃力地呼吸，自己可以听见肺叶如刮风的呼呼之声，还杂有如同枪击的爆炸声传来。

她知道一定有人在砸门。她现在不需要看见一个人类，她憎恨任何人走入她屋中。所以她竭力把眼闭上，把耳堵上，不去听见。但是声音却一刻比一刻地急迫。一刻比一刻地高张。她心里一热，便又昏过去了。

恍恍惚惚，似乎有人叫她，她不想答应，也不想知道是谁……

当她用尽了所残存的一点最后的精力，来用模糊的目光辨明出是晓屏的时候，她才略略点了点头，又微微把眼闭上了……

晓屏拉住她手无声地哭着……她又在眩热里昏过去了……

一会儿，她伸出手来握住晓屏，喃喃地说："丁宁呵……丁宁，丁宁呵……"

"姐姐，姐姐……"晓屏拼命叫她。

但是立刻灵子又昏迷过去了，全身一动不动了……忽然是门外隐隐地敲大门声，是敲大门声，高了，更高了。

陡然灵子完全神志清明地坐起来:"是丁宁回来了呵……我知道的……我知道的……是他回来了呵……"

咔——一声快枪的爆击声。

咔——又是一下!

灵子全身一耸。"呵呀——"破嘶的一声绝叫,头发针似的在她头上直竖起来了。她的眼睛愕张,像一座塑像……

"姐姐呵……姐姐……"

她全身一动不动,过了足有一分钟之后,倒在炕上便昏厥过去。

外边枪声更密了。

咔咔——

咕咚咚……是大抬杆[1]的声音,一定是抢窑[2]了。

咔咔——

炮台上,有人爬墙了!站在炮台上一望,东大街三奶家,金五老爷、王五老爷家都正烧起大火。全城的枪声已经极度地混乱。不知是怎么一回事……

东边的枪声更密了,有人爬墙了……炮手们便把纱灯点起来,用竹竿挑起悬在大墙上面。程喜春一手一个匣子,枪车[3]流水似的上下换。枪花凶猛地向外横扫,底下的人都挂彩了……

"打北边,打北边,这是他妈程大牛斗的枪法,给他兜腚呵!"

"兜腚打,打北边!打北边!"

人呼呼地向后边退去了。程喜春一边得意,一边担心,他

---

1. 大抬杆,一种土制的抬炮。
2. 窑,地主有武装的宅院,土匪黑话。
3. 枪车,子弹夹。

便偷着溜到北边,把北边墙根角的机关枪开了,向外横扫。

这边是崔猴在守堡,枪子打得比较乱一点。可是骂声却更尖:"杂种,老爷不跟你们几个无赖斗,叫你们的爷爷天狗来,杂种,先吃一颗吧,哈哈,再赏你一颗,哈哈!照裆去了,小心!"

崔猴把新砖沾了煤油燃起来丢到墙外去,谁爬墙就能看得清楚。

底下的人上得更勇了,可是忽然马上都退下去:"杂种,明天见,拿你猴心炒肉呀!"

"杂种,老爷等你,不来的,不是你爹揍的!"

…………

没有砸门声了,呼呼呼,流氓们鼓噪着向西退下去了……

"明天见,明天见,现在是咱哥们的日子了,明个来屠窑[1]!"

"你老丁家从今个起,就算到头了,也该我们翻翻梢了!"

"……抢他家的钱号去呀,抢他家的钱号去呀……"

"抢呵!……上丁三奶奶家去,她家有好姑娘呵……"

程喜春脸色铁一样的青,牙拼命咬着,他回过头来:"完了,他们不是怕我们,是怕老北风,他们退了,一定老北风打进城来了!"

"不会的,我看是天狗……老北风不能怎的乱!"

"要是老北风还不要紧,不能抢咱们……"

"他要听大山的话,他才抢咱们呢……他八舅不替外甥报仇!"

程喜春两眼凝住,只有唇边的弧线,上下抽动。

---

1. 屠窑,就是把这宅门人口都杀了。

"他们要再来抢窑,咱就不易守了……"刘老二自语似的说。

程喜春的铁拳一下就钉在他的脊背上。

"你孬种,你孬种,你熊蛋包!!你随帮去吧,你随帮去吧!"——程喜春血都开花了,要不是自己的兄弟,他一定插了他。

刘老二一声不响地趴在一个枪眼上,眼睛里闪动着一种叛逆的凶光。过了一会儿,他把枪从炮眼拿进来,对着程喜春后背就开了一枪,程喜春登时倒地,刘老二上去踢他一脚,骂道:"谁教你成天欺负我!"

这时,街里衙门一带,轧辘把街一带,枪声跟暴民都摇天撼地喊了起来。一会儿又静下去了……是四眼井一带的喧叫声,扰嚷声……突的,咚——咕咚隆,咔咔啦——咔,咔,咔,枪声就在耳边响起——大家定住细听,判明一定是街后枪炉王家被炸了……于是心下又都非常紧张了。一定是方才这群暴徒们打到街后去了。咔——这时,腾的一声,丁家的柴垛烧着了,登时人声喧哗,火光冲天,原来早就有人丢下了硫黄包,拴了一支点着的线香作引线,放在丁家柴垛上,这时才着了起来。

全城一点灯光都没有,只有枪火像正月节放花似的兴奋地喷射……这时从丁家宅门里喷射出来的火焰,着红了半个天。

全城都陷入了混沌状态,不知是老北风从茨榆攻来,还是天狗在城中作乱,还是日本人真的从沈阳平推下来,像光绪年间的跑反一样。

狗都不咬了,狗都预知世界的灭亡了似的,夹着尾巴不再叫了。街上一切都停顿了,完全是一座死城。

路灯不再亮了。往日的"包子热啦——热包——子啦!"的喉咙听不见了。比海船的警号还神气的大茶壶的闷——的放气声,也不在大气里依回了。"酸梨呀,瓜子呀——落花哎生!"老费必是今天也哑了嗓子……一切的声音都灭绝了,都退避了,都让给枪声了。

古榆城从今天起,也许会变成另外一座古榆城了……但是谁知道呢……总之,今后的古榆城,一定与这个不同……人们都这样想,都充满了恐惧,都害怕,静听着,想从一些细微的动静里听出一切的消息。

恐怖的夜,一个叛逆的夜。人们在生死线上徘徊,人们想把自己的欲望重新分配。

街上的闲汉到处蜂聚着。一会儿呼啸一声,说抢李老财家去吧,于是就是一群人,也不知道是土匪,还是闲人,自己也不知道手里拿的是手枪,还是烧火棍,也都一声呵喊闯到西边去了。一会儿也不知谁记起王青家里有个好姑娘来了,于是年轻的,钱抢足了一点的,便向王青家的那个方向出发去了。

这个时候是每个欲望都可以得到满足的时候。这个时候,每个有勇气的小伙子都不脸红自己的见解和希求是过分。这个时候,人们都疯狂着,人们都膨胀着,人们都觉着自己的身躯要比平常横宽了一倍。人们都舒展展了胳臂,像一个贪恋泗水的人,陆地看见了大海那样兴奋那样迫切,想立刻就一下跳进那汹涌的巨浪里去洗个痛快。这个时候,是东北替换了主人的夜晚。这个时候,是第二天早晨的黎明。这个时候,是科尔沁旗草原处女的怀密被强暴给奸污的一夜,以后是……它不能想象、不能预知的一种狂大的、出奇的、震人欲碎的一种命运……这样,这古榆城闪现着这一晚。

恐怖的夜，叛逆的夜，夜在窥视，夜在震抖，夜在狞笑。

红胡，无赖，游杆子，闲人，赵广会的儿子……还有，一切的从前出入在丑恶的夹缝的、昼伏夜出的、躲避在人生的暗角的、被人踹在脚底板底下喘息的，都如复苏的春草，在暗无天日的大地钻出，那样的承揽着熹微的晨光，那样的新绿嫩黄，生气渥沃。

"天狗吃日头来嗾！"每个闲人都有的口号。

口号从闲人的口里传出来的，现在是凡在夜里出现了的暴客都响应了……

于是有人走到大水漏子前边的山本当的旁边的时候，人们就记起天狗吃日头这个暗号的根本意义来了。

于是人们都记起山本当的掌柜的那两撇可恨的小黑胡子。于是人们又都记起了山本卖出的吗啡使自己的弟兄们如何堕落、残废，以至于死亡的故事。于是人们也都记起他那个年纪轻轻的梳着蓬蓬头的小媳妇来了。人们也都记起了这个小媳妇穿着拖鞋在街上倒水，大风一撩，撩开她的宽大的和服来。原来才发现日本女人是不穿裤子的……于是这个消息便每天都要在赵广会的烧卖楼，由各种不同的嘴唇里演述着。而且赵广会的儿子还言之凿凿地说他曾亲眼看见她裆下来着。

如今这许多热烈的回忆，却风车似的在人们的昏晕的头脑里交转……于是今夜山本当的顾客特别的多了。

"我要五百元的白面！"

"我的一把驳刀当多少钱？"

"我上回当的我东家奶奶的抹布早下号了吗？"

"我来抽你的媳妇来了！"

"哼，我当一根手指头！一千块光洋！"

"哈哈哈哈！"

一片澎湃的笑声，一阵瘆人的笑声——是一阵血腥的复仇的笑声……一种从来所没敢想过的、所没敢染指的秘密的快乐。他们觉得再没有比这个更合理的要求了。再没有一条法律在他们被解放了的喜欢飞舞之下不是无限的软弱、无限的空洞。他们大笑着，欢喜着，哄叫着，想把在一个长久的时间所积压下来的仇恨与痛苦，都在这一刹那之间还给了他的主人——他的仇人。这用不着一星儿的思索，这用不着多余的考虑。疯狂的狗，第一个寻找遭殃的对象，就是他自己的主人。

大家看着前门堵得太严了，有的人便嚷道："放火！放火！""到我家的铺子腰栈[1]去取桶洋油来吧，不用拿名片，就提我草上飞！借用洋油一桶！"

"后边凿开了，后边凿开了。"

是谁用广成车铺的大车锤把后边的窗户连锤几下就完全打碎了。

大伙都兴奋了，人都挤在窗户上。人人都想第一个进去。啪啪！里边传出了两枪，赵广会的儿子应声倒地。前边人往后一退，后边的力量向前一涌，人们便从前边的死者身上越过。啪啪！又是两枪，以后便是嘈杂的人嚷声了，什么都听不清楚了，那低矮的小房盖就要被人抬起来了……门畔边的大烟锅倾在地下了，人们都不觉地在地上踏过去。山本的脑壳已经破碎了，三四十人饥饿地向一张浅褐色的短纸屏扑过去……

而这时衙门头，发生的骚扰却更大了。天主堂的尖塔和兴隆庄大楼都给拆了，踏为平地，万千的人们，都鼓噪欢呼着：

---

1. 腰栈，是这个城中最大的粮栈，是由清代设置的驿站发展演变成的商栈。

"点天灯呵,点天灯!"

"点天灯呵,点天灯!"

声音叫得一声比一声地响亮愉快:"点天灯呵,呵——唅,点天灯!呵——唅!"

大堂前边两盏红烛高烧。正中是一盏大号煤气灯,前边便点两堆劈柴。火光,灯光,人的面孔反映着交射的晕光。浮嚣,羣动,激荡的一道炫迷的海……

天狗一身青绸紧身,包头,短打,青褡裢,手中掐着枪,坐在海水浪牙的大堂照壁前,凶光满面!前边廊下两个浑圆的抱柱上,高高地缚着的是商务会长和腰栈大老板伍力田。商务会长是个秃头顶大胖子,浑身哮喘着,仿佛一个难产的母猪就要断气。西边缚着的那个,骨瘦如柴,烟容满面,沉重地思索着,似乎是在盘算还是一元零半角多呢,还是十一角减五分多呢?因为他的被缚着的一只手,出奇地痉挛着,正像在仔细地拨着算盘。四五个胡匪正在用麻皮蘸着洋油裹住棉花向他们身上鳔,鳔了一扣大家便喊一个好。

"浇得好,再来一个!"震天撼地一片喊。

但是裹麻皮子的那个却大声地骂了,于是大伙哄然大笑。又啜咕浇油的那个人,再去浇那边的那个瘦猴去。

两个人虽然在这样闷热里高悬起来,可是全身都打着冷战。两腿极不自然地拘曲着,缩作了一团。所以两个长大的人形缚在柱子上,只是畏缩得像一对孪生的小孩。完全使人忘了他们是全城平时顶字号的商务会长和腰栈的峥嵘显赫的大老板来了。

两个人因为占的地方过小,所以抱柱上的对联的下半截都还露着。一边是:"……不羡河阳花似锦"。一边是:"……愿教塞北草从风"。而方才浇上的火油流下来,火光照着,益为明显。

其实那大胖子本来已经吓得神志昏迷，又加方才这一浇，全身的棉絮都在夏风里灼热起来，所以他这时几乎是痰涌得气闭过去了，一切的知觉已经全失。但是因为他的胖脸却还是雍容方正地摆着，所以很使人会误会到他还是和蔼地笑着。而远处看着的人甚而可以看出他是在妥协地向大伙点着头。

那个瘦猴，却还是有心计，他的气力微弱的嘴唇呶呶地想要说个什么。但是绑麻皮的人是个有名的爱看热闹的闲人，他怕到必要时，这个腰栈大老板，烟瘾上来了要吃不住刑，会递降表的。所以便用一团棉花早把他的嘴腔给堵得严严的，好使这个千载难逢的好看，得以从容实现……

所以当着天狗再度宣言说："他妈我要五十万你们嫌多，现在已经落到二十五万了，限你明天早起六点钟交齐。你他妈怎的还他妈装孙子……杂种，再限你十分钟。再连个瘪屁都不放，就一个字，点！我把全城都洗[1]了，我洗不出二十五万来……我天狗是刀下留情，讲交情，够朋友……杂种，碰到你两个狗熊！杂种，十分钟！"

但是并没等到十分钟，只在他这一句话刚说完的那一秒钟之后，忽然"噔——轰隆隆——"的一个炮弹，正落在大堂后边的花厅里，花厅登时就呼呼地起火了。

"日本鬼，一定是小日本！"

"也许是老北风，老北风的过山炮可真凶呵。"

于是衙门头前边人都乱了，枪声立刻激发起来。人跑过去，又跑过来，人们都说一定是日本从站头子上开来了，不是把沈阳兵工厂都烧了吗？但是另外又有人推断说不是日本人，要是

---

1. 洗城，把全城都杀光。

日本人来早派飞机来了,用不着大炮,这一定是老北风从茨榆向古榆攻了,而且如走平地似的攻进来了。

而这时轧辘把街却更乱了。富聚银号已经让暴徒们扫平了。

遗弃在地上的火把、松明四照,白晃晃的一片亮光,像七月十五盂兰盆会撒在街上引度十方饿鬼的路灯。

新任的郭老守掌柜的已经横躺在门口,两只细长的腿还半拖在门里,腥黏的血液,汩汩地在他胸口流出,一个眍红的火把渐渐地要着到他的身上了。门上烫金的"富聚银号"四个大字的匾额被流弹穿满了枪洞。此时,一边的铆钉已被打断,所以啪啦一下,木匾就要掉下来扑灭蔓延到郭掌柜身上的火焰。可是刚一奋身跃去,却又被右边绊牢的铁丝拉住……所以这时那条木柴的火焰,却已癫狂而且有几分快意地舐着这尸身,以致熊熊如虎了。

暴徒呼号一声便就逸去,噪嚷着,呼号着,又到别处去攒聚。

但是柜台的内室里,却还有着一个满脸黑髯的彪大的黑影,在那拼命地将一个铁箱劈开。因为用力过猛,所以弄得满身油汗,气息吹动着胡子呼呼作响。

他捶了捶腰部,才长长地换出一口气来。两眼瞪得黑圆,在那惊视着一满箱的浆纸板的新钞票,不知所措。最后费了很大的力气,才把痉挛的双手摊开,贪婪地攫起了满把的钞票,发疯地向腰里揣。腰也满了,手也满了,他两手还捉着两把钞票。不知放在哪里是好。

而正在这个时候,訇的一声,他的心里一热,手里两把钞票便都落叶似的撒落下去了。

哈哈……一声大笑,在半天空扯去。他的嘴儿歪曲着,一只手揪住胸襟的肉皮,在空中又狂撕了一把,便向后倒去。

另一个黑影跃过,按住他的腰身,便撕他的衣服。散乱的钞票,开花一般在他胸膛涌出。他这时眼睛突地怒睁起来,一看是霍大游杆子,便牙齿互错,磔磔的一响,接着便气闭了,血从七窍喷出。

霍大游杆子,忽然一眼又瞥见了那口敞开盖的铁柜。他抛了死尸,向前一扑。但是不期的脚底下一软,两手只攀到箱沿,便跌倒了。慢慢地,十指略略微颤了一下,便趴在地上一动不动了。

外边枪声珠密,喧声大起,马脚人声,全城都动着,地在狂悸。

"老北风往南刮了!"

"老北风往南刮了!"

魔咒一样的声音,在人家的口头上愉快地喊出来了。

"老北风往南刮了!"

"老北风往南刮了!"

不知道是从哪飞出来的声音,不知道是谁在喜悦地念着。声音普遍地展开去,声音在全城中鼎沸。方才被母亲轻轻放在炕沿跟底下的小孩子,也无知无识地在心头反复着这个咒语。虽然,分明自己也不知道其中包含着什么意义,其中有什么神秘的内容,但是,心中并不可怕,幻想着老北风一定是一个白胡子的老头儿,骑着白马,拿着银枪……老北风往南刮了,如今他们的幼稚的小心灵儿,也起了一片灿烂的银光。而一种平常不被一些人们所喜悦的歌儿,也在记忆里明亮起来了。

  老北风,起在空,

官仓倒，饿汉撑，
　　大户人家脑袋疼！

　　人们都好像换了另一种肺腔，呼吸得非常匀和了。就是大户人家也比恐惧天狗的残凶而觉得宽松了。

　　衙门后马号[1]，方才被天狗缴械了的警察和保甲大队，也都齐下火龙关地冲出来了。

　　"老北风往南刮了！"

　　"老北风往南刮了！"

　　他们好像一道小水，要向着大水合流。

　　这时大堂里的后花厅的火苗，已经着到前厅了。两盏天灯，愤伸火焰，怒搏苍天。一阵浓烈的人脂的恶臭，熏人欲呕。

　　天狗骑着一匹兔火马，向东闯去，东门早已起火了，一条刻着"北海遗风"的丈余门额从上咔的一下落下，兔火马向上一弓，长嘶一声，向东一直跑去了……

　　外面炮声隆隆，机关枪声一刻一刻逼进了。

　　大家知道这是老北风攻城来了，大家也知道这回城不用攻就会进来了。于是大家都不知道怎的心好像热起来了。

　　"官仓倒，饿汉撑。"大家都好像明白这句话的真正的意思了。但是心都痉挛着，破裂着，像偷快又觉着有点害怕样地跳。有几个庄家跑腿竟而从墙角上拿起了锄头把，预备抢粮了。

　　这时，火堂前，火焰高涨，两个抱柱上，就如两个穿着火制的舞服的舞俑，手里各执一条火蛇，缠绕着烙柱，作神奇的旋舞。骨骼隐隐地也有着刮爆声，眼眶处如两盏火井的泉源，

---

1. 马号，官家养马的地方。

向外自然地喷火。有一个似乎舞动得过于兴奋了,使那支焦剥了的大柱,也极不自然地欹斜了。而那一个却骄傲着自己油脂的丰腴,气喘喘地还毫不松懈地随着火焰的音节上下狂跳……

前厅的正梁已经要塌下来了,而锁在里边的县长的五姨太太却还拼命地叫喊:"救命呵……救命呵……"她的声音已成了绝叫,只有四面火唱歌般地回应着她,呼呼呼呼,一二三四,呼呼呼呼……火焰被解放了地跳着、唱着、叫着、旋着,愉快地和应着那女性的哀号。复仇的火光从正厅一直迈过去,别的火舌也咋舌地向前拥挤。于是前厅,后厅,大堂都连成一片了。半个天空都为了这怒喷的嚣张的火焰炫耀。

南风如荼地刮来,火焰锐涨,这是谁鼓动着这么一把最为煽惑的扇子呢?

南风如熏地刮来,火光冲天,这是谁能防止的一把最为助燃的扇子呢!

南风到处刮着,带着炽热,带着火星,可是人们却都说着老北风向南刮了,这个真奇怪呀!人们的嘴里、心里、眼里、鼻子尖兴奋地喷出来的汗点里,都分明说着老北风向南刮了,这个真奇怪呀!

闲人,无赖,甩下的胡子,游杆子,有的逃了,有的却又出来了,老北风往南刮了。农夫,跑腿的,卖小工的,此刻都出来了,老北风往南刮了,他们打起红旗,上面写着"欢迎老北风"!

从今天晚上北来的误点的走回来的老客说,北大营让日本占了。商埠地一带都退光了。红顶山中国军队拉出去了。铁岭铃木的一团也奉命调走了。二道沟的红帽子黑帽子[1]一个都没有了，日本侨民不能走的，都和中国买好，有个老裁缝太田，自己用剪子把肚子剖开了。日本兵今夜十二点要进占全南满线的各大城。土匪都招抚。可是中国胡子由老北风领头自己编为义勇军了。老北风今天在茨榆城天帝庙歃血为盟，说非攻到沈阳不可，连夜赶，一城一站，所以今天下了古榆城来了……自从那班老客传出了这许多消息来，于是一传开去便由各个演述的人们的口里，再附丽上各个人们自己的幻想、意见和盼望，所以各色各样的传言、消息、谣诼，都传布起来了，都飞扬起来了。而今等天狗一过，老北风一来，人们便都觉着一块棉花从嘴腔里吐出，各种的消息都现在才得以确信不移地自由地互相播送着，互相兴奋着，互相奇异着，互相惊叹，感激、焦躁、狂热……全城都像引领在望，每个屋脊的屋瓴，都意外地伸出，向四外瞰着。

"老北风往南刮了！"

是的，的确是老北风往南刮了！衙门头前的大街上已经飘扬起两杆血红的三尖狼牙旗——

"天下第一义勇军"，这是老北风的义旗。

几个陌生然而又非常亲切的大字，比火光还更容易照明人的眼睛，在炙人的燥热里，在跳跃的黑夜里，在衙门头飞腾的烟雾里飘扬，翻挈，迂回。

人们的眼前都记起了，都幻化出沈阳城里现在也说不定该怎的惨了呢，中国的兵士被人掳去，当土埋了。手还在地皮上伸张，摇动，企求援救，企求苏复。可是一个黄褐色的大皮靴

---

1. 红帽子，是日本兵。黑帽子，日本铁道警察。

又拖着枪刺在上边踏过去了。

几个小店员和小市民,被一群日本刑事[1]关在一个屋子里,用削尖了的大竹竿子穿戳,看他们互相地扭挤,互相地推搡,以为笑乐……

而在日本站上,从火车里赶出来的一群男女乘客,早已在行李房里圈了十二个钟头一点东西未吃。几个喝醉了的日本车警和日本商人,到那里勒令把每个人的衣服都剥去,然后关到另一个屋子里,从一个窗孔伸进自来水管,向他们喷射,看他们悲惨地骇叫,这是比前者更文明更进步人类的强者的"文明"。

其中一个学生不忍再看这种人类的耻辱延续了,他把一个放在墙角的检查手的桅灯,猛力地摔在几桶老鹰牌煤油之间了,于是屋里登时起火了。

这些景象是由"平日他们被黑帽子灌洋油;半夜里在铁道上横过铁道,被巡逻兵打死;铃木的兵在农田里秋操,把差十天就要割的高粱地都践踏了"这些事实上来作根据的,他们的心都哀凉了。大陆气候下的人的特有恚愤,在他们整个生命里展开了,升发了,迸裂了。

"我们要报仇呵,我们不能让日本人永远骑在我们的脖子上。"

"我们的苦日子就够受了,我们不能让弓长蔓把我们卖了。"
"起来干哪,是时候了,这是时候了!"
"把脑袋别在腰上干哪……"

于是,农夫,小贩,年轻人……都啸聚起来了。昨天还套在车上的辕马也变成胯下的坐骑了。生锈的六轮子也擦亮了,

---

1. 刑事,就是日本特务。

想用他的火力击中自己的仇人。快枪，套筒，三八式，左右开弓的香鹤腿，要赛过机关枪的双十响。年轻的人们都脸儿红红的，骑在马上起来了。

人们传来了，说红螺岘比这起来得还早。依乌闾山都爬满了，有一棵草就有一个人，有一棵草就有一个义勇军。那儿更生性，把当地卖白面的日本鬼子都插了。山野里漫山漫野都是义勇军，彻夜不睡，都在紧急计议。

于是这儿更兴奋了。

"欢迎老北风呵！"

"老北风往南刮呀！我们都往南刮呀……"

于是衙门头前的两杆血红的三尖狼牙旗，刮得更起劲了。欢迎义勇军进城的炮仗，也如过年一样地毕剥毕剥地燃放起来了。

而这时西边模范监狱里，忽然喊声冲天，许多的囚犯手里抓起铁门闩、木狗子，有的脚下的索镣子还未除净，稀里哗啦——有一个跌倒了，气闭了，大家在他身上踏过去。有的手里拿着警察的枪，向天空心虚地乱放。于是一片扰乱，嚣狂，似乎把西边也冲溃了。这西边的一道洪水，也不知不觉地就向东边合流，于是衙门头的人可更多了。

农夫有的拿着洋炮，有的拿着锄头……在奔走着。

囚犯这时才知道城已破了，便都不再远逃了，反而都蹲在墙角堆集起来。因为他们已经疲惫，而且腿都酸麻了。不知道是谁从县大人的小厨房弄来一袋面粉，大家就着燃烧的大堂的檀木做起面来吃。

"我们抢官仓去呀！"

"先打日本！"

"抢腰栈的粮仓去呀!"

"抢双猴家的布匹呀!"

农夫们都向广成大街那边跑了,广成车铺一带的居民,大小孩等,妇女,也都拿着畚箕,洋油桶,柳罐斗……出来抢粮了!

腰栈的炮台,显然已经被天狗给轰得不堪了。可是这会儿又遭到大敌了,但是炮手们的子弹还是源源向外扫射……

于是妇女小孩都逃回来了,逃到阴沟里、车铺的空棺材里、墙垛里,等着前边打胜了,好向前抢。

高明远包子铺的小老板,也想在腰栈里再得一手。可是一看开枪了,也便退下来,等那帮傻小子们攻下来,老俺再进去吧,先到空棺材里去睡一觉……

"抢上去呀,抢上去呀,上呵,上……"

震天撼地的一片狂乱:"攻下来了,抢呵,大家抢粮去呵……"

大家伙都海潮似的涌上去了。

枪声,人声,血流声,东西破裂声,脚底践踏声,砖墙颓圮声,拥挤声,呼喊声,玻璃破碎声,刨物声,水流声,箱柜劈毁声,人的啸聚声,惊叹声,簸荡声,混浊声,洋油桶声,枪声,火爆声,小孩哭声,女人叫骂声,火药轰裂声,木质摧折声,屋宇震悚声……谷粒撮流声,物什磕碰声,喧夺声……一切狂嚣,一切噪音,万种呼号,千百震响……这不平凡的蜂起,这踏平了腰栈仓库晕眩的一夜……

老北风,起在空,
官仓倒,饿汉撑呀……

这个歌声又叫起了。于是腰栈的一切都在大家的脚底下踏平……这时，衙门大照壁上已经贴起毛头纸的布告。

照得日本帝国，将我土地占据。
似此禽兽行为，国际人神共嫉。
本军奋然起义，不毙倭奴不息。
从前岳飞杀鞑，农民约时而起。
我辈如有天良，必亦同舟共济。
否则引颈受死，如何托生一世。
从今誓师南指，黄龙指日可期。
汝等如有血气，其各揭竿而起。

浓黑的墨迹还没干呢，可是围着看的人，已经万头攒聚了。

如今，古榆城已经变作另外一座古榆城了。人们都觉忽然间眼前一亮，地在翻了一个个儿，一切都得重新改变，重新安排，重新分配。

人的胆也壮了。大户人家也都派人化装出来，来打听消息，从前躲起来，现在却都钻出来了。不想抢人的，不怕被抢的，也都出来了。北边广成大街的人呼呼地往衙门头跑，衙门头的人又呼呼地往广成大街跑……更拥挤了。街上因为打听消息的和看热闹的更多了，所以反而显得拥挤起来了。孩子也有怀揣着两烧饼的，回家告诉娘去了，说：

"胡子退了，是义勇军。"

可是娘还说："你别听他诈，他等大家都不防备了，他才抢呢……"

"不是，是义勇军，天下第一军，有告示……大旗上都写着呢！"

"你快给我趴下去，不许你再出去，小短命的！"

可是，街上的人，都并不因此而减少，街上的人更多了。衙门头人的海泛滥了，人的海溃决了，人的海翻转着神奇的波澜了……现在是涨早潮的时候了。黎明的第一线从晨鸡的喉管里传出来的时候，人的海在涨潮了，人的海在涨潮了。

海，火一般地怒吼，波涌，激荡。人的头，如同从心底飞溅出的火焰，如崩溃的星云，在大昏眩里滚转，整个的科尔沁旗草原的地壳崩毁了。重新又有万千的有机的硫黄质的熔岩、石砾，来接受另一个意义来创造、来喷吐、来垒砌另一个新兴的地层。

是涨潮的时候了，黑的潮水，白的浪花，红的晨光扰在一起了，一个大混沌的晕眩，一个大清晰的清醒！人在三卯星出现的时候，涨起早潮来了……是涨潮的时候了……

人在凶号，整个科尔沁旗草原在震颤，在跳跃，在激扬！

人的漩涡里，忽然一亮——是大山古铜色的头，狮子样的鬃毛抖动，黑绒镶边的大眼，向东方的启明星看着。天际好像只有三颗发光强烈的星在昏暗的晨曦里发光。

晨光是昏昏的，接近地平线的一带，还有一块黑云，墨龙似的在伸张它的牙爪，晨光在和它搏斗……

不久，天必须得亮了。